Marie Louise Fischer
Plötzlicher Reichtum

Marie Louise Fischer

Plötzlicher Reichtum

Roman

Marie Louise Fischer: Plötzlicher Reichtum
Genehmigte Sonderausgabe

ISBN 3-625-20936-5

»Und jetzt, wie jeden Samstagabend ... die Ziehung der Lottozahlen!« verkündete die hübsche, gut geschminkte Fernsehansagerin munter, ja, ein wenig neckisch.

Das Ehepaar Karsten starrte auf die Mattscheibe, Knut, die Ellbogen auf den Knien, den Kopf in die Hände gestützt, sehr angespannt, während Eva sich mit hochgezogenen Beinen in ihre Ecke des Sofas kuschelte.

Die gläserne Glückstrommel war im Bild erschienen. Mit einem verheißungsvollen Lächeln drückte die Moderatorin auf den Schalter.

Nichts geschah. Sie blickte verdutzt, fand aber dann sogleich ihr Lächeln wieder und versuchte es noch einmal.

Die gelben Kugeln mit den 49 Nummern begannen nicht, wie gewöhnlich, in der Trommel zu tanzen, sondern blieben am Boden liegen, ohne sich zu rühren.

»Entschuldigen Sie bitte, es scheint sich um eine technische Panne zu handeln!« Noch einmal betätigte die Fernsehdame den Schalter und blickte dabei verwirrt und hilfesuchend in die Kulissen.

Eva lachte.

»Ich finde das gar nicht komisch«, sagte Knut.

»Das Gesicht, das sie macht!«

Der Notar trat vor. Ein junger Mann, offensichtlich ein Techniker, eilte herbei und machte sich an der kleinen Maschine zu schaffen.

Die Moderatorin bat die Zuschauer lächelnd um Geduld. »Der Schaden wird gleich behoben sein!«

»Das wollen wir aber auch hoffen«, knurrte Knut und zündete sich eine Zigarette an.

»Sei doch nicht so!« bat Eva. »Wenn's länger dauert, hast du mehr davon.«

»Du hast vielleicht Ideen!«

Eva dachte an die vielen, vielen Samstagabende, an denen sie schon so zusammen vor dem Bildschirm gesessen hatten – wie viele mochten es tatsächlich sein? Sie versuchte es auszurechnen. Seit sieben Jahren waren sie nun verheiratet, und in all diesen Jahren hatten sie kaum je eine Ziehung der Lottozahlen verpaßt. Immer wieder hatten sie diese Minuten der angespannten Erwartung durchlebt, und dann die Enttäuschung, die wie ein Absturz ins Leere war. »Warum tun wir uns das eigentlich an?« fragte sie. »Komm, laß uns schlafen gehen!« Sie kraulte ihm liebevoll den Nacken.

Er ließ es sich, anscheinend mit Wohlbehagen, gefallen, widersprach aber: »Unmöglich! Ich könnte kein Auge zutun.«

Sie beugte sich vor und küßte ihn auf das Ohrläppchen. »Sollst du ja auch nicht gleich!«

Er tätschelte ihr Knie, ohne seine Aufmerksamkeit vom Bildschirm abzuwenden.

Mit einem bedauernden Achselzucken und einem leicht verkrampften Lächeln erklärte die Moderatorin: »Ich versichere Ihnen, daß die Apparatur vor der Sendung noch völlig intakt war. Selbstverständlich haben wir sie geprüft. Es ist unerklärlich, aber die Reparatur scheint nicht so schnell zu gehen, wie wir erhofft hatten. Bitte, haben Sie Geduld! In der Zwischenzeit bringen wir jetzt einen kleinen Film über den Berliner Zoo. Ich wünsche Ihnen gute Unterhaltung!«

»Die hat Nerven!« sagte Knut.

»Braucht sie ja auch in ihrem Job. Willst du dir den Film wirklich ansehen?«

»Ich will die Lottozahlen wissen!«

»Na schön. Ich geh' schon ins Bett.« Eva schwang ihre Beine vom Sofa und stand auf. »Soll ich dir noch ein Bier bringen?«

»Das wäre lieb.«

Eva trug ihr Glas, die leeren Flaschen und den vollen Aschenbecher in die winzige Küche und holte aus dem Kühlschrank eine frische Flasche Pils. Zurück im Wohnzimmer, stellte sie den leeren Aschenbecher auf den Tisch, schenkte ihrem Mann ein und küßte ihn auf die Stirn. »Hoffentlich dauert es nicht zu lange!«

»Das kannst du laut sagen!«

Eva ging in das Schlafzimmer, zog ihr Kleid aus, streifte es über einen Bügel, knöpfte es zu und hängte es zum Lüften nach draußen. Es gehörte zu den wenigen Vorteilen ihrer kleinen Wohnung, daß sie einen Küchenbalkon hatte. Zwar war er nicht groß genug, um zu zweit dort zu sitzen, aber für andere Dinge doch sehr praktisch. Obwohl es kühl war - immerhin war es schon November -, blieb sie einen Moment, nur mit Slip, Strumpfhose und Büstenhalter bekleidet, draußen stehen und atmete tief durch. Auch in manchen anderen Fenstern der alten, mit ihren Rückseiten zueinander in einem weiten Karree stehenden Häuser schien noch Licht. Wie viele andere Menschen mochten, wie Knut, jede Woche aufs neue ein Wunder erhoffen? Am Himmel war kein Stern zu sehen.

Erschauernd trat sie in die Wohnung zurück und schloß die Balkontür.

Später, als Eva im Bett lag, die Hände hinter dem Kopf verschränkt, und auf Knut wartete, versuchte sie, nicht nachzudenken. Sie wußte, daß Grübeln sinnlos war, weil ihre Gedanken die fatale Neigung hatten, sich im Kreis zu drehen, besonders nachts. Es stimmte schon, sie war glücklich mit Knut, daran bestand kein Zweifel. Er war ein guter Ehemann, anständig, verläßlich und um sie besorgt. Es war nicht seine Schuld, daß sie hier in Hilden, einer Kleinstadt, gelandet waren. Tatsächlich hatte es ja auch seine Vorteile, in Hilden zu leben, wenn es auch nicht die große

Welt war, von der sie als junges Mädchen geträumt hatte. Es gab zahlreiche Sportplätze, die Stadthalle mit ihrem abwechslungsreichen kulturellen Programm, viele Wirtschaften, den Stadtwald und den Benrather Forst zum Spazierengehen. Außerdem hatten sie hier auch ihre Freunde und den Kegelclub. Sie durfte sich wirklich nicht beklagen.

Nur, daß Knuts Gehalt nicht ausreichte, um sie beide anständig zu erhalten, das war wirklich schlimm. Daß sie täglich nach Düsseldorf fahren und in einem Großraumbüro als Phonotypistin langweilige Briefe tippen mußte. Dabei mußte sie noch froh und dankbar sein, diesen Job überhaupt zu haben. Computer und computergesteuerte Schreibautomaten machten Routinebriefe mehr und mehr überflüssig. Zwar hatte es in dem Industrieunternehmen, für das sie arbeitete, noch keine Entlassungen gegeben, aber Kolleginnen, die ausschieden, wurden nicht mehr durch neue ersetzt. Es war abzusehen, daß der Schreibsaal eines Tages geschlossen werden würde - und was dann?

Hätte sie nur einen richtigen Beruf erlernt, anstatt zu studieren - ausgerechnet Jura, ein so trockenes Fach, daß ihr nach wenigen Semestern die Lust daran vergangen war. Ihre Mutter hatte sie gewarnt, aber nach den Anstrengungen, das Abitur zu schaffen, hatte es sie in die angebliche Freiheit des Studentenlebens gezogen - was für ein Wahnsinn!

Auch von der frühen Ehe mit Knut hatte die Mutter abgeraten. Jetzt dachte Eva: Wäre die Mutter mehr für Knut gewesen, hätte sie vielleicht gar nicht so rasch geheiratet. Aber sie gab sich zu, daß das nicht wahr war. So verliebt war sie damals gewesen und so überdrüssig ihres Studiums, in dem sie nie zu einem Ziel gelangt wäre. Knut war ihr als ein aufstrebender junger Geschäftsmann erschienen. Niemand hatte voraussehen können, daß er würde froh sein können, als kaufmännischer Angestellter bei der kleinen Firma ›Ernst & Stössel‹, Werkzeugbau, in Hilden unterzukommen.

Jahrelang hatte es so ausgesehen, daß er, wenn der Prokurist Habner in Pension gehen würde, nachrücken und Prokura bekommen würde. Alle Hoffnungen hatten sie auf diese Aussicht und die damit verbundene Gehaltserhöhung gerichtet. Aber dann war Robert Hellmann in die Firma eingetreten, Industriekaufmann wie Knut, aber mit einer Ausbildung am Computer und zudem ein Neffe des alten Stössel. Seitdem hatte Knut den Eindruck, daß der andere ihm vorgezogen wurde und daß nicht er, sondern Hellmann Nachfolger Habners werden würde. Das nagte an ihm, zumal Hellmann zwei Jahre jünger war als er.

Eva konnte nicht beurteilen, ob Knuts Befürchtungen begründet waren oder ob er sich die Gefährdung seines beruflichen Weiterkommens nur einbildete. Fest stand jedoch, daß ihr Mann sich seit Hellmanns Eintritt in die Firma geändert hatte. Er hatte seinen Optimismus verloren, an Selbstvertrauen eingebüßt und gab sich rauher, als er war, um hinter einer harten Fassade seinen Kummer zu verbergen.

Diese Sorgen hatten begonnen, ihr Privatleben zu überschatten. Knut war die Vorstellung unerträglich, über kurz oder lang unter dem jüngeren Hellmann arbeiten zu müssen. Eva konnte ihn gut verstehen und hatte ihn überredet, sich bei anderen Firmen zu bewerben. Aber nach vier oder fünf Versuchen - wie Eva meinte, viel zu wenige -, auf die keine oder abschlägige Antworten gekommen waren, hatte er es aufgegeben.

Im Hindämmern wurde es Eva bewußt, daß auch ihre Gefühle für ihn sich unmerklich gewandelt hatten. Früher war er für sie der Fels in ihrem Leben gewesen, von dem sie sich Sicherheit und Geborgenheit versprach. Jetzt hatte sich in ihre

Liebe Mütterlichkeit gemischt. Sie hätte alles darum gegeben, ihn vor der bösen Welt beschützen zu können.

›Wie lange das heute dauert!‹ dachte sie. ›Warum kommt er nicht endlich?‹

Sie überlegte, ob sie noch einmal aufstehen und zu ihm ins Wohnzimmer gehen sollte, war dann aber doch zu müde, rollte sich auf die Seite, schloß die Augen und zog die Knie an.

Als sie seine Hand auf ihrer nackten Schulter spürte, öffnete sie, schon im Halbschlaf, die Arme, um ihn an sich zu ziehen und ihm Trost und Vergessen zu schenken.

»Eva!« stieß er mit einer Stimme hervor, die rauh und fast fremd vor Erregung war. »Eva! Wach auf!« Sein Griff wurde schmerzhaft. »Wir haben im Lotto gewonnen!«

Sie fuhr hoch. »Spinnst du?«

»Nein! Es ist so, wie ich sage! Wir haben sechs Richtige getippt!«

Sie rieb sich wie ein Kind mit beiden Fäusten die Augen. »Du willst mich wohl veräppeln!«

»Es ist wahr, Eva, so glaub mir doch! Mit so etwas würde ich niemals spaßen! Sieh her!« Er hielt einen Notizblock in das Licht der Nachttischlampe. »Das sind die Zahlen, die gekommen sind! Ich hab' sie mir notiert! Es sind genau unsere Zahlen!«

Immer noch ungläubig starrte Eva auf die Zahlenreihen. Es waren zwei. Die erste zeigte die Zahlen, wie sie gekommen waren, die zweite in numerischer Reihenfolge. »Und du bist sicher, daß du dich nicht vertan hast?«

»Aber Eva, ich bin doch kein Idiot!«

Ihr Gesicht strahlte auf. »Nein, das bist du wirklich nicht!« Sie schlang die nackten Arme um seinen Hals und küßte ihn herzhaft. »Gratuliere, mein Liebling! Das wäre ja wunderbar!«

»Gratulier dir selber und vergiß den Konjunktiv!«

»Den wen?«

»Das Wörtchen ›wäre‹! Es ist, Eva, es ist! Wir haben gewonnen, du und ich! Wir können uns beide gratulieren!«

»Zu schön, um wahr zu sein!«

»Warum bist du nur so mißtrauisch? Statt dich zu freuen, stellst du dauernd alles in Frage.«

»Bitte, sei mir nicht böse!« Sie bedeckte sein Gesicht mit kleinen Küssen. »Ich kann es einfach nicht fassen! Es ist zuviel für mich. Daß uns das geglückt sein sollte!«

»Es ist uns geglückt. Es mußte einfach glücken. Immer dieselben Zahlenreihen, wie ich dir immer gesagt habe. Eines Tages mußten wir einfach drankommen.«

Eva leuchtete das zwar nicht ganz ein, aber sie mochte ihm nicht länger widersprechen oder Zweifel äußern. »Komm ins Bett!« sagte sie und nahm ihm die Brille ab; seine Augen, die hinter den dicken Gläsern an Wirkung verloren, waren von einem tiefen Blau und jetzt, in der Aufregung, ganz besonders strahlend. »Laß uns schlafen!«

»Du glaubst, daß ich das könnte? Ausgeschlossen! Steh lieber auf und laß uns noch einen Schluck trinken! Hast du was Gutes im Haus?«

Eva war von dieser Idee nicht gerade angetan. Sie fand, daß er schon genügend getrunken hatte, und sie hätte sich viel lieber an ihn gekuschelt und mit ihm von der sorglosen Zukunft geträumt, die sich vor ihnen auf getan hatte. Trotzdem sagte sie:

»Es muß noch etwas von dem alten Cognac dasein, den uns dein Onkel Karl mitgebracht hat. Ich habe ihn hinter den Büchern versteckt.«

»Sieht dir ähnlich! Ich hatte gedacht, die Flasche wäre leer.«

»Ihr hattet bei seinem Besuch ja auch wirklich reichlich gepichelt.« Sie sprang aus dem Bett und stand einen Augenblick nackt vor ihm, ehe sie in ihren Morgenmantel schlüpfte.

Ihre immer noch mädchenhafte Gestalt erregte ihn, und er überlegte kurz, ob es nicht doch die bessere Idee gewesen wäre, zu ihr ins Bett zu gehen. Aber die Erregung über den Hauptgewinn löschte sein Begehren nach Lust und Liebe rasch wieder.

So faßte er sie denn nur sehr sanft um die Taille, küßte sie auf den Hals und flüsterte ihr ins Ohr: »Später!«

»Du tust gerade so, als wenn ich immer nur darauf aus wäre!« protestierte sie mit einem entrüsteten Lachen.

»Bist du es etwa nicht? Eben hast du es mir noch vorgeschlagen!«

»Wenn ich von schlafen spreche, dann meine ich schlafen, heia-heia machen, träumen - nicht das, was du denkst!« Sie gab ihm einen liebevollen kleinen Stoß vor die Brust, schlüpfte an ihm vorbei ins Wohnzimmer und holte die Cognacflasche aus ihrem Versteck.

Er nahm sie ihr aus der Hand und hielt sie prüfend gegen das Licht. »Sollte für einen kleinen Rausch genügen.«

Sie stellte zwei Gläser auf den Tisch. »War es nicht klug, daß ich ihn so gut verwahrt habe?«

»Du weißt, ich mag keine Heimlichkeiten.«

Während ihres Gespräches lief immer noch der Fernseher; man zeigte einen alten amerikanischen Spielfilm. Eva und Knut achteten weder auf den Ton noch auf das Bild, sondern nahmen es nur als Kulisse wahr.

»Hätte ich dir davon erzählt, wäre er längst nicht mehr da.«

»Diesmal will ich dir noch verzeihen, aber in Zukunft - kein Schmugeld mehr oder dergleichen. Ist das versprochen?« Er schenkte die goldbraune, duftende Flüssigkeit ein.

»In Zukunft«, sagte sie und rollte sich in ihrer Sofaecke zusammen, »werde ich das wohl nicht mehr nötig haben. Wieviel, glaubst du, wird es sein?«

»Sehr viel. Mindestens hunderttausend.«

»Bist du sicher?«

»Aber ja! Ich habe dir das doch schon zigmal auseinandergesetzt. Die meisten Leute wählen Zahlen, die irgendeinen Bezug auf ihre Familie haben, Geburtstage und dergleichen. Da das Jahr aber nur zwölf Monate hat und wir als niedrigste Zahl die vierzehn genommen haben, können nach Adam Riese nur wenige ins volle getippt haben.«

Sie nahm ihr Glas vom Tisch und hob es ihm entgegen. »Trinken wir also auf die vollen!«

Sie stießen an und nahmen einen Schluck.

»Das ist was anderes als das ewige Bier!« stellte sie fest.

»Von nun an werden wir uns auch so etwas leisten ... sogar Champagner!«

»Was machen wir mit dem vielen Geld? Ein paar Tausender wären leicht unterzubringen. Die gingen schon für eine neue Einrichtung drauf! Aber hunderttausend?«

»Zuerst einmal eine ganz tolle Reise! Ich weiß auch schon wohin!«

»Ja?«

»Auf den Kilimandscharo!«

»Das ist der höchste Berg Afrikas, nicht wahr? Kann man da überhaupt rauf?«

»Man kann, und man braucht noch nicht mal bergsteigerische Erfahrung dazu. Natürlich wird es eine Abenteuerreise, aber das ist ja gerade der Spaß daran. Endlich mal raus aus dieser bejammerten Zivilisation!« Er zündete sich eine Zigarette an und blies Kringel in die Luft. »Ich habe immer schon mal nach Afrika gewollt!«

Sie nippte an ihrem Glas. »Afrika, ja. Wenigstens ist es da schön heiß. Eine Fotosafari, das könnte mich locken. Aber wie kommst du ausgerechnet auf den Kilimandscharo?«

»Bob Hellmann hat einen Treck dorthin gebucht. Er tut sich dauernd damit dicke.«

»Ausgerechnet mit Hellmann willst du eine Abenteuerreise machen?« fragte Eva befremdet. »Ich dachte, du könntest den Kerl nicht leiden?«

»Das hat doch damit nichts zu tun. Wir brauchen das auch gar nicht gemeinsam mit ihm zu machen, sondern ein andermal. Jedenfalls erzählt er, daß noch Plätze frei sind. Mindestens zwölf Personen gehören in so eine Gruppe. Wenn die beisammen sind, soll es losgehen. Irgendwann in der Weihnachtszeit.«

»Weihnachten wäre schon gut«, sagte Eva nachdenklich, »ich möchte wirklich mal über die Feiertage aus dem Mief hier heraus. Aber dann kämen wir natürlich doch mit Hellmann zusammen. Ich muß dir ehrlich sagen, daß diese Vorstellung mich überhaupt nicht reizt.«

»Du kennst ihn ja gar nicht, höchstens vom Sehen.«

»Was du mir tagtäglich von ihm erzählst, genügt mir. Er ist arrogant, unverschämt, taktlos, und es stört ihn nicht im mindesten, daß du dich durch ihn zurückgesetzt fühlst.«

»Stimmt. Im Büro ist er unerträglich. Aber unterwegs wäre das doch ganz was anderes!«

»Wieso? Kann ich nicht finden.« Plötzlich lachte Eva auf. »Himmel, sind wir dumm! Jetzt streiten wir darum, was wir mit einem Geld anfangen sollen, das wir noch gar nicht haben! Hast du je so etwas Blödes erlebt? Warten wir doch erst mal ab!«

»Ein paar Zehntausender müssen drin sein«, beharrte er, »da bin ich ganz sicher.«

»Hoffen wir, daß du recht hast! Dann gibt es Tausende von Möglichkeiten, die zu verbraten. Es muß ja nicht unbedingt ein Trip auf den Kilimandscharo sein. Wie war's mit dem Fudschijama? Oder dem Himalaja?«

Er drückte seine Zigarette aus und zog sie in seine Arme. »Erst einmal bin ich jetzt fürs Schlafengehen. Du auch?«

»Ich schon lange.«

In dieser Nacht liebten sie sich mit einer Leidenschaft wie schon seit Jahren nicht mehr, berauscht von Hoffnung und bis zur völligen Erschöpfung.

Am Sonntag schliefen Eva und Knut bis in den Tag hinein und stärkten sich dann mit einem Brunch aus Spiegeleiern mit Speck, Butter, Toast, Marmelade und einer großen Kanne Kaffee.

Erst danach zogen sie sich an, räumten auf und verließen die Wohnung in der Kantstraße. Es war ein regnerischer Tag, und die Wolken hingen tief, aber das machte ihnen nicht viel aus. Sie gingen beide gern spazieren, und in Hilden und Umgebung hatten sie dafür viele Möglichkeiten.

Heute wählten sie den Stadtwald. Natürlich gab es für sie nur ein einziges Thema: ihr Lottogewinn, und was sie mit dem Geld alles anfangen würden. Sie hatten sich inzwischen darauf geeinigt, daß sie mit mindestens fünfzig- vielleicht auch hunderttausend Mark rechnen konnten. Auch daß sie sich erst einmal eine große Reise gönnen würden, stand für sie beide fest.

Aber was weiter? Eine neue Einrichtung konnten sie ganz sicher brauchen. Oder sollten sie nicht lieber gleich eine größere Wohnung nehmen? Und wie wäre es mit einem Auto? Für den Alltag brauchten sie keins, denn Knut konnte bis zu seiner Firma zu Fuß gehen. Eva war von der Kantstraße aus in fünf Minuten an der S-Bahn-Haltestelle und mit der S 7 knapp zwanzig Minuten später in Düsseldorf-Wehrhahn. Aber ein Auto wünschten sie sich beide schon lange. Das würde ihnen an den Wochenenden mehr Bewegungsfreiheit geben. Mit einem schicken Auto, so glaubten sie beide, würden sie sich als andere Menschen fühlen und nicht mehr unterprivilegiert sein.

Aber andererseits - würde ein repräsentativer Wagen den Freunden und Bekannten nicht sofort auffallen? Ihren Neid erwecken? Also durfte es nur ein bescheidener Mittelklassewagen sein.

»Oder«, sagte Knut, »sollen wir uns nicht lieber ein Haus am Stadtrand bauen? Mit eigenem Garten? Das wäre doch was!«

Eva lachte. »Bleib auf dem Teppich, Liebling! Für hunderttausend kriegst du heutzutage höchstens eine Gartenlaube!«

»Aber wenn es nun mehr ist?«

»Bitte, bitte, hör auf zu träumen! Hunderttausend reichen uns voll und ganz. Davon könnten wir uns alle Wünsche erfüllen, und sogar noch was in Wertpapieren anlegen. Wozu brauchen wir ein eigenes Haus?«

»Wenn wir erst mal Kinder haben ...«

»Aber die haben wir nicht!« Eva hatte sich bei ihm eingehakt und sah ihn von der Seite an. »Oder wünschst du dir welche? Schon bald?«

»Ich weiß nicht«, sagte er unbestimmt, »nicht unbedingt.«

»Na siehst du! Soll ich dir sagen, was ich vorhabe ... wenn es mit dem Geld irgendwie hinhaut ...«

»Wird schon!« warf er ein.

»... möchte ich eine Berufsausbildung machen! Das bißchen Schreibmaschine, das ich kann, ist einfach zuwenig! Ich weiß, mit fünfundzwanzig anzufangen ist ziemlich spät. Aber besser spät als nie, findest du nicht auch?«

Er runzelte die Stirn. »Was stellst du dir denn so vor?«

»Vielleicht einen Sekretärinnenkurs? Oder eine Ausbildung als EDV-Technikerin? Ich würde mich vorher mal beim Arbeitsamt beraten lassen.«

»Aber, Evchen, wenn wir erst das viele Geld haben, ist das doch gar nicht mehr nötig!«

»Ich finde, doch!«

»Weil deine Mutter dir das immer vorgebetet hat?«

»Sei bloß nicht nachtragend. Das ist ja schon so lange her.«

»Aber es tut dir leid, daß du damals nicht auf sie gehört hast?«

»Das nicht. Nur gebe ich ihr nachträglich recht. Ich hätte nicht studieren, sondern sofort was Vernünftiges lernen sollen ... oder spätestens dann, als ich sah, daß aus dem Studium doch nichts wurde.«

Er blieb stehen und sah sie an. »Dann bereust du also auch, mich geheiratet zu haben?«

»Red keinen Quatsch! Natürlich nicht! Nicht eine Sekunde! Das eine hat doch mit dem anderen gar nichts zu tun. Ich hätte dich heiraten und trotzdem einen Beruf lernen sollen. Das hätte meine Mutter bestimmt finanziert.«

»Genau das wolltest du damals nicht.«

»Und du auch nicht! Aber das war schön dumm von uns.«

»Auch Leute mit einer guten Berufsausbildung sind heutzutage arbeitslos.«

»Ich weiß ja. Ich mache dir auch keinen Vorwurf daraus, daß ich nichts kann. Die Schuld liegt bei mir. Ich habe das alles zu ... zu gefühlsbetont gesehen. Nur weil ich mich über Mutters Standpunkt geärgert habe, wollte ich kein Geld von ihr annehmen. Außerdem, fürchte ich, war ich auch einfach zu faul. Ich hatte keine Lust, mich anzustrengen und noch etwas zu lernen. Ich dachte ...« Sie stockte.

»Was dachtest du?« hakte er nach.

›Ich dachte: Knut macht das schon!‹ hatte sie sagen wollen, aber gerade noch rechtzeitig erkannte sie, daß er das als eine Kränkung hätte empfinden müssen. »Ich glaube, ich habe damals viel zuwenig gedacht«, erklärte sie statt dessen. »Heute würde ich mich jedenfalls erheblich besser fühlen, wenn ich was Richtiges könnte.«

»Vielleicht gewinnen wir ja genug, daß du überhaupt nichts mehr arbeiten mußt.«

»Unmöglich!«

»Wir könnten ja zum Beispiel das ganze Geld so anlegen, daß wir ein zusätzliches Einkommen davon haben!«

»Und auf die große Reise verzichten? Und auf alles andere, was wir uns jetzt leisten können? Das ist doch nicht dein Ernst!«

Sie bogen um die große Kurve des Hauptweges, als sie das Ehepaar Reiser auf sich zukommen sahen. Unter normalen Umständen wären sie bei ihnen stehengeblieben, hätten sie begrüßt, eine Weile mit ihnen geplaudert und wären dann allein weiter oder aber auch mit ihnen zusammen zurückgegangen. Irene Reiser stand Eva zwar nicht besonders nahe, sie war bekannt für ihre spitze Zunge, aber Fritz Reiser war Knuts bester Freund, und so kamen die beiden Ehepaare häufig zusammen. Diesmal aber winkten sie den Reisers nur von weitem zu und bogen dann, ohne es miteinander abgesprochen zu haben, in einen Seitenweg ein.

»Die hätten uns gerade noch gefehlt!« sagte Knut und zog die Schultern hoch, um gegen den aufkommenden Wind anzukämpfen.

»Ob das nicht zu auffallend war?« fragte Eva.

»Ach was. Kann doch mal vorkommen, daß man keine Lust hat, mit jemandem zu quatschen!«

»Vielleicht nehmen sie jetzt an, daß wir miteinander streiten!«

»Egal, was die glauben. Hauptsache, sie erfahren nichts von dem Geld.«

»Du willst es ihnen nicht sagen?«

»Natürlich nicht. Wo kämen wir sonst hin? Die würden bestimmt versuchen, uns anzupumpen.« Mit einer weit ausholenden Geste fügte er hinzu: »Alle würden das tun! Niemand darf ein Sterbenswort erfahren, hörst du?«

»Ich verstehe schon«, sagte Eva zögernd.

»Aber?«

»Sie werden es doch merken. Daß wir unseren Lebensstil ändern, meine ich.«

»Wir müssen da eben sehr, sehr vorsichtig sein, nicht klotzen, sondern höchstens kleckern.«

»Und wie sollen wir ihnen erklären, daß wir uns plötzlich eine große Reise leisten können? Wo wir doch sonst immer nur mit 'nem ausgeliehenen Campingbus unterwegs waren? Die Reise lass' ich mir jedenfalls nicht nehmen, sonst freut mich der ganze Gewinn nicht.«

»Darüber habe ich schon nachgedacht. Die Frau von meinem Onkel Karl ist doch neulich gestorben ...«

»... und du warst nicht mal auf der Beerdigung!«

»Weil ich es mir nicht leisten konnte, wegen nichts und wieder nichts nach Hamburg zu fahren. Das weißt du so gut wie ich. Außerdem tut es gar nichts zur Sache. Sie kann mir trotzdem was vermacht haben. Komm mir jetzt bloß nicht damit, daß sie selber nichts gehabt haben. Das weiß doch niemand. Jedenfalls ist Onkel Karl mal mit einem schönen Auto bei uns vorgefahren und hat ziemlich großzügig einen ausgegeben. Da haut das mit der Erbschaft schon hin.«

»Und wenn sie dir nicht glauben?«

»Unwichtig. Hauptsache, sie können mir nicht das Gegenteil beweisen.«

»Hoffentlich.«

»Du brauchst nur den Mund zu halten. Dann ist die Sache geritzt. Versprichst du mir das?«

»Natürlich.«

»So natürlich ist das nun auch wieder nicht. Wenn unsereiner mal Glück hat, möchte er es am liebsten in alle Welt hinausposaunen.«

»Ich nicht. Nur meine Mutter möchte ich es schon wissen lassen. Am liebsten würde ich sie besuchen und mit einem Haufen Geschenken überraschen.«

»Wozu das?«

Evas Mutter, Witwe eines Oberstaatsanwaltes, war nach dem Tod ihres Mannes von Düsseldorf nach Bad Reichenhall gezogen, und die Verbindung zu Tochter und Schwiegersohn beschränkte sich auf Postkartengrüße und sehr seltene Anrufe. Knuts Frage hatte also schon ihre Berechtigung.

»Ich möchte ihr einmal imponieren!« platzte Eva heraus.

»Mit einem Lottogewinn? Du tickst wohl nicht richtig! Das ist für sie doch keine Leistung. Ich weiß schon, wie sie uns kommen würde.« Er ahmte eine affektierte Frauenstimme nach: »Nur kleine Leute spielen im Lotto!«

»So spricht sie nicht, und so etwas hat sie nie gesagt!« protestierte Eva.

»Aber so was Ähnliches wird ihr bestimmt einfallen. Du kennst doch ihre Sprüche: ›Dies gehört sich nicht und das tut man nicht!‹ Sie darf am allerwenigsten von unserem Gewinn erfahren. Ein ausgesucht teures Geschenk zu ihrem nächsten Geburtstag und keine Erklärung, woher wir das Geld haben, das ließe ich mir gerade noch gefallen.«

»Wahrscheinlich hast du recht«, gab Eva zu, »aber Spaß hätte es mir doch gemacht, ihr gegenüber mal aufzutrumpfen.«

»Vergiß es!«

Eva und Knut liefen und redeten, redeten und liefen, waren aufgeregt wie Kinder, merkten es selber und lachten sich aus. Der befürchtete Regenschauer blieb aus, nur hin und wieder nieselte es leicht. Aber das störte sie nicht. Erst nach Stunden wurden sie langsamer und weniger gesprächig, und dann begann sich endlich auch Hunger bemerkbar zu machen. Normalerweise wären sie jetzt in der Waldschänke eingekehrt, aber heute verzichteten sie darauf, um keinen Bekannten zu begegnen. Der lange Rückweg in die Stadt wurde dann doch sehr mühsam.

In ihre kleine Wohnung in der Kantstraße zurückgekehrt, nahmen sie gemeinsam ein heißes Bad, das sie wieder munter machte.

»Weißt du, was ich jetzt am liebsten möchte?« sagte Eva und kitzelte ihn mit dem großen Zeh auf der Brust. »Was Gutes essen ...«

»Hast du denn was da?«

»Steaks natürlich nicht. Aber Spaghetti mit Tomatensauce könnte ich dir bieten. Dazu einen französischen Landwein.«

»Klingt verlockend.«

»Gemütlich essen und dann einfach zu Hause bleiben.«

Er umfaßte ihren Fuß und drückte seine Lippen darauf. »Das ist unmöglich, und du weißt es.«

Sie hatten seit Jahren ein Abonnement in der Reihe A, Schauspiel, für Veranstaltungen in der Stadthalle, ein kleiner Luxus, den sie sich gönnten. Heute abend sollte ›Über allen Gipfeln ist Ruh'‹ von Thomas Bernhard gegeben werden, und sie hatten sich, bevor sie das große Los gezogen hatten, darauf gefreut.

»Wir werden alle möglichen Leute treffen, und du hast selbst gesagt ...«

»Unsere Plätze dürfen nicht leer bleiben. Das wäre viel zu auffallend.«

»Und wenn wir die Klüsers bitten würden?«

Das Ehepaar Klüser wohnte auf dem gleichen Stock gegenüber, waren also Nachbarn, aber mehr als zwanzig Jahre älter als sie und nicht mit ihnen befreundet. Man grüßte sich zwar im Treppenhaus, wechselte auch gelegentlich einige Worte, aber zu gegenseitigen Begegnungen war es nie gekommen.

»Mit was für einer Erklärung?« fragte Knut. »Ich bitte dich, Evchen, wir müßten uns einen Haufen Lügen ausdenken. Damit wollen wir doch gar nicht erst anfangen. Nein, wir gehen hin und stehen es durch. Es sind ja nur zwei Pausen, und danach haben wir guten Grund, rasch abzuhauen. Wir müssen ja morgen arbeiten.«

Eva gab nach. Als sie sich mit Spaghetti, Tomatensauce und einem Glas Landwein gestärkt hatten - den Rest der Flasche hoben sie für den späteren Abend auf -, machten sie sich schick.

Eva fand, daß Knut sehr seriös wirkte in seinem dunkelgrauen Anzug mit weißem Hemd und hellgrauer Seidenkrawatte. Es störte sie auch nicht, daß er im Laufe der Zeit ein Bäuchlein bekommen hatte und sein blondes Haar oberhalb der Stirn schütter zu werden begann. Sein Leibesumfang wurde zwar durch die Jacke kaschiert, aber sein Haar konnte er noch so künstlerisch bürsten und kämmen, die Kopfhaut wurde doch sichtbar.

»Ich werde alt«, sagte er unzufrieden zu seinem Spiegelbild.

»Ach was«, widersprach sie zärtlich, »du siehst fabelhaft aus. Wie ein leitender Direktor.«

»Alt«, wiederholte er. »Man könnte denken, ich wäre dein Vater.«

Tatsächlich sah sie, klein und zierlich, mit ihrem kurzgeschnittenen blonden Haar und den großen braunen Augen in dem champagnerfarbenen Rüschenkleid, das sie im Ausverkauf erstanden hatte, trotz ihrer fünfundzwanzig Jahre wie ein Schulmädchen aus.

»Mir wäre es lieber, ich würde endlich erwachsener wirken«, gestand sie.

»Wenn wir erst das Geld haben, kannst du dir ja ein paar Falten einoperieren lassen!«

Sie lachte. »Und du dir Haare!«

Arm in Arm zogen sie los, in ihren hellen Regenmänteln, die für die Jahreszeit zu dünn waren, er vorsichtshalber mit einem Schirm bewaffnet.

Wie Knut vorausgesagt hatte, standen sie den Abend durch. Zu ihrem Glück wurde in den Pausen nur über die Aufführung und die Schauspieler gesprochen, und es fiel niemandem auf, daß sie mit den Gedanken nicht dabei waren.

Vom Stück selber hatten sie jedoch wenig. Sie waren zu aufgeregt, um sich konzentrieren zu können.

Ein einziger Satz blieb Eva im Gedächtnis, ein Satz, den die Frau des Dichterfürsten über ihr romantisch am Waldrand liegendes Heim sagt: »Beinahe unberührt von dem gräßlichen Jetzt!«

Den zitierte sie Knut auf dem Heimweg, aber er verstand nicht, warum sie ihn so komisch fand.

Am Montagmorgen rief Eva in Düsseldorf an und entschuldigte sich bei der Vorsteherin des Schreibsaals wegen Unpäßlichkeit. Knut ging wie immer zu ›Ernst & Stössel‹, obwohl Eva ihn zu überreden versucht hatte, bei ihr zu bleiben; er wollte nicht auffallen. Aber in der Mittagspause aß er nicht, wie gewöhnlich, in der Werkskantine, sondern lief nach Hause, um, wie er vorgab, nach seiner kranken Frau zu sehen.

Eva hatte eine Rindfleischsuppe gekocht, aber er konnte sich nicht zwingen, auch nur einen Löffel davon zu schlucken.

Sein Blick wanderte unentwegt von seiner Armbanduhr zum Radio, das mit voller Lautstärke lief.

»Das ist doch sinnlos«, sagte Eva, »du kannst die Zeit nicht vorantreiben. So iß doch wenigstens ein bißchen! Die heiße Suppe wird dir guttun.« Sie löffelte, ohne wirklich etwas zu schmecken.

Er schüttelte stumm den Kopf.

»Du hast auch heute früh nichts gehabt außer Kaffee!« stellte sie vorwurfsvoll fest.

»Hör auf mit deiner ewigen Nörgelei!« fuhr er sie an. »Kannst du denn immer nur ans Essen denken?«

»Ich denke an dich und deine Gesundheit«, gab sie leicht gekränkt zurück.

Endlich kam die Zeitansage. Dreizehn Uhr. Ein Sprecher verkündete die Neuigkeiten des Tages.

»Jetzt!« sagte Eva.

»Sei still!« fauchte er, obwohl es im Radio noch um Weltpolitik ging.

Sie hielten den Atem an, als endlich die Nachricht kam, auf die sie gewartet hatten.

»... und jetzt zu den endgültigen Quoten der fünfundvierzigsten Ziehung der Lottozahlen. Sechs richtige: zwei Millionen Siebenhunderttausend Mark ...«

»Hurra geschrien!« Eva sprang auf und stieß dabei an den Tisch, so daß die Suppe schwappte. »Fast drei Millionen! Wir haben es geschafft!« Sie lief zu Knut hin, wollte ihn stürmisch umarmen, hielt dann aber mitten in der Bewegung inne. »Was ist los mit dir?« fragte sie erschrokken.

Sein Gesicht war kalkweiß geworden, es wirkte zerfallen. Er hatte die Augen geschlossen.

Sie legte ihm die Hand auf die Stirn. Seine Haut war eisig kalt und feucht.

Eva wußte nicht, was sie tun sollte. Sie beugte sich über ihn, lockerte die Krawatte und öffnete den obersten Kragenknopf, während sie unentwegt auf ihn einredete. Er gab kein Lebenszeichen von sich. Sie schob ihre Hand unter seine Jacke und spürte das beruhigende Klopfen seines Herzens.

Ihr fiel ein, daß noch ein Rest Cognac in der Flasche sein mußte. Sie setzte ihm die Flasche an den Mund und versuchte, ihm das starke Getränk vorsichtig einzuflößen. Die ersten Tropfen rannen ihm an den Mundwinkeln herab. Eva nahm sich nicht die Mühe, sie abzutupfen. Dann endlich schluckte er, hustete und bekam wieder Farbe.

Er schlug die Augen auf. »Das war zuviel!« krächzte er.

»Du hast mir vielleicht einen Schrecken eingejagt!«

»Tut mir leid, ich ... ich weiß auch nicht! Plötzlich dröhnte es in meinem Kopf, und es wurde mir schwarz vor Augen. Ich muß wohl das Bewußtsein verloren haben.«

»Du sahst aus wie ein Toter!«

Er rang sich ein Lächeln ab. »Ist wahrscheinlich passiert, weil ich nichts im Magen hatte.«

»Dann nimm wenigstens jetzt ein paar Löffel!« Eva legte die Handflächen an den Suppentopf. »Soll ich sie dir heiß machen?«

»Laß nur. Ich muß mich erst erholen.« Mit zitternden Händen zündete er sich eine Zigarette an.

Sie zweifelte zwar daran, daß Nikotin das Richtige in seiner Verfassung war, unterdrückte aber eine Bemerkung darüber.

»Ist es denn wahr?« fragte er. »Bitte, sag jetzt nur nicht, daß ich geträumt habe!«

Sie setzte sich auf seinen Schoß. »Es stimmt!« sagte sie mit einem Lächeln, das an Glanz verloren hatte. »Zwei Millionen siebenhunderttausend! Aber wenn ich denke, daß du dabei hättest drauf gehen können ...«

»Quatsch!« sagte er. »So leicht stirbt man nicht!«

»Es sah eben ganz so aus.«

»Ich weiß, daß ich vollkommen gesund bin. Es ist kaum ein paar Wochen her, daß ich beim Arzt war und meinen letzten Check-up hab' machen lassen. Aber zwei Millionen Siebenhunderttausend am hellichten Tag können auch den stärksten Mann umhauen. Das wirst du doch zugeben.«

»Besonders, wenn er noch nichts gegessen hat.« Sie füllte seinen Teller auf, nahm ihm die Zigarette aus der Hand und begann, ihn liebevoll zu füttern. »Einen für die Lottofee ... einen für den lieben Notar ... einen für den Techniker ... einen für den, der das Spiel erfunden hat ...« Sie unterbrach sich. »Was machen wir bloß mit dem plötzlichen Reichtum?«

»Erst einmal auf unser Girokonto.«

Sie rutschte von seinem Schoß und drückte ihm den Löffel in die Hand. »Jetzt kannst du wohl allein weiteressen. Zwei Millionen siebenhunderttausend Mark! Das halt ich doch im Kopf nicht aus!« Sie begann, unruhig auf und ab zu gehen, obwohl das in dem kleinen, vollgestellten Zimmer nur schwer möglich war. »Wann, denkst du, kriegen wir das Geld?«

»Ich denke, daß sich ein Herr von der Lottozentrale noch heute mit dir in Verbindung setzen wird.«

»Mit mir? Wieso mit mir? Du bleibst doch jetzt zu Hause.«

»Nein, gerade nicht.« Er sah auf seine Armbanduhr. »Ich muß sofort wieder los. Es wird höchste Zeit.«

»Aber dein Hemd ist bekleckert.«

»Dann ziehe ich eben ein anderes an.« Er stand auf.

Sie lief ihm ins Schlafzimmer nach. »Du wirst doch sowieso kündigen, nicht wahr?«

Er zog seine Jacke aus. »Ja. Aber es darf nicht so auffallend sein. Geht das wirklich nicht in deinen Schädel?«

Sie nahm ihm die Jacke ab. »Bei so viel Geld kommt es doch wirklich nicht mehr drauf an!«

»Es ist jetzt noch wichtiger, daß wir es geheimhalten!« Er legte die Krawatte ab und zog sein Hemd aus. »Wir reden heute abend noch einmal darüber. Bis dahin ... zu keiner Menschenseele ein Wort!«

»Wenn du darauf bestehst!«

»Ja, das tu' ich!«

Sie war in Versuchung, ihm einen raschen Kuß auf seinen nackten Bauch zu drücken, unterließ es aber, da seine Miene ihr verriet, daß er im Moment zu solchen Scherzen nicht aufgelegt war. »Ist versprochen.«

»Laß dich auch von dem Kerl von der Lottozentrale nicht ausholen«, warnte er, »die versuchen das gerne. Sag einfach, daß uns diese Riesensumme völlig überrascht hat und daß wir noch nicht wissen, was wir damit anfangen sollen.« Er hatte das Hemd gewechselt und zog sich die Krawatte über den Kopf.

»Ay, ay, Sir!« Sie reichte ihm die Jacke. »Aber was machen wir nun wirklich mit dem Geld?«

»Wir haben Zeit genug, uns alles in Ruhe zu überlegen.« Er nahm sie kurz in die Arme. »Da fällt mir noch etwas ein! Am besten gibst du ihm falsche Auskünfte.«

»Wozu?«

»Damit niemand drauf kommt, daß wir das sind. Die bringen das ja bestimmt in die Zeitung. Ich seh's schon vor mir. Junges Ehepaar aus Hilden‹ und so weiter und so fort. Sag ihm, du wärst zwanzig, du siehst ja auch so aus ... und ich wäre dreißig. Die prüfen das bestimmt nicht nach. Sag ihm, du wärst Hausfrau und ich ... ich wäre Ingenieur.«

»Ach, Knut, bitte, bleib doch und sag du es ihm! Du weißt, ich kann so schlecht lügen.«

»Es ist doch nichts dabei, Evchen!« Er nahm sie bei den Schultern und küßte sie zärtlich. »Denk immer daran, wir haben uns diesen Gewinn redlich verdient, und die Leute vom

Lotto und die Pressefritzen und überhaupt niemanden geht es was an, wer wir sind!«

»Du hast sicher recht, Liebling!«

»Wie immer, mein Schatz. Du machst das schon. Ich verlass' mich auf dich.«

Als Knut gegangen war, lief Eva rasch hinunter, um eine Flasche Sherry zu besorgen. Sie wollte dem Herrn von der Lottozentrale etwas anbieten können. Aber als sie die Küche gemacht und das Wohnzimmer in Ordnung gebracht hatte, genehmigte sie sich selber ein Gläschen. Ihr war danach zumute.

Der Anruf kam eine halbe Stunde später. Sie meldete sich.

»Lottozentrale Düsseldorf. Sie sind Frau Eva Karsten?« vergewisserte sich eine fremde Stimme.

»Ja, ja, ich bin es!«

»Sie wissen schon, daß Sie ... wenn Sie nichts wissen, setzen Sie sich besser erst einmal hin ...«

»Doch, ich weiß Bescheid!«

»Sie haben im Lotto gewonnen ... den Hauptgewinn!«

»Ja, ja, ich weiß. Ich bin extra deswegen zu Hause geblieben.«

»Dann bin ich in etwa einer halben Stunde bei Ihnen. Sie haben doch den Lottoschein?«

»Ja, ja, natürlich!«

»Also dann ... bis gleich!«

Es dauerte länger als eine halbe Stunde, bis der Herr von der Lottozentrale an der Wohnungstür der Karstens klingelte. Aus lauter Nervosität hatte Eva inzwischen noch einen Sherry getrunken. Aber die Begegnung verlief völlig problemlos.

Der Herr, in gefüttertem Regenmantel und Hut auffällig unauffällig gekleidet, wies sich aus, prüfte den Lottoschein, gratulierte sehr herzlich und ließ sich, nachdem er abgelegt hatte, von Eva zu einem Glas Sherry einladen. Eva war sehr aufgeregt, aber das schadete nicht; es paßte zu ihrer Rolle. Wie Knut vorausgesehen hatte, stellte er einige Fragen, sehr freundlich und im Plauderton und ohne sich Notizen zu machen.

Er schien es auch ganz natürlich zu finden, als sie erklärte: »Wir wissen wirklich noch nicht, was wir mit dem vielen Geld anfangen sollen. Wir sind ganz überwältigt. Nein, ein Haus brauchen wir eigentlich nicht, vielleicht eine größere Wohnung ... zuerst aber mal eine schöne Reise!«

Nur als sie erklärte, Hausfrau zu sein, stutzte er etwas.

»Sie arbeiten nicht?« fragte er und sah sich in der kleinen Wohnung um.

»Mein Mann hat es lieber, wenn ich nur für ihn da bin.«

»Aber vorhin am Telefon sagten Sie doch, Sie wären extra zu Hause geblieben ...«

Eva wurde rot, aber sie log tapfer weiter. »Das stimmt ja auch! Sonst hätte ich Einkäufe gemacht. Das tue ich immer montags, nach dem langen Wochenende. Sachen zur Reinigung bringen und so.«

»Sie müssen sehr viel Zeit haben.«

»Überhaupt nicht!« Ihr fiel etwas ein. »Ich besuche verschiedene Kurse in der Volkshochschule und muß mich tagsüber darauf vorbereiten. Mein Mann legt Wert darauf, daß ich mich weiterbilde.«

»Na, das werden Sie ja wohl in nächster Zukunft aufgeben.«

»Ich glaube nicht.« Eva lächelte entwaffnend. »Dann hätte der Gewinn mir ja einen Verlust gebracht.« Sie stand auf, um dem Gast zu verstehen zu geben, daß er sie lange genug aufgehalten hatte.

Auch er erhob sich, obwohl er noch nicht ausgetrunken hatte. »Und Sie wollen das ganze Geld auf Ihr Girokonto überwiesen haben? Wäre es nicht zweckmäßiger, dafür ein Sparkonto anzulegen?«

»Vielleicht kaufen wir ja auch gleich Wertpapiere. Das muß ich erst noch alles mit meinem Mann besprechen.« Sie reichte ihm die Hand. »Vielen Dank, daß Sie gekommen sind!«

»Werden Sie weiterspielen?«

»Vielleicht. Nur so zum Spaß. Auf einen zweiten Hauptgewinn zu spekulieren wäre wohl vermessen.«

Als Eva ihn endlich aus der Wohnung hinausbugsiert hatte, atmete sie auf. Aber sie war auch stolz auf sich. Sie war sicher, daß sie ihre Sache gut gemacht hatte.

Vorsichtshalber wollte Knut ein paar Tage warten, bevor er kündigte. Erst wenn das Geld tatsächlich auf seiner Bank, der ›Hildener Sparkasse‹ lag, wollte er diesen entscheidenden Schritt tun. Aber es fiel ihm schwer, sich ganz wie immer zu benehmen.

Er und Robert Hellmann arbeiteten im gleichen Raum an Schreibtischen, die einander gegenüberstanden. Immer, wenn Knut aufblickte, sah er in Hellmanns glattes, sorgloses Gesicht, und stets empfand er dabei Bitterkeit. Er war es gewesen, der den jungen Spund hatte einarbeiten müssen, schon damals mit dem unguten Gefühl, sich einen Konkurrenten mit besseren Chancen heranzuziehen. Heute, zum ersten Mal, schmerzte es kaum noch. Trotz seines schweren Siegelrings, seiner Tweedanzüge und seiner Seidenhemden war Hellmann doch nur ein armes Würstchen im Vergleich zu ihm, Knut Karsten, dem Millionär.

Er zündete sich eine Zigarette an und sagte lässig: »Wissen Sie, Hellmann, ich habe mir was überlegt. Was würden Sie davon halten, wenn meine Frau und ich den Treck zum Kilimandscharo mitmachen?«

Hellmann blickte erstaunt auf. »Sie haben wohl im Lotto gewonnen?«

Knut konnte nicht verhindern, daß ihm das Blut ins Gesicht schoß. »Jetzt hören Sie aber mal!« rief er gereizt.

Hellmann zeigte bei einem versöhnlichen Lachen seine gesunden weißen Zähne. »Sollte ja nur ein Witz sein.«

Knut entspannte sich. »Sie haben einen sonderbaren Humor.«

Hellmann strich sich mit der Hand durch sein dichtes braunes Haar.

»Jedenfalls hab' ich einen!« erklärte er und fügte anzüglich hinzu: »Was man nicht von jedem in diesem Haus sagen kann.«

»Meinen Sie damit etwa mich?«

»Jeder zieht sich den Schuh an, der ihm paßt.«

»Sie sind reichlich unverschämt.«

»Und Sie reichlich empfindlich.«

Plötzlich lachte Hellmann auf. Es machte ihm immer wieder Spaß, den Kollegen zu reizen, aber dessen Gegenhiebe trafen ihn nie, sondern glitten an seiner sorglosen Selbstsicherheit ab. Deshalb konnte er auch nie wirklich böse sein, während Knut sich giftete.

»Weshalb streiten wir eigentlich? Das ist doch alles Unsinn. Natürlich würde ich mich freuen, wenn Sie mitkommen würden. Es ist doch immer besser, man kennt schon jemanden.«

»Ihr Ernst?«

»Aber ja doch. Wenn Sie wollen, bringe ich Ihnen morgen den Prospekt mit.«

»Das wäre nett.«

»Sie sollten sich aber bald anmelden. Mehr als sechzehn Leutchen nehmen die nicht.«

»Ich muß erst noch meine Frau überzeugen.«

»Hoffentlich gelingt Ihnen das rasch.« Hellmann wandte sich wieder seinem Computer zu und drückte wie spielerisch auf einige Tasten. »Übrigens, das vorhin mit dem Lottogewinn ... es steckt doch ein bißchen Ernst dahinter.«

»Ich habe nicht gewonnen!« behauptete Knut hitzig.

»Das habe ich auch gar nicht im Ernst angenommen. Ich wollte Sie nur darauf aufmerksam machen, ... der Trip kostet einen Batzen Geld.«

»Ich habe einige Ersparnisse.«

»Tatsächlich? Hätte ich Ihnen gar nicht zugetraut.«

»Weil ich mit Geld umgehen kann.«

»Hätte ich nie vermutet. Ich dachte immer, Sie wären knikkerig, weil Sie nicht genug verdienen.«

»Immer noch mehr als Sie!«

»Ich verdiene ja auch viel zuwenig. Wenn ich nicht ein bißchen Vermögen hätte ...« Er zuckte die Achseln. »Nicht auszudenken.«

Nach einer Weile fragte Knut: »Wieviel kostet der Trip ...« – er übernahm den Ausdruck von Hellmann, weil er ihm gefiel und irgendwie weltmännisch erschien –» ... nun tatsächlich?«

»Über sechstausend pro Nase. Mindestens einen Tausender für Extras müßten Sie noch dazulegen, wenn es hinkommt.«

»Hm, hm«, machte Knut nur.

»Kalte Füße bekommen?« fragte Hellmann mit einem belustigten Zwinkern seiner braunen Augen.

»Bringen Sie mir den Prospekt mal mit, ja?«

»Aber mit Vergnügen.«

Am Abend feierten Eva und Knut ein Fest zu zweit.

Sie hatten groß eingekauft: Wein, Champagner, Whisky, Roastbeef, gebratenes Hähnchen, Palmherzensalat, Pfirsichkompott und frische Brötchen. Sie war dafür eigens nach Düsseldorf gefahren, um nicht beobachtet zu werden.

Im Treppenhaus war sie Frau Klüser begegnet. »Sie schleppen sich aber ab!« hatte die alte Dame mit einem Blick auf Evas schwere Tasche gesagt.

Eva war sich ertappt vorgekommen. »Ich habe mir extra freigenommen, um mal richtig einzukaufen«, hatte sie geschwindelt.

Ihr Gesichtsausdruck hatte Frau Klüser stutzig gemacht. »Mir brauchen Sie doch nichts zu erklären.«

»Natürlich nicht. Man redet doch nur so.«

Von diesem Gespräch erzählte Eva nichts, denn sie wußte, Knut hätte sich gleich wieder Sorgen gemacht. Sie ärgerte sich auch über sich selber, weil sie sich hatte unsicher machen lassen. Es war schwerer, als sie gedacht hatte, ein heimlicher Millionär zu sein.

Statt dessen prahlte sie am Abend damit, wie gut sie mit dem Herrn von der Lottozentrale fertig geworden war.

»Ich hab's ihm genau gesagt, wie du es gewollt hast! Niemand wird auf uns tippen, auch wenn es in die Zeitung kommt!«

»Bravo, Schätzchen!« Er nahm sie zärtlich in die Arme.

Später setzten sie sich, beide schon in Hausmänteln, an den festlich gedeckten Tisch - Eva hatte zur Feier des Tages sogar Kerzen angezündet - und begannen zu schmausen.

»Schmeckt wunderbar!« sagte Knut und spülte einen Bissen Hähnchen mit Weißwein hinunter - Chablis Grand Cru 1976, den Eva sich von einem beflissenen Verkäufer hatte empfehlen lassen.

»Stell dir nur vor, so was können wir jetzt alle Tage essen!«

»Das denn nun doch lieber nicht. Auf die Dauer ist mir deine gute Hausmannskost lieber, besonders wenn du Zeit hast, dich an den Herd zu stellen.«

»Ich finde so ein Tischlein-deck-dich, auf dem man alles nur noch garnieren muß, wunderbar!«

»Zur Abwechslung, ja!« Er kostete von den Palmherzen. »Übrigens ... ich habe heute mit Hellmann gesprochen. Er bringt mir morgen die Prospekte mit. Vom Kilimandscharo-Trip.«

»Und wie hat er es aufgenommen?«

»Natürlich hat er versucht, mich zu verarschen. Wie es so seine Art ist. Aber der kann mich doch mal!«

»Du willst immer noch allen Ernstes mit diesem Typen zusammen verreisen?«

»Warum denn nicht?«

»Ich weiß nicht, Knut, ich habe so das Gefühl, du willst ihm etwas beweisen. Aber das würde ich an deiner Stelle nicht versuchen.«

»Warum denn nicht?«

»Weil es Quatsch ist! Ihr seid doch keine kleinen Jungens mehr.«

»Du spinnst dir was zusammen. Ich will bloß rauf auf den Kilimandscharo, ob mit Hellmann oder ohne, das ist mir ganz schnurz.«

»Hoffentlich.«

»Wenn du erst den Prospekt liest, wirst du schon sehen, was mich daran so reizt.«

»Ich bin wahnsinnig gespannt.«

Sie aßen und tranken, redeten und schmiedeten Pläne.

»Du, ich habe mir was ausgerechnet!« sagte Eva. »Wenn wir von den zwei Millionen siebenhunderttausend erst mal zweihunderttausend ausgeben ... für unsere Reise, für Anschaffungen und all so was ...« Sie unterbrach sich. »Zweihunderttausend müßten doch genügen, um alle unsere Wünsche zu erfüllen?«

»Soviel brauchen wir gar nicht.«

»Aber gehen wir mal davon aus. Dann bleiben uns immer noch zwei Millionen fünfhunderttausend. Wenn wir die in festverzinslichen Wertpapieren zu zehn Prozent anlegen ... da es soviel Geld ist und da wir es nicht auf die Schnelle unterbringen müssen, klappt das sicher. Dann bekämen wir im Jahr zweihundertfünfzigtausend Mark Zinsen. Ziehen wir Versicherungen und die Steuern davon ab, bleibt uns, über den Daumen gepeilt, immer noch die Hälfte, das sind doch so etwa Zwölftausend Mark im Monat. Davon könnten wir in Saus in Braus leben und tun, was uns gefällt.«

Er hatte ihr mit gerunzelter Stirn zugehört. »Ich wußte gar nicht, daß du so ein Finanzgenie bist.«

»Ich hab's einfach mal durchgerechnet. Nur so«, erklärte sie fast entschuldigend.

»Klingt gar nicht dumm!« gab er zu. »Aber was stellst du dir unter einem Leben in Saus und Braus vor?«

»Im Winter Ski fahren, im Sommer segeln und surfen, uns in der Welt herumtreiben und immer da bleiben, wo es uns gefällt. Vielleicht auch Tennis spielen lernen und golfen.«

»Ein sehr sportliches Programm.«

»Das ist mir nur gerade so als erstes eingefallen. Wir könnten genauso gut in Kultur machen, die Bayreuther Festspiele besuchen oder die Salzburger, mal eine Saison in Berlin oder London oder New York verbringen.«

»Dazu hättest du also Lust?«

»Ich stell's mir herrlich vor, ganz ungebunden zu sein.«

»Aber das ergibt doch keinen Sinn.«

»Natürlich tut es das. Einfach so zu leben, wie es einem Spaß macht, stell' ich mir herrlich vor.«

»Ich glaube, daß uns das schon bald zum Hals heraushängen würde.«

»Riskieren wir's doch einfach! Lassen wir es drauf ankommen! Wenn es uns langweilig wird, können wir ja was anderes anfangen. Wir können dann immer noch das Kapital angreifen.«

»Sei mir nicht böse, Evchen«, sagte er, »aber ein Leben als Frührentner reizt mich nicht besonders.«

»Frührentner!« wiederholte sie. »Was für ein Ausdruck! Klingt ja bescheuert!«

»Es wäre bescheuert, wenn ich mich mit meinen siebenundzwanzig Jahren zur Ruhe setzen sollte, nur weil ich zufällig zu Geld gekommen bin. Für dich wäre es vielleicht das Richtige. Du hast dich ja nie um die Arbeit gerissen.«

»Du etwa?«

»Doch. Mein Beruf hat mir viel bedeutet, solange ich das Gefühl haben konnte ... daß ich darin vorwärtskam.«

»Entschuldige«, sagte sie rasch, »das stimmt natürlich. Ich hatte einfach vergessen, wieviel dir sogar ›Ernst & Stössel‹ früher bedeutet hat.«

»Ich bin in meiner Arbeit aufgegangen.«

»Das ist lange her, und deshalb dachte ich ...« Sie unterbrach sich. »Was hast du denn jetzt für Pläne?«

»Ich will einen eigenen Betrieb haben.«

Sie erschrak ein wenig, zeigte es aber nicht. »Werkzeuge?« fragte sie.

»Nicht unbedingt. So viel, daß wir ›Ernst & Stössel‹ aufkaufen können, haben wir denn doch nicht, auch nicht, wenn wir einen Kredit aufnehmen. Nein, die Branche ist mir ziemlich egal. Es muß ein solides, überschaubares Unternehmen sein. Vielleicht kann ich mich irgendwo einkaufen, oder ich gründe selber eine Firma.«

»Aber wäre das nicht riskant?« fragte sie vorsichtig.

»Man muß schon etwas riskieren, wenn man wirklich reich werden will.«

»Knut! Wir haben fast drei Millionen!«

»Geh mir weg mit deinen lumpigen Millionen!«

Sie ließ vor Schreck die Gabel fallen und starrte ihn an, als sähe sie einen Wildfremden vor sich; sekundenlang war sie unfähig, ein Wort hervorzubringen.

Er begriff, daß er zu weit gegangen war. »Versteh mich richtig, Evchen«, sagte er, »natürlich sind drei Millionen viel Geld, aber nicht genug, um sie einfach auszugeben. Sie können nur ein Grundstock sein, unsere Chance, endlich mal ganz groß rauszukommen. Ich will etwas daraus machen.«

»Vor ein paar Tagen«, sagte Eva langsam, »hast du von Millionen nicht einmal zu träumen gewagt. Jetzt nennst du sie ›lumpig‹.«

»Die Situation hat sich geändert.«

»Deshalb sollten wir aber doch nicht größenwahnsinnig werden. Bleib auf dem Teppich, Knut.«

»Für mich ist es keine Befriedigung, Geld zu gewinnen. Ich bin ein Mann. Ich will etwas leisten.«

»Dann tu es. Sieh dich in aller Ruhe nach einer anderen Stellung um. Jetzt hast du ja jede Menge Zeit dazu.«

»Nein, Eva, ich ...«

Sie merkte, daß sie kurz vor einem Streit standen und fiel ihm ins Wort. »Hören wir jetzt auf damit, ja? Wir waren uns doch einig, daß wir uns nicht sofort entscheiden wollten. Also bleiben wir doch dabei.«

Er ließ sich nicht aufhalten. »Ich will dir doch nur grundsätzlich klarmachen, daß ich ...«

»Ich habe dich schon verstanden, Knut.« Ihre Stimme klang kälter, als er sie jemals gehört hatte.

Dennoch mißachtete er das Signal. »Wenn du mit meinen Plänen nicht einverstanden bist, können wir das Geld ja auch teilen.«

»Du willst mit deinem Kapital eine Firma gründen, und ich gehe mit meinen Zinsen auf Reisen? Meinst du das so?«

»Wenn du es nicht anders haben willst.«

»Das wäre das Ende unserer Ehe.«

Er lächelte schief. »Du könntest mich ja hin und wieder besuchen.«

Zum ersten Mal überfiel sie das bestürzende Gefühl, daß ihnen der Gewinn nicht nur Glück bringen würde. »Oh, Knut, ich ...« stammelte sie, und dann kamen ihr die Tränen.

Er sprang auf und nahm sie in die Arme. »Ist ja schon gut, Evchen, ist ja schon gut!«

»Gar nichts ist gut!« stieß sie hervor. »Überhaupt nichts! Endlich haben wir keine Sorgen mehr, endlich könnten wir glücklich sein, und da streiten wir uns so widerwärtig!«

»So beruhige dich doch!« bat er und kam sich ziemlich hilflos vor; er erinnerte sich nicht, daß seine Frau je zuvor geweint hatte.

»Erst regst du mich auf bis zum Geht-nicht-mehr, und dann verlangst du, ich soll dabei gelassen bleiben!«

»Was habe ich dir denn getan?«

»Du willst mich sitzenlassen!«

»Aber das ist doch nicht wahr!«

»Hast du etwa nicht vorgeschlagen, daß wir uns trennen sollen?«

»Das mußt du falsch verstanden haben!«

»Lüg nicht!« Die Tränen sprangen aus Evas Augen, aber ihre Stimme zitterte nicht nur vor Kummer, sondern auch vor Wut.

»Vielleicht habe ich etwas dergleichen gesagt«, räumte er ein, »aber eben nur so dahingesagt. Jedenfalls habe ich es nicht ernst gemeint.«

»Schwörst du?«

»Bei allem, was mir heilig ist. Ich liebe dich, Evchen, und ich brauche dich. Eher würde ich auf das ganze Geld verzichten als auf dich!«

Sie schmiegte ihren Kopf an seine Brust, und ihre Tränen durchnäßten sein Hemd. »Du darfst mich nicht im Stich lassen!«

»Aber das werde ich doch nicht ... nie, nie, nie!«

Sie hob ihm ihr Gesicht entgegen. »Dann wollen wir heute nicht mehr darüber sprechen, ja?«

»Worüber meinst du?«

»Über das Geld und was wir damit anfangen wollen. Lassen wir uns doch Zeit damit, bitte! Können wir nicht einfach glücklich sein?«

Er versprach es. Aber es fiel ihnen beiden schwer, sehr schwer. Sie flüchteten sich in Erinnerungen, sprachen von der Zeit ihrer jungen Liebe, von den Schwierigkeiten, die sie damals gehabt hatten, und von ihren Hoffnungen. Dabei tranken sie mehr, als sie gewohnt waren, und mehr, als sie vertragen konnten.

Der Kater, den sie am nächsten Morgen hatten, war riesengroß.

Der Prospekt, den Knut am Abend nach Hause brachte – Hellmann hatte ihn ihm, wie versprochen, gegeben –, stammte von einem Züricher Reisebüro und hatte ihn in helle Begeisterung versetzt. Sogar sein Schädelbrummen war vergessen.

Noch in Hut und Mantel zog er ihn aus seiner Aktentasche. »Du wirst staunen, Evchen!«

»Laß sehen!«

»Nein, nein, nicht doch! Ich lese ihn dir vor!«

»Warum? Ich kann doch selber ...«

»Weil es mir Freude macht.« Erst jetzt fiel es ihm ein zu fragen: »Wie fühlst du dich?«

Sie lächelte schwach. »Es geht schon.«

»Hast du dich noch ein bißchen hingelegt?«

»Auch das. Jedenfalls war ich nicht im Büro.«

»Mußt du ja auch gar nicht mehr. Kündige einfach schriftlich. Was können sie schon machen? Dir höchstens dein Gehalt kürzen. Aber das kann uns doch ganz egal sein.«

»Stimmt schon, aber es käme mir irgenwie schäbig vor ... wie Fahnenflucht.«

»Na, ganz wie du meinst.« Er schlug den Katalog auf. »Also, paß auf!« Er zitierte mit Emphase: »Achtzehn Tage ab Zürich ... Kilimandscharo-Besteigung mit Safari in Tansania!«

Sie unterbrach ihn. »Wollen wir nicht erst essen?«

»Was gibt es denn?«

»Reste von gestern und dazu Bratkartoffeln. Ich habe die Pfanne schon auf dem Herd.«

»Dann nimm sie wieder runter! Und weißt du was? Schenk mir einen Whisky ein! Das ist das Beste, um einen klaren Kopf zu bekommen.«

»Mit Wasser?« fragte sie widerstrebend.

»Nein. Tu mir nur einen Würfel Eis rein.«

Mit einem unterdrückten Seufzer erfüllte sie seinen Wunsch. Als sie mit dem Glas in der Hand aus der Küche kam, hatte er es sich schon in seinem Sessel bequem gemacht, die Nase im Katalog. Er nahm den Whisky entgegen, ohne aufzusehen.

»Hier, das wäre natürlich auch was!« meinte er und las: »Wintererlebnis in Kanada. Arktisches Abenteuer in der schönsten Jahreszeit. Unvergleichliches Erlebnis absoluter Ruhe und Stille. Nach Touristen sucht man im Winter in Alaska vergebens – um so schneller fühlt sich der Besucher den Einheimischen zugehörig. Ein stahlblauer Himmel, glasklare Winterluft, Eisberge, ein riesiger weißer Schneeteppich und endlose Tundren ...«

»Ich glaube«, fiel ihm Eva ins Wort, »da ist mir der Kilimandscharo immer noch lieber.«

Er ließ sich nicht unterbrechen. »... Heimat der Wölfe, Bären und Rentiere. Zu den schönsten Wintervergnügen Alaskas gehört das Goldschürfen, Eisfischen, Hundeschlitten- und Schneemobilfahren.« Er sah sie erwartungsvoll an.

Eva schauderte. »Das schlägst du doch nicht im Ernst vor!«

Er lächelte. »Nur, um dir den Kilimandscharo schmackhafter zu machen.«

»Schuft!«

»Willst du nicht auch einen Schluck trinken?«

Sie schüttelte den Kopf. »Ich könnte nicht.«

»Würde dir guttun.«

»Nun mach endlich!«

Er blätterte um. »Achtzehn Tage ab Zürich ...«

»Das hatten wir schon.«

»... zum weißen Dach Afrikas. Leuchtender Kilimandscharo: Wer möchte nicht einmal diesen ›König der afrikanischen Berge‹, den höchsten Gipfel des Schwarzen Kontinentes, bezwingen? Der erloschene riesige Vulkan im Norden Tansanias mit seiner Krone aus ewigem Schnee und Eis - und das inmitten der Tropen - weist keine außergewöhnlichen bergsteigerischen Schwierigkeiten auf. Nicht minder erlebnisreich ist das anschließende Safariabenteuer in den schönsten Tierparks Ostafrikas. Die riesige Serengeti und die mannigfaltige Tierwelt der Reservate von Ngorongoro, Lake Manyara und Tanangire vermögen jeden Tierfreund zu begeistern.« Er nahm sich die Brille ab und fuhr sich mit der Hand über die Augen.

»Klingt gut«, mußte sie zugeben, »eine Safari hätte mich immer schon reizen können! Lies weiter! Oder soll ich nicht lieber selbst ...?«.

»Nein, es geht schon. Ich halte mich an das Wichtigste.« Er setzte die Brille wieder auf. »Reiseprogramm. Erster Tag: Abflug von Europa. Am Abend kurzer Flug von Zürich nach Wien. Anschlußflüge von Deutschland. Weiterflug mit Jet der KLM nach Arusha.«

»Hör mal«, unterbrach sie ihn, »warum denn erst nach Zürich?«

»Weil es ein Schweizer Reisebüro ist.«

»Und dann die ganze Nacht durchfliegen, wenn ich das richtig verstanden habe? Das ist doch verdammt anstrengend!«

»Für so einen Trip muß man schon eine Strapaze auf sich nehmen. Außerdem kann man ja im Flugzeug schlafen.«

»Wenn man kann«, sagte sie skeptisch.

»Hör erst mal weiter!« Er las: »Zweiter Tag: Ankunft in Arusha-Marangu. Am Vormittag Landung in Arusha, Kilimandscharo-Airport. Fahrt nach Marangu. Am Nachmittag haben Sie Zeit zum Ausruhen und Akklimatisieren.«

»Na ja«, sagte sie.

»Dritter Tag: Marangu-Mandarahütten. Heute geht's los. Die Trägerkolonne hat Ihre schweren Säcke gepackt, und Sie wandern mit leichtem Gepäck etwa zwei Stunden durch die malerische Chaggasiedlung zum ›Gate‹ des Kilimandscharo-Nationalparks. Im tropischen Regenwald, auf einem neuen, schattigen und sehr romantischen Pfad, erreichen Sie in weiteren etwa drei Stunden die neuerbauten Mandarahütten auf zweitausendachthundert Meter Höhe.«

»Drei Stunden! Ganz schön lange!«

»Unterbrich mich nicht dauernd!«

»Ich werde ja wohl noch meine Meinung sagen dürfen!«

»Hinterher, wenn ich bitten darf!« Er trank einen Schluck und zündete sich eine Zigarette an. »Vierter Tag: Ein ziemlich steiler Pfad führt nun durch den obersten Teil des Regenwaldes. Nach einer knappen Stunde wechselt die Szenerie, plötzlich haben Sie die weite Hochsteppe vor sich und sind fasziniert vom Blick auf den weißleuchtenden Kibo und den zackigen Mawenzie. Durch diese Steppenlandschaft mit vielen fremdartigen Pflanzen wandern Sie gemächlich zu den Horombohütten. Fünfter Tag: Horombohütten. In dieser Höhe, dreitausendsiebenhundert Meter, akklimatisiert man sich erfahrungsgemäß am besten. Sie haben Gelegenheit zu einer Wanderung Richtung Mawenzie oder zum Ausruhen in der näheren Umgebung der Hütte. Sechster Tag: Der Weg führt nun steil aufwärts zum Sattel zwischen Mawenzie und Kibo. Sie überqueren die sieben Kilometer der weiten ›Mondlandschaft‹ und erreichen nach einem ziemlich zähen Aufstieg die Kibohütte, viertausendachthundert Meter.«

Eva konnte nicht länger an sich halten. »Ziemlich zäher Aufstieg!« wiederholte sie. »Hört! Hört!«

Er warf ihr einen strafenden Blick zu und fuhr fort: »Siebenter Tag: Kibohütte - Kilimandscharo - Horombohütten. Mitten in der Nacht beginnt der Gipfelanstieg. Langsam steigen Sie durch das immer steiler werdende Geröllfeld. Nach kurzer Rast bei der Hans-Meyer-Höhe erreichen Sie beim Gillman's Point auf fünftausendachthundert Metern Höhe den Kraterrand. Der fünf- bis sechsstündige Aufstieg ...«

»Fünf bis sechs Stunden! Ich werd' verrückt!«

Ohne ihren Zwischenruf zu beachten, las Knut weiter: »... wird mit einem herrlichen Blick in den Krater und auf die ihn umrahmende Gletscherwelt belohnt, bis zum Uhuru-Peak, dem höchsten Punkt, sind es nochmals eineinhalb Stunden den Kraterrand entlang. Dann vergessen Sie alle Anstrengungen und sind glücklich, den Gipfel des ›Kili‹ erreicht zu haben. Der Rückmarsch erfolgt auf der gleichen Route. Nach einer Verpflegungspause in der Kibohütte erreichen Sie gegen Abend die Horombohütten.«

Sie nahm ihm das Glas aus der Hand und trank es aus. »Entschuldige, aber jetzt brauche ich doch einen Schluck. Warte, ich bringe dir einen frischen.« Als sie mit dem gefüllten Glas zurückkam, fragte sie: »Traust du dir das wirklich zu?«

»Sogar dir, Evchen! Gerade die Strapazen sind ja der Spaß an so einem Trip! Daß man das Äußerste aus sich herausholt, sich selber beweist, was in einem steckt ... und ich glaube, das ist eine ganze Menge. Natürlich werden wir vorher zusammen trainieren! Du machst doch mit?« Wieder nahm er die Brille ab, und der flehende Blick seiner schönen, vom Exzeß der vergangenen Nacht leicht getrübten Augen rührte sie.

»Ja«, sagte sie.

Er strahlte auf. »Ich wußte es!«

»Wenn wir dann anschließend eine schöne, erholsame Reise machen.«

»Aber die Fahrt durch die Serengeti ist doch bestimmt erholsam! Da! Lies doch!« Er drückte ihr den Prospekt in die Hand.

Sie überflog die Schilderung der anschließenden Tage, las ›Minibus‹, ›Schwimmbad‹, ›parkähnliche Einrichtungen‹, ›Ausblick auf den See‹, vielfältiger Tierbestand‹.

»Ja«, sagte sie, »vielleicht hast du recht. Wenn wir das mitmachen, haben wir vielleicht wirklich für einige Zeit die Nase voll vom Reisen.«

›2 700 000,- DM für junges Ehepaar aus Hilden‹ - Eva las diese Schlagzeile auf der ersten Seite der ›Rheinischen Post‹ in der S-Bahn, als sie in der Frühe nach Düsseldorf zur Arbeit fuhr. Sie hätte damit rechnen müssen. Trotzdem war es ihr, als setze ihr Herz für einen Augenblick lang aus. Unwillkürlich blickte sie sich verstohlen um. Aber keiner der verdrossenen Mitfahrer beachtete sie.

Sie las den kurzen Artikel und atmete auf. Kein Mensch würde sie und Knut als Gewinner identifizieren können. ›Ein 3ojähriger Ingenieur und seine 20jährige Frau sind die Glückspilze der Woche. Sie haben einen Riesengewinn im Lotto gemacht. Pläne, was sie mit dem Geld anfangen wollen, haben sie nicht. Sie können ihr Glück noch gar nicht fassen.‹

Knut würde zufrieden mit ihr sein.

Die Arbeit im Büro verlief wie an jedem anderen Tag.

Ihre Vorgesetzte begrüßte sie freundlich, aber mit prüfendem Blick. »Geht es Ihnen wieder besser, Frau Karsten?«

»Ach, es war nur eine kleine Unpäßlichkeit.«

Eva hatte vorgehabt, noch am gleichen Tag zu kündigen. Aber plötzlich traute sie sich nicht mehr. Zu nachdrücklich hatte Knut ihr eingehämmert, daß auch nicht der leiseste Verdacht aufkommen dürfe.

Als eine Kollegin sie, als sie sich mit einem Joghurt in den Erholungsraum setzte, auf den Gewinn ansprach, zuckte sie zusammen.

»Hast du eine Ahnung, wer die Leute sind?« fragte die rundliche, muntere Inge Pützgen.

»Wie sollte ich?«

»Na, hör mal! Hilden ist doch ein Nest.«

»So klein auch wieder nicht. Ich kenne keinen einzigen Ingenieur dort.«

»Na, wenn du was rausbekommst, dann erzähl mir's.«

»Warum?«

»Weil es interessant ist. Was werden die nun wohl machen? Unsereins kann sich so einen Haufen Geld nicht einmal vorstellen.«

Eva zuckte die Achseln und löffelte angelegentlich ihren Joghurt.

»Unsereinem nutzt's ja auch nichts, wenn andere gewinnen.«

»Dir vielleicht doch.«

Eva blickte auf. »Wieso denn?«

»Wenn ich du wäre, würde ich mit einem Blumenstrauß hingehen und gratulieren. Schließlich bist du ja so 'ne Art Nachbarin von denen.«

»Ich habe dir doch gesagt, daß ich keine Ahnung habe, wer die sind.«

»Da solltest du dich eben drum kümmern.«

»Warum?«

»Du hast heute wirklich 'ne selten lange Leitung! Warum! Warum! Um ein Scheibchen vom großen Reibach abzukriegen, versteht sich.«

Eva sah sie erstaunt an.

»Das ist doch ganz einfach, Kleines«, wurde sie von Frau Pützgen belehrt, »wenn einem so ein Batzen Geld in den Schoß fällt, gerät man doch erst mal in so 'ne Art Freudentaumel, ist doch klar. Man denkt, das Geld kann nie alle werden und verteilt es mit offenen Händen.«

»Wirklich? Stellst du dir das so vor?«

»Unbedingt! So würde ich es jedenfalls machen.«

»Und - schwupp! - ist die erste Million weg.«

»Kann passieren. Du mußt eben zusehen, daß du vorher an den Ball kommst.«

»Du hast vielleicht Vorstellungen! Warum sollten die mir was abgeben? Nur weil ich gratuliere? Die kennen mich ja nicht einmal.«

»Einen Tausender würden die bestimmt springen lassen. Sonst wären es ja Dreckfresser.«

»Vielleicht sind sie es ja!«

Obwohl Eva noch zehn Minuten im Erholungsraum hätte bleiben können, entschloß sie sich zu gehen. »Ich muß wieder«, sagte sie, stand auf und warf den Pappbecher samt Plastiklöffel in einen Abfallkorb.

»Schon?«

»Du weißt, ich habe zwei Tage gefehlt.«

»Das mußt du doch nicht einarbeiten.«

»Ich möchte es aber.«

Damit brach Eva das Gespräch ab, das ihr unbehaglich war. Sie ging zu ihrem Arbeitsplatz, stöpselte sich den Clip in die Ohren, schaltete aber das Tonbandgerät noch nicht ein, sondern saß einige Minuten ganz still und überlegte.

Nein, so verrückt, das Geld an fremde Menschen zu verschenken, würden sie und Knut bestimmt nicht sein. Inge Pützgen übrigens auch nicht. Es war leicht, von reichen Leuten Großzügigkeit zu erwarten, wenn man selbst nichts hatte, was einem genommen werden konnte.

Als Knut am Abend nach Hause kam, holte er als erstes die Post aus dem Briefkasten. Erleichtert stellte er fest, daß nicht mehr Werbeprospekte dabei waren als gewöhnlich. Die Lottozentrale hatte also dichtgehalten und seine Adresse nicht weitergegeben.

Der Brief von der Stadtsparkasse sah so gewöhnlich aus wie jeder andere Bankbrief. Trotzdem öffnete er ihn nicht wie sonst im Treppenhaus, sondern las im Weitergehen die Ansichtskarte von seiner Schwiegermutter. Die alte Dame teilte mit, daß sie sich einige Wochen auf Ischia aufhielt, um Sonne, Meer und das Thermalbad zu genießen. Er grinste in sich hinein. Wenn die wüßte, daß Eva und er sich solch einen Spaß jetzt genausogut - nein, noch viel besser leisten konnten als sie!

Er war nahe daran, die bunte Karte verächtlich zu zerreißen, dachte dann aber daran, daß seine Frau sie bestimmt sehen wollte und legte sie auf den Tisch. Dann öffnete er, noch bevor er seinen Mantel ablegte, den Bankbrief und fand, wie er erwartet hatte, den Kontoauszug - einen ganz gewöhnlichen Kontoauszug über 2700000,- DM! Es kam ihm durchaus nicht närrisch vor, dieses kleine, dünne Stück Papier zu küssen. Am liebsten hätte er es eingerahmt und an die Wand gehängt.

Erst als er den Umschlag zerknüllen wollte, bemerkte er, daß er noch etwas enthielt, einen schmalen Zettel mit der handschriftlichen Mitteilung: ›Mit der Bitte, mich zu kontaktieren, Ihr Direktor Josef Schmitz.‹

Knut lachte auf und sagte laut: »Nur keine Bange, mein lieber Jupp Schmitz, ich werde Sie kontaktieren! Aber bilden Sie sich bloß nicht ein, daß Sie mir Geld aus der Nase ziehen können!«

Er warf einen Blick auf seine Armbanduhr. Natürlich hatten die Banken schon zu. Er hätte Direktor Schmitz zu Hause anrufen können, vielleicht sogar zu sich zitieren können, als der bedeutende Kunde, der er jetzt war. Obwohl er gute Lust dazu hatte, verzichtete er dann doch darauf. Es schien ihm unfair, Hoffnungen bei dem armen Kerl zu wecken, die nicht zu erfüllen er entschlossen war.

Als Eva nach Hause kam, hatte er sein seelisches Gleichgewicht einigermaßen wiedergefunden und zeigte ihr den Kontoauszug mit gespielter Nonchalance.

Sie fiel ihm um den Hals. »Ist das nicht wunderbar, Knut? Ich kann's gar nicht fassen! Freust du dich denn nicht?«

»Es war doch nicht anders zu erwarten.«

»Knut! Weißt du, was du bist? Ein entsetzlicher Snob!«

Er lachte und legte die blasierte Miene ab. »Ich tu' doch nur so, Evchen! Natürlich finde ich es auch herrlich. Laß uns feiern, ja?«

Sie verzog das Gesicht. »Es klingt blöd, aber ich habe nichts Anständiges mehr im Haus. Ich wollte noch einkaufen, aber ich habe einfach neulich zuviel ausgegeben.«

»Der Himmel helfe uns armen Millionären! Fast drei Millionen auf dem Konto und kein Bargeld!«

»Ich freue mich, daß du das komisch findest!«

»Es ist komisch, Evchen! Weißt du, was wir jetzt tun? Wir machen uns schick und fahren nach Düsseldorf! Wir gehen in ein tolles Restaurant, wo man mit Scheck bezahlen kann.«

»Zu ›Müller und Fest‹?«

»Wenn du willst.«

»Da wollte ich schon immer wieder mal hingehen!« Erst als es heraus war, wurde ihr bewußt, daß sie ihn mit dieser Bemerkung womöglich gekränkt hatte; sie hatte damit ja ausgedrückt, daß sie das Feinschmeckerlokal an der Königsallee vor ihrer Ehe frequentiert hatte, später aber nicht mehr. »Entschuldige, bitte!« fügte sie rasch hinzu. »Es war nicht so gemeint!«

Er hatte keine Miene verzogen. »Einen Millionär kann man nicht mehr so leicht verletzen!« behauptete er großspurig.

Der Abend, der als Fest gedacht war, begann mit einer Enttäuschung. Der Oberkellner wies ihnen, nach einem abschätzenden Blick, einen sehr bescheidenen Tisch nahe dem Durchgang zur Küche zu.

»Haben Sie nichts Besseres für uns?« herrschte Knut ihn an.

»O ja, bitte!« unterstützte Eva ihn. »Ich möchte so gern am Fenster sitzen, wo man auf die Kö runtersehen kann.«

»Bedaure sehr, aber es ist alles reserviert!«

»Da sind doch noch zwei schöne Tische frei«, sagte Knut hartnäckig.

»Reserviert!« wiederholte der Ober.

»Ich möchte den Geschäftsführer sprechen!«

»Das würde Ihnen auch nichts nutzen. Er könnte Ihnen nur das gleiche sagen. Sie hätten eben vorher reservieren sollen.«

Einen Augenblick stand Knut unschlüssig da, wußte nicht, ob er Krach schlagen, gehen oder sich bescheiden sollte.

»Setzen wir uns doch!« schlug Eva vor. »Es ist ja nicht so wichtig. Das nächste Mal ...« - sie schenkte dem Ober ihr schönstes Lächeln - »... rufen wir eben vorher an.«

Er schob ihr einen Stuhl zurecht. »Möglichst ein paar Tage vorher. Wir haben immer sehr viele Reservierungen.«

»Wie schön für Sie«, sagte Knut sarkastisch.

Darauf ging der Ober nicht ein, sondern eilte, ein wenig plattfüßig, davon und brachte ihnen beiden eine Speisekarte. Sie schlugen sie auf.

»Ich habe mir immer schon gewünscht, mir hier selber was aussuchen zu dürfen«, sagte Eva voller Vorfreude. »Früher hat Vater das für mich getan.«

»Warst du so lange nicht mehr da?«

»Schon ewig nicht mehr.« Ihre Augen glitten die verwirrende Reihe der Gerichte hinauf und hinab. »Ich möchte was ganz Ausgefallenes, etwas, das wir zu Hause nie essen. Da! Ich hab's! Rehrücken für zwei Personen mit Preiselbeeren, Pfifferlingen und Croquetten. Weißt du noch, wie ich mich einmal selber an einem Rehrücken versucht habe und er dann zäh wie Leder war?«

»Unvergeßlich.«

»Ißt du ihn mit mir zusammen?«

»Na schön.«

»Und vorher Schnecken! Die mußt du dann aber auch bestellen, weil sicher Knoblauch dran ist.«

»Einverstanden.« Er winkte dem Ober und hatte Mühe, seinen Ärger und seine Ungeduld zu unterdrücken, weil der nicht sofort an ihren Tisch kam.

»Die Herrschaften haben gewählt?« fragte der Herr im Smoking dann und zückte seinen Block.

»O ja!« sagte Eva. »Obwohl es gar nicht so einfach war!« Plötzlich fiel ihr etwas auf. »Bei meiner Karte muß ein Malheur passiert sein! Man hat vergessen, die Preise einzuzeichnen.«

»Mit Absicht, gnädige Frau«, erklärte der Oberkellner und unterdrückte ein Lächeln, »das ist eine Damenkarte.«

Eva staunte. »Ich wußte gar nicht, daß es so etwas gibt!« gab sie offen zu. »Das ist wohl ganz vornchm, wie?«

»Wir denken, daß es den Damen die Auswahl angenehmer macht.«

Ihr wurde bewußt, daß es unter diesen Umständen nicht an ihr sein konnte, die Bestellung aufzugeben, wie sie es beinahe ganz unbekümmert getan hätte. Sie stieß Knut unter dem Tisch an. Er verstand und gab ihre Wünsche bekannt.

»Vielleicht möchten die Herrschaften zunächst einen Apéritif nehmen?« schlug der Ober vor.

»Das fällt Ihnen reichlich spät ein!« beschwerte sich Knut.

Wieder stieß Eva ihn an, diesmal kräftiger.

Der Ober ließ sich nicht beirren. »Einen Kir vielleicht ... einen Kir royal ... oder ein Glas Champagner?«

»Champagner, bitte!« sagte Eva strahlend. »Für dich auch, Knut, ja?«

Er nickte stumm.

Als sie wieder allein waren, fragte er unfreundlich: »Warum trittst du mich eigentlich dauernd?«

»Warum bist du plötzlich so schlecht gelaunt und läßt es an diesem netten alten Herrn aus?«

»Wenn ich schon teures Geld in einem erstklassigen Restaurant ausgebe, dann möchte ich auch erstklassig bedient werden und an einem erstklassigen Tisch sitzen.«

Eva beugte sich vor und flüsterte. »Die kennen uns hier doch nicht, Knut, die können nicht wissen, daß wir reich sind, und die merken uns bestimmt auch an, daß wir nicht gewohnt sind, in so einem Lokal zu verkehren!«

»Warum mußtest du auch die blöde Bemerkung über die Speisekarte machen?«

»Es ist mir einfach rausgerutscht.«

»Du kannst dich eben nicht benehmen.«

»Meine Manieren sind ganz in Ordnung, Knut, und ich will auch gar nicht behaupten, daß deine es nicht sind. Aber sieh dich doch mal um! Unauffällig! Gib zu, daß die anderen Gäste von einem anderen Kaliber sind als wir.«

Das mußte auch Knut einsehen, wenn er es auch nicht zugab. In seiner Blickrichtung saßen vier Herren, die wirkten, als kämen sie gerade aus einer Direktionskonferenz, zwei sehr würdige ältere Ehepaare, die Frauen mit schimmernden Diamanten geschmückt, und ein Herr und eine Dame, beide nicht schön, aber sehr gepflegt und so selbstbewußt, wie es nur die wirklich Erfolgreichen sein können.

»Wir müssen uns so bald wie möglich neue Klamotten kaufen«, sagte Knut.

»Vielleicht hilft's.«

Der Champagner wurde gebracht, und Eva hob Knut ihr Glas entgegen. »Nimm es doch als Spaß! Vor einer Woche hätten wir uns ›Müller und Fest‹ noch gar nicht leisten können, und jetzt sitzen wir hier und können uns bestellen, was das Herz begehrt. Auf unser Glück, Liebling!«

»Auf unseren Erfolg!«

Sie tranken.

»Oh, der ist wirklich gut!« rief Eva aus. »Ich will nicht behaupten, daß ich etwas von Champagner verstehe, aber der schmeckt mir.«

»Das beruhigt mich aber!«

»Nun sei doch nicht so!« Sie nahm noch einen Schluck und fühlte, wie sie immer gelöster wurde. »Wenn der Ober wieder in unsere Nähe kommt, mußt du ihn um die Weinkarte bitten!«

»Hältst du mich für einen Trottel?«

»Du könntest es vergessen. So was kann jedem passieren.«

»Mir bestimmt nicht.«

»Um so besser. Soll ich dir etwas sagen? Es war eine gute Idee von dir, nach Düsseldorf zu fahren. Ich fühle mich rundum wohl. Und du hast auch allen Grund, glücklich zu sein! Denk nur an die magische Zahl!« Sie hielt ihm ihre linke Handfläche entgegen und malte mit dem Zeigefinger 2 700 000 darauf.

»Daran brauchst du mich nicht zu erinnern«, sagte er lächelnd; der Champagner, die gepflegte Atmosphäre, das Gläserklirren und die frohen, gelassenen Stimmen der anderen Gäste begannen zu wirken.

Die sogenannte Weinkarte erwies sich als ein großes Buch mit vielen Seiten, auf denen Hunderte von Weinen verschiedener Jahrgänge und Provenienzen aufgezeichnet waren. Die Preise wirkten auf Knut, der es noch nicht gewohnt war, Geld im großen Stil auszugeben, erschreckend.

Eva versuchte ihm zu Hilfe zu kommen. »Wie wäre es mit einem Chablis?« schlug sie vor. »Der hat uns doch neulich so gut geschmeckt.«

»Zum Reh«, erwiderte Knut, nervös blätternd, »gehört Rotwein.«

»Ich würde Ihnen einen ›Cheval blanc‹ empfehlen«, meldete sich der Ober.

»Einen ›Cheval blanc‹?« wiederholte Knut verdutzt.

»Zum Reh?« fragte Eva töricht.

»Wir haben einen ›Cheval blanc‹ Jahrgang neunzehnhundertneunundsiebzig, wirklich ausgezeichnet«, erklärte der Ober unerschütterlich.

Knut gab es auf, über ein Thema zu diskutieren, von dem er, wie er sehr wohl wußte, nichts verstand. »Gut. Bringen Sie den!« Er schlug das Buch zu und reichte es zurück.

»Habe ich das richtig verstanden?« vergewisserte Eva sich, als sie wieder allein waren. »Hat er ›Cheval blanc‹ gesagt?«

»Hat sich ganz so angehört.«

»Aber das heißt doch ›Weißes Pferd‹! In Französisch war ich zwar nie sehr gut, aber da bin ich mir ganz sicher. Wie kann denn ein Rotwein ›Weißes Pferd‹ heißen?«

»Mich darfst du das nicht fragen.« Knut zog seine Zigarettenschachtel aus der Jackentasche, bediente sich und bot auch Eva eine an.

»Danke!« sagte sie. »Zur Feier des Tages!«

Er gab ihr Feuer.

»Es ist, scheint es, gar nicht so leicht, in der großen Welt zu leben,« stellte Eva fest und paffte ungeübt.

»Du hast mich mit der Weinkarte irritiert. Ich hätte einfach sagen sollen: ›Wir bleiben beim Champagner!‹ – Champagner paßt immer, habe ich mal wo gelesen.«

»Hätte reichlich protzig gewirkt.«

»Sag lieber: ›neureich‹, was ja auch zutrifft.«

Bei dem ›Cheval blanc‹, den der Ober dann präsentierte, handelte es sich tatsächlich um Rotwein, trotz des irreführenden Namens. Er entkorkte die Flasche am Tisch, schnüffelte am Korken und ließ auch Knut daran riechen. Aber er schenkte noch nicht ein, sondern stellte die Flasche auf einen Beistelltisch.

»Geben wir dem Wein Gelegenheit, sich mit der Luft zu vermählen«, sagte er etwas geschraubt.

Knut und Eva war das recht, denn sie hatten ihre Champagnergläser noch nicht geleert.

Die Schnecken wurden in dampfenden kleinen Schüsseln aufgetragen und rochen nach Knoblauch, wie Eva vorausgesagt hatte. Sie aßen dazu Weißbrot, das sie in die kleinen Näpfe tunkten, und es schmeckte köstlich. Der Ober ließ Knut den

Rotwein kosten, bevor er ihn endlich in die bauchigen Gläser schenkte.

Eva fühlte sich rundum wohl, und sie dachte: ›So könnten wir leben, wenn wir das Geld in festverzinslichen, guten Papieren anlegen würden!‹ Aber sie sprach es nicht aus, weil sie dieses Thema auf keinen Fall anschneiden wollte.

»Er ist wirklich gut, dieser ›Cheval blanc‹«, sagte sie statt dessen, »so einen wundervollen Wein habe ich noch nie getrunken. Du?«

Knut schüttelte den Kopf, weil er den Mund voll hatte.

»Ein Unterschied wie Tag und Nacht zu dem offenen Landwein, den wir sonst trinken.«

»Aber auch im Preis«, erinnerte er.

»Wie teuer ist er denn?« flüsterte sie.

»In einem Restaurant mit Damenkarte fragt man so etwas nicht.«

»Nun sag schon!«

»Einhundertachtundvierzig!«

»Hui!«

Der Rehrücken war sehr zart und innen noch rosa. Sie aßen ihn mit gutem Appetit mitsamt den Preiselbeeren und den Croquetten bis auf den letzten Krümel auf. Auf ein Dessert verzichteten sie, ließen sich aber zum Kaffee einen alten Cognac servieren.

Ein kleiner banger Moment entstand noch kurz vor dem Zahlen. Doch der Ober nahm den Euroscheck ohne Zögern an. Er hatte auch nichts dagegen, daß Knut das Trinkgeld gleich dazu gerechnet hatte, sondern bedankte sich freundlich.

Auf der Straße hakte Eva sich bei ihrem Mann ein. »Das war ein gelungener Abend, nicht wahr?«

»Ich glaube, daß wir ganz gut abgeschnitten haben.«

Sie lachte. »Du tust gerade so, als wäre es eine Prüfung gewesen.«

»So ähnlich habe ich es auch empfunden. Dieser Ober war ein verdammt hochnäsiger Kerl.«

Es war inzwischen fast elf Uhr geworden, aber die Königsallee war noch voller Leben. Gemächlich schlenderten sie in Richtung Graf-Adolf-Platz, immer wieder vor einem der hell erleuchteten Schaufenster stehenbleibend.

»Du mußt das so sehen: Er arbeitet sicher schon seit mehr als dreißig Jahren in Restaurationsbetrieben, er kennt sich mit Speisen und Getränken und Gläsern und Manieren und so weiter bis ins ff aus. Da muß er es ja ein bißchen komisch finden, wenn er auf solche Naivlinge trifft wie uns.«

»Wahrscheinlich ist das das einzige, von dem er wirklich was versteht.«

»Schon möglich«, räumte Eva ein.

»Es wäre mir auch gar nicht peinlich gewesen, wenn ich ein Self-made-man wäre oder so etwas.«

»Aber peinlich war es doch überhaupt nicht!«

»Mir schon. Mir ist heute abend klargeworden: Geld haben bedeutet noch lange nicht, etwas zu sein.«

»Versteh' ich nicht.« Eva blieb vor einem Modegeschäft stehen. »Da, sieh mal! Dieser pelzgefütterte Mantel, der wäre doch was für mich!«

»Dann kauf ihn dir doch!«

»Soll ich? Wirklich?«

»Von mir aus!«

»Dann mußt du dir aber auch einen guten Wintermantel anschaffen.«

»Werde ich schon. Nur keine Bange.« Er zog sie weiter. »Was ich dir sagen wollte ...«

»Doch nicht jetzt!« unterbrach sie ihn rasch. »Nicht an diesem schönen Abend!«

»Du weißt ja noch gar nicht, was ich dir sagen will!«

»Ich ahne es.«

»Das kannst du nicht. Es ist mir doch erst heute abend klargeworden. Es genügt mir nicht, auf Numero sicher zu gehen und einfach von den Zinsen zu leben. Mir als Mann genügt das nicht. Ich muß etwas schaffen.«

Eva schwieg.

»Warum sagst du nichts?«

»Wir hatten uns vorgenommen, dieses Problem erst mal ad acta zu legen.«

»Aber das können wir nicht. Es ist zu wichtig.«

»Sehr wohl können wir das. Wir können sogar ein ganzes Jahr damit warten, wenn wir wollen. Bis dahin brauchen wir ja auch noch keine Steuern zu zahlen.«

»Wenn ich wer wäre, und wenn dieser Ober gewußt hätte, wer ich bin ...«

»Ich bitte dich, Knut! Du mußt doch nicht wer sein, um mal gut essen zu gehen!«

»Jedenfalls hätte er es dann nicht gewagt, uns so hochnäsig zu behandeln.«

»Hat er ja gar nicht. Ich fand ihn ausgesprochen freundlich.«

»Dann bin ich eben nicht so dickfellig wie du. Den Herrn gegenüber hat er jedenfalls sehr ehrerbietig mit Namen angesprochen.«

»Wenn du das nächste Mal einen Tisch auf deinen Namen reservieren läßt, wird er das wahrscheinlich auch tun.«

»Nein, Eva, das ist nicht das gleiche. Von diesem Herrn Gregor hat er gewußt: Der hat die oder die Firma, das Geschäft. Das war nicht bloß der Name, vor dem er Ehrfurcht hatte.«

»Soll ich dir mal was sagen, Knut? Du spinnst dir was zusammen. Ich wette mit dir: Wenn wir öfter zu ›Müller und

Fest‹ gehen, uns jedesmal etwas leisten und ein gutes Trinkgeld geben, wirst du in seinen Augen ganz groß dastehen. Für den zählt doch nur das Geschäft, das er mit dem Gast macht, nicht, wie der sich sein Geld verdient.«

»Du willst mich nicht verstehen.«

»Leg dir von mir aus eine Kreditkarte zu, dann tust du auch was für dein Prestige! Bitte, hör jetzt auf damit. Du verdirbst uns sonst noch den Abend!«

Aber der war schon verdorben. Auf der Rückfahrt nach Hilden wechselten sie kaum noch ein Wort miteinander. Beide hingen ihren eigenen Gedanken nach.

Eva verstand sehr gut, warum Knut das Geld in eine eigene Firma stecken wollte. Es war ja auch nicht schwer, das zu begreifen. Aber genauso vertretbar fand sie ihren Wunsch, den Gewinn zusammenzuhalten und von den Zinsen zu leben. Eine eigene Firma, das würde Risiko bedeuten und neue Sorgen, wenn auch auf anderer Ebene. Es widerstrebte ihr, die Sicherheit, die sie gewonnen hatten, wieder aufs Spiel zu setzen.

Es war Eva und Knut in den vergangenen Jahren nicht sehr gut, aber auch nicht wirklich schlecht gegangen. Immer waren sie sich darüber einig gewesen, daß die Wirtschaftslage angespannt war, die Welt schlecht und ungerecht und daß ihre eigenen Leistungen nicht genügend anerkannt wurden. Sie hatten stets an einem Strick gezogen und sich gegenseitig Trost und Halt gegeben. Immer hatten sie aber auch die kleinen Freuden des Lebens gemeinsam genossen und hatten Spaß miteinander gehabt.

Nach jener abgebrochenen Auseinandersetzung auf der nächtlichen Königsallee wurde alles anders. Da sie nicht miteinander streiten, ihre Standpunkte aber auch nicht aufgeben wollten, konnten sie immer weniger miteinander reden. Der unbefangene Umgangston ging ihnen verloren. Ständig war Eva auf der Hut vor einem neuen Versuch Knuts, seine eigenen Pläne durchzusetzen, und ständig lauerte er auf eine Gelegenheit, sie umzustimmen.

Als er an einem der nächsten Abende nach Hause kam, verkündete er aufgekratzt, daß er jetzt endlich gekündigt hatte. »Stell dir vor, der Alte war ganz geklatscht! Er hat mir fast leid getan.«

Eva sagte nichts dazu. Sie stand in ihrer winzigen Küche am Herd und bereitete das Essen vor.

Knut blieb in der Tür stehen. »Er hat mich natürlich nach dem Grund gefragt, und weißt du, was ich ihm gesagt habe? ›Weil ich in Ihrer Firma keine Aufstiegsmöglichkeiten sehe!‹ Und er: ›Darüber hätten wir doch miteinander reden können.‹«

Jetzt konnte Eva sich doch nicht länger zurückhalten. »Als wenn du das nicht so und so oft versucht hättest!«

»Ich berichte dir ja nur, wie das Gespräch gelaufen ist.«

»Reine Augenwischerei.«

»Wieso glaubst du mir nicht?«

»Dir schon, aber nicht dem alten Stössel. Der konnte gut reden, nachdem du ihm den Kram vor die Füße geworfen hattest.«

»Ich bin sicher, er hat es ehrlich gemeint. Ich habe ihm angemerkt, wie leid es ihm tat, mich als Mitarbeiter zu verlieren.«

»Schon möglich. Wir waren uns ja immer einig, daß du nicht die Hälfte von dem verdienst, was du tatsächlich wert bist. So jemanden wie dich findet er nicht so leicht wieder.« Eva hatte sich in Eifer geredet. »Weißt du, was ich an deiner Stelle getan hätte? Ich hätte die Kündigung zurückgenommen und eine Gehaltserhöhung verlangt.«

»Aber das hätte doch alle unsere Pläne über den Haufen geworfen!«

»Dann hättest du wenigstens genau gewußt, ob er es ernst meint.«

»Aber wir waren uns doch einig, daß ich nicht bei ›Ernst & Stössel‹ bleiben soll.«

»Wieso eigentlich nicht?« Eva legte Steaks in eine heiße Pfanne. »Wenn man dich dort so sehr schätzt. Das hatten wir ja bisher nicht einkalkuliert. Und da du ja ohne Arbeit nicht leben kannst ... warum nicht weiter bei ›Ernst & Stössel‹?«

»Du weißt doch, daß er Hellmann mir vorzieht.«

»Das hätte ich an deiner Stelle bei dieser Gelegenheit geklärt. Du hättest ihn fragen sollen, ob du eine berechtigte Aussicht auf Prokura hast, ja oder nein.«

Knut sah sich in die Enge getrieben. »Ich wollte nichts wie weg.«

»Schade. Vielleicht war das eine verpaßte Gelegenheit.«

»Für mich war es ein großer Augenblick. Ich habe dem Alten endlich mal die Meinung geigen können.«

»Schön für dich.«

»Und weißt du, was er mir dann noch gesagt hat?«

Eva, die sehr angelegentlich mit ihren Töpfen beschäftigt war, stellte nicht die erwartete Frage.

So fuhr Knut ohne ihre Ermutigung fort: »›Herr Karsten, Sie sind ein tüchtiger Mann! Ich bin sicher, Sie werden es noch weit bringen.‹ Was sagst du dazu?«

»Würdest du bitte so nett sein, den Tisch zu decken? Das Essen ist gleich fertig.«

Die Mahlzeit - große, saftige Steaks mit Rosenkohl und Kartoffeln - verlief, außer einigen Bemerkungen über das Essen, sehr schweigsam. Beide wollten sich den Genuß nicht verderben lassen.

Erst als er seinen Teller geleert hatte, begann Knut wieder: »Übrigens, ich habe es noch gar nicht erzählt: Ich war heute auf der Bank.«

Eva sagte nichts dazu und tat, als wäre sie gänzlich davon in Anspruch genommen, ihr letztes Stückchen Fleisch zu zerkleinern.

Knut mußte unaufgefordert weiterreden. »Natürlich wollten die mir ... also dieser Direktor Schmitz wollte mich beschwatzen, das Geld fest anzulegen, entweder in Wertpapieren oder als langfristiges Darlehen, der höheren Zinsen wegen.«

Jetzt wurde Eva doch aufmerksam. »Und? Wieviel hat er dir angeboten?«

»Nach der Höhe habe ich gar nicht gefragt. Ich habe ihm gesagt, daß das Geld, wenigstens vorläufig, auf dem Girokonto bleiben muß, damit ich ... wir natürlich ... jederzeit darüber verfügen können.«

Eva hielt das für ausgesprochen dumm und hatte Mühe, das nicht laut zu sagen. »Die ganze Summe?« fragte sie nur.

»Ich habe ihm gesagt, daß ich möglicherweise einen Betrieb übernehmen will, und er hat mir versprochen, sich umzuhören. Dafür halte ich ihn für den richtigen Mann. Es gibt immer Privatfirmen, die aufgelöst werden, sei es, weil der Besitzer sich zur Ruhe setzen will, sei es, daß der Betrieb an eine Erbengemeinschaft übergegangen ist ...«

»... sei es, daß er kurz vor dem Bankrott steht!« ergänzte Eva und sah ihm ins Gesicht.

Er hatte ihren Blick noch nie so kalt, so ablehnend, fast feindlich erlebt. »Also hör mal«, sagte er mit einem kleinen Lachen, das ihm selber hohl klang, »als Bankmensch wird er mir doch keine Firma empfehlen, die nicht von Grund auf solide ist!«

»Es sei denn, die Bank hat Geld in die Firma gesteckt, das sie auf andere Weise nicht zurückkriegen kann.«

»Das werde ich alles überprüfen, sobald die Sache spruchreif ist.«

»Du gibst also zu, daß so etwas nicht von heute auf morgen geht. Warum um Himmels willen hast du dann nicht wenigstens zwei Millionen ... oder wenigstens die Hälfte fest angelegt?«

›Weil es dann einen noch härteren Kampf kosten würde, dich zum Umdenken zu zwingen!‹ hätte er beinahe gesagt, verzichtete aber darauf und entschloß sich zum Rückzugsgefecht. »Wir waren uns doch darüber einig, uns Zeit für eine Entscheidung zu lassen.«

Eva beließ es dabei, stand auf und räumte den Tisch ab. ›Das ist doch alles zum Kotzen!‹ dachte sie, während sie abspülte. ›Soll denn das dauernd so weitergehen? Wäre es nicht vernünftiger, ich ließe ihn mit dem verdammten Geld tun und lassen, was er will? Was kann schon viel passieren? Im schlimmsten Fall wird es ein paar Jahre dauern, ehe er es verbraten hat. Früher ist es ja auch ohne gegangen!‹

Aber der Gedanke an die Riesensumme und die Zinsen, die man aus ihr erzielen könnte, lähmte sie; sie brachte die Kraft nicht auf, nur um des lieben Friedens willen zu verzichten.

Zum nächsten Kegelabend gingen Knut und Eva mit gemischten Gefühlen.

Eva hatte sich in diesem Kreis nie ganz wohl gefühlt. Sie war die einzige unter den jungen Frauen, die studiert hatte. Es war nicht so, daß sie sich etwas darauf einbildete, aber es nahm die anderen gegen sie ein. Ihr gegenüber wurde ständig eine gewisse Zurückhaltung geübt und verstohlene, manchmal aber auch unverhohlene Kritik. Man unterstellte ihr Hochnäsigkeit, zweifelte an ihren hausfraulichen Fähigkeiten und hielt ihr auch vor, daß sie keine Kinder hatte. Außer ihr waren nur die Hilgers und die Pelzers kinderlos, aber Marion Hilger war wesentlich jünger als sie, und von Beate Pelzer wußte man, daß sie von Arzt zu Arzt rannte, um endlich Kinder zu bekommen. Es hatte Eva immer schon Mühe gekostet, diese

Ablehnung durch besondere Herzlichkeit und Fröhlichkeit etwas abzubauen.

Knut dagegen galt unter den Männern als guter Kumpel. Sie nahmen es ihm nicht übel, daß er ihnen von ihren Frauen wegen seiner Häuslichkeit als Vorbild hingestellt wurde. Er war nicht gerade ein Witzereißer oder eine Stimmungskanone, aber er machte die Späße der Freunde mit, mochten sie auch noch so primitiv sein. Es war spürbar, daß er sich restlos wohl in diesem Kreis fühlte.

Für Eva war der Reiz am Kegeln immer das Kegeln selber, weniger das gesellschaftliche Zusammensein, das Lästern, das Lachen oder gar der Austausch von Kochrezepten oder Hinweisen, wo was besonders billig zu haben war. Sie setzte einen gewissen Ehrgeiz in ihr Spiel, obwohl sie wußte, daß auch das von den Frauen übelgenommen wurde. Sie konnte sich darin nicht bremsen, mußte ihr Bestes geben.

Von den Männern erhielt sie stets heftigen Beifall. Mancher beneidete Knut um seine sportliche, zierliche und adrette Frau, die auch ganz gern einmal flirtete und es lachend hinnahm, wenn man ihr auf den Popo klopfte.

Auch das trug bei den Frauen nicht zu ihrer Beliebtheit bei.

Eva begriff, daß sie jetzt, nachdem sie Geld in Hülle und Fülle hatten, noch weniger in diesen Kreis paßte als zuvor. Auch schien es ihr sehr unnatürlich, daß sie ihren Gewinn so krampfhaft verschweigen mußten. Zwar teilte sie Knuts Meinung, daß es besser wäre, wenn niemand davon erführe, aber sie hätte es für richtiger gehalten, sich von den Freunden zurückzuziehen, anstatt ihnen etwas vorzumachen.

»Von dir hört man ja schöne Dinge, Karsten«, sagte Fritz Reiser gleich zur Begrüßung; er war ein dürrer, kleiner, ungemein pfiffiger Kerl, und die Basis seiner Freundschaft mit Knut gründete sich auf gegenseitige Bewunderung.

»Ach nee«, erwiderte Knut nur.

»Laßt uns kegeln!« rief Eva rasch. »Quatschen können wir später immer noch! Wer stellt die Mannschaften auf?«

Einige gingen auf ihren Vorschlag ein, und Albert Pelzer trat an die schwarze Tafel und begann aufzuschreiben.

Aber Fritz Reiser ließ sich nicht ablenken. »Du sollst bei deiner Firma gekündigt haben!«

»Wer sagt denn das?«

»Die Spatzen pfeifen es von den Dächern. Oder hat man dich etwa gefeuert?«

Die anderen wurden aufmerksam.

Nur Albert Pelzer ließ sich nicht beirren. »Ich schlage vor, für die erste Runde lassen wir die Ehepaare zusammen ...«, begann er.

»Ach, sei doch still!« fuhr ihm Irene Reiser über den Mund.

»Was ist denn los?« fragte Pelzer verblüfft; er war der Senior dieses Kreises, zudem ein gut verdienender Drogist und deshalb gewohnt, respektiert zu werden.

Fritz Reiser wiederholte seine Frage, und jetzt hörten ihm alle zu.

»Nein«, antwortete Knut.

»Also stimmt es? Warum hast du das nicht gleich gesagt?«

Knut zuckte die Achseln.

»Was willst du denn jetzt anfangen?«

»Mal sehen. Vielleicht mache ich mich selbständig.«

»Das ist aber noch gar nicht raus!« rief Eva.

»Bist du zu plötzlichem Reichtum gekommen?« bohrte Reiser weiter.

»Das kann man nicht sagen. Eine kleine Erbschaft habe ich gemacht. Von meiner Tante.«

»Wie hoch?«

Jetzt mischte sich Pelzer ein. »So was fragt man nicht.«

»Ein paar Tausender«, behauptete Knut.

»Gratuliere! Dann machst du ja heute wohl ein Faß auf?«

»Ich hab' das Geld doch noch gar nicht«, schwindelte Knut.

»Wir könnten doch anschreiben lassen«, schlug Eva vor, die die aufkommende Feindseligkeit spürte.

»Kommt nicht in Frage!« lehnte Knut ab. »Mit Schuldenmachen will ich nicht gleich beginnen.«

»Sehr richtig!« sagte Pelzer und hob sein Glas. »Auf dein Wohl, Karsten! Und laß dir das Geld nicht zu Kopf steigen!«

Auch die anderen prosteten ihm zu und gratulierten, aber Eva spürte deutlich, daß nicht einer ihnen die ›kleine Erbschaft‹ gönnte.

»Laßt uns doch endlich anfangen!« rief sie.

»Und was kriegst du von dem Geld?« fragte Irene.

»Knut hat mir einen gefütterten Mantel versprochen.«

»Sieh mal einer an! Wie heißt's doch so schön? Nobel geht die Welt zugrunde.«

»Du weißt, daß mein alter Mantel wirklich nichts mehr ist.«

»Warum hast du dir dann nicht längst einen neuen gekauft? Du verdienst doch so gut.«

»Jetzt langt's!« erklärte Pelzer laut. »Entweder wird gekegelt, oder ich gehe nach Hause.«

Das Reden verstummte.

»Stellen wir die Riegen doch einfach alphabetisch zusammen«, schlug Eva vor.

»Gute Idee!« Pelzer begann, seine Hieroglyphen an die Tafel zu malen.

»Auf so was muß man erst mal kommen!« sagte Irene Reiser gehässig.

»Hör auf zu sticheln!« mahnte Beate Pelzer. »Warum gönnst du es Karstens nicht, daß sie zu Geld gekommen sind?«

»Du hast gut reden! Du hast ja auch selber genug!«

»Dafür stehe ich aber auch von morgens bis abends im Geschäft und führe auch noch die Bücher.«

»Während ich auf der faulen Haut liege, willst du wohl sagen?«

»Ich habe keine Lust, mit dir zu streiten!« Beate Pelzer wandte Irene den Rücken zu.

Eva war froh, als sie endlich an die Bahn treten und ihren ersten Wurf machen durfte.

Der Alkohol löste allmählich die Spannung. Immer wieder mußten die Verlierer eine Runde Schnaps schmeißen. Das Gelächter wurde lauter, und die sportlichen Leistungen ließen nach. Auch Eva hielt tüchtig mit, weil sie glaubte, den Abend anders nicht überstehen zu können.

Irene gab es nicht auf zu sticheln. »Jetzt könnt ihr euch ja endlich Kinder leisten!«

Eva lächelte sie freundlich an. »Gleich Kinder? Ich fürchte, es reicht noch nicht einmal für eins.«

»Dann sind die Zutaten deines Knut wohl nicht mehr so?«

»Du weißt, es ist eine Sache der Finanzen.«

»Na, erlaube mal! Ich habe drei Kinder und eine Schwiegermutter zu versorgen!«

Marion kam Eva zu Hilfe. »Es ist doch wohl so, daß deine Schwiegermutter eine Rente hat und sich um deine Kinder und den Haushalt kümmert«, stellte sie richtig.

Irene ließ nicht locker. »In meinen Augen ist eine Frau, die nur an ihre Figur und an das liebe Geld denkt, ein totaler Blindgänger.«

Inzwischen war auch Knut auf die Auseinandersetzung aufmerksam geworden. »Geh nicht auf meine Frau los!« sagte er scharf.

»Halt endlich mal die Klappe!« stimmte Reiser zu.

»Man wird doch wohl noch reden dürfen!«

»Wir wollen noch keine Kinder, und damit basta. Für Kinder haben wir später immer noch Zeit. Erst wollen wir mal was erleben!« erklärte Knut.

»Na, was denn? Was kann man in Hilden schon erleben?« fragte Irene spöttisch.

»Wer spricht denn von Hilden? Wir fliegen nach Afrika.«

»Euer Ernst?« fragte Fritz Reiser verblüfft.

»Wann?« wollte Otto Hilger wissen.

Die anderen johlten.

»Über Weihnachten!« verkündete Knut. »Wir besteigen den Kilimandscharo!«

Diese Ankündigung verursachte erhebliche Aufregung. Neid, Spott, aber auch Bewunderung wurden laut.

Eva versuchte, den Eindruck abzuschwächen. »Ich fürchte, es wird eine ziemliche Strapaze!«

»Und so etwas tust du dir freiwillig an?« rief Irene.

»Knut wünscht es sich so sehr. Aber ich glaube, es wird wirklich schlimm ...«

Während Eva berichtete, was sie von den Angaben des Prospektes behalten hatte, wobei sie die unangenehmen Aspekte hervorhob, verdrückte Knut sich in Richtung der Toiletten. Er bereute schon, daß er von seinem Afrika-Treck erzählt hatte; er schrieb das seiner Beschwipstheit zu, wußte aber doch, daß er einem Drang, sich aufzuspielen, erlegen war.

Als er die Toilette verließ, stand Fritz Reiser vor ihm.

»Komm mit zur Bar!« forderte ihn der Freund auf. »Die anderen gehen mir auf die Nerven.«

»Ich glaube, ich habe genug.«

»Dann lassen wir uns eben einen Kaffee brauen.«

Es war im Laufe der Jahre nicht das erste Mal, daß sich die beiden nach oben zurückzogen, um sich unter vier Augen zu unterhalten, aber zum ersten Mal war es Knut ausgesprochen unangenehm. Doch es gab keine Möglichkeit, den Wunsch abzulehnen, ohne ausgesprochen unhöflich zu sein. So folgte er Fritz Reiser denn die schmale Kellertreppe hinauf.

Die Bar war um diese Zeit fast leer, ein einziger Tisch war noch von einer fröhlichen Runde besetzt. Es brannten nur noch wenige Lichter, und der junge Mann hinter der Bar hatte müde Augen.

Reiser bestellte zwei doppelte Espresso, und Knut schwang sich auf einen der Hocker. Die Espressomaschine zischte.

»Du«, sagte Reiser, »das mit Afrika finde ich toll!«

»Habe ich mir immer schon gewünscht.«

»Und jetzt kannst du's dir leisten.«

»Na ja.«

»Nun tu nicht so!«

»Eva findet es unvernünftig, für so was Geld auszugeben.«

»Ja, die Weiber.«

Der Barkeeper stellte zwei Tassen mit dampfendem Espresso vor sie hin, dazu einen Zuckerstreuer und ein Kännchen mit Sahne. Die beiden Männer zündeten sich Zigaretten an.

»Nun mal ehrlich«, sagte Fritz, »wieviel ist es nun wirklich?«

»Was?«

»Versuch nicht, dich dumm zu stellen! Wieviel du geerbt hast!«

In den Augen des Barkeepers funkelte Interesse auf.

»Setzen wir uns woanders hin!« schlug Fritz vor.

»Ich würde sagen: Reden wir über was anderes.«

»Du benimmst dich wie einer, der was zu verbergen hat.«

»Na, erlaube mal!«

»Du wirst doch zugeben, daß dein Benehmen nicht normal ist! Wenn ich 'ne Erbschaft gemacht hätte ... weißt du, was ich getan hätte? Ich wäre zum Telefon gestürzt und hätte es dir erzählt.«

»So wichtig ist die Sache doch gar nicht.«

»Nein? Nicht? Obwohl sie dein ganzes Leben ändert? Mach mir nichts vor! Es muß schon ein erkleckliches Sümmchen sein.«

»Ach Quatsch!« Knut drückte seine Zigarette aus, rutschte vom Barhocker und nahm die Tasse; er hatte begriffen, daß er Fritz nicht vom Thema abbringen konnte und zog es deshalb vor, sich aus der Hörweite des Barkeepers zu entfernen.

Fritz folgte ihm, und sie setzten sich an einen kleinen Tisch, der fast im Dunkeln lag.

»Nun mal ehrlich!« drängte Fritz. »Spuck's aus! Wieviel hast du eingesackt?«

Knut blieb bei seiner Version. »Ein paar tausend.«

»Versuch bloß nicht, mich für dumm zu verkaufen! Der Kilimandscharo allein wird dich doch mindestens zwanzigtausend kosten ...«

»Zwölf«, warf Knut ein.

»... und, daß du bei deiner Firma gekündigt hast, spricht Bände. Ich kenne dich, Knut! Ohne eine ordentliche Rückendeckung hättest du das nie gewagt.«

»In deinen Augen bin ich also ein Feigling?« fragte Knut scheinbar aufgebracht, tatsächlich aber erleichtert, Streit anfangen zu können.

»Immer mit der Ruhe, Mann! Bleib auf dem Teppich. Ich habe dich nie für einen Feigling gehalten, sondern nur für ausgesprochen vernünftig. Ein vernünftiger Mensch kündigt aber nicht von heut auf morgen, wenn er nichts Sicheres in der Hand hat.«

»Vielleicht habe ich jetzt genug von diesen kleinkarierten Sicherheiten!«

»Du nicht, Knut!«

»Wenn du das denkst, kennst du mich eben doch nicht! Bildest du dir ein, wenn man sich heutzutage eine eigene Existenz aufbauen will, das wäre etwas Sicheres? Eva redet mir die Ohren voll, um mich davon abzubringen.«

»Genau das interessiert mich. Was hast du vor?«

»Ich weiß noch nicht. Etwas Eigenes anfangen ... oder mich an einem kleinen Betrieb beteiligen.«

»Dazu reicht dein Geld also?«

»Ich müßte natürlich einen Kredit aufnehmen.«

»Das hätte ich dir nicht zugetraut!«

»Da siehst du!« Knut zündete sich eine neue Zigarette an, und für Sekunden leuchtete sein Gesicht im Schein der kleinen Flamme auf; seine Züge wirkten überraschend hart.

»An was für eine Branche hast du denn gedacht?«

»An nichts Bestimmtes. Ich müßte in jedem Fall einen guten Techniker mit reinnehmen. Ich verstehe ja nur was vom Kaufmännischen.«

»Wie wäre es mit mir? Du weißt ja, bei ›Hinzpeter und Co.‹ ist es auch nicht das Wahre.«

»Ja. Schon möglich, daß ich dich brauchen werde. Aber ich kann mich jetzt noch nicht festlegen.«

»Und warum nicht? Warum packen wir es nicht zusammen an?«

»Ich muß erst noch Eva überzeugen.«

»Da könnte ich dich auch bei unterstützen.«

»Sehr nett von dir, aber ...«

»Das heißt also ›nein‹, wenn ich dich richtig verstehe?«

»Ich weiß noch nicht mal, ob ich hier in Hilden bleibe, und ihr habt das Haus, ihr werdet doch bestimmt nicht ...«

»Knut, gut, daß du darauf zu sprechen kommst! Bei mir werden wieder, mal die Zinsen für die Hypothek fällig, und mein Auto ist dabei, auseinanderzufallen. Noch einmal kriege ich es nicht durch den TÜV.«

»Wozu brauchst du ein Auto? Ich habe auch keins.«

»Ich wohne nicht so günstig wie du, und ich habe eine Familie. Du mußt mir unter die Arme greifen, Knut.«

»Muß ich das?«

»Wir sind doch Freunde, oder ...? Ich will ja nichts geschenkt haben, ich zahl's zurück, das versprech' ich dir.«

»Wenn du es zurückzahlen willst, warum wendest du dich nicht an die Bank?«

»Knut! Dann müßte ich mir doch noch zusätzliche Zinsen aufhalsen, und das kann ich nicht.«

Knut nahm einen letzten, tiefen Zug, dann drückte er seine Zigarette aus. »Tut mir leid.«

»Ist das dein letztes Wort? Wirklich dein allerletztes?«

Knut zögerte; er wußte, falls er bei seiner starren Haltung blieb, hatte er den Freund für alle Zeiten verloren. »An wieviel hattest du denn gedacht?«

»Zwanzigtausend.«

»Du mußt verrückt sein!«

»So viel brauche ich.«

»Die kriege ich doch nie von dir zurück!«

Fritz verlor die Geduld. »Und wenn nicht, was macht das schon? Was kann es dir ausmachen? Glaubst du, ich hätte auch nur eine Sekunde an deine kleine Erbschaft geglaubt? Irene und ich, wir haben es schon am Montag gewußt. Ihr habt im Lotto gewonnen! Sonst wärt ihr uns ja im Stadrwald nicht so komisch ausgewichen. Zwei Millionen siebenhunderttausend Mark, und da willst du für 'nen alten Freund nicht mal zwanzigtausend springen lassen?«

»Du irrst dich, Fritz! Du redest dir was ein! Wir haben nicht den Hauptgewinn gemacht!«

»Etwa nur den zweiten?«

»Überhaupt nichts!«

»Na bitte, wenn du es nicht anders haben willst, bleib bei deiner Version. Versuch nur weiter, deinen lieben Mitbürgern Sand in die Augen zu streuen. Mir wirst du aber wohl oder übel gestatten müssen, bei meiner zu bleiben. Ich werde ganz Hilden erzählen, was ich weiß: Daß du nämlich den Hauptgewinn gemacht hast. Wenn es dir nicht paßt, kannst du mich ja verklagen.« Er stand abrupt auf.

Knut packte ihn beim Arm und hielt ihn fest. »Das würdest du wirklich tun?«

»Aber ja doch. Da kenne ich keine Hemmungen.«

»Du weißt, was du damit anrichten würdest?«

»Na sicher. Genau das will ich ja. Die Leute würden sich auf euch stürzen wie die Aasgeier, von den Wohltätigkeitsvereinen und so weiter mal ganz abgesehen.«

»Und wenn ich dir schwöre, daß du dich irrst?«

»Damit kannst du mich nicht beeindrucken. Rück die Moneten raus, oder du erlebst dein blaues Wunder.«

Knut rang mit sich. »Ich gebe dir einen Scheck über zehntausend, wenn du mir versprichst, den Mund zu halten.«

»Und wenn nicht?«

»Kriegst du keinen Pfennig. Dann kämpfe ich es durch. Ich lasse mir mein Leben nicht durch Lügen ruinieren.«

»Lügen?«

»Es sind Lügen. Du hast nicht den kleinsten Beweis. Also willst du die zehntausend, oder willst du nicht?«

»Gib schon her!«

Es war nicht ganz einfach, in der matten Beleuchtung einen Scheck auszustellen, aber Knut bemühte sich. So war er wenigstens sicher, daß weder einer der anderen Gäste noch der Barkeeper es bemerkte. »Mehr kann ich von meiner kleinen Erbschaft nicht entbehren«, sagte er, während er schrieb,

»ich weiß gar nicht, wie ich es Eva erklären soll. Sie wird sich aufregen, du lieber Himmel!« Er unterschrieb und hielt Fritz den Scheck hin. »Du versprichst, deine Kodderschnauze zu halten?«

»Klaro.« Fritz riß ihm das Papier aus der Hand und ließ es in Sekundenschnelle verschwinden.

Um sein Gesicht zu wahren, fügte Knut noch hinzu: »Aber du kannst ihn nicht vor nächster Woche einlösen. Das Geld ist, wie gesagt, noch nicht da.«

»Wollen wir nicht doch noch einen heben?« schlug Fritz in versöhnlichem Ton vor.

»Auf den Schreck hin könnt' ich's brauchen«, gab Knut zu.

Sie standen auf und gingen zur Bar. Aber ehe sie noch eine Runde bestellten, kamen Eva und Irene hereingestürmt. Sie hatten die Mäntel ihrer Männer über dem Arm.

»Ha!« rief Irene. »Haben wir es uns doch gedacht!«

»Du hast doch hoffentlich nicht noch was getrunken?« fragte Eva.

»Nur einen Espresso.«

»Sehr vernünftig, dann können wir jetzt gehen.«

»Nur noch einen Kleinen!« bettelte Fritz.

»Den kannst du zu Hause kriegen. Los, zahl schon!« Eva gähnte unverhohlen. »Ich bin hundemüde.«

Die Männer gaben nach.

»Daß ihr immer die letzten sein müßt!« quengelte Irene.

»Sind die anderen denn schon lange fort?« fragte Knut.

»Gerade eben«, beruhigte Eva ihn. »Es hat euch übrigens niemand vermißt, außer Irene und mir natürlich.«

Vor der Tür der Gastwirtschaft wünschte man sich gegenseitig eine gute Nacht und einen guten Schlaf. Dann trennten sich die Paare, da sie einen unterschiedlichen Heimweg hatten.

Eva und Knut liefen stumm nebeneinander her, obwohl sie sich einiges zu sagen gehabt hätten. Ihr lag es auf der Zunge, ihm Vorwürfe zu machen, daß er sie mit dem Rudel allein gelassen hatte. Sie hatte Mühe gehabt, den Zauber des geplanten Abenteuers herunterzuspielen, und sie hatte auch nicht den Eindruck, daß es ihr völlig gelungen war. Weil sie jedoch einsah, daß nichts mehr ungeschehen gemacht werden konnte, zog sie es vor zu schweigen.

Knut litt darunter, daß sein Freund ihn hereingelegt hatte wie ihm jetzt ganz klar war, er mochte die Niederlage nicht eingestehen, war unglücklich und verärgert.

Beide verstanden nicht, was mit ihnen geschehen war.

Der nächste Tag brachte neuen Aufschwung.

Als Eva vom Einkaufen nach Hause kam, brachte sie die Post mit hoch. Darunter war ein großer gelber Umschlag mit dem Absender des Züricher Reisebüros. Sie hielt ihn triumphierend in die Höhe.

Er riß ihn ihr aus der Hand. Während sie ihren Mantel auszog und Fleisch und Gemüse im Kühlschrank verstaute, hatte er ihn schon geöffnet.

»Wir sind dabei!« rief er ihr vom Wohnzimmer aus zu. »Die haben uns genommen!«

»Na, das ist doch was.«

»Gleich Montag gehe ich auf die Bank und lass' die Reisekosten überweisen. Oder soll ich lieber einen Verrechnungsscheck schicken?«

»Mach's über die Bank. So eilig kann es ja nicht sein.«

»Am zweiundzwanzigsten Dezember geht's los!«

»Na wunderbar.«

»Mußt du da dauernd in der Küche herumkramen?«

»Ich komm' ja schon.« Sie setzte sich neben ihn auf die Sessellehne.

Er hatte einen Stapel großer bedruckter Blätter vor sich liegen. »Das sind die Unterlagen! ›Wichtige Informationen zur Reisevorbereitung‹«, las er. »Hör mal, wie es losgeht: ›Sehr geehrte Treckteilnehmerin, sehr geehrter Treckteilnehmer ...‹« Er unterbrach sich. »Klingt gut, wie?«

»Fantastisch!«

»Soll ich dir vorlesen?«

»Du, ich kümmere mich jetzt, glaube ich, lieber ums Essen und lese es später in Ruhe.«

»Sehr groß scheint dein Interesse nicht zu sein.«

»Hast du denn keinen Hunger?«

»Wir können geradesogut auswärts essen gehen.«

»Auch wieder wahr«, sagte Eva friedfertig.

Knut las: »›Erstens: Reisegepäck. Da der Platz in den Minibussen beschränkt ist, sind maximal fünfzehn Kilogramm Freigepäck pro Teilnehmer zugelassen, ohne Foto- oder Filmausrüstung, obwohl die Fluggesellschaften zwanzig Kilogramm Freigepäck in der Touristenklasse erlauben. Koffer sind für Treckings völlig ungeeignet. Wir empfehlen Ihnen daher, längliche Taschen aus Leder, Kunstleder, Nylon oder Segeltuch mitzunehmen. Bewährt haben sich Gepäckstücke mit Reißverschlußöffnungen nach oben, an denen kleine Sicherheitsschlösser angebracht werden können.

Ihre gesamte Ausrüstung wird bis zur Kibohütte von einer Trägerkolonne transportiert. Von dort bis zum Gipfel kommt nur der eingeborene Führer mit. Die Träger bleiben bei der Hütte. Die Mitnahme eines kleinen, leichten Rucksacks ...‹«

»Au weia!« entfuhr es Eva.

Er hörte gar nicht hin, sondern las begeistert weiter: »› ... zum Tragen von persönlichen Gegenständen wie Kamera, Filme, Thermosflasche, Pullover und Regenschutz ist deshalb notwendig.

Kleidung: Dem Kapitel ›Klima‹ entnehmen Sie, welche Temperaturen den Tansania-Reisenden erwarten. Die Sonnenstrahlung über viertausend Meter, praktisch am Äquator, ist außerordentlich intensiv. Wenn nicht größte Vorsicht geboten wird, kann dies zu starken Verbrennungen führen ...‹«

»Hör mal, Knut, du weißt, wie empfindlich meine Haut ist! Ich glaube nicht ...«

Ohne sie weiter zu Wort kommen zu lassen, fuhr er fort: ›»Alle unbedeckten Körperteile müssen wiederholt mit Sonnenschutzcreme eingerieben werden. Eine gute Sonnenbrille ist eine absolute Notwendigkeit. Denken Sie auch daran, daß es in der Höhe nachts sehr kalt sein kann ...‹«

»Auch das noch!«

»›Das A und O einer guten Ausrüstung ist aber zweifellos das Schuhwerk. Die robusten Wander- oder Bergschuhe müssen eine gute Profilgummisohle aufweisen. Sie sollen unbedingt in der Knöchelpartie sowie an Rist und Ferse gut sitzen, damit der Fuß sich nicht aufwetzt. Blasengefahr! Andererseits muß die Zehenpartie auch beim Abstieg genügend Bewegungsfreiheit aufweisen, besonders wichtig für den Kälteschutz. Auf keinen Fall dürfen Bergschuhe mitgenommen werden, die nicht schon gut eingelaufen sind. Achtung: Bergschuhe aus Velourleder sind wasserdurchlässig. Nach einer längeren Wanderung auf Altschnee kann man die Schuhe auswinden ...‹«

»Du, tut mir leid, Knut, ich fürchte, das ist wirklich nichts für mich! Mir wird schon vom Zuhören ganz anders!«

»Stell dich nicht so an! Ich hatte dich immer für sportlich gehalten!«

»So sportlich bin ich nun auch wieder nicht.«

»Laß mich dies hier wenigstens noch vorlesen: ›Kleidung während des Aufstiegs.‹«

»Also bitte«, gab Eva seufzend nach.

»›Dritter Tag: Leichte Kleidung, da Aufstieg durch tropischen Regenwald. Geeignet sowohl für Damen als auch für Herren: leichte Wanderschuhe, Shorts und Sporthemd oder T-Shirt. Thermosflasche unentbehrlich, ebenso Kopfbedeckung, Sonnenbrille und Sonnencreme, Regenschutz.

Vierter Tag: Wie am dritten Tag, jedoch anstelle von Shorts Berghosen. Ferner Windjacke und Pullover.

Sechster Tag: Wie am vierten Tag. Je nach Witterung anstatt der Wanderschuhe bereits die Bergschuhe anziehen.

Siebter Tag: Bergschuhe unbedingt erforderlich, dazu Gamaschen, da sonst der Lavastaub immer in die Schuhe eindringt.‹«

»Entsetzlich!« rief Eva. »Der bloße Gedanke läßt mich schaudern!«

Er ließ sich immer noch nicht bremsen. »›Weiter sind unbedingt notwendig für den Gipfelanstieg: Skiunterwäsche, dicke Bergsocken, ein bis zwei Pullover, Windjacke, Halstuch, Mütze mit Ohrenschutz, dicke Lederhandschuhe, dazu Wollhandschuhe. Sehr empfehlenswert ist auch eine Daunenjacke.‹«

Eva hielt sich die Ohren zu. »Hör auf! Bitte, bitte, Schluß damit! Begreifst du denn nicht, was du da liest? In vier Tagen wollen die uns von tropischer Hitze in arktische Kälte hetzen!«

»Es sind fünf Tage«, widersprach er, »am fünften Tag ist das Klima wie am vierten.«

»Das macht es auch nicht besser! Knut, auch wenn ich dich noch so sehr enttäusche: Dieser Treck ist nichts für mich!«

»Vielleicht hätte ich dich nicht so damit überfallen sollen. Wenn man erst einmal selber in Ruhe liest ...«

»Nein.«

»Dann muß ich sagen: Du enttäuschst mich wirklich.«

»Ich kann nichts dafür, Knut! Es ist nicht meine Schuld, daß ich so eine Gewalttour einfach nicht schaffe. Bist du sicher, daß du es kannst?«

»Eine kleine sportliche Übung.«

»Überschätz dich nicht!«

»Du traust es mir also nicht zu?« fragte er mit beleidigtem Unterton.

»Um dich geht es hier ja gar nicht. Du bist ein erwachsener Mann. Du mußt wissen, was du willst. Aber ich bring' das nicht.«

»Wir brauchen ja nicht heute darüber zu entscheiden.«

»Für mich gibt's da überhaupt nichts zu überlegen.« Sie sprang auf. »Ich pfeife auf den Kilimandscharo!«

»Dann bleibst du eben zu Hause.«

Diese Reaktion empfand sie wie einen Schlag ins Gesicht. Sie starrte ihn an, als sähe sie einen Fremden. Tränen stiegen ihr in die Augen, und sie hatte Mühe, sie zurückzuhalten.

Er spürte, daß er zu hart gewesen war und zwang sich zur Versöhnlichkeit. »Vielleicht machen wir anschließend eine schöne Reise zu zweit, eine Reise in aller Bequemlichkeit, wie sie dir vorschwebt.«

»Vielleicht.« Sie wandte sich ab.

»Geld haben wir ja genug.«

»Das ist aber auch das einzige, was wir noch haben!« Eva wußte selber nicht, warum sie das sagte, und noch dazu mit solcher Bitterkeit. Sie erschrak über ihre eigenen Worte, mehr aber noch darüber, daß Knut nicht widersprach.

Am Anfang der nächsten Woche suchte Eva, von Düsseldorf kommend, Pelzers Drogerie auf. Sie hatte ein paar Dinge einzukaufen und gleichzeitig den Wunsch, sich in ihrem neuen pelzgefütterten Seidenmantel sehen zu lassen. Aber sie machte darin nicht den Eindruck, den sie erhofft hatte. Pelzers erwiderten ihren Gruß nicht mit der gleichen Heiterkeit, sondern merklich zurückhaltend, und Eva schien es, als wechselten sie einen betroffenen Blick. Schon bereute sie, ihre Besorgungen nicht in Düsseldorf gemacht zu haben. Es waren vor ihr noch einige Kundinnen im Laden, und sie spielte mit dem Gedanken, sich mit einer kurzen Entschuldigung zurückzuziehen. Aber dann wurde ihr klar, daß ein solches Verhalten kindisch gewirkt hätte, und so blieb sie, während ihr Lächeln gefror.

Als sie an die Reihe kam, bediente der Drogist sie mit geschäftsmäßiger Höflichkeit, ohne sich wie sonst nach ihrem und Knuts Befinden zu erkundigen oder einen seiner kleinen Witze zu machen.

Eva zahlte und verabschiedete sich so kühl, wie sie empfangen worden war.

»Einen Augenblick noch, Eva!« sagte Beate Pelzer überraschend. »Kannst du mal allein weitermachen, Albert?«

»Wenn es sein muß.«

»Komm mit mir nach hinten, Eva! Du hast doch einen Moment Zeit?«

Unwillkürlich warf Eva einen Blick auf ihre Armbanduhr, folgte Beate dann aber wortlos in das kleine Büro. Es war darin gerade Platz für einen Schreibtisch, zwei Stühle und einen Aktenschrank. Das einzige Fenster lag hoch und war winzig. Auf der Schreibtischplatte häuften sich Warenproben.

»Darf ich dir was anbieten?« fragte Beate.

»Was gibt es?« fragte Eva scharf; es war sehr warm in dem kleinen Raum, aber sie verzichtete darauf, ihren Mantel auszuziehen, weil sie nicht den Anschein erwecken wollte, es sich gemütlich zu machen.

Beate verstand die Frage falsch, oder sie tat auch nur so; sie holte eine Flasche und zwei Gläser aus dem Schreibtisch.

»Was ganz Feines! Ein Stärkungsmittel, wirkt ungeheuer beruhigend und schmeckt wie Likör.«

»Nein, danke.«

»Du solltest es wirklich probieren. Es ist ganz neu auf dem Markt, und ich genehmige mir öfter einen Schluck.« Ohne Evas Widerstand weiter zu beachten, schenkte sie die beiden Gläser voll. »Aber nun setz dich doch! Zieh deinen Mantel aus!«

»Ich habe nur wenig Zeit.«

»Du kannst Knut ruhig mal warten lassen. Na, denn prost!«

Zögernd nahm Eva einen Schluck.

»Du bist beleidigt, weil Albert so ... so zurückhaltend war?« fragte Beate tastend.

»Zumindest fand ich sein Benehmen komisch.«

»Er hat ein schlechtes Gewissen euch gegenüber.«

»Wieso das?«

»Wegen der Geldgeschichte!«

»Wovon sprichst du?«

»Ach, Eva, mach es mir doch nicht so schwer!«

Eva blickte die andere an, und plötzlich tat sie ihr leid. Trotz ihrer hübschen, modernen Frisur und des sorgfältigen Make-ups wirkte sie älter, als sie war. Die zahlreichen feinen Kummerfalten hatten sich nicht überschminken lassen. Ihre Bindehaut war leicht gerötet wie nach einer schlaflosen Nacht oder vergossenen Tränen. Beate war immer nett zu ihr gewesen.

Eva schämte sich wegen ihrer eigenen Ruppigkeit. »Bitte, sei mir nicht böse!« bat sie. »Ich glaube, ich war tatsächlich ein bißchen geschockt.«

»Deshalb will ich ja mit dir sprechen.«

Eva zog nun doch ihren Mantel aus und fühlte sich gleich wohler.

Beate hängte ihn über einen Bügel hinter der Tür. »Schick ist der«, sagte sie und strich mit der Hand über den weichen Pelz.

Die Frauen setzten sich einander gegenüber.

»Es ist schön, wenn man zu Geld kommt«, meinte Beate.

»Ich kann mich nicht mehr so recht darüber freuen«, gestand Eva und nippte an ihrem Glas.

»Nicht?« fragte Beate überrascht.

»Knut hat sich verändert.«

»Das kann ich nicht beurteilen. Jedenfalls hat er eine große Dummheit gemacht.« Beate holte eine Schachtel mit Zigaretten aus der Schreibtischschublade und bot Eva eine an.

Eva lehnte ab.

»Albert sieht's nicht gern, wenn ich rauche.« Beate verzog das Gesicht, »Aber was soll's? Schließlich bin ich nicht schwanger.«

Eva bezwang ihre Neugier und wartete ab; sie war sicher, daß die andere eine Erklärung abgeben würde, ohne daß sie Fragen stellte.

So geschah es denn auch. »Er hätte Fritz Reiser das Geld nicht geben sollen.«

Jetzt konnte Eva nicht länger den Mund halten. »Ich ahne nicht einmal, wovon du sprichst!«

»Du weißt es nicht? Er hat Reiser zehntausend Mark gegeben ... wahrscheinlich nicht ganz freiwillig, wir kennen ja den guten Fritz. Aber das spielt keine Rolle.«

»Knut muß verrückt geworden sein!«

»Ja, das finden Albert und ich auch.«

»Aber warum? Warum hat er das getan?«

Beate zuckte die Achseln. »Unterstellen wir mal: aus Freundschaft.«

»Aber aus Freundschaft verschenkt man doch keine solche Summe!«

»Es sei denn, man hat sehr viel Geld.« Beate inhalierte tief und mußte husten. »Das ist jedenfalls die Erklärung, die Fritz dazu abgibt. Er rennt jetzt überall herum und erzählt, daß ihr einen Millionengewinn im Lotto gemacht habt.«

»Aber das ist einfach nicht wahr!« protestierte Eva und ärgerte sich, weil sie errötete.

»Die anderen nehmen es ihm aber ab, und es wird nur schwer sein, ihnen das Gegenteil zu beweisen.«

Eva leerte ihr Glas.

Beate schenkte ihr sofort wieder nach. »Trink nur! Das ist gut für die Nerven.«

»Aber was sollen wir jetzt tun?« fragte Eva.

»Am besten kümmert ihr euch gar nicht darum.«

»Was Besseres kannst du mir nicht raten? Aber warum hat du es mir dann überhaupt erzählt?« rief Eva aufgebracht, fügte aber sogleich in ruhigerem Ton hinzu: »Natürlich, es wird endlose Sticheleien geben. Du wolltest mich darauf vorbereiten.«

»Nicht nur Sticheleien«, sagte Beate bedeutungsvoll. »Sie wollen euch aus dem Club ausschließen.«

»Aber wie können sie das? Es ist doch gar kein richtiger Club. Wir sind doch bloß ein Haufen, der sich mehr oder weniger regelmäßig zum Kegeln in einem jedermann zugänglichen Wirtshaus trifft.«

»Eben darüber ist auch heiß diskutiert worden. Da man euch nicht ›rausschmeißen‹, sondern höchstens ›rausekeln‹ kann, hat man beschlossen, das Wirtshaus zu wechseln und anderswo zwei Kegelbahnen zu mieten.«

»Wo?«

»Das kann ich dir leider nicht sagen. Versteh mich richtig, Eva, es würde euch doch auch gar nichts nutzen. Oder würdet ihr etwa den Nerv haben, dort aufzukreuzen, obwohl ihr wißt, daß ihr unerwünscht seid?«

»Nein«, mußte Eva eingestehen.

»Na also. Ich erzähle dir das, obwohl wir alle strengste Geheimhaltung schwören mußten. Ihr solltet wie gewohnt zum Kegelabend kommen und euch dort allein auf weiter Flur finden. Das sollte die Strafe sein.«

»Strafe? Wofür?«

»Versteh mich richtig, Eva! Albert und ich sind der Meinung, daß jeder mit seinem Geld machen kann, was er will. Aber die anderen finden, daß ihr ein ganz großes Faß hättet aufmachen müssen. Einige sind sogar der Ansicht, daß ihr ein paar Hunderttausend hättet verteilen sollen.«

»Das können sie doch nicht im Ernst verlangen!«

»Eva, reg dich nicht auf! Albert und ich muten euch das natürlich nicht zu, aber ...«

»Aber ihr macht mit!«

»Albert hat alles versucht, die anderen zu beruhigen und ihnen gut zuzureden. Aber es hat nichts genutzt. Was sollten wir da machen? Uns euretwegen isolieren? So dicke Freunde waren wir doch nie. Wir müssen in erster Linie an das Geschäft denken.« Beate drückte ihre Zigarette aus, legte den Stummel auf ein Stück Papier, schüttete die Asche dazu, machte ein Päckchen daraus und warf es in den Papierkorb.

»Damit habt ihr natürlich recht«, gab Eva zu.

»Wir haben es nicht gern getan, und wir finden es auch nicht ganz anständig. Aber was blieb uns übrig? Das wollte ich nur versuchen, dir klarzumachen. Uns ist es ganz egal, ob ihr nun geerbt oder gewonnen habt. Wir finden, das geht nur euch allein etwas an.«

Eva leerte ihr Glas und stand auf. »Danke, Beate. Es war lieb von dir, daß du mich gewarnt hast. Bitte, sag Albert, daß ich seine Haltung durchaus verstehe und sie ihm nicht übel nehme.«

»Danke.«

Sie reichten sich die Hände. Eva zog sich ihren Mantel an, nahm ihre Handtasche und das Einkaufspäckchen und wandte sich zur Tür.

»Geh nicht durch die Drogerie hinaus«, bat Beate. »Es müssen nicht noch mehr Leute wissen, daß wir miteinander gesprochen haben. Benutz die Hintertür ...« Sie zeigte ihr einen schmalen Gang. »Gleich hier vorne rechts.«

Eva tat, wie ihr geheißen, und kam sich dabei wie eine Geächtete vor. Sie versuchte, darüber zu lachen. Aber das machte es nicht besser.

Mit Knut kam es nicht zum Streit.

Eva hütete sich, ihm Vorwürfe zu machen, sondern sagte nur: »Ich verstehe nicht, wie das passieren konnte.«

»Ich muß ziemlich blau gewesen sein«, meinte er kleinlaut.

»Du kennst Fritz doch so gut.«

»Stimmt. Ich habe ihn immer für einen gerissenen Hund gehalten. Aber daß er kassieren und trotzdem quatschen würde, das habe ich ihm nicht zugetraut.«

»Ich auch nicht«, gab Eva zu.

»Ich hätte ihm gar nichts geben dürfen ... oder sehr viel mehr. Aber wie käme ich denn dazu?«

»Finde ich auch. Wir sind es, die Glück gehabt haben! Warum sollen andere davon profitieren?«

»Sehr richtig. Und was machen wir jetzt?«

»Wir stellen uns stur. Was anderes bleibt uns gar nicht übrig.«

»Das Ganze ist eine solche Gemeinheit!«

»Kann man wohl sagen!«

Das Gefühl, eingekreist zu sein, und der Zorn auf die früheren Freunde trieben Eva und Knut wieder einander in die

Arme. Sie waren jetzt ganz auf sich gestellt, und sie wußten es.

Eva überlegte sogar, ob sie den Afrikatreck nicht doch mitmachen sollte, obwohl sie sich schon abgemeldet hatte.

Am Samstag vormittag, als Knut unterwegs war, studierte sie noch einmal ganz allein für sich die Unterlagen. Sie versuchte, die Besteigung des Kilimandscharo optimistischer zu sehen, fand sie zwar nach wie vor nicht verlockend, aber doch nur halb so schlimm wie bei ihrer früheren spontanen Ablehnung. Aber als sie auf den Passus ›Medikamente/ Reiseapotheke‹ stieß, schauderte sie.

Da hieß es: ›Häufigste Reisekrankheiten sind Magen- und Darmstörungen, die durch Klima- und Nahrungswechsel hervorgerufen werden. Diese Durchfallerkrankungen können meist nur mit sehr starken Mitteln bekämpft werden. Bitte besprechen Sie sich mit Ihrem Arzt oder Apotheker. Es ist ebenfalls empfehlenswert, Desinfektionsmittel für das Trinkwasser mitzunehmen (in Form von Tropfen oder Tabletten in Apotheken erhältlich). Etwas Spirituosen (Whisky, Cognac, Rum usw.) im Tee haben schon manchen Teilnehmer vor Verdauungsbeschwerden bewahrt. Wir empfehlen Ihnen deshalb, vor dem Abflug in Europa eine angemessene Tagesration im Zollfreiladen einzukaufen. Im übrigen steht den Teilnehmern eine Reiseapotheke zur Verfügung. Trotzdem sollte in Ihrem Reisegepäck eine kleine, persönliche Apotheke nicht fehlen. Wir empfehlen Ihnen folgende Zusammenstellung:

Medikamente: Persönliche, vom Arzt verschriebene Medikamente, Schmerzmittel gegen fiebrige Erkältungen, Kopfschmerzen und Migräne, Mittel gegen Magen- und Darminfektionen, Abführmittel, Halstabletten/-pastillen, Augentropfen/-salbe, Salbe zur Behandlung von Hautausschlägen, Stichen, Hitzeblasen, Desinfektionsmittel, Wundbehandlungsmittel,

Fußpuder (wirkt blasenverhindernd während der Kilimandscharo-Besteigung), Salztabletten, kreislaufstärkende Mittel, Traubenzuckerlösung oder -lutschtabletten.

Des weiteren: Verbandstoff, Heftpflaster, elastische Binde, Schere, Pinzette, Sicherheitsnadeln, Mückenmittel.

Achtung: Trinken Sie kein Leitungswasser. Hüten Sie sich vor eisgekühlten Getränken, die eine zu rasche Abkühlung bewirken und unangenehme Erkältungen verursachen können.

Tragen Sie bei intensiver Sonnenbestrahlung eine Kopfbedeckung.‹

»Du lieber Himmel!« sagte sie laut.

»Was ist?« fragte Knut, der gerade ins Zimmer kam; er trug seinen neuen Schaffellmantel und stellte zwei Riesenplastiktüten auf den Tisch.

Sie hielt die Informationen hoch. »Hast du die wirklich gelesen?«

»Nicht nur einmal.«

»Und ist dir gar nicht aufgefallen, wie gefährlich dieser Treck ist?«

Er zog seinen Mantel aus. »Ein bißchen Gefahr muß schon sein. Sonst macht's ja keinen Spaß.«

»Ein ›bißchen‹ ist leicht untertrieben! All diese Medikamente, die man mitnehmen soll ... und das, obwohl eine Reiseapotheke vorhanden ist!«

»Über was regst du dich auf? Du machst ja sowieso nicht mit.«

»Ich mache mir Sorgen um dich!«

Er nahm ihr die Blätter aus der Hand und schlug eine andere Seite auf. »Dann lies das mal ...« Er tippte mit dem Zeigefinger auf eine bestimmte Stelle.

»›Die Besteigung des Kilimandscharo erfordert keinerlei Bergsteigererfahrung ...‹« Eva unterbrach sich. »Das kenne ich schon.«

Er ergänzte den Satz: »›... und kann von jedermann bewältigt werden, sofern er über eine gute Gesundheit verfügt!‹«

»Wenn er nicht so gesund ist, wie er geglaubt hat, ist es sein Pech«, war Evas Kommentar.

»Willst du mir den Treck etwa madig machen?«

»Nein, ganz im Gegenteil. Ich habe mir die Informationen noch mal vorgenommen, weil ich drauf und dran war, doch noch mitzumachen.«

»Das kannst du gar nicht mehr. Die Gruppe ist vollzählig.« Stolz begann Knut, seine Einkäufe auszupacken.

Aus der einen großen Tüte kamen leichte Wanderschuhe mit Profilsohlen zum Vorschein, Bergschuhe und Turnschuhe.

»Die Schuhe«, erklärte er, »sind das wichtigste, weil ich sie erst noch einlaufen muß.« Dann zeigte er ihr den Inhalt der anderen Plastiktüte: Berghosen und Jeans, warme Skiunterwäsche, einen Daunenschlafsack und einen kleinen Rucksack. »Das ist natürlich noch nicht alles, es fehlt noch eine ganze Menge. Aber ich habe ja Zeit.«

»Ich bin nur gespannt, wie du es anstellen willst, mit dem ganzen Zeug unter fünfzehn Kilo zu bleiben.«

»Die das zusammengestellt haben, kennen sich aus.«

»Vergiß nicht die Geschenke für die Eingeborenen!«

»Eins nach dem anderen. Gib mir mal einen Kugelschreiber. Ich hake ab.«

Am Nachmittag zog er zum ersten Mal seine robusten Bergwanderschuhe an und marschierte darin durch den Stadtwald. Eva begleitete ihn in ihren bequemen Stiefeln. Es war ein klarer, kalter Tag, und die Luft roch nach Winter.

Schon nach wenigen Kilometern merkte sie, daß er leicht zu hinken begann. Er gab zu, daß ihn die rechte Ferse schmerzte.

»Kehren wir um!« entschied sie.

»Aber ich kann noch!«

»Bis wir zu Hause sind, kannst du nicht mehr.«

Sie behielt recht. Schon als sie die Straße erreichten, war sein Hinken erheblich stärker geworden. Er war froh, daß Eva von der ›Stadtwaldschenke‹ aus ein Taxi bestellen konnte.

Zu Hause zeigte sich dann, daß seine linke Ferse stark gerötet war und an der rechten sich eine große Blase zu entwickeln begann. Somit war es mit dem Eintreten der schweren Schuhe vorläufig aus. Statt dessen joggte er täglich nach der Arbeit eine Stunde, oder aber er lief seine leichten Schuhe ein. Dadurch verlor er an Gewicht, sah besser aus denn je und fühlte sich wohl.

Er war stolz auf sich, und Evas Bewunderung bestärkte ihn darin. Sie ließ ihn nicht merken, daß sie ständig in Sorge war, er könnte sich übernehmen.

Auch Eva hatte inzwischen gekündigt. Sie konnte am 30. November aufhören, während Knut bis zum 15. Dezember bei ›Ernst & Stössel‹ arbeiten mußte. Es blieb ihr jetzt viel Zeit, aber es war gar nicht so leicht, sich an den Müßiggang zu gewöhnen, zumal sie wenig unternehmen konnte.

So fuhr sie denn öfter nach Düsseldorf, um einzukaufen. Zwar hatten sie ausgemacht, daß sie nicht durch Aufwand auf sich aufmerksam machen wollten. Doch das eine oder andere gute Stück, dachte Eva, könnte sie sich schon gönnen: neue Kleider, ein paar Seidenblusen, eine Handtasche, passend zum Mantel, Pumps und Trotteurs. Leider hatte sie in Hilden, außer an den Theaterabenden in der Stadthalle, kaum Gelegenheit, ihre eleganten Erwerbungen zu zeigen. Aber immer mehr verdichtete sich in ihr die Idee, die Feiertage über ihre Mutter zu besuchen. Obwohl das Verhältnis zwischen den beiden Frauen schon seit Jahren schwierig war, reizte es

Eva, die Mutter durch einen gewissen Luxus zu beeindrucken.

Eines Nachmittags stand sie sinnend vor dem Schaufenster eines Sportartikelgeschäfts, als sie von einer alten Freundin angesprochen wurde.

»Hei, Eva!« rief Hilde Braun vergnügt. »Trifft man dich auch mal wieder?«

Sie schüttelten sich die Hände.

»Verdammt lange nicht mehr gesehen!« stellte Eva fest.

»Das kann man wohl sagen!«

Eva und Hilde waren Schulfreundinnen gewesen, sie waren auch noch befreundet geblieben, als Eva studiert hatte und Hilde Sekretärin geworden war. Erst Evas Ehe hatte sie auseinandergebracht. Sie hatten zwar beide versucht, die alte Freundschaft zu erhalten, aber es hatte sich als unmöglich erwiesen. Zu Anfang hatte Hilde die Karstens besucht, und sie waren auch hie und da zu dritt ausgegangen. Den beiden jungen Frauen hatte das gut gefallen, aber nicht Knut. Er hatte zwar keine Einwände gegen Hilde - jedenfalls war er klug genug, keine vorzubringen -, aber er wollte Eva für sich alleine haben. Obwohl er nicht gerade unhöflich gewesen war, hatte er Hilde doch spüren lassen, daß sie überflüssig war. Es war zu einer Verstimmung gekommen. Eva, sehr verliebt, hatte nach einiger Zeit darauf verzichtet, Hilde einzuladen.

Die Freundinnen hatten dann noch versucht, sich ohne Knut zu treffen. Aber auch damit hatte es nicht geklappt. Hilde, sehr rasch zur Chefsekretärin eines Bankdirektors avanciert, hatte in der Regel länger zu arbeiten als Eva. Knut sah es ungern, wenn Eva abends erst spät nach Hause kam, und an den Wochenenden wollte er sie ganz für sich haben. Die Freundinnen hatten das Ende ihrer Verbundenheit bedauert, Hilde natürlich mehr als Eva, für die Knut ihr ein und alles geworden war. Dennoch hatte auch sie sich manchmal nach

Hilde gesehnt, nach einem menschlichen Kontakt, wie er mit den Hildener Ehefrauen nicht möglich war.

Als sie sich jetzt ganz unvermittelt gegenüberstanden, war die alte Vertrautheit sogleich wieder da, als hätten sie sich nicht vor Jahren, sondern vor wenigen Tagen zuletzt gesehen.

»Was interessiert dich denn so an den Skiausrüstungen?« fragte Hilde. »Willst du zum Wintersport?«

»Vielleicht. Ich will meine Mutter über Weihnachten besuchen. Aber ich bin nicht sicher, ob sie dann überhaupt in Oberbayern ist. Zuletzt haben wir eine Ansichtskarte aus Ischia von ihr bekommen.«

»Ruf doch einfach an!«

»Das werde ich wohl auch. Sobald ich mir über meine eigenen Pläne ganz im klaren bin.«

»Klingt geheimnisvoll. Knies mit Knut?«

»Wie kommst du darauf?«

»Liegt auf der Hand. Sonst hättest du mir doch nicht erzählt, daß du deine Mutter besuchen willst, sondern ihr beide.«

»Knut fliegt nach Afrika!« platzte Eva heraus.

»Auf Safari?«

»Wenn es das wäre, würde ich ihn begleiten. Er will den Kilimandscharo besteigen.«

Hilde blickte einen Augenblick verdutzt, dann begann sie zu lachen.

»So komisch ist das nun auch wieder nicht!« protestierte Eva.

»Du, ich will dich wirklich nicht beleidigen. Knut ist ein lieber Kerl. Aber für den ausgesprochen sportlichen Typ habe ich ihn nie gehalten.«

»Er möchte mal was erleben.«

»Und da muß es ausgerechnet der Kilimandscharo sein?«

»Mir mußt du das nicht sagen. Ich habe mir die Zunge fusselig gewetzt, um ihm das auszureden.«

Zum ersten Mal musterte Hilde die Freundin aufmerksam. »Scheint dir aber nicht schlecht bekommen zu sein. Du siehst toll aus.«

Eva war einmal mehr froh über ihren eleganten Mantel, die dazu passende Handtasche und die hochhackigen Stadtstiefel. »Du aber auch!« sagte sie mechanisch.

Hilde war immer die ›häßliche Freundin‹ gewesen. Nicht, daß sie wirklich häßlich war, nur ihre Nase war etwas zu groß, und die Augen standen zu dicht beieinander. Um diese Nachteile zu vertuschen, pflegte sie sich stark zu schminken und ihr Haar immer wieder anders zu färben - im Augenblick war es hellblond, fast weiß -, wodurch sie dessen Struktur schädigte. Aber ihre Figur war blendend, üppiger als die Evas, und ihre ausgewählte Kleidung verriet, daß sie sehr gut verdiente.

»Ich freue mich wirklich, daß wir uns getroffen haben«, setzte Eva hinzu.

»Nun sag bloß, du mußt gleich wieder zu deinem Knut zurück!«

»Muß ich nicht!«

»Welch Wunder!«

»Überhaupt nicht. Knut trainiert nach der Arbeit für Afrika.«

»Du, dann könnten wir doch zusammen irgendwo eine Tasse Kaffee trinken!« Hilde hängte sich bei Eva ein. »Nein, ich habe eine bessere Idee. Die Cafés sind um diese Zeit immer so vollgestopft. Gehen wir zu mir, ja? Ich wohne jetzt auf der Königsallee.«

»Toll!« sagte Eva beeindruckt.

»Jetzt wirst du mich gleich fragen, ob das nicht wahnsinnig teuer ist. Ist es aber gar nicht, wenn man bedenkt, daß ich mir dadurch ein Auto spare und in fünf Minuten auf der Bank oder umgekehrt, wieder zu Hause bin.«

»An die Unkosten habe ich gar nicht gedacht.«

»Dann mußt du dich aber verändert haben.«

Sie hatten jetzt ein Ziel und gingen im beschwingten Gleichschritt.

»Ach«, sagte Eva, »wenn man älter wird, beginnt man die Dinge eben anders zu sehen.«

»Und deiner Mutter geht's gut? Hat ja ganz den Anschein, wenn sie zwischen Bad Reichenhall und Ischia kurvt.«

»Sie macht sich das Leben so angenehm wie möglich.«

»Recht hat sie. Und ihr seid wieder gut miteinander?«

»Wirklich böse waren wir doch nie.«

»Wenn ich mich recht erinnere, konnte sie doch Knut nicht verknusen.«

»Das stimmt gar nicht. Sie war nur der Meinung, daß wir nicht so rasch hätten heiraten sollen.«

»Ich glaube, zu so einem Entschluß rafft man sich rasch auf oder gar nicht.«

»Vollkommen richtig.«

»Du hast es jedenfalls nicht bereut?«

»Nein.«

»Weißt du, daß ich dich manchmal beneide? Es ist gar nicht so einfach, den Richtigen zu finden, jedenfalls für mich nicht.«

»Ich wußte gar nicht, daß du heiraten willst.«

»Ich brauche keinen Mann, das ist ganz richtig. Ich komme allein blendend durchs Leben. Aber manchmal stelle ich es mir nett vor, jemanden in der Wohnung vorzufinden, wenn man abends nach Hause kommt. Jemanden, der auf einen wartet.«

»Und der dir dann Vorwürfe macht, daß es wieder so spät geworden ist?«

Hilde lachte und drückte Evas Arm. »Du hast ja so recht! Man kann nicht alles haben.«

Unter munterem Geplauder gingen sie weiter die ruhige Seite der Königsallee entlang, bis Hilde stehenblieb und erklärte:

»Wir sind da!«

Sie standen vor einem imponierenden Gebäude mit edler Sandsteinfassade. Neben der massiv wirkenden Haustür aus Eiche gab es sorgsam gepflegte Messingschilder, die anzeigten, daß diverse Rechtsanwälte und Ärzte hier ihre Praxen hatten.

Eva staunte, zeigte es aber nicht.

Hilde schloß auf. Das Treppenhaus wirkte so würdig wie die Fassade. Boden und Wände waren mit schwarzweißem Marmor bedeckt. In der Mitte stand ein altertümlicher Fahrstuhl, ein Käfig mit verschnörkeltem Messinggitter. Daneben führte eine breite, geschwungene Marmortreppe nach oben.

Der Fahrstuhl stand unten, und sie stiegen ein. Hilde drückte auf den obersten Knopf, und ächzend schwebte die Kabine nach oben.

»Der muß schon sehr alt sein, was?« fragte Eva.

»So heißt's jedenfalls. Ein wahnsinnig unzuverlässiges Ding. Wenn du mich fragst: Hier gehörte längst ein moderner her. Aber der Besitzer und all die hohen Herren wollen sich nicht von ihm trennen. Dabei hätte man für die Reparaturkosten drei neue anschaffen können.«

Im fünften Stock sah es bei weitem nicht mehr so vornehm aus wie im Parterre. Hier war kein Marmor mehr, sondern ein alter, allerdings blank gebohnerter Holzboden mit einem roten Läufer.

»Ich wohne unterm Dach, juchhe«, erklärte Hilde und stieg vor Eva eine schmale Treppe hinauf, die auch keinen Läufer mehr hatte und in der Mitte einen scharfen Knick machte.

Hilde schloß auf, und sie traten unmittelbar in einen großen, hellen Wohnraum. Das Dach war schräg, so daß das

Fenster nur niedrig war, dafür aber sehr breit. Es nahm die ganze Länge des Raumes ein. Eva schätzte ihn auf zehn Meter. An einer der Schmalseiten war ein offener Kamin mit Holzscheiten.

»Eine Garderobe habe ich nicht«, sagte Hilde, »das ist ein Nachteil. Bringen wir unsere Mäntel also ins Schlafzimmer.«

Das Schlafzimmer war kaum kleiner als der Wohnraum. Die Mitte nahm ein rundes Bett ein, über das eine kunstvoll gestickte Überdecke aus schwerer Seide geworfen war. An einem mehrarmigen Kleiderständer hingen sie ihre Mäntel auf.

»Wunderbar hast du es hier!« sagte Eva; sie war sehr froh, daß sie diese Wohnung erst jetzt kennenlernte, wo sie selber zu Geld gekommen war.

Sie gingen in den Wohnraum zurück.

»Was willst du trinken?«

»Is mich eins!« erwiderte Eva im Ton ihrer Jungmädchentage.

Hilde verstand sofort. »Ja, das waren noch Zeiten! Wir hatten den Kopf voll Rosinen. Warte, ich zünde zuerst mal ein Feuer an.«

Während Hilde sich am Kamin zu schaffen machte, trat Eva an das Fenster. Es gab jetzt, da die Kastanien kahl waren, den Blick auf die Geschäftsseite der Königsallee frei. Jenseits der Düssel leuchteten gerade die ersten Lichter in den Auslagen auf.

»Eine wundervolle Aussicht!« sagte Eva nahezu andächtig.

»Ja, nicht wahr? Im Frühjahr ist sie noch schöner.«

»Wenn die Kastanien blühen! Kann ich mir vorstellen.«

»Weißt du was? Ich gieße uns rasch eine Tasse Tee auf.« Hilde ging zur Tür. »Das ist bei diesem Wetter genau das richtige.«

Im Kamin begannen kleine Flammen zu züngeln.

»Mach dir bloß keine Umstände!«

»Habe ich nicht vor. Ich nehme einfach Teebeutel.« Hilde verschwand in Richtung Küche.

Eva wäre ihr gern gefolgt, aber da sie nicht dazu aufgefordert worden war, blieb sie stehen, wo sie war, und genoß den Ausblick. Die Flammen im Kamin wurden größer, und das Holz knisterte. Kurz darauf trug Hilde ein Tablett herein und stellte Tassen, Unterteller, eine Dose mit Zucker, eine Schale mit Gebäck und eine Flasche Rum auf den niedrigen Tisch vor dem Kamin. Der Wasserkessel pfiff, Hilde lief wieder hinaus und kam mit der Teekanne zurück. Sie holte ein Stövchen, das auf einem Bücherregal gestanden hatte, zündete die Kerze mit einem Tischfeuerzeug an und stellte die Kanne darauf.

»Komm, setz dich doch!« sagte sie und warf sich selber in einen der beiden Ledersessel.

»Ich kann mich gar nicht losreißen«, erwiderte Eva, folgte aber dennoch.

»Jetzt müssen wir nur noch warten, bis der Tee ein bißchen gezogen hat.«

»Ja, natürlich.«

Eine Pause trat ein.

Plötzlich war es, als hätten die Freundinnen sich nichts mehr zu sagen.

Hilde nahm eine Zigarette aus einem elfenbeinernen Kästchen, legte sie dann zur Seite und bot Eva eine an.

»Nein, danke. Ich rauche immer noch nicht.«

»Du Glückliche!«

Eva zuckte die Schultern.

Hilde hob den Deckel der Kanne, rührte mit dem silbernen Teelöffel darin und entschied: »Er ist schon genießbar!« Sie schenkte Eva und sich selber die noch recht helle Flüssigkeit ein und gab in jede Tasse einen tüchtigen Schuß Rum. Sie reichte Eva die Zuckerdose, nahm sich selber ein Stück und trank.

Auch Eva nahm einen Schluck. »Das tut gut bei diesem miesen Wetter.«

Hilde schlug die Beine elegant übereinander und zündete sich ihre Zigarette an. »Du sagst es.«

»Am liebsten würde ich die Feiertage mal im Süden verbringen. Nicht unbedingt Afrika, aber irgendwo, wo die Sonne scheint.«

»Warum tust du es dann nicht?«

»Ich hatte so auf eine schöne Reise mit Knut gehofft.«

»Du könntest doch auch alleine was unternehmen.«

»Ganz allein? Das ist nichts für mich.«

»So eine Reise braucht gar nicht teuer zu sein. Ich war mal auf Mallorca für nur ...«

»Geld ist nicht das Problem!« platzte Eva heraus.

Hilde beobachtete sie aufmerksam durch den Rauch ihrer Zigarette. »Das hört man gerne.«

»Allein macht es mir einfach keinen Spaß.«

Ohne die Freundin aus den Augen zu lassen, hob Hilde die Tasse zum Mund. »Mal ganz ehrlich, Evchen! Ist Knut inzwischen Direktor geworden?«

»Nein.«

»Aber ihr seid zu Geld gekommen?«

»Wie kommst du darauf?«

»Mach mir nichts vor! Man sieht's dir doch an. Der teure Mantel ... ein paar Tausender hat der bestimmt gekostet, da kenne ich mich aus ... auch dein Kleid, die Tasche, die Stiefel. Du hast einen ganz neuen Stil entwickelt, und so was geht nur mit Geld.«

Eva schwieg.

»Du willst es mir nicht sagen?«

»Lieber nicht.«

»Hat Knut etwa Unterschlagungen gemacht? Oder habt ihr eine Bank ausgeraubt?«

Eva lachte verlegen. »Das ist doch Unsinn.«

»Dann begreife ich nicht, warum du ein Geheimnis daraus machst. Geld zu haben ist doch schließlich keine Schande.«

»Ich habe Knut versprochen, den Mund zu halten.«

»Dann solltest du auch nicht so herumlaufen, wie du es tust. Außerdem hast du dich ja vorhin schon verplappert. ›Geld ist nicht das Problem, hast du verlauten lassen.«

Eva kämpfte mit sich. »Warum soll ich es dir eigentlich nicht sagen?«

»Ja, das frage ich mich auch.«

»Du wirst es nicht weitersagen, nicht wahr? Du kennst ja auch gar nicht die Leute, mit denen wir verkehren.«

»Wie wahr!«

Eva war immer noch unentschlossen. Aber der Drang, sich endlich jemandem mitteilen zu können, war stärker als ihre Vorsicht, die ihr ohnehin erst von Knut eingeredet worden war. Sie konnte nicht anders, sie mußte der Freundin von ihrem Millionengewinn erzählen.

Hilde war so beeindruckt, daß sie fast die Tasse hätte fallen lassen. Aber dann gelang es ihr doch noch, sie vorsichtig abzustellen und ihre Zigarette auszudrücken. Sie stand auf, lief zu Eva und umarmte sie herzlich. »Wie mich das freut!«

»Ja, freust du dich wirklich? Alle anderen gönnen uns das Geld nicht, obwohl sie nicht einmal wirklich wissen können, daß wir es haben.«

»Ich bin nicht wie die anderen, Evchen.«

Eva erwiderte Hildes Umarmung. »Ja, du warst immer meine beste Freundin.«

Hilde setzte sich wieder hin, wollte nachschenken, konnte es aber nicht. »Siehst du, wie meine Hände zittern? Ich bin ganz aus dem Häuschen.«

»Ich mach' es für dich«, erbot sich Eva und goß die Tassen halb voll, gab Zucker und Rum dazu.

»Ich kann es einfach nicht fassen! Was macht ihr nun mit dem Geld?«

Auch davon erzählte ihr Eva. »Es ist schrecklich«, schloß sie, »früher waren Knut und ich ein Herz und eine Seele. Du hast uns ja zusammen erlebt. Aber jetzt können wir uns nicht mehr einig werden.«

»Haut das Geld doch einfach auf den Kopf! Dann seid ihr es los.«

»Bist du verrückt?«

»Ich an eurer Stelle täte es. Ihr habt das Geld ja nur ein Jahr steuerfrei. In dieser Zeit würde ich es bis auf den letzten Rest verbraten. Ich würde mir einmal im Leben alle meine Wünsche erfüllen ... soweit das mit drei Millionen möglich ist.«

Eva lachte.

»Ganz im Ernst! Packt das Glück beim Schopf! Ihr könnt euch jetzt ein wahnsinnig gutes Jahr machen. Das ist viel besser, als klein bei klein von den Zinsen zu leben, und allemal besser, als sich die Sorgen mit einem eigenen Betrieb auf den Hals zu laden.«

»Der Meinung bist du also auch?« fragte Eva begierig.

»Unbedingt. Ich weiß schon von Berufs wegen, wie schwierig es kleine Unternehmer heutzutage haben. Du ahnst nicht, wie viele, denen es nach außen hin glänzend zu gehen scheint, bei uns schwer in der Kreide stehen.«

»Könntest du das nicht Knut erklären?«

»Du glaubst doch nicht etwa, daß er auf mich hören würde? Das hat er noch nie getan. Außerdem kann ich verstehen, daß er mit dem Geld etwas anfangen möchte, ja, ich versteh' sogar, daß er auf den Kilimandscharo will.«

»Dann verstehst du ihn besser als ich.«

»Besser jedenfalls als dich. Dein blödes Streben nach Sicherheit. Als wenn es Sicherheit auf dieser Welt überhaupt gäbe! Wir können nicht einmal sicher sein, daß einer von uns das nächste Jahr überlebt. Irgendeine Katastrophe auf dem Weltmarkt, und deine teuren Papierchen sind nichts mehr wert. Ein dritter Weltkrieg, und alles ist zu Ende.«

»Hör auf, den Teufel an die Wand zu malen!«

»Ich versuche nur, dich dahin zu bringen, daß du die Dinge realistisch siehst.«

»Das tue ich ja. Ich bin keine Pessimistin wie du.«

»Du hast ein Riesenglück gehabt und verstehst nichts daraus zu machen. Sei mir nicht böse, wenn ich so offen mit dir bin. Was hast du denn bis jetzt davon gehabt? Ein paar Mäntel, ein paar Kleider, ein paar Schuhe ... was ist das schon? Und dann die Idee, deine Mutter zu besuchen! Du bist nie sehr gut mit ihr ausgekommen. Auch wenn du das jetzt nicht mehr wahrhaben willst. Zuerst würde die Wiedersehensfreude wahrscheinlich groß sein, aber spätestens nach ein paar Tagen ... vielleicht schon nach ein paar Stunden ... würdet ihr euch streiten oder anöden. Deine Mutter braucht dich nicht, Evchen, sei froh darüber!«

»Du bist zu liebenswürdig.«

»Nun sei bloß nicht eingeschnappt, weil ich dir die Wahrheit sage. Hab doch den Mut, in den Glückstopf reinzugreifen und dir einen richtigen Batzen herauszuholen. Und dann machst du die Reise, die du dir immer schon erträumt hast. Dazu brauchst du Knut nicht. Wenn du genügend Geld hast, findest du auch Begleitung.«

»Hilde«, fragte Eva, »würdest du mit mir fahren?«

»Unter Umständen.« Hilde tat, als wäre sie angelegentlich damit beschäftigt, sich eine Zigarette anzuzünden.

»Natürlich«, sagte Eva rasch, »würde ich dir die Reise bezahlen.«

»Hast du den Eindruck, daß ich auf Almosen angewiesen bin?«

»Hilde, ich bitte dich! Ich wollte dich doch nicht beleidigen!«

»Das kannst du gar nicht.«

»Ich habe es nur gut gemeint. Ich möchte dich einladen, ganz herzlich! Deshalb kannst du mir doch jetzt nicht böse sein.«

»Ich bin weder böse noch beleidigt. Wenn ich dich begleiten soll, weil du nicht allein fahren willst, ist es ganz selbstverständlich, daß du die Kosten übernimmst. Darüber wäre meiner Meinung nach kein Wort zu verlieren gewesen. Es ist mir nicht ums Geld gegangen, als ich zögerte mitzukommen, sondern um das Reiseziel.«

»Entschuldige, bitte! Das war dann ein Mißverständnis.«

Hilde inhalierte, stieß eine Wolke Rauch aus und wedelte sie gleichzeitig mit der freien Hand von sich. »Also ... an was für eine Reise hast du gedacht?«

»An Palmen, weißen Strand, klares Wasser ... und Sonne, viel, viel Sonne!«

»Da kommen wir uns schon näher.« Jetzt lächelte Hilde wieder. »Die Karibik?«

»Ist das nicht schrecklich weit?«

»In unseren Breiten findest du so was nicht.«

»Also gut. Auf in die Karibik! Aber wohin dort? Wenn ich richtig orientiert bin, gibt es Hunderte von Inseln ... oder nicht?«

»Die gibt es.« Hilde drückte ihre Zigarette aus und warf einen Blick auf ihre Armbanduhr. »Schade, Geschäftsschluß ist schon vorbei. Warten wir also bis morgen und gehen dann in ein Reisebüro.« Sie verbesserte sich. »Am besten gehst du allein, ich werde kaum Zeit haben, und holst einen Haufen Prospekte. Dazu wirst du doch fähig sein.«

»Schließlich bin ich keine Idiotin!«

»Nein, das bist du nicht, aber ziemlich naiv und unerfahren. Das wirst du doch zugeben.«

Eva hielt es für besser, nicht darauf einzugehen. »Und wann treffen wir uns?«

Hilde stellte eine Gegenfrage. »Du arbeitest bis fünf?«

»Ich kann jederzeit.«

Hilde, die bisher bequem im Sessel gehangen hatte, fuhr hoch und richtete sich kerzengerade auf. »Was?«

»Warum überrascht dich das so? Das war doch ein ziemlich langweiliger Job, und jetzt lohnt es sich für mich einfach nicht mehr.«

Hilde ließ sich wieder zurücksinken. »Du mußt wissen, was du tust.«

»Nun denk doch mal nach ...«

»Nein, nein! Du mußt mich nicht überzeugen.« Hilde winkte ab. »Du hast deine Entscheidung getroffen und bist niemandem Rechenschaft schuldig. Mir schon gar nicht.«

»Knut ist ganz damit einverstanden«, verteidigte sich Eva, wagte aber nicht hinzuzufügen, daß auch er gekündigt hatte; sie hatte das Gefühl, daß Hilde sie beide dann für verrückt erklärt hätte.

Hilde ließ das Thema fallen. »Ich werde sehen, daß ich mich in der Mittagspause freimachen kann. Genau festlegen kann ich mich nicht. Am besten du wartest ab zwölf auf mich.«

»Wo?« fragte Eva und sah sich in Gedanken schon frierend auf der Straße stehen.

»Am besten im ›Breidenbacher Hof‹«, schlug Hilde vor, »in der Halle.«

Der ›Breidenbacher Hof‹ ist eines der exklusivsten Hotels von Düsseldorf. Eva hatte ihn noch nie betreten, und die Vorstellung, dort hineinzuspazieren, war ihr unbehaglich.

Hilde merkte es sofort. »Was machst du denn für ein Gesicht?«

»Ja, weißt du ...« sagte Eva unsicher.

»Keine Angst! Ich bin nicht darauf aus, mir von dir ein Mittagessen spendieren zu lassen.« Unvermittelt sprang sie auf. »Warum eigentlich nicht? Du hast's ja. Ich lasse uns sofort einen Tisch reservieren. Im Grillroom, ja? Da ist's gemütlicher.«

»Gute Idee!«

»Ja, wirklich?« fragte Hilde mit funkelnden Augen.

»Dann komme ich mir nicht so dumm vor, in der Halle herumzusitzen.«

»Hat dir das zu schaffen gemacht?«

Eva nickte.

»Daran hatte ich gar nicht gedacht.« Hilde lachte. »Mein armer Schatz! Wart's nur ab! Unter meinen Fittichen wirst du noch eine richtige Dame von Welt!«

Knut war von Evas Plan, in die Karibik zu reisen, nicht gerade begeistert. Am meisten störte es ihn, daß sie sich von Hilde begleiten lassen wollte. Um Streit zu vermeiden, hatte er nie gewagt, es auszusprechen. Aber insgeheim war er immer der Meinung gewesen, daß die Freundin einen schlechten Einfluß auf Eva ausübte. Nur hatte er ihr auch keine Alternative anzubieten.

»Ihr Frauen ganz allein«, sagte er, »das kann doch keinen Spaß machen.«

»Auf einer Reise lernt man Leute kennen.«

»Mach dir keine Illusionen! Bei solchen Luxusreisen sind die Frauen immer in der Überzahl!«

»Du tust, als wenn ich auf Eroberungen aus wäre.«
»Hilde bestimmt.«
»Warum nicht? Sie hat ja noch niemanden.«
»Wirklich, Eva, ich halte das Ganze für keine gute Idee.«
»Ich schon.«
»Dann mach, was du willst.«
»Werde ich auch.« Sie merkte, daß sie wieder in jenen unfreundlichen Ton verfielen, den sie so haßte. »Knut, mein Liebling«, fügte sie sehr zärtlich hinzu, »du weißt, wieviel lieber ... wieviel hundertmal lieber ich die Reise mit dir zusammen machen würde. Bitte, bitte, blas doch den Kilimandscharo-Treck ab!«
»Dafür ist es jetzt zu spät.«
»Überhaupt nicht! Du hast ja sogar eine Versicherung abgeschlossen für den Fall, daß du die Reise nicht antreten kannst! Du müßtest also nur ein paar Tausender abschreiben ...«
Er unterbrach sie schroff. »Ich denke nicht daran, Geld zum Fenster rauszuschmeißen. Wenn wir erst damit anfangen, ist alles im Nu zum Teufel.«
»Dann versprich mir wenigstens, anschließend mit mir in die Karibik zu fahren.«
»Du kannst doch Hilde jetzt nicht mehr absagen.«
»Kann ich doch. Ich schlage ihr einfach eine kleinere Reise vor.«
»Da kennst du Hilde schlecht. Darauf geht sie nicht ein.«
»Laß das nur meine Sorge sein«, sagte Eva, obwohl sie sich eingestand, daß er nicht ganz unrecht hatte; womöglich würde es zu einer ganz bösen Auseinandersetzung kommen, aber sie war bereit, das auf sich zu nehmen.
»Ich bin nicht dafür, Pläne im letzten Moment umzuschmeißen.«
»Auch nicht, wenn es um unser Glück geht?« fragte sie sanft.

»Daran hättest du denken sollen, als du dich geweigert hast, mich auf den Kilimandscharo zu begleiten.«

Damit waren sie wieder an einem jener Streitpunkte angekommen, über die sie schon viel zu oft diskutiert hatten. Eva gab es auf.

Ein junger Mann im Reisebüro ›Hartmann‹ auf der Königsallee hörte sich Evas Wünsche sehr freundlich an.

»Und wie lange haben Sie Zeit?« fragte er.

»Jede Menge!« Eva stoppte sich. »Na, so drei Wochen bestimmt.«

Der junge Mann lächelte. »Das ist wirklich ’ne Menge.« Es war ihm sofort aufgefallen, daß er anscheinend eine wohlhabende Kundin vor sich hatte. »Dann würde ich Ihnen zu einer Kreuzfahrt raten. Das würde Ihnen Gelegenheit zu einer wirklichen Erholung bieten ...« Mit einem Seitenblick auf ihr junges, frisches Gesicht verbesserte er sich: »Na, Erholung haben Sie vielleicht gar nicht nötig, aber es gibt auch jede Menge Abwechslung an Bord; Tanz und Spiele und Sport. Außerdem können Sie auf diese Weise die verschiedenen Inseln besichtigen, für die Sie sich interessieren ... Haiti, Puerto Plata, San Juan ... und Nassau natürlich sowieso, das ist der Ausschiffungshafen.«

»Klingt verlockend.«

»Aber Sie müssen sich rasch entscheiden. Über die Feiertage sind die meisten Schiffe fast ausgebucht.«

»Wahrscheinlich kann ich Ihnen schon heute Bescheid sagen. Ich muß mich nur noch erst mit meiner Freundin besprechen.«

»Tun Sie das!«

Mit den Prospekten unter dem Arm machte es Eva gar nichts aus, das elegante Foyer des ›Breidenbacher Hofs‹ zu betreten. Selbst der prächtig livrierte Portier schüchterte sie nicht ein, sondern sie erwiderte seine stumme Verbeugung mit einem vergnügten Lächeln. Sie fühlte sich schon ganz als Weltreisende. Die weite, prunkvoll eingerichtete Halle war von Leben erfüllt. Menschen kamen und gingen, und in den Polstersesseln an den niedrigen Tischen saßen soignierte Herren, Aktenkoffer auf den Knien oder neben sich abgestellt, und unterhielten sich in gedämpftem Ton, wahrscheinlich über Geschäfte. Eva war froh, einen freien Tisch zu finden, an dem sie sich niederlassen und ungestört in den Prospekten blättern konnte.

Nach einer Weile wurde es ihr warm. Sie stand auf, zog ihren Mantel aus und legte ihn über einen Nebensessel. Sie fühlte interessierte Blicke auf sich gerichtet, als sie ihr schmal geschnittenes Kleid aus pastellfarbenem Wollstoff glattstrich, bevor sie sich wieder setzte. Es war ein angenehmes Gefühl, gut angezogen zu sein und beachtet zu werden. Aber sie dachte gar nicht daran, sich auch nur auf einen Augenflirt einzulassen, sondern vertiefte sich sogleich wieder in ihre farbenfreudige Lektüre.

Als die Stimme eines jungen Mannes sich an sie richtete, schrak sie leicht zusammen.

»Ja, bitte?« fragte sie überrascht.

Aber es war nur ein Hotelpage, der vor ihr stand. »Entschuldigen Sie, gnädige Frau! Ich habe nur gefragt, ob ich Ihren Mantel in die Garderobe bringen darf.«

Nach einer Sekunde des Zögerns antwortete sie: »Das wäre nett von Ihnen!«

Der Page nahm den Mantel. Sie gab ihm auch das rote Seidentuch, das sie noch um den Hals geschlungen hatte, und er verschwand.

Eva hatte eine ähnliche Situation noch nie erlebt, aber sie begriff, daß das in einem großen Hotel ganz alltäglich war. Die Garderobe, überlegte sie, war sicher nicht umsonst. Wieviel mochte sie kosten? Und was erwartete der Page als Trinkgeld? Wenn sie für die Garderobe zwei Mark zahlen mußte, wäre eine Mark für den Pagen wohl gerade richtig gewesen. Kostete sie aber drei Mark, so würde er leer ausgehen und mußte sie für knickerig halten. Das einfachste wäre wohl gewesen, ihn zu fragen. Aber Eva wollte den Eindruck vermeiden, daß sie sich nicht auskannte. Deshalb fischte sie ein Fünf-Mark-Stück aus ihrem Portemonnaie und gab es dem jungen Mann, als er ihr den Garderobenschein brachte.

Sein ›Vielen Dank, gnädige Frau!‹ klang ein wenig zu emphatisch. Eva hatte den Eindruck, zuviel gegeben zu haben. Aber sie tröstete sich damit, daß es doch nicht protzig wirken konnte, eine Dienstleistung großzügig zu entlohnen.

Nach einem Blick zum Eingang und einem zweiten auf ihre Armbanduhr wandte sie sich wieder den Prospekten zu. Es gab große und kleine Schiffe, die im Winter in der Karibik kreuzten. Alle hatten sie klangvolle und fantastische Namen: ›Ocean Princess‹, ›Stella Solaris‹, ›Saga Fjord‹, und alle priesen sich in den höchsten Tönen an. Wie der nette Mann vom Reisebüro erklärt hatte, liefen sie durchwegs in Nassau aus und gingen am Ende der Kreuzfahrt dort auch wieder vor Anker. Auch die Reiserouten entsprachen sich so ziemlich, wie Eva feststellte, wenn die Inseln auch nicht in der gleichen Reihenfolge angelaufen wurden.

Sie bemerkte Hilde erst, als die Freundin neben ihr stand.

»Hallo! Da bist du ja endlich!«

»Ich habe mich beeilt, so sehr ich konnte.«

»Das sollte kein Vorwurf sein, sondern im Gegenteil, ein Ausdruck meiner Freude.«

»Du hast ja ganz heiße Backen! Hast du schon was gefunden?«

»Die schönsten Schiffe der Welt! Eines gefällt mir am besten! Die ›Aquarius‹! Hör bloß mal!« Eva übersetzte aus dem Englischen: »›Die Besatzung der ›Aquarius‹ ist ein ... handverlesenes Team ...‹«

Hilde lachte. »So kann das doch nicht heißen!«

»Hier steht ›hand-picked‹ ... wie würdest du das denn übersetzen?«

»Keine Ahnung. Nie gehört. Nun laß uns aber erst mal essen gehen, sonst kommen wir noch um unseren Tisch.«

»Wenn du meinst.« Eva stand auf, sammelte die Prospekte ein und nahm ihre Handtasche.

»Wo hast du denn deinen Mantel?«

»Ein Page hat ihn zur Garderobe gebracht.«

»Hui!« machte Hilde. »Nobel geht die Welt zugrunde.«

»Er hat es mir angeboten! Hätte ich es denn ablehnen können?«

»Das wohl nicht. Du hättest, gleich als du kamst, deinen Mantel in der Garderobe ablegen sollen. Aber warum erzähle ich dir das. Für dich spielen ein paar Mark mehr oder weniger wirklich keine Rolle.«

»Stimmt auffallend«, gab Eva etwas spitz zurück; sie mochte der Freundin nicht erzählen, daß sie nicht gewußt hatte, wo die Garderoben waren, und sich blöde vorgekommen wäre, nach ihnen zu suchen.

Hilde dagegen schien sich auszukennen. Zielsicher durchschritt sie die Halle, ging nach links und einige Stufen hoch und gab ihren Persianer ab. Dann stiegen die Freundinnen zum Grillroom hinunter. Ein sehr schlanker, freundlicher Ober führte sie zu einem kleinen Tisch, und sie nahmen Platz. Hilde warf keinen Blick auf die Speisekarte, sondern bestellte sofort ein Steak mit Salat. Eva hätte, da sie nun einmal im ›Breidenbacher Hof‹ war, gerne etwas Besonderes gegessen, schloß sich aber der Freundin an.

»Was möchtest du trinken?« fragte Hilde.

Ohne zu überlegen, antwortete Eva: »Eine Flasche ›Chablis‹.« Sie genoß Hildes Überraschung.

»Ich muß noch arbeiten!« gab Hilde zu bedenken.

»Wir haben auch kleine Flaschen«, versicherte der Ober. »Der ›Chablis‹ ist sehr zu empfehlen. ›Grand Cru Côte de Bourgos‹, Jahrgang einundachtzig.«

»Einverstanden«, sagte Hilde.

»Puh!« stöhnte sie, als sie wieder allein waren. »Das war ein Vormittag! Sei froh, daß du nicht mehr zu arbeiten brauchst.«

»Ich hatte ja nie einen verantwortlichen Posten wie du.«

Hilde zog einen kleinen Spiegel aus ihrer Tasche und prüfte ihre kunstvolle blonde Frisur. »Sag mal, was fasziniert dich denn sonst noch an der ›Aquarius‹? Außer dem ›hand-picked team‹?«

»Sie ist ein verhältnismäßig kleines Schiff, keines von diesen Riesendingern, auf denen man sich verlaufen kann.«

»Das besagt, daß sie bei stürmischer See ganz schön schlingern wird.« Hilde hatte sich ein Löckchen in die Stirn gezogen und steckte den Spiegel befriedigt weg.

»Ach was, die haben Stabilisatoren, die fünfundachtzig Prozent des Seegangs abfangen.«

»Du scheinst ja wirklich fleißig gewesen zu sein.«

»Ich hatte nichts Besseres zu tun.«

»Aber du wirst mir doch wohl erlauben, daß ich mir selber die Prospekte noch einmal genau ansehe.«

»Mit Vergnügen. Bloß, der Mann vom Reisebüro sagte mir, wir müßten uns ganz schnell entscheiden. Die Kabinen wären über Weihnachten schon fast alle ausgebucht.«

»Das übliche Gerede.«

»Glaube ich nicht. Wenn jemand im Winter eine Kreuzfahrt machen will, dann doch bestimmt über die Feiertage.«

»Ach was. Ein Plätzchen findet sich immer.«

»Ich will aber kein Plätzchen, sondern eine Luxuskabine.«

»Donner!« sagte Hilde. »Du lernst es rasch, das Geld hinauszuwerfen.«

»Einmal im Leben will ich mir was wirklich Großartiges gönnen. Hast du was dagegen?«

»Wenn Knut damit einverstanden ist?«

»Der hat mir gar nichts zu sagen! Die Hälfte des Gewinns gehört einwandfrei mir. Ich kann damit machen, was ich will.«

Die Steaks wurden serviert. Sie waren halb durchgebraten, wie beide sie liebten, und der Salat war köstlich. Sie aßen und tranken mit gutem Appetit und plauderten über die bevorstehenden Abenteuer.

Danach, während sie auf den Kaffee warteten, nahm Hilde sich die Prospekte vor. Ihr gefiel von allen Schiffen am besten die prächtige ›Ocean Princess‹, die unter italienischer Flagge fuhr und fünfhundert Passagiere an Bord nehmen konnte. Eva ließ sich überreden, obwohl ihr vor so vielen Menschen ein wenig graute. Aber sie machte es davon abhängig, ob sie eine Luxuskabine bekommen konnte.

Hilde stimmte ihr zu. »Im Grunde genommen«, sagte sie, »ist es ja ganz gleich, auf welchem Pott wir fahren. So groß sind die Unterschiede gar nicht. Englisch wird auf allen Schiffen gesprochen.«

»Immer noch besser als Französisch, das war von jeher meine schwache Seite.«

Nach dem Kaffee bat Eva: »Bitte, komm mit zu ›Hartmann‹!«

»Du wirst das doch wohl alleine können.«

»Ich will nicht, daß du glaubst, ich betuppe dich ... ich meine, falls auf der ›Princess‹ keine Luxuskabine mehr frei ist.«

»Du bezahlst, und du bestimmst. Aber glaub mir, ein größeres Schiff ist besser.«

»Ach, komm doch mit.«

»Du, ich habe wirklich keine Zeit mehr. Ich habe meine Mittagspause sowieso schon überzogen.«

Der Ober brachte die Rechnung, und Eva zahlte mit einem Euroscheck.

»Du brauchst für die Reise dringend eine internationale Kreditkarte«, meinte Hilde, »am besten American Express, und natürlich Traveller-Schecks, nicht zu hoch, sonst könntest du Schwierigkeiten beim Einwechseln haben.«

»Kannst du mir die besorgen?«

»Wird gemacht.«

»Wieviel brauchen wir wohl?«

»Ich würde sagen ... tausend Dollar in Traveller-Schecks.« Als Eva große Augen machte, fügte sie hinzu: »Was wir nicht ausgegeben haben, kannst du später ja wieder eintauschen. Aber es könnte ja sein, daß du dir bei einem der Landaufenthalte was Schönes kaufen möchtest. Es ist immer besser, gut betucht zu sein. Das weiß ich aus Erfahrung.«

»Du hast sicher recht.«

Die Freundinnen trennten sich im besten Einvernehmen.

Eva wußte selber nicht, warum gerade die ›Aquarius‹ auf sie einen so guten Eindruck gemacht hatte. Daran, daß es ein griechisches Schiff war, konnte es nicht liegen. Ob griechisch, italienisch, amerikanisch oder norwegisch war schließlich ganz gleichgültig. Nur ein deutsches Schiff hätte ihr nicht gefallen, weil ihr eine deutsche Besatzung, so dachte sie, nicht das Gefühl gegeben hätte, wirklich im Ausland zu sein.

Trotzdem fragte sie zuerst nach einer Luxuskabine auf der ›Ocean Princess‹. Sie wollte Hilde gegenüber ehrlich sein. Aber sie atmete auf, als der junge Reiseberater ihr erklärte, daß sie alle ausgebucht seien.

»Das ist ja sehr gut«, sagte sie.

Der junge Mann staunte. »Es scheint Sie zu freuen?«

»Ich wollte sowieso lieber auf die ›Aquarius‹!«

»Ein schönes Schiff mit einem besonders guten Service! Allerdings kann ich Ihnen nicht versprechen, ob noch eine Luxuskabine frei ist. Ich muß über Fernschreiber bei der Reederei anfragen. Wenn Sie sich einen Augenblick gedulden.« Er verschwand in einem Hinterzimmer, war aber gleich wieder zurück. »Es dauert nicht lange.«

Eva nutzte die Gelegenheit. »Sagen Sie, wieviel Trinkgeld muß man wohl zahlen?«

»Zehn Prozent der Tickets. Das erwartet die Crew. Natürlich geben nicht alle Passagiere so viel. Aber ich finde, es wäre angemessen.«

»Ja, wirklich?« fragte Eva, die das Trinkgeld reichlich hoch fand.

»Am besten«, riet ihr der junge Mann, »tun Sie das Geld ... in D-Mark oder in Dollar ... in einen Umschlag und überreichen es gleich beim Antritt der Fahrt dem Chief Steward. Dann können Sie sicher sein, erstklassig bedient zu werden. Auf der ›Aquarius‹ ist der Service übrigens in jedem Fall großartig. Das Schiff kann höchstens zweihundertfünfzig Passagiere aufnehmen und hat, wenn ich mich nicht irre, eine Besatzung von hundertdreißig Mann. Das ist ein ausgezeichnetes Verhältnis.« Er lauschte. »Moment! Da kommt etwas über den Ticker.«

Wieder lief er ins Hinterzimmer, kam mit einem abgerissenen Blatt des Fernschreibers zurück und erklärte freudig: »Sie haben Glück! Die haben eine Luxuskabine frei! Darf ich buchen?«

»Ja. Für zwei Personen.« Eva gab ihre Namen an. »Wieviel kostet das nun?«

»Achthundert Dollar, rechnen wir grob mal drei, das sind zweitausendvierhundert Mark, dazu der Flug von Düsseldorf über Frankfurt nach Nassau, der kann natürlich in Deutscher Mark bezahlt werden.«

»Dazu die zehn Prozent Trinkgeld!«

Der junge Mann fuhr unerschütterlich fort. »Dann müssen Sie natürlich noch mit Extraausgaben rechnen. Landausflüge, Drinks, Wäsche und Friseur zum Beispiel sind nicht inbegriffen.«

Eva rechnete kurz. »Ein teurer Spaß für vierzehn Tage«, sagte sie, fand den Preis aber im Vergleich zu Knuts unkomfortablem Afrikatreck durchaus angemessen.

»Man muß ihn sich leisten können«, erklärte der Reiseberater.

»Da haben Sie recht.«

»Wenn ich Ihnen einen Vorschlag machen darf ... der Flug ist ja ziemlich lang, und so bald werden Sie wohl nicht mehr in die Karibik kommen ... hängen Sie noch eine Woche dran. Ich kann Ihnen da ein sehr günstiges Arrangement empfehlen. Vierzehn Tage Kreuzfahrt und anschließend sieben Tage Aufenthalt in einem erstklassigen Haus, dem South Ocean Beach Hotel auf Nassau. Das Hotel liegt mitten in einem weiten Golfgelände ... achtzehn Löcher ... hat eigenen Swimmingpool und eigenen Strand.«

»Palmen?«

»Aber selbstverständlich.«

Das klang verlockend. Dennoch sagte Eva: »Ich muß erst meine Freundin fragen, ob sie so lange Zeit hat.«

»Sie können telefonieren.«

»Gute Idee!« Eva suchte die Nummer der Bank, bei der Hilde arbeitete, heraus und wählte sie mit dem Telefon, das der junge Mann ihr über den Verkaufstisch zuschob. Nach einigem Hin und Her hatte sie sie an der Leitung. Eva war sehr aufgeregt, Hilde betont zurückhaltend und kurz angebunden - wahrscheinlich war sie nicht allein -, gab aber ihre Zustimmung.

»Alles in Ordnung!« erklärte sie strahlend, noch bevor sie den Hörer aufgelegt hatte.

»Dann darf ich also buchen?«

»Ich bitte darum!«

Es dauerte noch eine Weile, bis der junge Mann alles aufgeschrieben und ausgeschrieben hatte und Eva zahlen durfte.

»Sie haben hoffentlich einen Paß?« fragte er.

»Sogar bei mir.«

»Ich brauche ihn nicht. Aber Sie müssen ihn ans amerikanische Generalkonsulat in Bonn schicken. Sie brauchen für die Vereinigten Staaten ein Visum. Ich gebe Ihnen die Anträge gleich mit.«

Um dreißigtausend Mark ärmer - sie hatte mit Verrechnungsscheck gezahlt - und um die Flug- und Schiffstickets reicher verließ Eva nach einer guten halben Stunde das Büro. Sie war so unternehmungslustig und aufgedreht, daß sie etwas tat, das sonst gar nicht ihrer Art entsprach: Sie entschloß sich, Hilde in der Bank aufzusuchen. Zum Glück traf sie Hilde allein in dem sehr repräsentativen Vorzimmer an, in dem sie arbeitete.

»Was willst du denn hier?« fragte sie überrascht und durchaus nicht erfreut.

»Bitte, sei mir nicht böse ...«

»Du kannst mich doch nicht einfach so überfallen!«

»Es ist wegen der Visa. Die brauchen wir für Amerika. Wir müssen unsere Pässe möglichst bald einschicken. Es ist ja nicht mehr viel Zeit, und ich dachte, du könntest das am besten für uns beide erledigen.« Sie öffnete ihre Handtasche und legte ihren Paß und die Formulare auf den Schreibtisch.

»Ja, warum nicht? Nur ... ich habe meinen Paß gar nicht dabei.«

»Ich könnte ihn dir aus der Wohnung holen«, erbot sich Eva.

»Zu umständlich!« entschied Hilde nach kurzem Überlegen. »Unterschreib deinen Antrag! Ich fülle die Formulare dann später aus und bringe sie dann mit den Pässen zur Hauptpost. Wenn du darauf bestehst, noch heute abend.«

»Sehr beruhigend.«

»Aber jetzt verschwinde. Du kannst hier nicht länger rumhängen.« Sie reichte Eva einen Kugelschreiber. »Mach zu!«

Knut und Eva sprachen wieder miteinander, aber es kam kein richtiges Gespräch zustande. Beide waren voller Erwartung und Begeisterung, aber keiner mochte dem anderen zuhören. Sie redeten aneinander vorbei.

Knut hatte sich eine sehr, sehr teure Armbanduhr gekauft, eine berühmte Marke, sportliches Modell, hieb-, stoß- und wasserfest. »Ein bißchen ausschweifend«, gab er zu, »und ich trage sie natürlich nicht im Büro. Aber ich brauche sie für die Reise.«

»Wenn du meinst«, erwiderte Eva zerstreut und fügte gleich darauf hinzu: »Du, ich würde gern ein bißchen schönen Schmuck haben.«

»Auf einmal?«

»Stimmt. Bisher habe ich keinen Wert darauf gelegt, weil ich ja doch eines Tages Mutters Ringe bekomme. Aber so ohne gar nichts, das würde an Bord blöd aussehen.«

»Dann kauf dir welchen!«

»Hilfst du mir aussuchen?«

»Ich habe noch genug anderes zu tun.«

»Hast du deine Klamotten immer noch nicht zusammen?«

»Ich muß noch die Geschenke für die Eingeborenen besorgen.«

»Das ist doch eine Kleinigkeit! Bitte, begleite mich zum Schmuckeinkaufen! Ich habe so etwas noch nie gemacht.«

»Es ist doch nichts dabei.«

»Wenn du ihn aussuchst, kann ich mir einbilden, du hättest ihn mir geschenkt! Ich meine, ich hätte etwas bei mir, was mich immer an dich erinnert.«

»Nimm ein Foto mit!« riet er, ließ sich dann aber doch breitschlagen, sie zu begleiten.

Während der Fahrt nach Düsseldorf war er mundfaul und im Juweliergeschäft uninteressiert. Sie hatten beide nicht daran gedacht, daß man guten Schmuck, wenn es nicht gerade etwas ganz Besonderes sein sollte, in einer billigen Gegend preisgünstig bekommen kann. Sie suchten den Juwelier Kern auf der Königsallee auf.

Da Eva nicht recht wußte, was sie wollte, und es deshalb der sehr versierten Verkäuferin auch nicht klarmachen konnte, wurde der Einkauf schwierig. Man legte Eva Colliers, Ringe, Broschen und Clips vor. Aber die Vielfalt des Angebotes verwirrte sie nur. Sie war von den funkelnden Edelsteinen, den Brillanten und den kunstvollen Ausführungen begeistert, konnte sich aber für nichts entscheiden.

»Er sollte nicht zu auffällig sein«, erklärte sie, »sondern zu mir passen.«

»An was hatten Sie denn gedacht?«

»Das weiß ich selber nicht.«

»Tragen Sie Ohrringe?«

Unwillkürlich fuhr sich Eva mit der Hand zu einem ihrer Ohrläppchen. »Als Kind!«

»Wie wäre es denn damit?« Die Verkäuferin hatte den zuerst vorgelegten Schmuck schon geschickt wieder fortgeräumt und legte jetzt auf den schweren Samt mit der Geste eines Zauberkünstlers zwei Ohrringe, kleine Diamanten, an denen je eine längliche Perle wie ein Tautropfen hing.

»Oh, die sind hübsch!«

Die Verkäuferin zog die sorgfältig rasierten Augenbrauen hoch, weil ihr ›hübsch‹ nicht der passende Ausdruck schien. »Gefallen sie Ihnen?«

»O ja, sehr!« Eva blickte hilfesuchend ihren Mann an.

»Probier sie!« schlug er vor.

»Lassen Sie mich das machen!« sagte die Verkäuferin.

Es ziepte ein wenig, aber Evas Ohrlöcher waren nicht zugewachsen, und wenige Minuten später konnte sie sich im Handspiegel mustern.

»Sie verändern mich«, stellte sie fest und bewegte den Kopf hin und her.

»Sie geben Ihnen ein Flair von Eleganz«, behauptete die Verkäuferin.

»Was sagst du, Knut?«

»Nicht übel.«

»Wir haben eine passende ›pièce‹ dazu«, verkündete die Verkäuferin und zauberte einen etwas größeren Diamanten auf den Samt, ebenfalls kombiniert mit einer länglichen Perle.

»Eine Brosche?« fragte Eva.

»Sowohl als Brosche wie auch als Anhänger zu tragen.«

»Nun entscheide dich schon!« drängte Knut.

»Eine solche Wahl ist nichts, was man übers Knie brechen sollte«, belehrte ihn die Verkäuferin.

»Dann warte ich draußen.«

Eva hielt ihn am Ärmel fest. »Knut, bitte! So rate mir doch!«

»Ich möchte wissen, was es da zu überlegen gibt!«

»Du bist also dafür?«

»Wenn man so was einer normalen Frau anbieten würde, würde sie Purzelbäume schlagen vor Vergnügen.«

Eva gab ihm einen hastigen Kuß auf die Wange. »Also gut!« sagte sie strahlend zu der Verkäuferin. »Ich nehme alle drei!«

»Brauchen Sie dazu ein Kettchen?«

»Ach ja.«

»Platin?«

»Nein. Silber tut's auch.«

»Dann würde ich aber doch zu Weißgold raten.«

Eva hätte gern gefragt, ob man den Unterschied denn sehen könnte, unterließ es jedoch. Um nicht noch unerfahrener zu erscheinen, stimmte sie widerspruchslos zu. Die Verkäuferin schrieb die Rechnung aus.

»Eigentlich sollten wir jetzt ganz schick essen gehen!« schlug Eva vor.

»Du weißt, ich bin auf Diät.«

»Ein einziges Mal!« bettelte sie.

»Das kann ich mir nicht erlauben.«

»Na schön, dann nehme ich mir die Dinger wieder ab.« Eva schraubte die Ohrringe ab und gab sie der Verkäuferin. »Kann ich mit Euroscheck zahlen?«

»Dazu ist die Summe wohl zu hoch.«

Eva warf einen Blick auf die Rechnung. »Zwölftausend Mark?« sagte sie perplex.

»Es handelt sich um lupenreine Diamanten im Brillantschliff, achtundfünfzig Facetten, und die Perlen sind echt, keine Zuchtperlen, in dieser ungewöhnlichen Form auf dem Meeresgrund gewachsen. Es ist ein sehr günstiges Angebot.«

»Stell dich nicht an!« sagte Knut.

Eva war froh, daß er nicht hinzusetzte: ›Wir haben es ja!‹ – »Wie soll ich das denn zahlen?«

»Laß einen Scheck und die Dinger hier, bis er eingelöst worden ist.«

»Das wird bestimmt in zwei, drei Tagen der Fall sein«, versicherte die Verkäuferin.

Eva wickelte das Geschäft ab. »Ich bin dir so dankbar!« sagte sie, als sie wieder auf der Straße waren.

»Für was?«

»Für deine Großzügigkeit!«

»Meine Rolex hat auch nicht viel weniger gekostet.«

»Trotzdem ... ich weiß nicht, ob das richtig war.«

»Du wolltest Schmuck, und jetzt hast du ihn.«

»Perlen bedeuten Tränen, heißt es.«

»Das hättest du dir vorher überlegen sollen.«

»Es ist mir eben erst eingefallen.«

»Dann geh wieder in den Laden und blas die ganze Sache ab!«

Aber dazu konnte Eva sich denn doch nicht entschließen.

Alle anderen Einkäufe machte Eva allein oder zusammen mit Hilde. Knut ließ sich nicht mehr dazu bewegen, sie zu begleiten. Aber sie vermißte ihn auch gar nicht, denn sie wußte, er würde sie immer zur Eile und zu schnellen Entscheidungen drängen. Früher hatte ihr das nichts ausgemacht, jetzt aber betrieb sie das Auswählen und das Anprobieren als einen Spaß an sich, einen Zeitvertreib, eine Kunst. Hilde machte das mit Vergnügen mit, zumal manches hübsche Stück für sie dabei abfiel.

Wann immer sie sagte: »Ich weiß nicht, ob ich mir das leisten kann!« erklärte Eva rasch: »Ich schenk's dir!«

Für die Karibik brauchten sie Hochsommergarderobe, Badeanzüge, Bikinis und Sandaletten, und die waren jetzt im Winter gar nicht so leicht zu bekommen. Außerdem kaufte Eva für sie beide exklusive Koffer und Taschen von Louis Vuitton. Zum Abschluß ihrer Einkaufsbummel kehrten sie immer bei Hilde ein und wogen die Neuerwerbungen in ihrem

Bad ab. Außer dem Handgepäck durften sie im Flugzeug nur zwanzig Kilo mitnehmen, aber die wollten sie auch wirklich zusammenbekommen. Sie wußten, daß man sich an Bord nicht oft genug umziehen kann. Eva nahm ihre Neuerwerbungen gar nicht erst nach Hause mit, weil Knut sich doch nicht dafür interessierte, sondern ließ sie gleich bei Hilde. Es war ausgemacht, daß sie schon am Tag vor dem Abflug zu Hilde kommen und die Nacht dort verbringen würde. Sie mußten sehr früh von Düsseldorf-Lohausen abfliegen, um den Anschlußflug von Frankfurt um 8 Uhr 30 nach Nassau zu erreichen.

Knut hatte inzwischen bei ›Ernst & Stössel‹ aufgehört, und ihm fehlte, obwohl er das nicht zugab, die tägliche Arbeit. Er versuchte, sein Training täglich zu steigern, und brachte es schließlich auf sechs Stunden. Aber er wußte wohl, daß Jogging im winterlichen Wald nicht das gleiche ist wie ein Aufstieg bei tropischer Hitze. Er war rastlos und unruhig und fieberte dem großen Abenteuer entgegen.

»Ich lasse dich ja nur ungern allein«, sagte Eva am Tag ihrer Abreise.

Sie saßen zum letzten Mal zusammen beim Mittagessen, mit dem Eva sich besondere Mühe gegeben hatte. Aber er aß nur wenig, sei es, weil er an seine schlanke Linie dachte, oder weil er zu nervös war.

»Ach was«, sagte er, »ich komme schon allein zurecht.«

Sie schwieg verletzt. Früher hätte er so etwas nie gesagt.

Knut merkte es. »Natürlich wirst du mir fehlen«, setzte er hinzu, »aber es ist ja nur für kurze Zeit.«

»Ich könnte auch bis zum Abend bleiben«, schlug sie vor.

»Wozu?«

»Wir könnten noch einmal Spazierengehen, oder wir könnten ... na, du weißt schon was.«

»Das willst du nicht wirklich! Ich sehe dir doch an, daß du auf glühenden Kohlen sitzt.«

»Gar nicht wahr! Ich bin mit Hilde in letzter Zeit so oft zusammen gewesen, daß ich mich schon frage, wie ich das noch weitere drei Wochen aushalten soll.«

Er lachte selbstgefällig. »Ich dachte, sie wäre deine beste Freundin.«

»Ist sie auch! Aber du bist mein Mann.«

»Bin ich dir also doch mehr wert?«

»Wie kannst du so dumm fragen? Du weißt genau, daß dieses Arrangement mit Hilde nur eine Notlösung ist.« Sie streckte die Hand über den Tisch und berührte ihn zärtlich. »Du hast dich sehr verändert.«

Er zuckte zurück. »Fängst du schon wieder damit an?«

»Ich habe manchmal richtiggehend Angst.«

»Das brauchst du nicht. Ich gebe zu, ich war in letzter Zeit manchmal ... « Er unterbrach sich. »Das Training ist sehr anstrengend und dazu der ständige Hunger, das macht einen eben fertig.«

»Du Ärmster!«

»Wenn ich diesen Treck erst überstanden habe, wird alles anders werden.«

»Wie früher?«

»Ich weiß nicht, ob man das Schicksal zurückdrehen kann«, sagte er nachdenklich, »aber vielleicht ... wer weiß ... wird alles besser werden. Wenn wir uns erst daran gewöhnt haben, daß wir reich sind.«

»Glaubst du das wirklich?«

»Warum denn nicht?«

»Das wäre wunderbar.« Sie stand auf, gab ihm einen flüchtigen Kuß und räumte das Geschirr zusammen. »Kaffee?«

»Wenn du ihn nicht lieber bei Hilde trinken willst ...« Er zündete sich eine Zigarette an.

»Nein, entschieden lieber mit dir.« Sie trug das Tablett mit den Essensresten und dem benutzten Geschirr in die Küche, füllte Kaffeemehl in eine Filtertüte, Wasser in die Kaffeemaschine und schaltete sie ein. Während das Wasser brodelte, räumte sie das Tablett ab und stellte das Kaffeegeschirr darauf.

Als sie es in das Wohnzimmer brachte, sagte sie: »Jedenfalls brauchst du morgen mittag nicht zu kochen. Es ist genügend Braten übriggeblieben.«

»Morgen mittag«, erwiderte er, »bin ich gar nicht mehr da.«

»Ich dachte, du fliegst erst am Abend!« sagte sie überrascht.

»Nein, ich habe es mir anders überlegt. Ich nehme die erste Maschine.«

»Willst du dir Zürich ansehen?« fragte sie arglos, während sie den Tisch deckte.

»Ich habe dort etwas zu erledigen.«

»Ach ja?« Ohne weitere Fragen ging sie in die Küche zurück, um aufzuräumen.

Später, als sie den Kaffee einschenkte, sagte sie: »Dann ißt du den Braten eben heute abend, ja?«

»Ist denn der Braten so wichtig?«

»Wir sind drei Wochen weg! Wir können ihn doch nicht einfach vergammeln lassen. Wenn, du ihn nicht willst, nehme ich ihn mit nach Düsseldorf.«

»Von mir aus.«

»Alles, was sich nicht hält, müssen wir wegwerfen. Das Brot, das übrigbliebt, bringst du am besten Frau Klüser.«

»Wenn ich die Zeit dazu habe.«

»Du kannst es ihr ja auch schon heute abend rüberbringen. Auch die Butter und den Aufschnitt.«

»Die wird sich aber freuen!« Er nahm einen Schluck Kaffee und zündete sich eine neue Zigarette an.

»Es ist doch nur, damit nichts verkommt.«

»Ich bewundere dein Talent, dich mit Belanglosigkeiten zu befassen.«

Eva setzte sich. »Wenn ich gewußt hätte, daß du auch schon morgen früh fliegst, hätten wir uns in Düsseldorf ein Hotelzimmer nehmen können. Warum hast du es mir nicht schon früher gesagt?«

»Weil ich es selber noch nicht genau gewußt habe.«

»Kommt mir irgendwie komisch vor.«

»Eva«, sagte er, »ich wollte es dir eigentlich nicht erzählen, aber ich habe eine Idee.«

»Du drückst dich ziemlich geheimnisvoll aus.«

»Es soll auch ein Geheimnis sein.«

»Was?»

»Du weißt doch, daß wir unseren Gewinn nur ein Jahr lang steuerfrei haben. Dann kommt der Fiskus und holt sich seinen Teil von dem, was übriggeblieben ist.«

»Na und? Das ist doch nicht neu.«

»Ich habe mich entschlossen, wenigstens einen Teil in der Schweiz in Sicherheit zu bringen.«

Sie war so verblüfft, daß sie gar nichts sagen konnte; sie starrte ihn nur an.

»Das ist die Gelegenheit! Ein Fingerzeig des Himmels sozusagen, daß ich ausgerechnet nach Zürich muß. Ich werde dort auf einer Bank ein Nummernkonto eröffnen.«

»Geht das denn einfach so?«

»Warum denn nicht? Es ist doch nichts dabei.«

»So was ist verboten!«

»Ach was. Tausende haben das vor mir getan. Wer will sich denn schon alle Jahre wieder vom Staat schröpfen lassen?«

»Und wenn man dich nun erwischt?«

»Wie denn?«

»Du mußt durch den Zoll.«

»Ich passe schon auf.«

»Knut, ich bitte dich, dann hängst du drin. Steuerhinterziehung. Bestimmt brummen sie dir dann eine Riesengeldstrafe auf ... vielleicht stecken sie dich sogar ins Gefängnis. Ist das die Sache wert?«

»Du warst es doch immer, die von den Zinsen leben wollte!« Wütend drückte er seine Zigarette aus und zündete sich sofort wieder eine neue an.

»Aber doch nicht so!« protestierte sie. »Bitte, gib mir auch eine!« Sie griff nach seinen Zigaretten und seinem Feuerzeug. »Ich könnte nicht mit einem schlechten Gewissen leben.«

»Du? Wieso du? Ich mache es doch. Für uns beide.«

Sie rauchte hastig, ohne zu inhalieren. »Mir kommt das ganz und gar nicht richtig vor.«

»Hätte ich dir doch bloß nichts erzählt!«

»Ja, wirklich, mir wäre wohler, du hättest das für dich behalten.«

»Du darfst mit niemandem darüber sprechen, hörst du? Auf gar keinen Fall. Auch mit Hilde nicht! Besonders mit Hilde nicht. Sie könnte auf die Idee kommen, uns zu erpressen.«

»Soweit sind wir also schon. Nur weil du selber krumme Dinger drehst, siehst du in anderen Schurken!« Sie drückte ihre nur halbgerauchte Zigarette aus. »Ich bitte dich, Knut, laß die Finger von der Sache!«

»Ich habe deine Ansicht zur Kenntnis genommen.«

»Das genügt mir nicht.«

»Ich weiß nicht, warum du dich so aufregst. Du hast mit der Sache doch gar nichts zu tun.«

»Es ist unser Geld.«

»Ich nehme einen Teil von meinem.«

»Du bist wahnsinnig, Knut!«

»Ich bin ein weitblickender und vernünftiger Mann. Du wolltest Sicherheit ... mit einem Konto in der Schweiz hast du sie.«

Ihr wurde klar, wie sehr er sich in seine Idee verrannt hatte und änderte ihre Taktik.

»Vielleicht hast du ja sogar recht. Vielleicht ist es wirklich gut, Geld in der Schweiz zu haben. Aber es muß doch nicht jetzt gleich sein. Flieg jetzt erst mal ganz unbelastet. Sieh zu, wie die sich beim Zoll anstellen. Überleg, wo du das Geld am besten verstecken kannst. Du kannst ja immer wieder in die Schweiz fliegen! Wer hindert dich daran? Vielleicht werde ich dich dann sogar begleiten. Laß uns die Sache verschieben, bis wir zurück sind. Ich bitte dich darum.«

»Na schön, wenn du solchen Bammel hast.«

»Den habe ich, Knut. Ich würde überhaupt keine Freude an meiner schönen Kreuzfahrt haben, wenn ich mir dauernd Gedanken machen müßte, ob dir auch nichts passiert ist.«

»Na schön«, sagte er widerwillig, »dann verschieben wir es einstweilen.«

Sie lächelte ihm dankbar zu. »Wenn du wüßtest, was für einen Stein du mir damit vom Herzen nimmst!«

Knut dachte gar nicht daran, sein Versprechen zu halten. Als Eva endlich gegangen war, atmete er auf. Ihre Trödelei hatte ihn ganz nervös gemacht, und er hatte an sich halten müssen, sie nicht zum Aufbruch zu drängen und nicht dauernd auf die Uhr zu blicken. Aber dann war sie fort, und er gab ihr genau zehn Minuten Zeit, bevor er selber die Wohnung verließ. Er ging gerade zur Filiale der ›Hildener Sparkasse‹ auf der St.-Konrad-Allee und trat an einen der Schalter.

Mit gedämpfter Stimme sagte er: »Ich möchte Geld abheben.«

»Bitte, Herr Karsten«, sagte die nicht mehr junge, aber sehr adrette Bankangestellte und schob ihm ein Formular zu.

Er füllte es aus und überlegte einen Augenblick, welche Summe er einsetzen sollte; er hatte eine Million abheben wollen, entschied sich jetzt aber doch für fünfhunderttausend.

Die Angestellte las den Auszahlungsschein, riß die Augen auf und rief: »Fünfhunderttausend?«

»Seien Sie doch leise!« zischte er.

»Entschuldigen Sie, Herr Karsten!« Sie dämpfte ihre Stimme. »Ich war nur so überrascht.«

»Erholen Sie sich von Ihrem Schreck, und geben Sie mir das Geld.«

»Tut mir leid. Aber das ist ganz unmöglich.«

»Ich habe es auf meinem Girokonto.«

»Das glaube ich Ihnen schon. Aber Sie können nicht so ohne weiteres ...«

»Wieso kann ich nicht? Es gehört mir, und ich kann jederzeit darüber verfügen.«

»Aber ... aber ...« Die Angestellte geriet ins Stottern. »So viel haben wir gar nicht im Haus.«

»Was soll das heißen?«

»Das, was ich gesagt habe. Moment, ich werde Herrn Baumann bitten. Der kann es Ihnen sicher besser erklären.« Sie wandte sich ab, lief in den Hintergrund des Kassenraums zu den Schreibtischen und tuschelte mit einem Kollegen.

Der kam mit ihr zurück und stellte sich mit einem verbindlichen Lächeln vor. »Baumann ...«

»Mich interessiert nicht, wie Sie heißen, ich will mein Geld.«

»Natürlich haben Sie darauf Anspruch, jederzeit, ganz selbstverständlich, Herr Karsten! Es ist nur so, daß wir solche Summen nicht verfügbar haben. Wir sind nur eine Filiale, verstehen Sie ...«

»Ich möchte, bitte, Herrn Direktor Schmitz sprechen! Sofort!«

Die Angestellten wechselten einen Blick.

Dann sagte Baumann: »Ich rufe nur rasch nach oben, ob er ...«

Knut unterbrach ihn. »Für mich sollte er zu sprechen sein!«

»Aber natürlich! Es wäre nur möglich, daß er ... aber er wird sich bestimmt freimachen können!«

Baumann ging an seinen Schreibtisch zurück und telefonierte. Knut und die Angestellte standen sich stumm gegenüber, während sich hinter ihm eine kurze Schlange zu bilden begann. Die Angestellte war so nervös, daß sie ihn nicht zu bitten wagte, den Platz freizugeben. Ihr Gesicht zuckte.

Baumann kam wieder. »Direktor Schmitz erwartet Sie! Darf ich?« Er wollte eine Tür zwischen den Schaltern öffnen, um den Kunden zu begleiten.

»Danke«, wehrte Knut großspurig ab, »ich kenne den Weg.«

Er nahm den Auszahlungsschein an sich und marschierte ab, quer durch die Schalterhalle, einen Gang entlang bis zu der schweren Tür mit der Aufschrift ›Direktor Josef Schmitz‹. Ohne anzuklopfen, trat er ein.

Dennoch hatte sich Direktor Schmitz, ein übergewichtiger Mann mit kahlrasiertem Kopf, schon von seinem Schreibtisch erhoben.

Mit ausgestreckter Hand, ein joviales Lächeln um die dicken Lippen, kam er auf Knut zu. »Mein lieber Herr Karsten ...«

Knut konnte nicht umhin, die Hand zu ergreifen. »Ich bin sehr verärgert«, sagte er statt einer Begrüßung.

»Ich weiß, ich weiß! Ein kleines Mißverständnis. Das werden wir gleich ...«

»Wieso kann ich nicht über mein Geld verfügen?«

»Aber das können Sie, Herr Karsten, seien Sie versichert! Es hätte nur eines kleinen Anrufs bedurft, und die Summe wäre Ihnen cash ausbezahlt worden. Sie werden doch verstehen, daß wir solche Beträge nicht jederzeit greifbar haben. Aus Sicherheitsgründen, Herr Karsten! Wir sind ja nur eine Filiale, eine Zweigstelle sozusagen. Sie lesen Zeitungen, nicht wahr, und Sie wissen, wie es in unserer Welt zugeht. Wenn irgendein Schwachkopf Schulden hat oder seiner Freundin ein teures Weihnachtsgeschenk machen will, kommt er auf die Idee, eine Bank zu überfallen. Das ist nicht unsere Schuld, und es läßt sich nicht ändern. Wenn wir die Sicherheitsmaßnahmen noch mehr verstärken, würden sich diese asozialen Elemente nur anderswo Einnahmequellen beschaffen, und das können wir nicht verantworten. Das werden Sie doch verstehen. Wir können nur dafür sorgen, daß die Beute im Rahmen bleibt. Aber setzen Sie sich doch, lieber Herr Karsten! Zigarre? Cognac?«

»Ich will mein Geld.«

»Den Gesamtbetrag?« fragte der Bankdirektor ohne eine Miene zu verziehen.

Knut zögerte; er überlegte, ob es nicht tatsächlich das vernünftigste wäre, die ganze Summe in die Schweiz zu bringen. Aber dann verließ ihn der Mut. »Für heute nur fünfhunderttausend«, entschied er, »in großen Scheinen.«

»Ich werde in der Mittelstraße anrufen und veranlassen, daß man Ihnen das Geld bringt. Wollen Sie es hier in Empfang nehmen? Oder soll man es Ihnen in Ihrer Wohnung übergeben? Nur so ein Gedanke von mir. Es kann Ihnen nicht angenehm sein, es mit sich herumzuschleppen. Wäre nicht ganz ungefährlich.«

Daran hatte Knut noch gar nicht gedacht. »Aber wieso denn?« Er blickte auf seine Aktentasche. »Es kann doch niemand wissen, daß ich Geld bei mir habe.«

»So würde ich das nicht sehen. Sie hatten einen kleinen Disput, nicht wahr? Jemand könnte Zeuge geworden sein, Sie belauscht haben, Sie beobachten, Ihnen auflauern. Es gibt böse Menschen, Herr Karsten, gewissenlose Lumpen.«

»Gut«, sagte Knut, »wenn Sie meinen, Herr Direktor. Dann möchte ich es lieber in meiner Wohnung in Empfang nehmen.«

»Recht so, Herr Karsten! Ein sehr vernünftiger Entschluß. Ich werde alles in die Wege leiten.« Er verschwand hinter einer gepolsterten Tür.

Knut hatte sich trotz der Aufforderung des Bankiers nicht gesetzt. Er stand immer noch mitten im Raum und hatte jetzt Gelegenheit, sich umzusehen. Die sehr seriöse und geschmackvolle Einrichtung gefiel ihm. Er nahm sich vor, später sein eigenes Büro ganz ähnlich zu möblieren, mit einer Orientbrücke auf dem Teppichboden und Ledersesseln.

Direktor Schmitz kam zurück und strahlte über das ganze runde Gesicht. »Alles in Ordnung, Herr Karsten! Aber jetzt setzen wir uns doch und trinken ein Schnäpschen zusammen, ja? Ohne das sollten wir wirklich nicht auseinander gehen.« Er rieb sich die Hände, die im Gegensatz zu seinem sonstigen Leibesumfang überraschend schmal und feingliedrig waren.

»Aber ich muß doch zu Hause sein, wenn ...«

»In einer guten halben Stunde, Herr Karsten, es kann auch ein wenig länger dauern. Soviel Zeit darf doch wohl sein.«

Knut, der das Gefühl hatte, eine Schlacht geschlagen zu haben, und jetzt wirklich einen Schluck brauchen konnte, ließ sich in einen Sessel sinken. Direktor Schmitz holte eine Flasche Cognac und zwei Gläser aus dem Schreibtisch, trug sie zu Knut und schenkte ein.

Er prostete Knut zu. »Auf gute Geschäfte!«

Knut tat es ihm gleich und nahm einen kräftigen Schluck.

»Darf ich fragen ...«

»Nein«, sagte Knut schroff, »das dürfen Sie nicht.«

Der Direktor machte ein verblüfftes Gesicht, dann brach er in schallendes Gelächter aus. »Aber ich bitte Sie, Herr Karsten! Ich wollte doch nicht fragen, was Sie mit dem Geld vorhaben! Na so etwas! Das geht mich nichts an. Es ist einzig und allein Ihre Sache! Ich wollte mich nur nach dem Befinden Ihrer lieben Frau erkundigen!« Er öffnete eine Kiste mit Zigarren und bot sie Knut an.

Knut lehnte ab, zündete sich aber eine Zigarette an. Allmählich begann er sich zu entspannen.

Aber in der Nacht schlief Knut schlecht. Immer wieder wachte er schweißgebadet aus unangenehmen Träumen auf, an die er sich nicht mehr erinnern konnte. Nur daß ein schwarz maskierter Mann mit einem Revolver darin eine Rolle gespielt hatte und daß es um Geld gegangen war, wußte er noch. Er verfluchte Eva und Direktor Schmitz, die ihn mit ihren Anspielungen nervös gemacht hatten.

Aber es war noch etwas anderes. Der Bote hatte das Geld in einer Aktentasche gebracht, die mit einer stählernen Kette am Handgelenk befestigt gewesen war. Wenn die Sparkasse für den kurzen Weg durch Hilden eine so strenge Vorsichtsmaßnahme für angebracht hielt, dann war es möglicherweise doch nicht so einfach, eine solche Summe zu transportieren.

Knut lag im Morgengrauen wach und dachte nach. Er fand nicht mehr den Mut einzuschlafen, um nicht noch einmal von einem Alptraum heimgesucht zu werden. Vielleicht, dachte er, hätte er den Boten bitten sollen, ihm die Spezialtasche zu überlassen. Aber dann wurde ihm bewußt, daß er damit unmöglich durch den Zoll hätte kommen können. Auch wenn die Kette unter dem langen Ärmel geschickt verborgen gewesen war, bei der Kontrolle hätte sie entdeckt werden müssen.

Nein, in einer Aktentasche konnte er das Geld überhaupt nicht außer Landes bringen. Er konnte sich nicht darauf verlassen, daß die Tasche nur durchleuchtet wurde. Vielleicht mußte er sie öffnen – und was dann? Der Umschlag mit den fünfhundert Tausendern war dicker, als er sich vorgestellt hatte. Also auf den Boden seiner Nylontasche damit. Aber in ihr befand sich seine gesamte Ausrüstung. Sie war zu schwer, um sie als Handgepäck zu deklarieren. Er würde sie aufgeben müssen. Aber er hatte schon zuviel von Irrläufern gehört und gelesen. Wenn sie nun verlorenging? Das war auf einem Direktflug von Düsseldorf nach Zürich wenig wahrscheinlich, versuchte er sich zu beruhigen. Aber es gelang ihm nicht.

Knut warf sich von einer Seite auf die andere. Er streckte die Hand aus, um Eva zu berühren. Sie war nicht da. Natürlich war sie nicht da. Plötzlich sehnte er sich verzweifelt nach ihr. Mit ihr hätte er doch wenigstens reden können. Wozu? Er wußte ja ohnehin, was sie ihm raten würde, das gleiche, was sie vor ihrem Abschied zu ihm gesagt hatte: »Laß die Finger davon!« Und er hatte es ihr versprochen.

Nein, er war kein Feigling, wenn er sich jetzt entschloß, das Geld doch nicht mitzunehmen. So war es ja mit Eva abgesprochen. Er wollte sie nicht enttäuschen. Im Grunde hatte sie ja recht. Es war viel sicherer, erst einmal auszuprobieren, wie die Abfertigung am Zoll vor sich ging. Vielleicht, ja, wahrscheinlich war es sehr viel einfacher, das Geld im Auto über die Grenze zu bringen.

Als er sich durchgerungen hatte, seinen Plan aufzugeben, wurde ihm leichter. Aber schlafen konnte er dennoch nicht mehr. Er stand auf, obwohl es noch viel zu früh war, und machte sich einen starken Kaffee. Während er hustend seine erste Zigarette rauchte, überlegte er, was nun mit dem abgehobenen Geld geschehen sollte. Seine Maschine sollte kurz nach acht von Düsseldorf-Lohausen abfliegen. Es blieb also keine Zeit mehr, es zur Bank zurückzubringen.

Oder sollte er versuchen umzubuchen? Aber das schien ihm zu unsicher und zu umständlich. Außerdem war ihm die Vorstellung peinlich, schon wieder bei der Sparkasse aufzukreuzen. Natürlich hätte er sagen können: »Ich wollte nur mal ausprobieren, ob ich jederzeit an mein Geld kommen kann.« Aber er hatte weder Lust, noch war er in der Verfassung, eine Schau abzuziehen.

Er konnte das Geld ja einfach in der Wohnung lassen. Kein Mensch würde in seiner und Evas Abwesenheit hier hereinkommen. Niemand konnte auch nur ahnen, daß etwas Wertvolles zu finden war. Trotzdem entschloß er sich, ein übriges zu tun und das Geld zu verstecken. Er hatte es, nachdem er es durchgezählt hatte, wieder in den dicken gelben Umschlag zurückgetan. Wohin also jetzt damit?

Als erstes fiel ihm ein, es in eine Plastiktüte zu tun und im Wasserboiler zu verstecken. Aber das erschien ihm denn doch zu dramatisch. Außerdem fürchtete er, daß es naß werden könnte. Mit der Zigarette in der einen, der Kaffeetasse in der anderen Hand durchstreifte er die kleine Wohnung und sah sich nach einem passenden Versteck um.

In den Mülleimer? Aber den mußte er leeren, bevor er die Wohnung verließ. Hinter seine Bücher? Aber da hatte man es mit einem Griff.

Endlich sagte er sich, daß es verrückt wäre, überhaupt daran zu denken, daß Gefahr für das Geld hier in seinen eigenen vier Wänden bestünde. Ganz egal, wo er es aufbewahrte, es würde ja niemand kommen. Er konnte es mitten auf den Tisch legen, da würde es so sicher sein wie anderswo auch. Er schob den

Umschlag in den Kleiderschrank, nach hinten, wo Eva seine Sommerpullis aufgestapelt hatte, trat einen Schritt zurück und stellte befriedigt fest, daß nichts zu entdecken war.

Nun galt es nur noch, die ganze Geschichte zu vergessen und sich auf das Abenteuer einzustellen, das vor ihm lag. Nach einer zweiten Tasse Kaffee, einer dritten Zigarette, einer heißen und einer kalten Dusche fiel ihm das nicht mehr schwer.

Vergnügt begann er vor sich hinzupfeifen, brach aber dann mitten im Ton ab; es war ihm eingefallen, daß Kinder im Dunkeln sich auf diese Weise zu beruhigen pflegten.

Bei der Paßkontrolle sah der Beamte Knut so aufmerksam ins Gesicht, dann wieder auf sein Paßbild und noch einmal ihn an, daß es ihm unbehaglich wurde. Er versuchte ein Lächeln, das aber nicht erwidert wurde.

Der Beamte prüfte sein Ticket. »Sie fliegen nach Zürich?«

Knut nickte.

Der Beamte gab ihm Paß und Ticket zurück.

Knut verfluchte seine Unsicherheit. Er hatte nichts verbrochen und nichts zu verbergen. Wieso ließ er sich so leicht in Verlegenheit bringen?

Als er sein Handgepäck, eine sehr sportliche Segeltuchtasche mit Lederstreifen, auf das Band vor dem Kontrollapparat stellte, öffnete eine Beamtin den Reißverschluß mit einem Ruck. Sie durchwühlte die so sorgsam gepackte Tasche gründlich und rücksichtslos.

Knut versuchte es mit einem Witz. »Ich habe keinen Revolver drin.«

Die Beamtin hob das Gepäckstück in Augenhöhe, als wollte sie feststellen, ob es einen doppelten Boden hatte. »Das habe ich auch nicht vermutet«, erwiderte sie kühl und stopfte seine Habseligkeiten – Strümpfe und Unterhosen zum Wechseln, Taschentücher, Rasierapparat, Kölnisch Wasser, Seife und einen Krimi wieder hinein. Der Reißverschluß ging nicht mehr zu. Knut wollte sich damit befassen.

»Das können Sie später machen!« wehrte die Beamtin ab und setzte die Tasche auf das Band.

Auf der anderen Seite des Durchleuchtungsapparats konnte Knut sie wieder in Empfang nehmen.

Knut beobachtete, wie der Passagier vor ihm von einem Sicherheitsbeamten in der Durchgangskabine untersucht wurde. Mit der Handsonde fuhr er über den Körper des Fluggastes herunter und hinauf, ein Vorgang, der nur wenige Sekunden dauerte. Dann war es vorbei.

Als Knut an der Reihe war, legte der Sicherheitsbeamte die Sonde fort und betastete erst das eine, dann das andere Bein bis zum Schritt hinauf.

»Muß das sein?« fragte Knut unwillig.

Der Mann antwortete nicht, sondern tastete seine Hüften ab: »Ziehen Sie das Ding mal aus!« befahl er.

»Was?«

»Ihre Jacke!«

Knut hatte die dicke Daunenjacke, die er für das letzte Stück des Aufstiegs zum Kilimandscharo gekauft hatte, angezogen, um das Gewicht seines Gepäcks niedrigzuhalten. »Wozu?«

»Damit ich Sie kontrollieren kann.«

»Na, erlauben Sie mal! Bei den anderen waren Sie nicht so gründlich.«

»Das ist eine Stichprobe.«

Knut ergab sich in sein Schicksal und zog die Jacke aus.

Der Beamte tastete Arme, Brust und Rücken ab und untersuchte dann die Jacke. »Was haben Sie da drin?« fragte er und klopfte auf die pralle Innentasche.

»Paß und Brieftasche.«

»Lassen Sie mich sehen.«

Knut holte seine Papiere heraus.

Der Sicherheitsbeamte prüfte sie, vergewisserte sich, daß die Tasche tatsächlich leer war, und gab sie ihm dann zurück. »In Ordnung«, sagte er trocken.

»Wollen Sie sich nicht wenigstens entschuldigen?«

»Ich habe nur meine Pflicht getan«, erwiderte der andere achselzuckend.

»Es ist eine Unverschämtheit, mich zu filzen, als wenn ich ein Schwerverbrecher wäre! Ich werde mich über Sie beschweren!«

»Weiter, weiter! Merken Sie nicht, daß Sie den ganzen Betrieb aufhalten?«

»Unverschämtheit«, grollte Knut noch einmal, sah aber zu, daß er fortkam. Hinter ihm hatte sich eine Schlange gebildet, und er fragte sich, was die Leute von ihm denken mochten. In den nächsten zehn Minuten hatte er damit zu tun, seine Tasche wieder ordentlich einzuräumen, damit sich der Reißverschluß zuziehen ließ.

Alles weitere verlief reibungslos. Auf dem Flugsteig besorgte er sich ein Lunchpaket, und als er seinen Sitz eingenommen und die Jacke über sich in dem dazu vorgesehenen Fach verstaut hatte, öffnete er die Plastiktüte sofort; er hatte Hunger, weil er Brot, Butter, Aufschnitt und Konfitüre schon am Abend vorher zu Frau Klüser gebracht hatte. Die mit Schinken und Käse belegten Brotscheiben und der rote, glänzendpolierte Apfel sahen ihn appetitlich an. Aus den Lautsprechern tönte gedämpfte Musik, und er begann seinen Ärger zu vergessen und sich zu entspannen.

Dann wurde die Musik plötzlich unterbrochen, und die Stimme des Piloten erklang. »Meine Damen und Herren, herzlich willkommen an Bord der Lufthansa sieben zwei sieben ... Ladys and Gentlemen, Mesdames et Messieurs ...!

Leider muß ich Sie bitten, noch einmal auszusteigen und Ihr Gepäck zu identifizieren!«

Knut, der gerade in seinen Apfel beißen wollte, klappte den Mund wieder zu. »Was soll denn das?« fragte er konsterniert.

»Wahrscheinlich eine Bombendrohung«, erklärte gelassen der Fluggast, der neben ihm saß, und stand auf.

»Um Gottes willen!«

»Kein Grund zur Panik. Wenn das Gepäck identifiziert worden ist, kann gar nichts mehr passieren.«

Mit den anderen, je nach Gemütslage murrenden, laut schimpfenden, scherzenden und gleichgültigen Passagieren drängte Knut zum Ausgang und die Gangway hinunter ins Freie. Die Gepäckstücke lagen in Reihen auf dem grauen Beton. Knut erkannte seine blaue Nylontasche sofort und stellte sich dazu. Auch die anderen fanden ziemlich schnell ihr Gepäck.

Eine Stewardeß und ein Mann in Zivil schritten die Reihen ab. »Ist das Ihr Gepäck?« fragte der Zivilist jeden einzelnen und, sobald die Frage bejaht war: »Ihr Name?« Dann machte er einen Strich auf der Liste und ging weiter.

Bei Knut ging es nicht so schnell. »Bitte, machen Sie das mal auf!« ordnete der Zivilist an; er hatte ein schmales Gesicht und kühl blickende graue Augen.

»Sie glauben doch wohl nicht ernstlich, daß ich eine Bombe darin versteckt habe?«

»Wir haben einen Hinweis auf eine blaue Nylontasche bekommen.«

»Was?« rief Knut bestürzt.

»So ist es nun mal. Regen Sie sich nicht grundlos auf!«

»Ich soll mich nicht aufregen, wenn Sie mich verdächtigen ...«

»Hören Sie, Herr Karsten, ich verdächtige Sie ja gar nicht. Die Tasche ist brandneu. Man könnte sie ausgetauscht haben.«

»Ausgeschlossen!«

»Woher wollen Sie das wissen, bevor Sie einen Blick hineingeworfen haben?«

Widerwillig bückte sich Knut und zog den Reißverschluß auf. »Da, sehen Sie! Obendrauf, das ist meine Hose!«

Aber damit gab sich der Mann mit den kalten Augen nicht zufrieden. Knut mußte die Tasche bis auf den Grund leeren, während die übrigen Passagiere, teils belustigt, teils schadenfroh oder gelangweilt zusahen. Er war nur froh, daß jedes Kleidungsstück in erstklassigem Zustand war und nicht, wie im Reiseprospekt empfohlen, abgetragen, um in Afrika zurückgelassen und den Eingeborenen geschenkt zu werden. Zum Schluß vergewisserte der Mann in Zivil sich, daß die Tasche weder einen doppelten Boden noch doppelte Wände hatte.

Knut wurde fast ohnmächtig bei der Vorstellung, daß er die fünfhunderttausend in der Tasche gehabt hätte. Der Verdacht, daß man es auf ihn abgesehen haben könnte, der ihm schon bei der übergründlichen Kontrolle seines Handgepäcks aufgestiegen war, verstärkte sich.

Aber warum wollte der unnachsichtige Zivilist dann auch noch bei jedem einzelnen Medikament wissen, wozu es gut sein sollte? Warum öffnete er die Flaschen und Dosen und schnupperte daran? Zur Tarnung seines eigenen Verdachts? Aber das war doch völlig unnötig.

Knut fühlte sich, auch nachdem man ihn endlich alles wieder einpacken ließ, gebrandmarkt.

Der erste, der Knut am Abend auf dem Flughafen Kloten bei Zürich begrüßte, war Robert Hellmann. Auch er trug Jeans,

Wanderschuhe und eine Daunenjacke, aber auf geheimnisvolle Weise gelang es ihm, auch darin elegant zu wirken.

»Mensch, Karsten!« rief er. »Wo kommen Sie her? Wieso sind Sie nicht mit uns geflogen. Ich habe in Lohausen nach Ihnen Ausschau gehalten.«

»Nett von Ihnen!« gab Knut widerwillig und doch ein wenig geschmeichelt zu. »Ich bin mit der Frühmaschine gekommen, um mir einen schönen Tag in Zürich zu machen.«

»Sie sehen aber nicht aus, als wäre Ihnen das gelungen.«

»Ich habe wahnsinnigen Ärger gehabt«, sagte Knut und erzählte, obwohl er das eigentlich nicht vorgehabt hatte, von dem Zwischenfall auf dem deutschen Flughafen. »Ich verstehe einfach nicht, warum die ausgerechnet auf mich so einen Piek gehabt haben! Sagen Sie ehrlich, Hellmann, wirke ich denn wie ein Terrorist?«

Robert lachte. »Terroristen sollen sich angeblich glänzend verkleiden können.«

»Daß Sie immer witzeln müssen!«

»'tschuldigung, eine schlechte Angewohnheit von mir. Tatsächlich haben Sie mein ganzes Mitgefühl. Eine Gemeinheit, daß man Sie verpfiffen hat.«

»Verpfiffen?« fragte Knut und kam sich töricht vor.

»Liegt doch auf der Hand. Sie sind zu Geld gekommen ... wie, das will ich gar nicht fragen, aber halb Hilden weiß darüber Bescheid. Da liegt's doch auf der Hand, daß Sie etwas davon in Zürich in Sicherheit bringen wollen.«

»Aber daran habe ich gar nicht gedacht«, schwindelte Knut und merkte selber, daß es wenig überzeugend klang.

»Und das soll ich Ihnen abnehmen? Einem klugen Köpfchen, wie Sie es nun mal sind?«

»Wenn ich es dabeigehabt hätte, hätte man es unweigerlich gefunden.«

»Stimmt auffallend. Dafür hätten unsere lieben Mitbürger gesorgt. Sagen Sie mal, wer außer Ihnen hat denn von dieser blauen Nylontasche gewußt?«

»Meine Frau natürlich ... und der Verkäufer ...« Knut zögerte, denn er mußte darüber nachdenken, daß die Leute von der Bank bestimmt nichts über die Art seines Reisegepäcks gewußt hatten.

»Und?« drängte Robert.

»Ich weiß nicht. Vielleicht habe ich im Kegelclub davon erzählt.«

Robert machte ein Gesicht, als wollte er zu einer boshaften Bemerkung ansetzen, besann sich jedoch und sagte beschwichtigend: »Na ja, machen Sie sich keine Gedanken mehr darüber, Karsten. Wie auch immer ... es ist ja noch mal gutgegangen. Darf ich Sie mit meiner Braut bekannt machen?«

Knut folgte seinem Blick.

Ein junges Mädchen in einem Paletot aus Wolfspelz kam von den Waschräumen her auf sie zu, langbeinig und sehr schlank, mit großen grünen, leicht schräggestellten Augen und braunem, fast schwarzen Haar, das ihr, in der Mitte gescheitelt, in kleinen Locken weit über die Schultern fiel.

Knut hatte den Eindruck, daß er noch nie einem so bezaubernd schönen Mädchen begegnet war. Er war erfahren genug zu sehen, daß sie sehr geschickt geschminkt war. Aber er fand, das hätte sie überhaupt nicht nötig gehabt.

Strahlend lächelte sie Robert an. »Ich habe mich ein bißchen frisch gemacht. Jetzt fühle ich mich besser.«

»Ich wußte gar nicht, daß du dich schlecht gefühlt hast.«

»Dummkopf!« Sie stieß ihm mit dem Ellenbogen in die Seite. »So sagt man doch! Soll ich erzählen, daß ich Pipi gemacht habe?«

Robert lachte. »Da haben Sie gleich den richtigen Eindruck von ihr, Karsten! Das ist mein Kollege Knut Karsten, mein Exkollege, genauer gesagt, denn im Gegensatz zu mir ist er zu plötzlichem Reichtum gekommen ... Isabell Krüger, meine Braut.«

Isabell schenkte Knut ihr strahlendes Lächeln und reichte ihm die schmale, feste Hand. »Glauben Sie ihm kein Wort, Herr Karsten, ich bin nicht seine Braut.«

»Hätte ich ihm etwa auf die Nase binden sollen, daß wir nur miteinander schlafen?« protestierte Robert.

»Warum nicht? Da ist doch heutzutage nichts mehr dabei.«

»Du weißt, daß du mir viel mehr bedeutest.«

»Und du, daß nicht mehr drin ist!« stellte sie richtig, ohne daß ihr Lächeln auch nur eine Spur seines Charmes verlor.

Robert seufzte. »Widerborstige Kröte!«

»Wirf mich an die Wand! Vielleicht wird dann eine Prinzessin aus mir.«

Knut war so überwältigt von Isabells Erscheinung, daß er nicht einmal Neid auf Hellman empfand. Ein solches Mädchen lag weit außerhalb der Reichweite seiner eigenen Wünsche. Jetzt empfand er aber doch Genugtuung, daß der andere es mit dem schönen Geschöpf nicht ganz leicht zu haben schien.

»Warum starren Sie Isabell so an?« fragte Robert.

»Entschuldigung!« Knut nahm die Brille ab und strich sich über die Augen. »Das ist mir gar nicht bewußt geworden.«

»Was für eine blöde Frage!« konterte Isabell. »Er kann den Blick nicht von mir wenden, weil ich so schön bin.«

»Ja, das stimmt.«

»Sie werden sich schon noch an meinen Anblick gewöhnen. Das tut jeder über kurz oder lang.«

»Ich nicht!« behauptete Knut.

Robert lachte. »Hört, hört!«

»Ich bin eine Schönheit von Berufs wegen«, erklärte Isabell sachlich, »oder ... andersherum ... ich habe meine Schönheit zum Beruf gemacht, weil ich keine anderen Gaben von der Natur mitgekriegt habe.«

Knut machte ein verdutztes Gesicht.

Robert fügte hinzu: »Sie ist Mannequin und Fotomodell.«

»Ach so«, sagte Knut, »deshalb! Aber ich hatte nie gedacht, daß diese Mädchen auch in Wirklichkeit so überwältigend sind. Ich hatte geglaubt, es läge an der raffinierten Fotografie.«

»Sie sind wirklich nett«, sagte Isabell herzlich.

»Schluß mit der Süßholzraspelei!« entschied Robert energisch. »Ich weiß, du kannst nie genug davon kriegen, Dummchen, aber mich kotzt es an.«

Isabell verzog keine Miene. »Deine Offenheit ist herzerwärmend«, sagte sie nur.

»Sind wir eigentlich die ersten hier?« fragte Knut. »Oder die einzigen?«

»Da vorne stehen ein paar, die aussehen, als könnten sie zu uns gehören«, schlug Robert vor.

Aber da kam schon ein sehr großer, athletisch gebauter Mann mit wettergegerbtem Gesicht auf sie zu. »Grüezi, die Herrschaften! Gehören Sie zum Kilimandscharo-Treck? Ich bin Otto Lattmann, Ihr Begleiter.« Einen nach dem anderen beglückte er mit einem festen Händedruck. »Ich freue mich, daß ihr pünktlich seid.«

Knut war überrascht, daß Lattmann so schnell einen familiären Ton anschlug. Aber wahrscheinlich, so dachte er, war das kameradschaftlich gemeint. Es gefiel ihm nicht schlecht.

»Geht's da herüber«, sagte Lattmann, »und seht's zu, daß ihr schön zusammenbleibt!«

Es dauerte nicht lange, dann war die Gruppe komplett. Mit Lattmann waren sie vierzehn Personen, fast durch die Bank Männer zwischen dreißig und vierzig Jahren; Robert war der Jüngste.

Eine einzige Frau war, außer Isabell, mit von der Partie, eine sehr sportlich wirkende Studienrätin mit kurz geschnittenem Haar, lederner Haut, lauter Stimme und burschikosen Manieren.

»Amanda Grotewohl«, stellte sie sich vor, »aber sagt lieber Mandy zu mir! Zu den großen Liebenden gehöre ich nämlich nicht ...« Sie lachte dröhnend. »... da haben sich meine Eltern entschieden geirrt. Überhaupt schlage ich vor, daß wir uns alle duzen, jedenfalls für die Dauer des Trecks. Wenn wir uns später mal wiedersehen ... falls wir uns wiedersehen, meine ich ... können wir ja ohne weiteres auf das bürgerliche Sie zurückgreifen.«

›Das geht mir ein bißchen schnell‹, dachte Knut, aber als alle anderen zustimmten, wagte er keinen Einwand zu erheben, um nicht als zickig zu gelten.

»Ist recht so«, meinte Lattmann, »nur keine Umstände, Herrschaften! Nennt's mich Otto! Denkt's immer daran ... in den nächsten Wochen müssen wir auf Gedeih und Verderb zueinanderhalten. Anders ist ein Abenteuertreck nicht möglich.«

»Na, wie gefällt dir das, Knut?« flüsterte Isabell ihm zu. »Da werden die seriösen Herren wieder zu kleinen Jungen, dürfen Steinchen schleudern und auf Bäume klettern.«

»Mir gefällt vor allem, daß Sie mich duzen«, flüsterte Knut zurück.

»Du mich auch!« sagte Isabell und lachte.

Im Flugzeug nahm sie ganz selbstverständlich den Platz zwischen Robert und Knut ein. Obwohl er sich keinerlei Chancen auf das schöne Mädchen ausrechnete, tat es ihm doch wohl, daß sie ihm Beachtung schenkte. Er war jetzt froh, daß Eva nicht mitgekommen war.

Etwa um die gleiche Zeit, als ein Jet der KLM mit Otto Lattmann und seiner Gruppe - alle waren jetzt schon recht vertraut miteinander - von Wien aus nach Arusha startete, landete die Boeing 747 der Lufthansa mit Eva und Hilde an Bord in Nassau. Die Zeitverschiebung brachte es mit sich, daß in der Karibik heller Mittag war.

Die Flughalle war überraschend klein, die Luft stickig und heiß, und bis alle Formalitäten erledigt waren und die beiden jungen Frauen ihr Gepäck hatten, waren sie schweißgebadet, obwohl sie leichte Sommerkleidung trugen. Eva war es sogar ein wenig schwindelig, aber das tat ihrer guten Laune keinen Abbruch. Sie fühlte sich in eine fremde Welt versetzt. Draußen war der Himmel von einem nie gekannten, strahlend tiefen Blau, und schon vor der Ankunftshalle entdeckte sie die ersten hohen Palmen, die, wenn auch ihre zerfledderten Wedel leicht verstaubt waren, wie Vorboten exotischer Abenteuer wirkten.

Es wimmelte von Leuten, blassen Europäern und nicht minder bleichen Amerikanern von der Ostküste, aber es ging durchaus nicht so geordnet zu wie in einem Ameisenhaufen. Die meisten Reisenden wußten in den ersten Augenblicken nach ihrer Ankunft nicht, wie es jetzt weitergehen sollte. Man stieß sich an, setzte das Gepäck ab, und nahm es wieder auf. Es wurde laut und aufgeregt geredet. Die Hostessen, die die Reisenden schon erwarteten, hatten es schwer, sich durchzusetzen, obwohl sie sich, sonnenbraun und zumeist in Rock, weißer Bluse und flottem Halstuch, von den herausströmenden Passagieren erheblich unterschieden. Sie schwenkten Schilder, auf denen die Namen der Reiseunternehmen standen, die sie vertraten, und riefen die Namen der verschiedenen Schiffe und Hotels auf.

»Die da!« rief Hilde und wies auf ein junges Mädchen mit weizenblondem Haar. »Die ruft ›Aquarius‹! Zu der müssen wir hin!«

Eva war es inzwischen gelungen, einen schokoladenbraunen Boy für ihr gemeinsames Gepäck zu chartern; sie kratzte ihr halbvergessenes Englisch zusammen und erklärte ihm: »We will travel with the ship ›Aquarius‹!«

Der Junge entblößte lächelnd seine starken weißen Zähne. »›Aquarius‹! Okay!« - Aber er schob seine Karre in eine andere Richtung als zu der Weizenblonden.

»Oh, please, wait a minute!« rief Eva und eilte ihm nach.

Der Junge blieb stehen und blickte sie verständnislos an.

»Das geht schon in Ordnung!« mischte sich ein Herr ein. »Sie erlauben doch?« Er setzte seinen Koffer, ein altes, abgeschabtes Ding, das aber im Gegensatz zu dem nagelneuen Gepäck der Freundinnen sehr weitgereist wirkte, auf das Wägelchen. »Ich habe auch für die ›Aquarius‹ gebucht.«

»Aber wo fährt er damit hin?«

»Direkt zu unserem Bus. Er kennt sich hier aus.«

Erst jetzt entdeckte Eva eine Anzahl von Bussen, die in einiger Entfernung warteten. »Ach so!« sagte sie. »Wie dumm von mir!«

»Aber gar nicht. Ein kleines Mißverständnis. So was kommt immer wieder vor.« Der Herr verbeugte sich. »Darf ich mich übrigens vorstellen? Bruno Berger.«

Eva wußte nicht recht, wie sie reagieren sollte und reichte ihm erst nach kurzem Zögern die Hand. »Eva Karsten.«

»Sie reisen allein?« Er musterte sie mit unverhohlenem Wohlgefallen. »Entschuldigen Sie, das geht mich natürlich nichts an ...«

»Aber wieso denn? Es ist doch kein Geheimnis. Ich begleite eine Freundin.« Obwohl sie es bewußt vermieden hatte, ihn neugierig anzusehen, hatte sie doch festgestellt, daß er sehr gut aussah, ein Mann von Ende Dreißig oder Anfang Vierzig in einem dekorativ verknitterten Tropenanzug; zum ersten Mal bedauerte sie es ein wenig, daß sie nicht den Mut gehabt hatte, sich allein auf die Kreuzfahrt zu wagen.

»Darf ich Ihnen Ihren Mantel abnehmen?« Ohne ihre Antwort abzuwarten, ergriff er den pelzgefütterten Seidenmantel, den sie über dem Arm getragen hatte. »Der muß doch unerträglich heiß für Sie sein.«

»Für Sie doch auch!«

Er lächelte sie an. »Mir macht's nichts aus, für eine schöne Frau zu leiden, im Gegenteil, es ist mir ein Genuß.«

Hilde, die zu ihnen geeilt war, hatte die letzten Worte noch gehört. »Ich möchte nur wissen, wie oft Sie diesen Spruch schon geklopft haben!« rief sie keck.

Eva genierte sich ein wenig für das herausfordernde Auftreten ihrer Freundin.

Aber Bruno Bergers Lächeln verbreiterte sich nur. »Allzuoft habe ich leider nicht Gelegenheit, schönen Frauen zu begegnen.«

»Es ist außerordentlich großmütig von Ihnen, mich in das Kompliment miteinzubeziehen. Oder habe ich Sie etwa falsch verstanden?«

»Sie haben ein außerordentlich feines Ohr für Nuancen, gnädige Frau.«

»Möchtest du uns nicht bekanntmachen, Eva?« fragte Hilde, und in ihrer Aufforderung schwang ein unausgesprochenes ›endlich‹ mit.

»Ja, natürlich, entschuldige. Das ist Herr Bruno Berger ...«

»... aus Wuppertal!« fügte er hinzu.

»Meine Freundin Hilde Braun ...«

»... aus Düsseldorf!«

Sie lachten ziemlich grundlos, die beiden Frauen jedenfalls angenehm berührt, einen sympathischen Reisegefährten gefunden zu haben.

»Sollten wir uns nicht beeilen?« fragte Eva.

»Nur keine Bange! So schnell geht es hier nicht los.«

»Sie scheinen große Erfahrung zu haben«, meinte Hilde.

»Mit den Reisen geht es mir wie mit den schönen Frauen ... ich habe weniger Gelegenheit, als mir lieb ist.«

»Uns werden Sie jetzt jedenfalls vierzehn Tage vor Augen haben!« erwiderte Hilde.

Eva beeilte sich, das Gespräch auf ein weniger persönliches Gleis zu leiten. »Vierzehn Tage Karibik!« rief sie. »Ist das nicht wundervoll?«

Er sah ihr in die Augen. »Ein erfüllter Traum?«

»Ja«, gestand sie, »genau das.«

Als sie in den Bus stiegen, richtete Hilde es so ein, daß sie neben Bruno Berger zu sitzen kam. Eva machte das nichts aus; sie war froh, einen Fensterplatz ergattert zu haben. Angestrengt blickte sie hinaus, und was sie sah, interessierte sie weit mehr als das Geplänkel der beiden anderen hinter ihr. Der Bus fuhr vorbei an wundervollen Parks mit smaragdgrünem Rasen und üppig blühenden Büschen, deren Namen Eva nicht kannte. Immer wieder tauchten Palmen auf, auch auf den Straßen zwischen den kleinen Häusern mit den weißen, verschnörkelten Fassaden, die noch aus der Kolonialzeit stammten. Da die Touristen ihre Autos nicht mit auf die Insel nahmen, wurde das Verkehrsbild von Taxen, Pferdedroschken und wenigen Luxuslimousinen bestimmt. Die Menschen, ob schwarz, braun oder weiß, schlenderten alle beschwingt und gemächlich einher, als würde Zeit keine Rolle für sie spielen, und alle waren sie leuchtendbunt gekleidet.

Nassau schien Eva eine glückliche Insel zu sein, und dieses Glück teilte sie nun.

Sie freute sich, als sie den Rawson Square erkannte, den berühmten Hauptplatz von Nassau. Hier hatten die Taxen und Pferdedroschken ihren Standplatz. Weiter ging die Fahrt am Straw Market vorbei, wo einheimische Frauen Hüte, Handtaschen, Matten und Papierkörbe aus Stroh anfertigten und zum Verkauf anboten. Eva bedauerte, daß dies farbenprächtige Bild allzu rasch an ihr vorüberhuschte. Aber nach der Kreuzfahrt würden ihr ja noch acht Tage auf Nassau bleiben, und sie nahm sich vor, dann alles in Ruhe anzuschauen und sich auch dies oder jenes zu kaufen.

Mit einer gewaltigen Kurve durch eine beängstigend schmale Gasse landete der Bus am Hafen auf dem Prinz-Georg-Kai, wo nebeneinander, wenn auch in gebührendem Abstand, die Ozeanriesen lagen. Vergeblich hielt Eva Ausschau nach der ›Aquarius‹. Erst als der Bus hielt und alle ausstiegen, stellte sie fest, daß er sie geradewegs bis zur Gangway gebracht hatte. Obwohl die ›Aquarius‹ kleiner als die meisten anderen Schiffe war, mußte sie doch den Kopf in den Nacken legen, um zu ihr hochzuschauen.

»Ein schönes Schiff!« rief sie voller Inbrunst.

Hilde lachte. »Du kannst kaum etwas anderes sagen, denn du hast es dir ja ausgesucht.«

»Gefällt sie dir etwa nicht?« fragte Eva erstaunt.

»So auf den ersten Blick möchte ich mich nicht festlegen. Erst mal abwarten, wie es drinnen aussieht.«

Bruno Berger unterstützte Eva. »Die ›Aquarius‹ ist ein schönes Schiff«, bestätigte er, »bequem, elegant und sehr gepflegt.«

»Sind Sie schon einmal mit ihr gefahren?« wollte Hilde wissen.

»Ein Freund von mir«, erwiderte er kurz, »und jetzt, meine Damen, sollten wir uns einschiffen, wie es so schön heißt.

Zwar gebietet es unter normalen Umständen die Höflichkeit, daß der Herr als erster die Treppe erklimmt, aber aus Sicherheitsgründen möchte ich lieber das Schlußlicht machen.« Als könnte er Evas Gedanken lesen, fügte er hinzu: »Um Ihr Gepäck brauchen Sie sich nicht zu sorgen. Sehen Sie, die Träger haben schon damit begonnen, es in den Schiffsrumpf zu reichen. Nachher wird es dann in unsere Kabinen gebracht.«

»Wie gut, daß wir Sie getroffen haben, Herr Berger!« spöttelte Hilde. »Ohne Sie wären wir bestimmt verloren.«

Er verbeugte sich galant. »Man tut, was man kann! Aber jetzt avanti, meine Damen, bevor das große Gedränge beginnt!«

Hintereinander, Hilde zuerst, kletterten sie die steile Gangway hinauf.

In ihrer geräumigen, luxuriösen Kabine hatten Eva und Hilde, während sie noch auf ihr Gepäck warteten, den ersten Streit.

Eva warf sich auf eine der beiden Couchen, streifte die Schuhe von den Füßen und rief: »Puh, das hätten wir geschafft! Von jetzt an brauchen wir uns nur noch schaukeln und bedienen zu lassen.«

Hilde nahm den hektographierten Tagesplan zur Hand, der auf dem festgeschraubten Tisch unter dem Bullauge gelegen hatte, und überflog ihn. »Du, kannst du mir den Umschlag mit dem Trinkgeld geben?«

»Wozu so eilig?«

»Hier steht, man soll mit dem ›Maitre‹ auf dem Vela-Deck Kontakt zwecks Reservierung des Tisches im Speisesaal aufnehmen.«

»Das können wir doch immer noch machen, wenn wir ausgepackt haben.«

»Vielleicht ist es dann schon zu spät.«

Eva runzelte die Stirn. »Versteh' ich nicht.«

»Schäfchen, wir müssen uns doch darum kümmern, daß dieser Berger an unseren ›table‹ kommt. Allzuviel allein reisende Herren wird es auf der ›Aquarius‹ nicht geben. Wir haben verdammtes Glück gehabt, daß er uns sofort über den Weg gelaufen ist. Jetzt müssen wir ihn uns krallen.«

Eva richtete sich auf. »Das finde ich nicht.«

»Du findest ihn nicht nett?«

»Doch. Aber das ist kein Grund, sich ihm an den Hals zu werfen.«

»Wer tut denn so was?«

»Hilde, ich möchte dir keine Vorhaltungen machen ...«

»Das wäre ja auch noch schöner!«

» ... aber dein Benehmen vorhin war nicht sehr gut.«

»Jetzt hör dir das einmal an!«

»Du wirst doch zugeben, daß du dich ziemlich herausfordernd benommen hast.«

»Wer hat ihn denn zuerst angesprochen?«

»Er mich.«

»Du bildest dir also ein, dadurch hättest du ihn für dich gepachtet?«

»Überhaupt nicht! Aber ...«

»Soll ich dir mal sagen, was du bist? Ein müder Trauerkloß. Eine Kreuzfahrt ist dazu da, daß man seinen Spaß hat. Flirten ist durchaus Inbegriffen.«

»Wir haben ihn ja eben erst kennengelernt, und wir werden vierzehn Tage mit ihm Zusammensein. Wie soll das denn weitergehen, wenn du jetzt schon einen solchen Ton anschlägst?«

»Das laß mal meine Sorge sein. Ich bin nicht verheiratet, ich kann so weit gehen, wie ich will. Aber laß dir eins sagen: Wenn wir jetzt nicht das Eisen schmieden, ist von vierzehn Tagen Beisammensein keine Rede. Immerhin sind mindestens zweihundert Passagiere an Bord. Wenn wir jetzt nicht ein bißchen nachhelfen, ist er uns schon entschlüpft. Er wird uns womöglich nie wieder begegnen.«

»Dann hat's so sollen sein.«

»Ich kann deinen Fatalismus beim besten Willen nicht teilen«, sagte Hilde wütend.

»Sei nicht böse«, bat Eva, »versuch doch, mich zu verstehen. Wenn ihm etwas an uns liegt, wird er sich doch von sich aus bemühen, an unseren Tisch zu kommen.«

»Weißt du, was mit dir los ist? Du bist zu lange verheiratet. Du weißt nicht mehr, wie es in der Welt zugeht!«

»Wie wird es denn aussehen, wenn der sogenannte ›Maitre‹ ihn an unseren Tisch dirigiert und er hat gar nicht bei uns sitzen wollen?«

»Er wird es für puren Zufall halten ...« Hilde zückte einen Taschenspiegel und begutachtete ihr Make-up, »... falls er sich nicht von sich aus darum bemüht hat, was ich für wahrscheinlicher halte.«

»Wenn du so denkst, können wir es doch geradesogut darauf ankommen lassen.«

»Genau das will ich nicht. Warum dem Zufall nicht ein wenig nachhelfen, wenn es uns nur ein paar freundliche Worte kostet?«

»Es wäre mir peinlich, Hilde.«

»Das muß es nicht sein. Ich werde den Saalmanager einfach bitten, daß er Berger neben mich setzt ... neben mich, verstehst du? Nicht neben uns.«

»Du scheinst die Absicht zu haben, die ganze Kreuzfahrt mit ihm zu verbringen«, sagte Eva nicht ohne Bitterkeit.

»Nun sei nicht albern, Evchen«, verbesserte Hilde sie, »natürlich mit dir und mit ihm. Was stellen schon zwei allein reisende Frauen dar? Einen Dreck, wenn du mich fragst. Sie erwecken den Eindruck, als würden sie Anschluß suchen, und genauso ist es ja auch meist. Mit einem männlichen Begleiter stehen wir sehr viel besser da, das wirst du doch zugeben.«

»Na ja«, sagte Eva und seufzte.

»Na also!« Hilde gab ihr einen flüchtigen Kuß. »Ich hab's ja gewußt, daß du Vernunft annehmen wirst.«

Eva holte das dicke Kuvert mit den Trinkgeldern aus ihrer Handtasche. »Aber bitte, bitte, sei ihm gegenüber in Zukunft ein bißchen zurückhaltender.«

»Versprochen!« Hilde riß Eva das Geld aus der Hand und stürmte aus der Kabine.

Eva ärgerte sich, daß sie sich überhaupt auf eine Auseinandersetzung mit der Freundin eingelassen hatte, bei der sie hätte wissen müssen, daß sie den kürzeren ziehen würde. Es wäre klüger gewesen, sofort nachzugeben und sich auch die Vorwürfe zu verkneifen. So hatte sie ganz unnötig einen Mißton in die Harmonie ihrer Vorfreude gebracht. Sie war böse auf sich selber, aber auch verstimmt über Hilde.

Wieviel schöner wäre es gewesen, wenn Knut sich hätte entschließen können, sie zu begleiten. Sie dachte an ihren Mann, und sie sehnte sich nach ihm. Dabei fiel ihr ein, daß sie sich vorgenommen hatte, ihm von jeder Station ihrer Kreuzfahrt eine Ansichtskarte zu schicken. Im Trubel ihrer Ankuft in Nassau hatte sie das ganz vergessen.

Aber das war nicht weiter schlimm. Er würde ihre Grüße ja doch erst erhalten, wenn er aus Afrika zurück war. Sicher würde auch der Zahlmeister Ansichtskarten zum Verkauf haben, und bestimmt gab es eine Möglichkeit, sie noch im Hafen aufzugeben. Eva grapschte nach dem Tagesplan und stellte fest, daß sie noch genügend Zeit für alles hatte. Die ›Aquarius‹ würde sich erst um sieben Uhr abends auf die Fahrt nach Cap Haitien begeben.

Als die Reisegruppe die Maschine der KLM auf dem Kilimandscharo-Airport bei Arusha verließ und in das blendende Licht der afrikanischen Sonne trat, fühlte Knut sich wie erschlagen. Anders als die meisten seiner Gefährten hatte er auf dem nächtlichen Flug von Wien kein Auge zutun können. Die Erwartung des bevorstehenden Abenteuers und die Nähe der schönen Isabell hatten zusammengewirkt, um sein Herz schneller schlagen zu lassen und ihn in einen Zustand der Überdrehtheit zu versetzen. Während Robert leise schnarchte, hatten er und das Mädchen sich in gedämpftem Ton unterhalten und sich von ihrer Kindheit, ihren Träumen und ihren Enttäuschungen erzählt. Sie hatte es sogar zugelassen, daß er ihre Hand hielt, und er hatte sich wie im siebten Himmel gefühlt. Es war ihm gewesen, als würde er niemals mehr Schlaf brauchen.

Jetzt, von einer Sekunde zur anderen, der vor Hitze geradezu vibrierenden, staubtrockenen Luft des Flughafens ausgesetzt, trat die Reaktion ein. Es kostete ihn Mühe, auch nur ein Bein vor das andere zu setzen.

Isabell dagegen wirkte taufrisch. Sie lachte und scherzte mit ihrem Freund und tänzelte leichtfüßig einher, als wäre sie hier vollkommen in ihrem Element. Knut grübelte, wie sie das fertigbringen mochte. Sie hatte ihm zwar anvertraut, daß sie sich für ihre anstrengende Arbeit auch körperlich stets fit halten mußte, aber das erklärte doch nicht, wie sie den entgangenen Schlaf so ohne Nachwirkungen verkraften konnte.

Einmal drehte sie sich zu ihm um und lächelte ihm aufmunternd zu – ihr Gesicht war so glatt, seine Farbe so lebhaft, die grünen Augen unter den sanften geschwungenen Brauen so klar, daß es ihn geradezu schmerzte. Er kam sich alt vor, verbraucht, und er schämte sich, daß er sich in der vergangenen Nacht hatte einbilden können, ihr nahe zu sein.

Sie trug ihren Wolfspelz lässig mit der rechten Hand, ließ ihn fast über den Boden schleifen. Er hatte, wie alle anderen auch, seine Daunenjacke ausgezogen, aber selbst über dem Arm liegend, schien sie ihm unerträglich heiß. Schweiß floß ihm über den Rücken, Schweiß rann ihm in die Augen. Er hatte nur den einen Wunsch, sich seiner warmen Skiunterwäsche entledigen zu können, die ihm nach wenigen Sekunden feucht am Körper klebte.

Er war dankbar, daß die Einreiseformalitäten, die sich endlos hinzuziehen schienen, im Schatten eines Wellblechdaches stattfanden. Otto Lattmann führte dabei das große Wort, und Knut begriff gar nicht, um was es bei dem Hin und Her eigentlich ging. Lattmann schien an das Frage- und Antwortspiel gewohnt zu sein und verlor keinen Augenblick seine Geduld und sein treuherziges Lächeln. Knut hatte den Eindruck, daß die schwarzen Beamten das Gefühl ihrer Macht über die weißen Touristen auskosten wollten.

Eine spätere Erklärung Lattmanns schien das zu bestätigen. »Man muß das verstehen«, sagte er, als sie in den kleinen Bus einstiegen, »Tansania gehört zu den fünfundzwanzig ärmsten Ländern der Welt. Die haben hier Mühe, überhaupt irgendwie ihr Leben zu fristen, und begreifen nicht, daß wir zum bloßen Vergnügen auf ihre Berge kraxeln wollen.«

Aber Knut interessierte das in diesem Augenblick gar nicht. Er war froh, daß er endlich wieder saß. Zum Glück hatte der Bus im Schatten gestanden. Da alle sofort versuchten, die Fenster herunterzukurbeln, was bei einigen auch gelang, wurde die Temperatur während der Fahrt erträglich.

»Wir werden Arusha auslassen und geradewegs in Richtung Kilimandscharo fahren«, sagte Lattmann, »in Marangu habt ihr Gelegenheit zum Akklimatisieren und Ausruhen. Morgen geht's dann los.«

»Aber ich möchte mich nicht ausruhen«, ließ Isabell sich vernehmen, »ich möchte was erleben!«

»Dazu«, erwiderte Robert, »hast du mich!«

Mit dieser Bemerkung, die Knut taktlos fand, erntete er Gelächter.

»Dich habe ich auch zu Hause«, gab Isabell zurück; sie schien nicht eine Spur beleidigt zu sein.

»Tut mir leid«, sagte Lattmann, »in Marangu ist wirklich nichts los, ein paar Häuser und zwei Hotels, das ist alles.«

»Keine wilden Tiere?«

»Von denen wirst du in ein paar Tagen genug zu sehen bekommen.«

Während die anderen redeten und redeten, nickte Knut, ohne es zu merken, ein. Er spürte nicht, daß die Straßen nur teilweise asphaltiert waren und der Bus gerüttelt und geschüttelt wurde. Der schwarze Fahrer gab soviel Gas, wie es möglich war. Trotzdem erreichten sie erst am Nachmittag ihr Ziel, den kleinen Ort Marangu im Moshidistrikt.

Im ›Kibo Hotel‹, einem nur zweistöckigen, aber großflächig gebauten Haus waren Zweierzimmer reserviert. Da nur zwei Frauen in der Gruppe waren, erklärte Isabell sich damit einverstanden, ein Zimmer mit der burschikosen Mandy zu teilen. Lattmann zeigte sich über diese Lösung des Problems, das ohne Isabells Bereitwilligkeit schwierig hätte werden können, hochzufrieden. Robert verbarg seinen Ärger hinter seinem üblichen Gespött, und Mandy erklärte lauthals, daß es ihr nichts ausgemacht hätte, im gleichen Raum mit einem Mann zu übernachten.

»Wenn man so einen Treck mitmacht, darf man nicht zimperlich sein. Ich kann schon auf mich aufpassen. Mir geht so leicht keiner an die Wäsche.«

Knut dachte sich, daß das wohl auch kaum jemand vorhaben würde. Er war zufrieden, ein Zimmer mit Robert zugewiesen zu bekommen, und freute sich, obwohl er sich albern dabei vorkam, insgeheim darüber, daß der andere jedenfalls diese Nacht nicht mit dem schönen Mädchen turteln konnte.

Das Zimmer war, wie nicht anders zu erwarten gewesen war, sehr einfach eingerichtet, zwei Betten, ein Schrank, ein Tisch und ein Stuhl. Aber es war alles makellos sauber, der Boden anscheinend frisch geschrubbt. Es gab sogar eine Dusche, aus der das Wasser allerdings nur spärlich tröpfelte.

Als sie allein waren, machte Robert seiner schlechten Laune Luft. »Diese Kanaille! Mich so hereinzulegen! Das sieht ihr wieder mal ähnlich.«

»Du meinst, sie hätte darauf bestehen sollen, mit dir zusammenzubleiben?«

»Aber sicher! So war es ausgemacht. Ich bezahle ihr ja die Reise.«

»Sie ist eben nicht käuflich.«

»Alle Frauen sind das. Entweder mit Geld oder mit einem Ehering.«

Es tat Knut gut, seinen Erzrivalen in einer für ihn unangenehmen Situation zu sehen. »Ich hätte nie geglaubt«, sagte er, »daß ein Mann wie du für die Liebe blechen muß.«

»So ist es ja auch gar nicht. Isabell hat Geld genug. Aber ich konnte ihr den Treck nicht schmackhaft machen. Deshalb habe ich sie eingeladen. Ich wollte sie bei mir haben.«

»Vielleicht war es falsch, Liebe und Abenteuer zu verbinden«, sagte Knut und kam sich dem anderen zum ersten Mal überlegen vor.

»Wem sagst du das!«

Knut feixte in sich hinein.

»Ich hätte mich überhaupt nicht mit ihr einlassen sollen!« grollte Robert. »Sie ist zu frech und zu verwöhnt. Wenn du wirklich Spaß haben willst, Karsten, dann laß dich nicht mit einem schönen Mädchen ein. Die häßlichen sind wenigstens dankbar.«

»Du tust ihr Unrecht!« widersprach Knut. »Sie hat sich sehr geschickt aus der Affäre gezogen. Wenn sie sich geweigert hätte, wäre Mandy beleidigt gewesen, und der gute Lattmann hätte trotzdem darauf bestanden, daß die beiden Frauen zusammenziehen. Ihre Weigerung hätte nur böses Blut gemacht und nichts bewirkt.«

»Wenigstens wäre ich mir nicht wie ein Trottel vorgekommen.«

»Das ist dein persönliches Pech.«

Während dieser Unterhaltung wuschen die beiden ihre Skiunterwäsche durch und hängten sie auf dem Balkon, der rings um den ersten Stock des Hauses führte, zum Trocknen auf. Von dort hatten sie freie Sicht auf den Kilimandscharo, dessen weißer Gipfel, scharf abgehoben von dem sehr blauen Himmel, einen prächtigen Anblick bot. Auch andere waren auf den Balkon gekommen und brachen in Rufe der Bewunderung aus.

»Herrlich!« sagte Knut. »Nicht auszudenken, daß wir in ein paar Tagen da oben sein werden!«

»Wieso nicht?« entgegnete Robert nüchtern. »Deshalb sind wir doch hergekommen.«

Sie hatten, der Hitze wegen halbnackt, nur mit einem Handtuch um die Hüften, gewaschen und das Notwendigste ausgepackt. Jetzt schlüpften sie in Shorts und T-Shirts. Knut war froh, daß er einige Kilo abgenommen hatte. Er hielt Roberts Blick stand, der ihn mit unverhohlener Neugier musterte. Wenn er auch nicht so groß und so schlank wie Robert war, hatte er doch durchaus das Gefühl, sich sehen lassen zu können.

Robert schnippte an Knuts buntem Hemd und ließ es ihm dann wieder auf die Brust zurückschnellen. »Ist ziemlich neu, wie?«

»Warum auch nicht?«

»Weil es in den Informationen geheißen hat, wir sollten unsere ältesten Klamotten anziehen, damit wir sie den Einheimischen zurücklassen können.«

»Na und? Die werden mehr Freude an Kleidungsstücken haben, die nicht bis zum Tezett abgewetzt sind.«

»Du bringst es über dich, deine piekfeine Ausrüstung zurückzulassen?«

»Wenn wir erst wieder vom Kilimandscharo runter sind, wird sie schon nicht mehr so piekfein sein.«

»Das nenne ich großzügig!«

Knut freute sich über diese scheinbare Anerkennung.

Dann aber fügte Robert mit einem sardonischen Lächeln hinzu:

»Man könnte auch sagen ... protz, protz!«

Dazu fiel Knut nichts ein, und er zuckte nur mit den Achseln.

»Nimm‘s nicht krumm!« sagte Robert einlenkend. »Genehmigen wir uns einen Schluck ...« - er schraubte die mitgebrachte Whiskyflasche auf und schenkte einen Reisebecher voll ein - »... und dann laß uns sehen, daß wir was zu essen kriegen.«

Knut wollte schmollen, besann sich aber eines Besseren und trank den angebotenen Becher aus.

Als sie hinunterkamen, brannte im Innenhof schon ein Feuer. Ein ausgeschlachtetes Lamm war auf einen Spieß gesteckt, der auf zwei Blöcken auflag und von einem athletischen schwarzen Burschen unermüdlich gedreht wurde. Immer wieder tropfte Fett ins Feuer und ließ es aufzischen. Es roch nach verbranntem Fleisch, dennoch floß Knut, der das Picknick im Bus verschlafen hatte, das Wasser im Mund zusammen.

Einige der Reisegefährten lagerten schon um das Feuer auf dem Boden. Knut und Robert setzten sich zu ihnen. Das war nicht gerade bequem, aber es war abenteuerlich. Rasch brach die Nacht herein, und die Sterne wurden sichtbar, heller und größer, als Knut sie je gesehen hatte. Plötzlich überfiel ihn die verrückte Vorstellung, daß man vom Gipfel des Kilimandscharo aus den Himmel würde berühren können.

Endlich befand der schwarze Bursche das Fleisch als gar und begann, es mit einem dolchartigen Messer geschickt zu tranchieren. Jeder bekam ein Stück, das nicht mehr fett und auch nicht mehr blutig war. Dazu gab es flache, runde Maisfladen. Alle aßen mit Fingern, und Knut tat es ihnen gleich. Es wäre ihm peinlich gewesen, sein Besteck aus dem Zimmer zu holen, und mit der Bitte um einen Teller hätte er sich bestimmt wieherndem Gelächter ausgeliefert. Es schmeckte ihm so gut, daß er am liebsten noch die letzten Fleischreste vom Gerippe genagt hätte. Aber das trug der Bursche fort, wahrscheinlich, um es selber abzunagen.

Noch eine Weile blieben sie sitzen und tranken Wasser, das Lattmann hatte abkochen lassen und das sie auf seinen Rat hin noch zusätzlich mit Whisky desinfizierten. So wurde die Stimmung bald sehr ausgelassen. Lattmann und Mandy erzählten komische und gefährliche Erlebnisse von früheren Trecks, ein paar andere versuchten, es ihnen gleichzutun, hatten aber nicht soviel Erfolg.

Die Geschichten, die aufgetischt wurden, waren teilweise sehr rüde, und Knut dachte, daß Eva, die wirklich nicht besonders zimperlich war, schockiert gewesen wäre. Er beobachtete Isabell. Sie nahm alles mit freundlicher, ein wenig überlegener Miene hin, und während sie sich Fett und Fleischsaft von den Fingern leckte, wirkte sie mit ihren schrägen grünen Augen mehr denn je wie ein schönes, verwöhntes Katzentier.

Robert stieß sie immer wieder in die Seite, um seinem Vergnügen Ausdruck zu geben und wohl auch, um sie zu bewegen, in das allgemeine Gelächter einzustimmen. Aber dazu ließ sie sich nicht herab.

Der Aufbruch am nächsten Morgen erfolgte sehr früh. Die metallisch gelbe afrikanische Sonne stand noch ganz tief. Eine Trägerkolonne war angetreten und hatte sich die schweren Säcke der Reisenden aufgepackt. Sie setzte sich aus Djaggas zusammen; kleinen, braunen, behenden Männern mit stumpfen Nasen und intelligenten Augen, die in diesem Gebiet, am Fuß des Kilimandscharo, lebten.

Lattmann schritt voraus und bestimmte das Tempo; er ging nicht zu rasch, so daß alle ihm leicht folgen konnten. Als Robert ihn überholen wollte, wies er ihn zurück.

»Schone deine Kräfte, Bob! Wir haben noch einen weiten Weg vor uns.«

Robert murrte. »Das ist doch der reinste Schulausflug! Wo bleibt das Abenteuer?«

»Kommt schon noch«, erwiderte Lattmann ungerührt, und Isabell sagte: »Angeber!«

Knut empfand die Wanderung als angenehm. Er war froh, daß er seine Schuhe im Stadtwald eingelaufen hatte, froh auch darüber, daß er, im Gegensatz zu den meisten anderen, keine schwere Kameraausrüstung zu schleppen hatte. Nur er, Isabell, Lattmann und Mandy hatten sich nicht damit belastet und nur ihre leichten Taschen zu tragen. Robert hatte eine Filmkamera und zwei Fotoapparate an Lederriemen um den Hals geschlungen.

Es ging bergan durch Kaffeeplantagen und Maisfelder, die von Bewässerungsgräben durchzogen waren. Lattmann erklärte, daß dieser Anbau in guten Zeiten gerade eben für die Bevölkerung Tansanias reichte. Hie und da kamen sie durch eine Djaggasiedlung, runde Hütten, aus Natursteinen und Lehm erbaut. Kinder spielten im Staub, die kleinsten waren nackt und hatten aufgedunsene Bäuche. Manchmal sahen sie

Frauen in malerischen bunten Trachten, leuchtende Tücher um den Kopf geschlungen; sie holten in großen Krügen Wasser vom Brunnen. Aber es gab auch Jungen und Männer in Jeans und T-Shirts. Es schien eine heile Welt zu sein.

Wenn die Gruppe vorbeikam, hielten die Djaggas in der Arbeit oder dem Spiel inne, richteten sich auf und blickten sie aufmerksam an, zuweilen erwiderten sie auch einen Gruß oder einen Zuruf mit einem Lächeln. Aber sobald ein Fotoapparat gezückt wurde, wandten sie sich ab oder verbargen ihr Gesicht.

Robert wollte eine schöne junge Frau überreden, sich fotografieren zu lassen, und gab ihr einen roten Kamm. Sie griff zwar zu, hielt sich dann aber doch gleich wieder die Hände vor das Gesicht.

»So was von Blödheit!« schimpfte er.

Lattmann war erst jetzt auf den Zwischenfall aufmerksam geworden und kam zurück. »Laß die Frau in Ruh'!« sagte er. »Auf die schnelle geht das nicht. Die Einheimischen haben Angst, daß man ihnen die Persönlichkeit stiehlt, wenn man ein Bild von ihnen macht.«

»Aber mein Geschenk hat sie genommen!«

»Sie dachte sicher, du wolltest freundlich zu ihr sein.«

»Bin ich ja auch!«

»Komm, komm, weiter! Wir haben keine Zeit, uns aufzuhalten.«

Enttäuscht mußte Robert sich fügen. »Möchte bloß wissen, wozu ich dann meine Kameras mitgenommen habe.«

»Du kannst den Kilimandscharo aufnehmen«, tröstete Isabell ihn, »mich und Knut und die anderen und jede Menge Natur.«

Nach zwei Stunden Wanderung erreichten sie das Gebiet des Kilimandscharo-Nationalparks. Die Landschaft veränderte sich vollkommen. Statt durch weite Felder führte der Pfad sie durch einen tropischen Regenwald. Hohe, meist immergrüne Bäume boten Schatten, der Waldboden war bedeckt mit exotischen Farnen und Moosen, Lianen hingen herab, und in den Wipfeln mancher Bäume wuchsen fremde Pflanzen. Mit einem Begeisterungsschrei entdeckte Isabell eine Orchidee.

Alle fanden es herrlich und schritten, nach einer kurzen Picknickpause, mit neuem Schwung voran, obwohl der Aufstieg jetzt schon erheblich steiler wurde. Robert hielt sich bei Lattmann an der Spitze, aber Isabell blieb an Knuts Seite. Er fand es wunderbar, die immer neuen Eindrücke mit ihr auszutauschen.

Einmal erschrak sie über ein Rascheln im Unterholz. »Hoffentlich gibt es hier keine Schlangen!«

»Die haben sich bestimmt vor dem Getrampel unserer Herde in Sicherheit gebracht!«

Isabell lachte. »Wie tröstlich!« Sie krauste das Näschen. »Es riecht nach Eukalyptus.«

Er stimmte zu. »Rieche ich gern.«

»Ich auch. Ich stelle mir oft welchen ins Zimmer, besonders ...« Sie unterbrach sich. »Weißt du eigentlich, was heute für ein Tag ist?«

»Doch«, sagte er, »der vierundzwanzigste Dezember.«

»Heiligabend! Zum ersten Mal in meinem Leben ohne Tannenbaum und ohne Geschenke und ohne Glückwünsche.«

»Bedauerst du das?«

»Überhaupt nicht! Ich finde es herrlich!«

Knut wurde es bewußt, daß er den Heiligen Abend zum ersten Mal seit sieben Jahren ohne Eva verbrachte. Sie hatten nie groß gefeiert, sondern es sich einfach in ihrer kleinen Wohnung gemütlich gemacht. Eva hatte sich immer bemüht, fröhlich zu scheinen, aber er hatte, besonders in der letzten Zeit, gespürt, daß sich eine leichte Traurigkeit dahinter verbarg. Er konnte es ihr nachempfinden. Zu Weihnachten hatten sie beide immer bedauert, keine Kinder zu haben.

»Ist etwas?« fragte Isabell einfühlsam. »Wenn du willst, können wir einen Zweig abbrechen und heute abend mit Kerzen schmücken.«

»Nein. Nur das nicht!« wehrte er ab.

»Die anderen sind bestimmt nicht für Weihnachtsstimmung«, gab sie zu.

»Ich eigentlich auch nicht. Aber es ist doch komisch, daß wir uns statt Weihnachtsliedern Zoten anhören werden.«

Sie lachte und faßte seine Hand. »Mal was anderes.«

Nach einem Aufstieg von weiteren drei Stunden durch den Regenwald erreichten sie die Marangahütten.

Knut hatte sich nicht geirrt; in der Weihnachtszeit empfand Eva mehr und mehr eine gewisse Leere, das Gefühl, daß ihr Leben unbefriedigt verlief. Sie konnte nicht glücklich sein, während alle Welt feierte. Obwohl sie sich nicht wirklich danach sehnte, dachte sie doch, daß alles anders wäre, wenn sie Kinder hätten. Dieser Druck war von Jahr zu Jahr stärker geworden und hatte sie zuletzt an den Rand eines Tränenausbruchs gebracht, den sie mit aller Kraft unterdrückt hatte, um ihren Mann nicht zu belasten.

Auf der Kreuzfahrt durch die Karibik, unter strahlender Sonne, hatte sie gehofft, jeglichem Trubel zu entgehen. Aber das stellte sich als gewaltiger Irrtum heraus. Alle Räume des Schiffes, außer den Kabinen, waren mit Girlanden und bunten Kugeln geschmückt, aus den Lautsprechern tönte nicht nur ›I'm dreaming of a white christmas‹, sondern auch ›O, du fröhliche‹, und auf Schritt und Tritt wurden Eva und Hilde mit einem neckischen ›Happy Christmas‹ begrüßt.

»Es ist zum Aus-der-Haut-fahren«, sagte Eva.

Hilde lachte nur darüber. »Ganz schön kitschig, wie?«

Aber obwohl Eva sich Weihnachten auf See anders vorgestellt hatte, überfiel sie diesmal keine Traurigkeit. Sie ärgerte sich nur über das, wie ihr schien, unangebrachte Theater. Der Tag war zu ereignisreich, um eine depressive Stimmung aufkommen zu lassen.

Am Morgen hatten sie eine Rundfahrt über San Juan, eine Insel der Kleinen Antillen, gemacht, die vom Zahlmeister für die Passagiere organisiert worden war. Natürlich war auch Bruno Berger mit von der Partie gewesen. Das Verhältnis der drei hatte sich inzwischen auf einen normal freundschaftlichen Ton eingependelt. Evas Vorhaltungen schienen doch auf Hilde Eindruck gemacht zu haben. Sie hielt sich zurück und war weniger herausfordernd. Berger gab sich galant, verteilte seine Aufmerksamkeit gleichmäßig auf beide Damen. Eva war jetzt doch auch froh, einen männlichen Begleiter zu haben. Hilde hatte recht gehabt: Es gab nur wenig allein reisende Herren an Bord. Außer Berger hatten sie noch drei Deutsche entdeckt, die aber außer an den Mahlzeiten an keiner der zahlreichen Veranstaltungen und Zerstreuungen teilnahmen. Sie waren auch nie an Deck rund um den Swimming-pool zu sehen, sondern vergnügten sich von der Frühe bis in die Nacht hinein damit, Skat zu spielen. Es waren die Offiziere, die Zahlmeister und der Kapitän, die sich um die unverheirateten Damen kümmerten und mit ihnen flirteten. Aber eine völlig unverbindliche Beziehung wäre auch nicht nach Evas Geschmack gewesen.

Die Altstadt von San Juan erwies sich als sehr romantisch mit ihren kleinen, windschief gemauerten Häusern. Sie bewunderten die San-José-Kirche, über die ihnen der Fremdenführer erzählte, daß sie die älteste der westlichen Hemisphäre sei, von dominikanischen Mönchen im Jahre 1532 erbaut. Auch die San-Juan-Kathedrale, in der der spanische Konquistador seine letzte Ruhestätte hatte, war nur wenige Jahre jünger. Sein Denkmal, das aus eroberten britischen Kanonen gegossen war, stand auf dem San-José-Platz.

Immer wieder hielten die Busse, und die Reisenden konnten fotografieren und sich fotografieren lassen. Sie besichtigten auch ›La Fortalezza‹, die Festung, die im Jahr 1540 erbaut wurde und in der heute noch der Gouverneur von Puerto Rico residierte. Alles wirkte sehr malerisch unter dem wolkenlosen Himmel. Die Bevölkerung war dunkelhäutig, aber nicht schwarz, eine Mischung aus afrikanischem und spanischen Blut.

Alle fanden es spaßig, als der Fremdenführer ihnen erzählte, daß Ponce de Léon von Puerto Rico aus auf der Suche nach einem sagenhaften Jungbrunnen weitergesegelt war, Florida erreicht und dessen Ost- und Westküste für eine Insel gehalten hatte.

Das neue San Juan wirkte auf andere Weise beeindruckend. Der ›Ocean Park‹ mit seinen weiten Grünflächen und der Überfülle tropischer Blumen war prächtig. Die schönen Häuser in der Punta Las Marius, meist im Kolonialstil gehalten, strahlten satte Wohlhabenheit aus. Der Fremdenführer erzählte, daß der billigste Besitz nicht unter hunderttausend Dollar zu bekommen wäre. Die Reisenden staunten. Da Puerto Rico heute zu den Vereinigten Staaten gehörte, mochten sich hier auch oder vor allem reiche Amerikaner angesiedelt haben.

Zurück auf dem Schiff waren dann doch alle sehr erschöpft gewesen. Eva und Hilde hatten sich rasch umgezogen, um vor dem Essen noch in den Pool zu springen. Nach einem kurzen Gespritze und Geplansche fühlten sie sich besser, verzichteten aber darauf, sich umzuziehen und in den Speisesaal zu gehen, sondern aßen am Büffet im Patio, wo es zwanglos zuging. Inzwischen fanden sie sich schon gut auf der ›Aquarius‹ zurecht, wußten, wo die Boutique und der Frisiersalon lagen, und kannten sich auf den einzelnen Decks aus.

Bruno Berger trafen sie erst wieder beim Tee, der ebenfalls im Patio, gleich neben dem Pool, gereicht wurde. Er beschwerte sich, daß sie nicht am offiziellen Lunch teilgenommen und ihn allein gelassen hatten, sie neckten ihn, weil er sicher Ruhe und ein Mittagsschläfchen nötig gehabt hätte. Sie schwammen gemeinsam, legten sich in die Sonne und plauderten. Danach zogen sie sich in ihre Kabinen zurück, um sich für den Cocktail in der Constellation Lounge schönzumachen. Sie lauschten der Musik der kleinen Band und tanzten gelegentlich, bis es Zeit wurde, sich abermals umzuziehen, diesmal für das große Weihnachtsdinner.

Die Kleidervorschrift lautete ›sehr elegant‹, und Eva und Hilde nahmen die Gelegenheit wahr, ihre langen Abendkleider anzuziehen. Hildes war leuchtend rot, mit einem tiefen Rückenausschnitt, Evas sehr dezent aus hellgrünem Seidenrips. Sie legte dazu ihre neuen Ohrgehänge an. Beide machten großes Make-up.

Wie sie nicht anders erwartet hatten, zeigte sich Bruno Berger hingerissen. Sie waren sich bewußt, daß sie schön waren, aber Berger hätte sicher auch dann Begeisterung gemimt, wenn sie es nicht gewesen wären. Er selber sah in seinem gutgeschnittenen weißen Dinnerjackett auch blendend aus. Sie hatten sich an der Bar getroffen, und Berger schlug vor, noch einen Apéritif zu nehmen.

»Lieber nicht«, wehrte Eva ab, »ich habe sowieso noch nie so viel getrunken wie auf der ›Aquarius‹!«

»Aber ich bitte sie, das gehört nun mal dazu!«

»Auf dem Schiff sind die Getränke steuerfrei«, erklärte Hilde, »das muß man doch ausnutzen.«

»Trotzdem ... ich nehme lieber eine Pinacolada ohne Alkohol.«

Hilde und Berger entschieden sich für einen Gin-Fizz.

Ihre Plätze im Speisesaal waren für das zweite Abendessen um halb neun reserviert, und sie fuhren, nachdem sie ihre Gläser geleert und die Rechnung unterschrieben hatten – gezahlt wurde erst am Ende der Kreuzfahrt –, mit dem Lift hinunter. Die Tische waren festlich dekoriert, und der Saal erstrahlte in Kerzenlicht. Wieder tönte ihnen von allen Seiten ›Happy Christmas‹ entgegen, als sie sich hinsetzten; und natürlich gaben sie mit fröhlichen Mienen diesen Ruf zurück.

Bruno Berger hatte vom ersten Tag an seinen Platz zwischen Hilde und Eva. Ob das nun nur auf Hildes Betreiben geschehen war oder ob er sich auch selber darum gekümmert hatte, darüber war nie gesprochen worden. Außer ihnen gehörten an diesen Tisch noch die drei Skatbrüder, die recht unterhaltsam waren.

Mit dem Weihnachtsmenü hatten die Köche sich selber übertroffen. Zum Auftakt gab es eine köstliche Consommé mit Sherry, danach sehr zarten schottischen Lachs und als Hauptgang gebratenen Truthahn. Eine Schar von Köchen in blütenweißen Schürzen und Mützen trug die knusprig braunen Vögel im Gänsemarsch rund um den Saal, um den Passagieren Gelegenheit zu geben, ihre Meisterwerke im ganzen zu bewundern, bevor sie tranchiert wurden. Die Skatbrüder bemerkten mit scheelen Blicken, daß Eva und Hilde bessere Stücke bekamen als sie, und wurden erst wieder versöhnlich gestimmt, als die Platten ein zweites Mal angeboten wurden und die Damen verzichteten. Alle waren sich darüber einig, daß es großartig schmeckte. Eva und Hilde behaupteten, keinen Bissen mehr herunterzubekommen. Aber als dann die brennenden Plumpuddings hereingetragen wurden, konnten sie der Versuchung nicht widerstehen und bereuten es nicht.

»Es ist ja nur einmal im Jahr Weihnachten«, entschuldigte Eva sich vor sich selber.

»Und wir haben für das Essen bezahlt«, fügte Hilde hinzu, »nicht einmal wenig! Also wäre es schön blöd, denen was zu schenken.«

»Sehr richtig!« erklärte Berger. »Auf einer Kreuzfahrt gehört es eben dazu, daß man sich den Bauch vollschlägt. Diät halten kann man zu Hause.«

Sie hatten während des Essens zwei Flaschen kalifornischen Chablis geleert. Jetzt tranken sie noch Kaffee und berieten, wie sie den weiteren Abend verbringen sollten. Die Vorführung eines amerikanischen Spielfilms mit Bing Crosby stand auf dem Programm, in der Belvedere Bar sollte ein gesellschaftlicher Abend mit Varieté und dem Auftritt eines Weihnachtsmanns stattfinden und später dann eine Mitternachtsmesse. Es gab auch noch einmal Gelegenheit, nach San Juan zu fahren. Sie entschieden sich für die Disco an Bord.

Simon, ein junger griechischer Zahlmeister - auf dem Schiff ›Purser‹ genannt - gesellte sich zu ihnen. Er tanzte abwechselnd mit Eva und mit Hilde, so daß keine der beiden jungen Frauen je sitzen bleiben mußte. Daß er nur englisch sprach, erhöhte noch den Spaß. Aus Höflichkeit mobilisierten sie ihre eigenen Englischkenntnisse und verzichteten auch darauf, untereinander deutsch zu sprechen. Ein gehaltvolles Gespräch war bei der Lautstärke der Discoklänge ohnehin nicht möglich, und niemandem war im übrigen danach zumute.

Um Mitternacht wechselte das Publikum. Einige der Passagiere fuhren hinauf, um an der Messe teilzunehmen oder sich am Büffet im Patio für die Nacht zu stärken. Andere, die noch an Land gewesen waren oder bis jetzt in der Belvedere Bar, strömten herein. Die Disco war jede Nacht bis zum frühen Morgen geöffnet. Schluß gemacht wurde erst, wenn die letzten Gäste sich entschlossen, zu Bett zu gehen.

Um zwei Uhr stach die ›Aquarius‹ in See, und wenig später begann das schöne Schiff zu schlingern. Aschenbecher rutschten über die Tische, Gläser, die nicht rechtzeitig festgehalten wurden, fielen zu Boden. Den meisten der schon recht beschwipsten Passagiere machte das nichts aus, sondern sie amüsierten sich darüber.

Eva, die gerade tanzte, wäre bei einem Ruck des Schiffes beinahe gestürzt, wenn Simon sie nicht aufgefangen hätte.

Sie erschrak, lachte aber doch noch. »Please«, sagte sie »let's sit down.«

Er führte sie zu ihrem Tisch zurück, und kaum daß sie sich gesetzt hatte, wurde ihr übel. Sie versuchte sich zusammenzunehmen, um den anderen den Spaß nicht zu verderben. Hilde und Bruno Berger hatten, wie die meisten, das Tanzen aufgegeben. Nur noch einige Unentwegte versuchten es weiter, indem sie auf die schon voraussehbaren Schwingungen eingingen. Es waren Teenies, denen es nichts ausmachte, auch einmal hinzufallen. Sie boten einen überaus komischen Anblick.

Nur Eva war es nicht nach Lachen zumute. »Bitte, Hilde«, sagte sie, »gehn wir!«

»Aber warum denn? Jetzt wird es doch gerade erst lustig.«

»Mir ist nicht gut.«

Simon sah sie besorgt an. »Seekrank?«

»Ich weiß nicht.«

»Ich begleite Sie an Deck. Die frische Luft wird Ihnen guttun.«

Eva sah Hilde flehend an. Aber die machte keine Anstalten aufzubrechen.

Simon half Eva vom Stuhl, faßte mit eisernem Griff ihren Arm und brachte sie so durch das schlingernde Schiff nach oben. Erst als sie sich an die Reling klammern konnte, ließ er sie los. Sie atmete tief durch.

»Ich habe Angst«, gestand sie.

»Das brauchen Sie nicht. Wir haben rauhe See, sonst nichts. Das kommt schon mal vor. Es kann gar nichts passieren.«

»Aber das Schiff hat doch Stabilisatoren!«

Simon lachte. »Die werden erst ausgefahren, wenn der Kapitän seekrank ist.«

»Also nie?«

»Sie müssen das verstehen. Die Stabilisatoren verbrauchen ungeheure Mengen Treibstoff. Außerdem verlangsamen sie die Fahrt. Der Kapitän will aber natürlich die Termine einhalten.«

»Das hätte ich vorher wissen müssen. In den Prospekten stand davon nichts.«

»In ein paar Stunden legen wir wieder an«, sagte er tröstend.

»Bis dahin bin ich tot.«

»Sicher nicht. Sie werden sich an den Seegang gewöhnen. Das macht jeder mal durch.«

»Sie auch?«

»Aber sicher.«

Eva begann sich jetzt, da der Sturm ihr um die Ohren pfiff, besser zu fühlen. Der gewaltige Anblick der rollenden Wellen lenkte sie von ihrem eigenen Elend ab. Aber sie waren nicht allein an Deck. Auch andere Passagiere hatten den Einfall gehabt, sich nach draußen zu retten. Gerade als sie sich bei Simon bedanken wollte, hörte sie ganz in der Nähe ein Würgen und ein Platschen. Gleich darauf stieg ihr der widerliche Geruch von Erbrochenem in die Nase. Ihr Magen hob sich schmerzhaft.

»Bringen Sie mich hier weg, Simon! Bitte, schnell!« keuchte sie; es wäre ihr entsetzlich gewesen, sich in Anwesenheit dieses netten jungen Mannes übergeben zu müssen.

Er verstand ihre Situation. »Ich begleite Sie zu Ihrer Kabine«, erbot er sich sofort und nahm wieder ihren Arm.

Wegen des Seegangs war der Lift abgestellt worden, und sie mußten sich die Treppe hinunterkämpfen.

»Ziehen Sie Ihre Schuhe aus!« befahl Simon.

Sie verstand erst nicht, folgte dann aber seinem Rat. Auf nackten Füßen ging es etwas besser. Aber wenn Simon nicht gewesen wäre, der routiniert sein Gleichgewicht hielt, wäre sie nie zu ihrer Kabine gekommen.

»Der Schlüssel!« fiel ihr ein, als sie das Lyra-Deck erreicht hatten. Ich habe den Schlüssel nicht dabei!«

»Macht nichts. Setzen Sie sich auf die Stufen und halten Sie sich fest. Rühren Sie sich nicht von der Stelle, bis ich wiederkomme.«

In wenigen Minuten, die Eva wie eine Ewigkeit schienen, war er zurück, in Begleitung eines alten, sehr müden Stewards. Er half ihr hoch, nahm sie fest in den Griff und führte sie so zur Tür ihrer Kabine. Sie wunderte sich kurz, wieso er ihre Nummer wüßte, war aber nicht imstande, darüber nachzudenken.

Der Steward schloß auf und sagte auf griechisch etwas zu dem Zahlmeister, das wie ein Fluch klang.

»Soll ich Ihnen helfen?« fragte Simon. »Ich könnte Ihnen eine Frau schicken ...«

»Nein, danke! Danke für alles!« konnte Eva gerade noch hervorbringen und stürzte in die Kabine.

Mit knapper Not erreichte sie das Bad, wobei sie sich einige Male schmerzhaft stieß, und erbrach sich heftig in die Kloschüssel. Es tat ihr nicht leid um das gute Weihnachtsdinner; sie erhoffte sich Erleichterung. Aber die Besserung, die folgte, war nur vorübergehend. Ohne sich abzuschminken und angezogen, wie sie war, warf sie sich auf das Bett. Nie im Leben hatte sie sich vorgestellt, daß ihr so sterbensübel sein könnte.

Sie hörte, daß an die Tür der Kabine geklopft wurde. Vielleicht hatte Simon ihr doch eine Frau zur Hilfe geschickt. Aber sie hatte nicht die Kraft aufzustehen und wollte auch keinen Menschen sehen.

Hilde kam eine Stunde später, und ihr vergnügtes Trällern verstummte erst, als sie sah, in welchem Zustand Eva war. »Mein armes Häschen«, sagte sie, aber in ihrem Mitleid schwang auch eine Spur von Spott und Verachtung mit, »komm, ich helfe dir aus dem Kleid.«

»Laß mich!«

»Ganz wie du willst! Du wirst es dir zwar versauen, aber das soll deine Sorge sein.«

In ihrem augenblicklichen Zustand war Eva nichts gleichgültiger als ihr elegantes Abendkleid. »Ich möchte sterben«, sagte sie verzweiflungsvoll.

»Ts, ts, ts«, machte Hilde, »so schlimm kann es doch gar nicht sein.«

»Noch schlimmer.«

»An mir liegt es nicht. Ich hatte dich gewarnt. Wir hätten auf ein großes Schiff gehen sollen.«

Eva hielt sich die Ohren zu. Dennoch hörte sie, wie Hilde sich auszog, abschminkte und die Zähne putzte. Hilde machte dabei mehr Lärm als gewöhnlich, da auch sie vom Schlingern der ›Aquarius‹ behindert wurde und zudem beschwipst war. Es waren keine wirklich lauten Geräusche, die sie verursachte, aber Evas empfindliches Nervensystem trafen sie wie Pfeilschüsse. Sie hätte schreien mögen.

Endlich lag Hilde in ihrem Bett. »Na, dann schlaf mal gut!« sagte sie.

Eva hörte, wie sie das Licht ausknipste und versuchte, sich zu entspannen. Aber fast im gleichen Augenblick war Hilde auch schon eingeschlafen und begann zu schnarchen.

Dieses Schnarchen verfolgte Eva die nächsten qualvollen Stunden. Wieder und wieder mußte sie sich erbrechen, bis nur noch grüne Galle kam. Ihr Kopf schmerzte, ihre Nerven vibrierten. Das unentwegte Schaukeln des Schiffes von einer Seite zur anderen und das rasselnde Schnarchen Hildes machten sie fast wahnsinnig. Sie geriet in einen Zustand, in dem sie über Bord hätte springen oder einen Mord begehen können.

Noch nie hatte sie den Anbruch des Tages so sehr herbeigesehnt. Endlich fiel Licht durch das Bullauge. Die ›Aquarius‹ schien ruhigeres Gewässer erreicht zu haben; sie schlingerte nicht mehr ganz so stark. Es gelang Eva einzudösen.

Als das Radio anging und eine muntere Melodie erklingen ließ, hätte Eva es am liebsten an der Wand zerschmettert. Aber das war unmöglich, da es fest eingebaut war und sie im Moment auch gar nicht die Kraft für einen solchen Gewaltakt aufgebracht hätte.

Die Stimme des Cruise Managers wünschte den Passagieren in vier verschiedenen Sprachen einen guten Morgen, und Hilde wachte auf. Sie rieb sich die Augen und gähnte herzhaft.

»Eight fifteen disembarcation of passengers for the excursion Island tour and Coral World ...«

»Wie spät haben wir denn?« fragte Hilde laut und suchte nach ihrer Armbanduhr, die während des Sturms vom Nachttisch gefallen war, hielt sie ans Ohr und sagte:

»Gott sei Dank, nichts passiert! Jetzt aber hurtig!« Dann erst fügte sie hinzu: »Guten Morgen, Evchen! Geht's dir besser?«

»Ein bißchen.«

»Dann raff dich auf! In einer halben Stunde legen wir auf Saint Thomas an.«

»So gut geht es mir nun auch wieder nicht.«

»Unsinn. Nimm dich zusammen! Du wirst dir doch nicht die Inseltour entgehen lassen wollen?«

»Es war eine entsetzliche Nacht.«

»Aber sie ist jetzt vorbei. Die ›Aquarius‹ geht vor Anker.«

»Ich habe kein Auge zugetan.«

»Und ich? Die paar Stunden, die ich Schlaf hatte ...«

»Aber du hattest doch wenigstens welchen, und du bist gesund.«

»Na, ganz wie du willst.« Hilde sprang aus dem Bett. »Zwingen kann ich dich nicht.« Hilde verschwand im Bad.

Eva hatte nur den einen Wunsch, allein gelassen zu werden.

Aber Hilde nahm sich Zeit, sich schön zu machen. »Du solltest trotzdem aufstehen, sobald du dich besser fühlst«, sagte sie, bevor sie endlich die Kabine verließ, »diese Herumhängerei nutzt dir gar nichts.«

Wenig später lag das Schiff still. Eva rollte sich zusammen und schlief ein.

Gegen zehn Uhr wachte sie auf und fühlte sich zu ihrer eigenen Überraschung fast gesund. Aber ein Blick in den Spiegel zeigte ihr, daß sie entsetzlich aussah. Ihre Haut hatte eine gelbe, fast grünliche Farbe angenommen, die riesigen Schatten um ihre Augen waren schwarz und ihre Haare verklebt und glanzlos. Sie zog sich ihr Abendkleid aus und rollte es zusammen, ließ sich ein Bad mit einem duftenden Zusatz einlaufen und putzte sich die Zähne.

Das heiße Wasser tat ihr gut. Sie wusch sich ihr Haar, nibbelte es trocken, zog sich einen Bikini, eine rostrote Leinenjacke und Sandalen an. Noch einmal prüfte sie ihr Gesicht, aber sie verzichtete auf Verschönerungsversuche, denn die Schatten waren nicht wegzuschminken. Dann rief sie den Room Service an.

Ihr Kabinensteward kam; er war jung und fröhlich und grüßte freundlich.

»Würden Sie bitte mein Abendkleid zur Reinigung bringen?« fragte Eva auf englisch.

Der Steward nahm es entgegen. »Das war eine schlimme Nacht«, sagte er mitfühlend.

»Ja, sehr schlimm.«

»Sie sollten etwas essen!«

»Die Frühstückszeit ist schon vorbei. Außerdem habe ich gar keinen Hunger.«

»Warten Sie. Ich werde Ihnen etwas bringen.« Er war schnell zurück, mit einem kleinen Tablett, auf dem zwei Brötchen lagen. »Die sind ganz trocken«, erklärte er, »Sie müssen sie langsam kauen. Das ist gut für den Magen, glauben Sie mir.«

Eva nahm die Brötchen vom Tablett und steckte sie in ihre Badetasche. »Ja, wirklich?« fragte sie.

Der Steward lächelte. »Ich weiß es. Aus Erfahrung. Außerdem sollten Sie zum Arzt gehen. Der hat was für solche Fälle.«

»Vielleicht werde ich das tun. Jedenfalls danke ich Ihnen.«

Er hielt ihr die Tür auf, und sie verließ die Kabine.

Die Anteilnahme des Stewards hatte es Eva noch deutlicher gemacht, wie wenig Hilde sich um sie gekümmert hatte. Es wäre vielleicht zuviel verlangt gewesen, ihretwegen auf die Besichtigungstour zu verzichten. Aber sie hätte doch wenigstens einen Steward aus dem Speisesaal mit einem Frühstückstablett zu ihr in die Kabine schicken können. Es stimmte ja, daß sie in der Frühe keinen Hunger gehabt und nur hatte schlafen wollen. Es wäre aber doch eine freundliche Geste gewesen. Außerdem hätte Hilde auch den Arzt benachrichtigen können, daß er nach ihr schaute. Heute nacht, darüber machte sie sich gar nichts vor, war sie in einem Zustand gewesen, wo nichts und niemand ihr hätte helfen können.

Aber wie anders würde sie sich jetzt fühlen, wenn sie sich an Hildes Besorgheit und Nettigkeit erinnern könnte, anstatt an jenen kalten Egoismus, den sie gezeigt hatte.

Eva lief zum ›Purser's office‹ auf das Vela-Deck hinunter, um ihre Ohrringe in den Tresor legen zu lassen. Simon war dort, und er hatte im Augenblick, da die meisten Passagiere von Bord gegangen waren, wenig zu tun. Evas Befangenheit schwand bei seinem herzlichen Lächeln.

»Ich habe auch etwas für Sie«, sagte er.

»Tatsächlich?«

»Ihre Schuhe!« Er bückte sich und hob ihre hochhackigen Sandaletten auf, die hinter dem Schreibtisch gestanden hatten.

»Du lieber Himmel! An die habe ich gar nicht mehr gedacht! Danke!« Sie nahm ihre Schuhe entgegen und warf sie in ihre Badetasche.

»Ich freue mich, daß es Ihnen besser geht.«

»Im Moment schon. Aber das Schiff rührt sich ja auch nicht. Wie ist denn die Wetterlage?«

»Immer noch stürmisch.«

»O Gott!«

»Sie sollten zum Doktor gehen.«

»Das hat mir der Steward auch geraten, und er hat mir ein trockenes Brötchen gegeben.«

»Das ist in jedem Fall gut. Ich sage es Ihnen nur ungern, aber Sie sollten die nächsten Tage dabei bleiben. Sie können es sich aus dem Speisesaal bringen lassen.«

Eva gab ihr unbenutztes Ticket für die Inseltour zurück und kaufte eine frankierte Ansichtskarte, die sie nach Hause senden wollte.

»Gestern nacht«, sagte sie, »der alte Steward ... war er sehr böse?«

»Wie kommen Sie darauf?«

»Ich dachte, Sie hätten ihn geweckt, und es klang so, als ob er fluchte.«

»Irrtum. Er ist mir zufällig über den Weg gelaufen, als ich Ihren Schlüssel holen wollte, und geflucht hat er wirklich, aber nicht auf mich oder auf Sie, sondern auf die rauhe See.«

»Aber die kann ihm doch nichts ausmachen.«

»Ihm wird nicht mehr schlecht, da haben Sie recht. Aber die ganze Besatzung ist betroffen, wenn die Passagiere leiden.

Sie sind nicht einmal der schwerste Fall, und Sie haben das Glück, daß Ihre Kabine mittschiffs liegt.« Simon kramte in seinen Papieren. »Über dreißig haben sich heute noch gar nicht blicken lassen.«

»Woher wissen Sie das?«

»Es ist gemeldet worden.«

»Und das ist für die Stewards schlecht, weil sie nicht aufräumen können?«

»Wenn es nur das wäre! Passagiere, die nichts von ihrer Kreuzfahrt gehabt haben, sparen an den Trinkgeldern, wenn sie überhaupt welches zahlen. Noch schlimmer: Wenn die See so rauh bleibt, werden einige das Schiff verlassen.«

»Kann man das denn?«

»Ohne weiteres. Man kann auf einer der Inseln bleiben und abwarten oder, wo es möglich ist, mit dem Hubschrauber nach Nassau zurückfliegen.«

»Ach so!« rief Eva erleichtert. »Das wäre mir gar nicht eingefallen.«

»Sie werden das doch nicht tun?« fragte er in bittendem, fast flehendem Ton.

Er sah so bezaubernd aus in seiner makellos weißen Uniform mit den goldenen Streifen, dem jungen, glattrasierten Gesicht, den dicht bewimperten Augen und den schwärzen Locken, daß Eva ihn nicht bekümmern mochte. »Nur, wenn ich es gar nicht mehr aushalte«, erklärte sie.

»Spätestens morgen oder übermorgen wird sich das Wetter beruhigen.«

»Wollen wir es hoffen.«

»Ich bin ganz sicher.«

Sie wandte sich zum Gehen, aber da fiel ihr noch etwas ein. »Wieso hatten Sie eigentlich meine Kabinennummer im Kopf?«

Er wurde etwas verlegen. »Wir haben doch die Passagierlisten.«

»Gestern nacht aber nicht.«

»Wir sehen sie uns genau an, schon bevor die Passagiere an Bord kommen, und überlegen uns, mit wem man sich wohl am besten unterhalten könnte. Vierzehn Tage sind kurz. Man muß schnell die richtige Bekanntschaft finden.«

Eva verstand und mußte lachen. »Hoffentlich haben Sie diesmal nicht danebengetippt!«

Während Eva zur Praxis des Schiffsarztes ging, dachte sie, daß Simon wirklich sehr nett und ein Flirt mit ihm auch nicht zu verachten war. Aber mehr, dazu war sie entschlossen, sollte daraus nicht werden.

Der Doktor, ein hagerer alter Herr, untersuchte sie, spendete ihr Trost und gab ihr Tabletten, bevor er sie mit guten Wünschen entließ. Seinem Rat folgend suchte Eva sich ein schattiges Plätzchen in der Nähe des Swimmingpools. Danach blieb ihr noch viel Zeit nachzudenken. Sie kam zu dem Entschluß, ihren Ärger über Hildes Benehmen zu schlucken. Wahrscheinlich war sie in ihrem kranken Zustand überempfindlich gewesen. Die kerngesunde Freundin hatte nicht nachempfinden können, wie ihr zumute gewesen war. Aber daraus konnte man ihr wohl kaum einen Vorwurf machen.

Nach Hilden schrieb sie: »Lieber Knut, letzte Nacht war ›rough sea‹, wie man hier an Bord sagt, und ich habe mich nicht sehr wohl gefühlt. Ansonsten ist alles herrlich, genau, wie ich es mir vorgestellt habe. Blauer Himmel, blaues Meer und Palmenstrände. Die Exkursion heute habe ich nicht mitgemacht. Gleich nach dem Lunch stechen wir wieder in See. Ich denke viel an Dich und habe Sehnsucht!«

Als die Boote mit den Passagieren sich vom Land aus näherten, stand Eva an der Reling und winkte Hilde zu. Aber die Freundin schien es gar nicht zu bemerken; sie war in ein lebhaftes Gespräch mit Bruno Berger vertieft und warf keinen Blick auf das Schiff.

Eva lief zum Vela-Deck hinunter und erwartete sie beim Einstieg. Aber im Moment des Anlegens und Aussteigens war ein so großes Gedränge, daß Eva zurückweichen mußte und Hilde nicht auf sich aufmerksam machen konnte. Sie wartete, bis die letzten Ausflügler ins Schiff geklettert waren und gab dann dem Bootsmann ihre Ansichtskarte mit der Bitte, sie einzuwerfen. Er versprach es, und sie lief hinter Hilde und Bruno her.

»Hallo, Hildchen!« rief sie atemlos. »Wie war es?«

Die andere drehte sich zu ihr um. »Wunderbar! Schön dumm, daß du nicht mitgekommen bist.«

»Du mußt mir alles genau erzählen!«

Auch Berger war stehengeblieben. »Fühlen Sie sich besser?«

»Oh, ja!«

»Du siehst aber aus wie ein wandelnder Leichnam«, stellte Hilde fest.

»Na, na!« mahnte Berger. »So schlimm ist es denn doch nicht. Ein bißchen ätherisch, möchte ich sagen.«

»Wir ziehen uns für den Speisesaal um. Kommst du mit?«

»Der Doktor hat mich auf trockenes Brot gesetzt.«

»Pech für dich!«

Eva schluckte diese lieblose Bemerkung und brachte sogar ein Lächeln zustande. »Kann man wohl sagen! Bei dem guten Essen und dem stolzen Preis.«

»Dann also ... bis später.«

»Wir treffen uns bestimmt irgendwo«, fügte Berger hinzu.

Sie hängten die Landgangmarken mit ihren Nummern an die entsprechenden Haken an der Tafel, vorschriftsmäßig, damit die Besatzung feststellen konnte, daß wieder alle

Passagiere an Bord waren, und gingen weiter. Eva, die ihnen nicht unaufgefordert folgen wollte wie ein Hündchen, ließ sie ziehen. Sie hörte die beiden miteinander lachen und sah sich jäh zurückversetzt in eine Situation ihrer Kindheit, als sie neu in eine Schulklasse gekommen war und die anderen sie links liegengelassen hatten. Aber dies war schlimmer.

Ein steiler Pfad führte durch den obersten Teil des Regenwaldes. Es war eine anstrengende Kletterei, und mehr als einmal unterdrückte Knut nur mit Mühe einen Fluch. Er wollte sich auf keinen Fall vor Robert oder Isabell eine Blöße geben.

Dann endlich war es geschafft. Als sie das Dämmerlicht des Regenwaldes verließen, lag der Kilimandscharo in seiner strahlenden Schönheit vor ihnen. Mit seinen drei aus Vulkanen zusammengewachsenen Gipfeln, dem Schira, dem zackigen Mawensi und dem mit weißem Firn bedeckten Kibo war er noch sehr viel eindrucksvoller, als Knut ihn sich in seinen Träumen vorgestellt hatte.

»Voilà!« rief Lattmann, als wäre er Theaterdirektor und hätte dem Publikum den Vorhang für ein selbst produziertes Schauspiel aufziehen lassen. »Da haben wir ihn ... den Berg des bösen Geistes!«

Die Wanderer stießen Laute der Bewunderung und Begeisterung aus. Kameras wurden gezückt.

»Wirklich toll!« fand Isabell.

»Ein Foto kann das gar nicht wiedergeben«, meinte Knut.

»Kommt darauf an, wie man fotografiert«, behauptete Robert.

»Laßt euch ruhig Zeit«, sagte Lattmann, »von jetzt an geht es ganz gemächlich weiter.«

»Der höchste Gipfel ist der Uhuru Peak«, ließ Mandy sich vernehmen.

»Glaubt die, wir hätten uns nicht vorbereitet?« Knut flüsterte es Isabell zu, die beifällig lachten.

»Wir werden noch am Nachmittag die Horombohütten erreichen, und dort haben wir einen ganzen Tag Zeit, uns auszuruhen und zu akklimatisieren. Wir haben dann immerhin schon eine Höhe von dreitausendzweihundert Metern erreicht.«

»Na fabelhaft«, sagte Robert, die Kamera vor seinen Augen, »sind wir nicht tüchtig?«

»Übermorgen früh geht es mit neuer Kraft weiter.«

»Ohne mich«, erklärte Isabell.

Knut starrte sie verdutzt an.

»Jetzt hör mal, Mädchen«, sagte Robert, »das kannst du doch nicht machen!«

»Möchte wissen, wer mich daran hindern will.«

»Jetzt bist du fast oben, und da willst du aufgeben?«

»Ich habe dir von Anfang an gesagt, daß ich das letzte Stück nicht mitmachen werde, erinnere dich! Es wäre mir viel zu anstrengend.«

»Bei deiner Kondition ...«

»Die brauche ich für meinen Beruf. Ich kann es nicht riskieren, mir einen Knöchel zu brechen ...«

»Aber, aber!« mischte Lattmann sich ein.

» ... oder meine Haut zu ruinieren oder sonst etwas. Ich mache nicht mit. Mehr als zweitausend Meter in zwei Tagen und in dieser Höhe, das wird mir einfach zuviel.«

»Und ich habe dich für einen ganzen Kerl gehalten«, sagte Robert.

Isabell lachte. »Dann mußt du wohl mit Blindheit geschlagen gewesen sein.«

Die Männer stimmten in ihr Gelächter mit ein.

»Gebt doch zu, daß euch das Abenteuer nicht halb soviel Spaß machen würde, wenn ein zartes Wesen wie ich es genauso gut schafft!«

Lattmann mahnte jetzt doch zum Aufbruch. Zügig wanderten sie weiter durch die ausgedehnte Steppenlandschaft. Isabell blieb immer wieder stehen, wenn sie eine seltene oder unbekannte Pflanze entdeckte. Knut folgte ihrem Beispiel. Die anderen konnten den Blick kaum von ihrem Ziel abwenden.

»Ist es wahr«, fragte Knut, »hattest du immer schon vor, in den Horombohütten zu bleiben?«

»Ja, und ich hatte es Bob auch von Anfang an eindeutig gesagt. Ich weiß nicht, warum er jetzt so ein Theater macht, als wäre es für ihn das Neueste, was er hört.«

»Sicher hatte er gehofft, es würde dir soviel Spaß machen, daß du ...«

Sie fiel ihm ins Wort. »Es macht mir Spaß! Aber ich kenne meine Grenzen. Ich denke gar nicht daran, durch die verdammte Lava zu stapfen und mir möglicherweise noch einen Sonnenbrand zu holen.«

»Das hat meiner Frau auch angst gemacht.«

»Kann ich sehr gut verstehen. Mich kann das wirklich nicht reizen. Ich habe auch überhaupt keine Skiunterwäsche und Gamaschen und Bergsocken und all das Zeug bei mir.«

Er war mit seinen Gedanken noch bei Eva. »Aber sie hätte es doch wie du machen können.«

Sie verstand nicht gleich. »Ach so! Wahrscheinlich ist sie darauf gar nicht gekommen.«

»Mag sein.«

»Ist sie zu Hause geblieben?«

»Nein. Sie macht eine Kreuzfahrt durch die Karibik.«

»Hui!« sagte Isabell und lachte. »Das hätte mir auch besser gefallen!«

Um zwei Uhr nachmittags stach die ›Aquarius‹ in See und nahm Kurs in Richtung Puerto Plata.

Zunächst hielt Eva sich tapfer. Auch ihr Magen, vollgestopft mit trockenem Brot, rebellierte nicht. Aber der Anblick der Wellen, die sich höher und höher aufbäumten, machte sie schwindelig. Auch als sie die Augen schloß, wurde es ihr nicht besser. Das Buch, das geöffnet auf ihrem Schoß lag, fiel auf das Deck. Aber sie wagte nicht, sich danach zu bücken.

Simon, der einen Rundgang machte, blieb bei ihr stehen und erkundigte sich besorgt nach ihrem Befinden.

»Nicht so schlimm«, behauptete sie und blinzelte zu ihm hoch.

»Wo ist Ihre Freundin?«

»Ich weiß es nicht.«

»Soll ich sie suchen?«

»Das hätte kaum einen Sinn.«

Simon setzte sich zu ihr und erzählte von einigen komischen Zwischenfällen an Bord. Die Ablenkung tat ihr wohl. Er schien nicht von ihr zu erwarten, daß sie Zwischenfragen stellte. So saß sie einfach nur da und hörte ihm zu.

»Leider«, sagte er nach einer Weile, »habe ich noch einiges zu tun.«

Beinahe hätte sie ihn angefleht, doch bei ihr zu bleiben, aber gerade noch rechtzeitig wurde ihr bewußt, wie kindisch das gewesen wäre. »Es war lieb von Ihnen, sich mit mir zu unterhalten«, sagte sie nur.

»Sie wissen, daß ich nichts lieber tue.« Er stand auf und sagte: »Es ist schon richtig, daß Sie an Deck bleiben. Aber Sie sollten etwas Wärmeres anziehen.«

Tatsächlich fröstelte Eva schon seit geraumer Zeit in der dünnen Leinenjacke, die sie über ihrem Bikini trug. Der Sturm jagte Wolkenfetzen über den Himmel.

»Wahrscheinlich«, sagte sie mit einem kläglichen Lächeln.

Er verstand, daß sie Angst hatte, ihren sicheren Platz zu verlassen, Angst auch vor dem Gang durch das schwankende

Schiff. »Kommen Sie«, sagte er, »ich helfe Ihnen nach unten.« Er bückte sich, hob das Buch auf und legte es in ihre Badetasche.

Es gelang ihr, sich mit eigener Kraft aus dem Liegestuhl zu stemmen, war aber doch erleichtert, daß sie sich bei ihm einhängen konnte. Ohne allzusehr zu schwanken, steuerten sie auf den Lift zu.

»Das geht ja viel besser als heute nacht«, stellte er lobend fest.

»Mir geht es ja auch besser.«

»Trauen Sie sich zu, zum Vela-Deck zu fahren?«

»Doch. Das kann ich.«

Der Lift war noch in Betrieb. Sie fuhren hinunter. Eva verließ den Aufzug nur für wenige Schritte, während Simon zur Rezeption lief und ihren Schlüssel holte.

»Soll ich Sie zu Ihrer Kabine bringen?«

»Das wird nicht nötig sein.«

»Sie sind sehr tapfer.«

»Ach was.«

»Also ... ich lasse Sie jetzt allein. Aber sie versprechen mir, daß Sie wieder an Deck gehen, wenn Sie sich umgezogen haben?«

»Ja.«

»Sobald ich hier unten fertig bin, werde ich Sie suchen. Dann nehmen wir einen Drink zusammen.«

Wieder sagte sie nur ›Ja‹, weil das für sie das Einfachste war. Ihr fehlte die Kraft, um mit ihm das Für und Wider von Alkohol in ihrem Zustand zu diskutieren.

Mit dem Lift zum Lyra-Deck hinaufzufahren, war leicht genug. Aber den Gang bis zu ihrer Kabine zu bewältigen, bedeutete ein Problem. Obwohl sie nur flache Sandalen trug, hielt sie es für besser, sie auszuziehen. Barfuß gelang es ihr, die Schwankungen des Schiffes abzufangen. Noch schwieriger war es, den Bart des Schlüssels in das Schloß zu bugsieren; es bedurfte einiger Versuche, bis es ihr gelang. Als sie endlich die Tür hinter sich schließen konnte, war sie schweißgebadet.

Die Kabine war noch nicht zur Nacht gerichtet. Eva ließ sich auf eine der beiden Couchen sinken und ruhte sich aus.

Dann entschloß sie sich, ein warmes Bad zu nehmen. Sie ließ die Wanne vorsichtshalber nur halb einlaufen, damit das Wasser nicht überschwappte. Es schien ihr, daß es artistischer Fähigkeiten bedurfte, sich auszuziehen, aber sie war auch stolz auf sich, daß es ihr gelang. Sie verstaute sogar ihren Bikini im Schrank - die leeren Koffer waren im Bauch des Schiffes untergebracht - und hängte die Jacke über einen Bügel.

Das Bad war eine Wohltat, und sie blieb so lange darin, bis sie merkte, daß sie beinahe eingeschlafen wäre. Sie war viel zu müde, um wieder an Deck zu gehen, hatte weder Lust Simon zu treffen, noch einen Drink zu nehmen. Es war ihr bewußt, daß sie heute keine gute Unterhalterin sein konnte, und wollte sein Mitleid nicht. Also zog sie ihren Morgenrock über, rief den Room Service an und ließ sich ihr Bett richten.

Der Steward tat es mit flinken Griffen, fragte nach ihren Wünschen und erbot sich, ihr Tee zu bringen. Sie hatte Durst, wußte aber nicht recht, ob das gut für sie sein würde. Als er ihr versicherte, daß schwarzer Tee nicht schaden könnte, bat sie ihn darum. Während er die Kabine verließ, zog sie sich ihr Nachthemd über und schlüpfte erleichtert ins Bett. Wenig später servierte er ihr Tee mit Zitrone, einen kleinen Korb mit trockenen Brötchen und eine Schale mit Äpfeln. Er versprach, später noch einmal bei ihr hereinzuschauen. Das tat er auch, aber da schlief sie schon fest.

Erst als laut gegen die Tür geklopft wurde, fuhr sie hoch. Zuerst begriff sie gar nichts. Dann erkannte sie Hildes Stimme, die laut Einlaß begehrte.

Eva schlug die Decke zurück und wollte schon aus dem Bett springen. Aber dann besann sie sich darauf, daß hastiges Aufstehen auch unter normalen Umständen den Kreislauf belastet. Also lehnte sie sich noch einmal zurück, dehnte und reckte sich, holte tief Luft.

Hildes Klopfen gegen die Kabinentür glich einem Trommelfeuer.

»Reg dich nicht auf!« rief Eva. »Ich komm' ja schon!« Langsam und vorsichtig kletterte sie aus dem Bett und öffnete die Tür.

»›Schon‹ ist gut!« schimpfte Hilde. »Weißt du, wie lange ich schon geklopft habe?«

»Entschuldige, Hilde, ich habe geschlafen.« Eva benutzte die Gelegenheit, auf die Toilette zu gehen, dann legte sie sich wieder hin.

»Willst du die ganze Kreuzfahrt verpennen?«

»Ich hoffe nicht. Aber dieser Nachmittagsschlaf hat mir gutgetan.«

»Dann zieh dich an und komm mit hoch!«

»Ich weiß, du meinst es gut mit mir. Aber ich fühle mich hier in der Kabine wohler.«

»Unsinn!«

»Es ist mein Körper, Hilde, und ich habe Gelegenheit, etwas über ihn zu lernen.«

»Du spinnst.«

Eva verschränkte die Hände hinter dem Kopf und sah zu, wie Hilde sich auf dem schwankenden Boden auszog. Es war ein komisches Schauspiel, aber sie konnte es nicht belächeln.

»Hilde«, bat sie, »könntest du mir einen großen Gefallen tun?«

»Nun sag schon!«

»Könntest du mir Gesellschaft leisten?«

Bestürzt sah Hilde sie an. »Aber ich muß doch zum Dinner!«

»Du mußt doch nicht. Laß dir einfach hier etwas servieren.«

»Und warum?«

»Ich würde mich freuen, wenn du bei mir bliebest.«

»Ausgeschlossen. Ich denke nicht daran, dir Händchen zu halten.«

»Aber nach dem Essen kommst du doch gleich zurück?«

»Mal sehen.«

»Bitte, Hilde, sei doch nicht so! Mir ist es wirklich hundeelend.«

»Du läßt dich gehen.«

»Das ist einfach nicht wahr!«

»Bruno sagt auch ...« Hilde stockte.

»Was sagt er?«

»Ist ja auch egal.«

Eva war nicht in der Stimmung, Hilde auszuforschen, also ließ sie es dabei bewenden.

Hilde verschwand im Bad und blieb sehr lange darin. Als sie wieder zum Vorschein kam, trug sie nur einen Slip. Ihr Haar war sehr sorgfältig frisiert und ihr Gesicht, wie sie es gerne tat, stark geschminkt - viel zu stark nach Evas Ansicht. Behutsam schlüpfte sie, mit den Füßen zuerst, in ihr schmalgeschnittenes, schulterfreies Cocktailkleid und verrenkte sich, um den Reißverschluß auf dem Rücken zuzuziehen. Wohlgefällig strich sie sich über die Hüften, mußte diese Bewegung aber unterbrechen, weil das Schiff schwankte und sie einen Halt suchte. Sich immer wieder abstützend holte sie ein quadratisches Lurextuch aus dem Schrank und legte es sich asymmetrisch über die Schultern.

»Schick siehst du aus«, sagte Eva.

»Du, hör mal, köntest du mir nicht deine Brosche leihen?«

»Meine ... was?« fragte Eva bestürzt.

»Ach, du verstehst mich sehr gut!«

»Nein, Hilde, das geht wirklich nicht.«

»Und warum, wenn ich fragen darf?«

»Ich habe sie selber ja noch nie getragen.«

»Was macht das schon! So eine Brosche nutzt sich ja nicht ab.«

Eva konnte nicht erklären, warum ihr die Vorstellung, Hilde würde mit ihrem Schmuck paradieren, so unerträglich war. »Aber, versteh doch!« stotterte sie. »Wenn ich sie dann anlege, wird jeder glauben, ich hätte sie mir von dir geliehen.«

»Und was wäre daran so schlimm?«

»Ich weiß es nicht«, sagte Eva hilflos.

»Aber ich kann es dir sagen! Du bist eine unerträgliche Spießerin!« Hilde nahm ihre Tasche und die Sandaletten in die Hand und wandte sich zur Tür.

»Hilde!« rief Eva ihr nach.

»Ja? Was gibt's?« fragte Hilde über die Schulter zurück.

»Ich leihe dir die Brosche ...«

»Du bist ein Schatz!« Hilde fuhr herum.

»Wenn du mir versprichst, nach dem Dinner zurückzukommen!«

Einen Moment lang blieb Hilde ganz stumm; ihre eben noch freudig erregte Miene verwandelte sich in eine wütende. »Das sieht dir ähnlich!« fauchte sie. »Du glaubst, du kannst dir alles kaufen! Aber da hast du dich geschnitten.« Sie wirbelte aus der Kabine.

Eva war allein.

Sie blieb sehr lange allein, bis zum Morgengrauen. Es war ihr körperlich nicht mehr so elend wie in der vergangenen Nacht, aber sie fühlte sich tief deprimiert. Obwohl ihr Verstand ihr sagte, daß es unsinnig war, wartete sie Stunde um Stunde auf Hilde. Zwischendurch dämmerte sie immer wieder ein, was sie auf die Wirkung der Medikamente zurückführte. Aber dann schreckte sie wieder hoch, glaubte Schritte gehört zu haben, bildete sich ein, jemand wäre an der Tür.

Aber als Hilde dann wirklich kam, schlief Eva gerade. Ein stetiges Schnarchen von der anderen Seite verriet ihr später, daß Hilde sich nun doch schlafen gelegt hatte. Endlich gelang es Eva, sich zu entspannen.

An diesem Morgen ertönte der Radiowecker der ›Aquarius‹ nicht. Hilde hatte ihn am Abend zuvor nicht eingestellt, und so schliefen die beiden Frauen lange. Eva erwachte gegen elf Uhr, und ihre ersten Wahrnehmung war, daß das Schiff nicht mehr schaukelte. Sie stand auf, ging ins Bad und machte sich frisch für den Tag. Als sie, in ihrem Morgenmantel, in die Kabine trat, schlug Hilde gerade die Augen auf.

Eva konnte das niederschmetternde Gefühl der vergangenen Nacht nicht mehr empfinden und grüßte freundlich: »Guten Morgen!«

Hilde gähnte.

»Hast du dich gut amüsiert?«

»Sollte ich nicht?«

»Entschuldige, ich wollte dich nicht reizen.«

»Du tust es aber.«

»Na, erlaube mal!«

»Du merkst es schon gar nicht mehr, daß du dich wie ein wandelnder Vorwurf aufführst. Ich warte jetzt nur noch darauf, daß du mich fragst, wann ich gekommen bin.«

Eva wußte, daß es falsch war, trotzdem konnte sie sich die Replik nicht verbeißen: »Jedenfalls erst in der Frühe.«

»Na und?«

»Es war bloß eine Feststellung.«

»Eva, eines wollen wir doch mal klarstellen: Ich habe dich auf diese Kreuzfahrt begleitet, weil ich hoffte, daß wir Spaß haben würden. Aber seit wir auf dem Schiff sind, legst du es darauf an, mir die Reise zu vermiesen.«

»Wie kannst du das behaupten!«

»Weil es wahr ist. Du versuchst mir einzureden, daß ich eine widerliche, herzlose Person wäre, die sich amüsiert, während du sozusagen in den letzten Zügen liegst.«

»Ich war wirklich krank. Das ist nicht meine Schuld.«

»Aber wie du es ausgespielt hast, das war schamlos.«

»Ich kann das nicht so sehen. Aber bitte, wenn es das ist, was du hören willst: Es tut mir leid.«

»Damit machst du es nicht ungeschehen.«

Eva ließ sich auf ihre Bettkante sinken. »Hilde, was willst du eigentlich von mir?«

»Dir klarmachen, daß du so nicht mit mir umgehen kannst.«

»Du hast wahrhaftig ein tolles Talent, die Dinge auf den Kopf zu stellen.«

»Sei ehrlich: Warum hast du mich mitgenommen? Nicht aus Freundschaft, nicht um mir eine Freude zu machen, sondern einzig deshalb, weil du dich allein nicht getraut hast.«

»Ich hätte auch jemand anderen mitnehmen können.«

»So? Wen denn? Wie viele Freundschaften hast du dir denn in den letzten Jahren erworben?«

Eva wußte, daß an dieser Behauptung etwas Wahres war, dennoch verteidigte sie sich: »Ich hatte Freundinnen in Hilden. Aber Knut wollte ja nicht, daß irgendwer etwas von unserem Gewinn erfuhr.«

»Das sieht diesem kleinkarierten Spießer ähnlich! Und du, anstatt endlich mal deinen eigenen Stil zu entwickeln, hast dich natürlich angepaßt, dich unterbuttern lassen, wie immer. Ich habe nie verstanden, was du an diesem faden, engstirnigen Burschen gefunden hast.«

»Er ist mein Mann, und ich liebe ihn.«

»Schönen Dank. Dann bin ich lieber solo.«

»Ich weiß, daß du ein glücklicher Single bist«, gab Eva wütend zurück, »aber was soll das jetzt? Daß du und Knut euch nicht riechen könnt, ist doch weidlich bekannt.«

»Du hast mich gebeten, dich zu begleiten, weil du mich gebraucht hast. Und du bist dir dabei noch wer weiß wie großzügig vorgekommen. Aber das ist ein Irrtum. Was du mir hingeschmissen hast, ist für dich weniger als ein Trinkgeld. Also erwarte gefälligst keine Dankbarkeit von mir.«

»Aber das tue ich ja gar nicht!«

»Wieso hast du mich dann gestern abend gebeten, bei dir zu bleiben?«

»Weil das eine solche Beruhigung für mich gewesen wäre.«

»Ja, sicher. Weil du auf der Nase lagst, sollte ich mich gefälligst auch nicht amüsieren. Ich kann mir vorstellen, wie beruhigend es für dich gewesen wäre, mich zu dir in die Kabine zu sperren.«

»So habe ich das doch nicht gemeint!«

»Aber genauso war es. Mach dir doch nichts vor!«

Eva stand auf, legte ihren Morgenmantel ab und schlüpfte in ihren Bikini. »Das ist jetzt doch ganz egal«, sagte sie, »ich verstehe nicht, wieso wir uns deswegen streiten müssen. Vielleicht war es falsch von mir zu erwarten, du würdest mir Gesellschaft leisten ...«

»Wenn du mich als Gesellschafterin haben wolltest«, rief Hilde aufgebracht dazwischen, »hättest du mich bezahlen müssen!«

»... aber du bist ja nicht geblieben, und damit ist der Fall erledigt.«

»Für mich nicht! Du erwartest Freundschaft von mir, und konntest mir nicht mal deine dämliche Brosche leihen! Du bist so was von egoistisch und gemein, du bist ...«

Eva hatte ihr Jacke übergezogen, jetzt ergriff sie ihre Badetasche und stürzte, ohne sich zu vergewissern, ob sie auch alles Nötige dabei hatte, fluchtartig aus der Kabine.

Draußen blieb sie eine Sekunde ganz benommen stehen. Dann lief sie den Gang entlang und ging zum Promenadendeck hinauf.

Im Patio wurde schon das Büffet aufgebaut, und sie merkte, daß sie Appetit hatte. Ohne sich erst einen Liegestuhl zu suchen, stellte sie sich an die Reling und wartete darauf, daß der Gong ertönte. Das Meer war sehr blau und wunderbar glatt und schimmerte in den Strahlen der tropischen Sonne. Eva genoß den Anblick und fühlte, daß sie wieder ganz gesund war.

Wie schön könnte diese Kreuzfahrt sein, wenn nicht Hilde wäre - wenn sie nicht so wäre, wie sie sich eben gezeigt hatte. Eva konnte nicht verstehen, wieso sie ihr diese Szene gemacht hatte. Sie, Eva, war es doch, die ein Recht gehabt hätte, beleidigt zu sein, und nicht umgekehrt, davon war sie überzeugt.

Als Simon sie ansprach, drehte sie sich lächelnd zu ihm um. Es verwunderte sie, daß er ein sehr ernstes Gesicht machte.

»I'm so sorry«, sagte er.

»Was tut Ihnen leid?« fragte sie verständnislos.

»Die Sache mit der Brosche.«

»Was ist damit?«

»Ihre Freundin hat sie verloren.« Als Eva ein entsetztes Gesicht machte, fügte er rasch hinzu: »Aber man wird sie schon wieder finden. Die Stewards sind dabei, das Schiff auf den Kopf zu stellen.«

Eva begriff, was geschehen war. Hilde und sie hatten ihren wenigen Schmuck in ein und demselben Umschlag im Tresor deponiert. Natürlich hatte Simon ihn Hilde ausgehändigt, als sie es von ihm verlangt hatte. Er konnte ja nicht wissen, daß sie sich geweigert hatte, Hilde die Brosche zu leihen.

»Es ist nicht Ihre Schuld, Simon«, sagte sie gefaßt.

»Was hätte ich anderes tun können?«

»Es war mein Fehler.«

»Erst heute früh habe ich erfahren, daß die Brosche Ihnen gehört.«

»Sie wird schon wieder auftauchen, und wenn nicht ... es gibt schwerere Schicksalsschläge.«

Eva rang sich ein Lächeln ab, aber im gleichen Moment faßte sie den Entschluß, den Saalmanager zu bitten, ihr einen Platz an einem anderen Tisch zu geben. Sie verstand zwar, daß Hilde wahrscheinlich gerade deshalb so ausfallend geworden war, weil sie wegen der verlorenen Brosche ein schlechtes Gewissen hatte. Dennoch hatte sie das Gefühl, daß es Zeit war, einen Schlußstrich unter diese Freundschaft zu ziehen, die in Wahrheit schon längst keine mehr war.

Sie wollte Hilde zwar nicht die Freude machen, ihretwegen die Kreuzfahrt abzubrechen, wollte ihr aber in Zukunft soweit wie möglich aus dem Weg gehen. Es war schlimm genug, daß sie die Kabine mit ihr teilen mußte.

Lattmann und seine Abenteuergruppe hatten an diesem Vormittag einen sehr steilen, anstrengenden Aufstieg hinter sich gebracht. Knut fühlte sich gut in Form und brannte darauf, den höchsten Berg Afrikas zu erklimmen.

Sie kletterten schweigsam und verbissen, denn die Luft hier oben über 4000 Meter begann dünn zu werden.

Einmal sagte Robert: »Die Kleine hat schon recht gehabt, nicht mitzukommen. Das hier wäre wohl doch zu stressig für sie gewesen.«

Er meinte mit der ›Kleinen‹ natürlich Isabell.

Knut stimmte ihm zu, obwohl er sich das Wort nur mühsam abrang. »Wahrscheinlich«, sagte er.

Gegen Mittag erreichten sie den Sattel zwischen dem Mawenzie und dem Kibo. Der Gipfel des Kilimandscharo schien jetzt schon zum Greifen nah; eisig schimmerte er im Licht der afrikanischen Sonne, die hier oben die Luft nicht mehr erwärmte, aber doch gefährlich brannte. Alle trugen sie Sonnenbrillen, hatten die Gesichter dick eingecremt und die Köpfe vermummt. Vor ihnen lag eine kahle, felsige Landschaft ohne jegliche Vegetation.

»Machen wir Rast«, schlug Lattmann vor.

Sie entledigten sich ihres Gepäcks und öffneten ihre Thermosflaschen.

»Sieht aus, als wären wir auf dem Mond gelandet«, ließ Mandy sich vernehmen.

Aber sie erntete nur spärliches Gelächter.

»Jetzt geht's noch sieben Kilometer ziemlich eben über die Mondlandschaft«, erklärte Lattmann, »und dann beginnt der Aufstieg zur Kibohütte. Der ist ziemlich steil, Leute, macht euch drauf gefaßt.«

Solange sie geklettert waren, hatte Knut sich im Vollbesitz seiner Kräfte gefühlt. Er war sicher gewesen, noch stundenlang so weitermachen zu können. Trotzdem war er ganz froh, sich ausruhen und einen Schluck heißen Tee zu sich nehmen zu dürfen, obwohl er geglaubt hatte, das gar nicht nötig zu haben. Er wunderte sich nur über das seltsame Geräusch, das immer lauter und lauter wurde. Eine Kakophonie von Tönen drang auf ihn ein. Erstaunt blickte er sich um und versuchte festzustellen, wer ein Radio mitgenommen hatte. Er wollte sich den Lärm verbitten, drückte mit beiden Händen auf die Ohren.

Danach wußte er nichts mehr.

Über ihn beugten sich im Kreis, perspektivisch verzerrt, Gesichter, die auf ihn niederstarrten.

Es dauerte eine Weile, bis er begriff, daß er am Boden lag und die Kameraden sich über ihn beugten. »Das war ein furchtbarer Krach«, sagte er schwach und versuchte sich aufzurappeln.

Hände streckten sich ihm entgegen und halfen ihm auf die Füße.

»Ich weiß gar nicht, was passiert ist«, gab er zu.

»Du hast das Bewußtsein verloren«, erklärte Lattmann.

»Kann doch gar nicht sein.«

»Doch, Karsten, das war ein Kreislaufzusammenbruch, wenn nicht gar Schlimmeres.«

»Unmöglich! Ich bin völlig gesund!« behauptete er, obwohl er sich reichlich schwach in den Knien fühlte.

»Fein, daß es dir wieder bessergeht! Aber mitnehmen können wir dich natürlich nicht.«

»Aber wieso denn? Wenn ich euch doch sage ...«

»Ausgeschlossen. Niemand macht dir einen Vorwurf. Aber es ist schlimm genug, daß das hier passiert ist.«

Knut sah sich hilfesuchend um, las nichts als Mitleid, Verachtung, Kälte und Überheblichkeit in den Augen der anderen. »Bitte, Bob, sag du etwas! Du weißt doch, wie hart ich trainiert habe!«

»Tja, alter Junge, das hilft nun alles nichts.«

»Ihr könnt mich hier doch nicht einfach zurücklassen!«

»Keine Bange, Karsten, das werden wir auch nicht«, sagte Lattmann, »obwohl du uns ganz schönen trouble gemacht hast.« Er wandte sich an die eingeborenen Träger, die den Zwischenfall mit unbeteiligter Miene beobachtet hatten, und erklärte ihnen anscheinend die Situation. Einer räumte seinen Sack aus.

»Ist das dein Gepäck, Karsten?« fragte Lattmann und wies auf die blaue Nylontasche.

Knut nickte stumm.

»Die kommt dann mit zurück!« befahl Lattmann.

Der Träger steckte die Tasche in seinen Sack, seine Kollegen teilten die übriggebliebenen Gepäckstücke unter sich auf.

»Dieser Mann wird dich zu den Horombohütten begleiten«, sagte Lattmann und wies auf den Afrikaner, der Knuts Tasche hatte, »gib ihm auch dein Handgepäck, dann tust du dich leichter. Vergiß nicht, ihm ein Trinkgeld oder ein Geschenk zu geben. Deinetwegen muß er den Aufstieg zweimal machen.«

Knut fühlte sich wie ein gescholtenes Kind. »Was kann ich denn dafür?« fragte er trotzig.

Lattmann ging nicht darauf ein. »Du bleibst in den Horombohütten!« ordnete er an. »Morgen abend sind wir zurück.« Er wandte sich der Gruppe zu. »Los, Leute! Laßt uns nicht noch mehr Zeit verlieren!«

Grußlos stapfte er davon, und die anderen folgten ihm, ohne einen Blick zurückzuwerfen.

In einem letzten Anflug von Stolz - dummen Stolz, wie er sich gleich darauf selber sagte - wollte Knut sein Handgepäck selber tragen, aber als der Afrikaner ihm mit Gesten und einem freundlichen Lächeln zu verstehen gab, daß er es ihm unbedingt abnehmen wollte, gab er nach.

Der Abstieg verlief ohne Schwierigkeiten. Viel schneller, als er geglaubt hatte, kamen die Horombohütten in Sicht. Knut wollte seinen Begleiter entlassen, aber der bestand darauf, ihn ganz nach unten zu bringen. Dort holte Knut die Mitbringsel, die er für die Eingeborenen mitgebracht hatte, aus der Tasche und gab sie ihm alle. Der Mann bedankte sich strahlend, und Knut schoß es durch den Kopf, daß immerhin einer von seiner Niederlage profitiert hatte.

Isabell hatte im Schatten vor der Hütte gesessen und kam auf ihn zugelaufen; sie trug einen khakifarbenen Tropenanzug und war schöner denn je. »Ist was passiert?«

Er zuckte die Achseln.

Sie musterte ihn besorgt, und als sie feststellte, daß er nicht verletzt war, lächelte sie vergnügt. »Keine Lust mehr gehabt? Sehr vernünftig. Jetzt habe ich wenigstens Gesellschaft. Das hätte Bob sich auch einfallen lassen können.« Sie hakte sich bei ihm ein. »Sieh zu, daß du schnell aus dem dicken Zeug rauskommst, und dann machen wir uns einen schönen Tag, ja?«

»Ich bin nicht deinetwegen zurückgekommen«, gestand er.

Sie lachte. »Das habe ich auch nicht gedacht! So von mir eingenommen bin ich nun doch nicht.«

»Du glaubst, daß ich mich gedrückt habe?«

»Ich werde das glauben, was du mir erzählst.«

Später saßen sie dann zusammen auf der steinernen Bank vor der Hütte, tranken Tee mit Zitrone und Whisky, und sie versuchte nach Kräften, ihn zu trösten.

»Mach dir nichts draus, Knut! Ich wette darauf ... der olle Kilimandscharo ist aus der Ferne viel schöner!«

»Vielleicht hast du sogar recht«, räumte er ein, »aber das ist nicht der Kernpunkt.«

»Sondern?« hakte sie nach.

Er wich aus. »Schwer zu erklären.«

»Du wolltest dir selber etwas beweisen, wie?«

»So ähnlich.«

»Aber das hast du doch gar nicht nötig. Ein Mann wie du, noch weit entfernt von den sogenannten besten Jahren.«

»Ich hab' im Leben eigentlich noch nichts erreicht.«

»Wie alt bist du?«

»Siebenundzwanzig.«

»Siebenundzwanzig Jahre und noch nichts für die Unsterblichkeit getan!« zitierte sie vergnügt. »Das ist ja beinahe wie bei Schiller.«

»Du hast gut lachen.«

»Merkst du denn nicht selber, daß du dich ein bißchen kindisch benimmst? Du hattest einen Schwächeanfall, angenehm war das bestimmt nicht. Aber so etwas kann doch jedem passieren.«

»Ich hätte es so gern geschafft.«

»Du könntest das auch, ganz sicher. Nur eben nicht gerade heute. Es war nicht dein Tag. Meinst du denn, ich wäre noch nie im Atelier umgekippt?«

»Ist das wahr?«

»Jedem von uns passiert das hin und wieder, und den Tag darauf ist man dann topfit.«

»Du meinst, ich soll es noch mal versuchen?«

»Mit einer anderen Gruppe? Warum nicht?«

»Aber wenn ich zugebe, daß es beim ersten Mal nicht geklappt hat, nimmt mich doch niemand mehr mit.«

»Ich finde, du solltest aufhören, dich auf den ollen Kilimandscharo zu versteifen. Es gibt doch noch andere Möglichkeiten zu beweisen, daß du ein ganzer Mann bist.«

Sie sagte das leichthin, aber sie saß so dicht neben ihm, daß er ihre warme Haut roch, und ihr Lächeln war so verlockend. Er konnte der Versuchung nicht widerstehen, sie in die Arme zu nehmen und zu küssen. Es war ein leidenschaftlicher Kuß, der Verzweiflung ausdrückte, aber auch Begehren. Sie widersetzte sich nicht, sondern öffnete bereitwillig ihre Lippen. Erst als er sie freigab, rückte sie ein wenig zur Seite.

»Das war ein kleines Mißverständnis«, behauptete sie, »aber du brauchst dich nicht zu entschuldigen. Es war meine Schuld.«

Er war nachträglich erschrocken über seinen eigenen Mut. »War es dir sehr ... unangenehm?« fragte er bestürzt.

»Habe ich so reagiert?« fragte sie mit funkelnden Augen.

»Nein.«

»Na also. Aber es ist nicht die richtige Zeit und nicht der richtige Ort für uns beide. Du weißt, ich reise mit Bob zusammen. Da wäre es doch reichlich unanständig, ihn in der ersten Nacht, wo er nicht da ist, zu betrügen.«

»Das hatte ich gar nicht vor.«

»O doch! Wenn ich nicht gebremst hätte, wäre es dahin gekommen.«

»Ich bin alles andere als ein Draufgänger.«

»Das glaube ich dir gerne. Aber du bist in einer Ausnahmesituation. Du willst dir etwas beweisen, und auch das stört mich. Ich will nicht Mittel zum Zweck sein.«

»Du denkst doch nicht etwa, daß ich dich erobern will, bloß weil ich den Aufstieg nicht geschafft habe? Ich habe mich schon auf dem Flughafen, als ich dich das erste Mal sah, Hals über Kopf in dich verliebt. Bloß sah ich keine Chance, dich Hellmann auszuspannen.«

»Sehr schmeichelhaft.«

»Das ist kein Kompliment, sondern die Wahrheit.«

»Armer Junge!«

»Auf dein Mitleid pfeife ich.«

»Jetzt werd nicht bockig! Ich habe dir doch gezeigt, daß ich dich mag. Mehr kannst du nicht von mir verlangen. Nicht in dieser Situation. Laß die Dinge sich doch entwickeln. Wir werden ja noch tagelang Zusammensein.«

»Nein«, sagte er, »ich warte nicht auf die anderen. Ich steige ab.«

»Auf eigene Faust? Bist du verrückt?«

»Ich werde schon jemanden finden, der mich begleitet.«

»Aber das kann doch nicht dein Ernst sein! Der schönste Teil des Trecks kommt ja erst noch! Die Safari! Die Fahrt durch die Serengeti!«

»Das kann mich alles nicht mehr reizen.«

»Jetzt verstehe ich dich wirklich nicht.«

»Ist das denn so schwer? Glaubst du, ich bin scharf darauf, mich von Hellmann verspotten zu lassen?«

»Das wird er nicht!«

»O doch, er wird. Er besitzt ein ganz besonderes Talent, andere Leute lächerlich zu machen, und ganz besonders mich. Du kennst ihn vielleicht nicht von dieser Seite, aber ich. Ich habe im gleichen Büro mit ihm gesessen.«

Isabell sah ihn mit großen Augen an. »Warum hast du dann den gleichen Treck wie er gebucht? Oder wußtest du nicht, daß er auch mitmachen würde?«

»Doch.«

Sie wurde sehr nachdenklich und sagte lange Zeit nichts.

»Und jetzt habe ich mich erst recht blamiert!« brach es aus ihm heraus.

»So ist das also«, sagte sie.

»Ja, so ist es, und damit ist es noch nicht vorbei. Er wird in Hilden ausposaunen, was mit mir passiert ist, und die ganze Stadt wird über mich lachen.«

»Du siehst das alles zu schwarz. So interessant kannst du für Hilden doch gar nicht sein.«

»Hast du eine Ahnung!«

Sie legte ihre Hand auf seine Wange. »Und wenn ich dir nun verspreche, daß ich heute nacht zu dir komme ... wird es das besser machen?«

Er ergriff ihre Hand und hielt sie fest. »Wirst du das wirklich?«

»Ja.«

»Und Hellmann? Hast du nicht eben noch gesagt, es wäre ihm gegenüber schäbig?«

»Ich werde es ihm einfach sagen.«

»Das würdest du tun?«

»Warum nicht? Wir sind ja nicht verlobt oder so etwas.«

»Aber ihr liebt euch doch!«

»Große Worte«, sagte sie, »und nichts weiter. Es stimmt, er hat mir gefallen. Er ist smart, sieht gut aus, ist großzügig und nett. Aber wenn ich ihn liebte, wäre ich doch wohl gar nicht auf die Idee gekommen, mit dir ins Bett zu gehen.«

»Hast du keine Angst, wie er reagieren wird?«

»Was kann er mir schon tun?« Sie zuckte die Achseln. »Er ist nicht der Typ, der sich an einer Frau vergreift, und wenn er es doch versuchen sollte, ist ja noch immer der große, starke Lattmann da, um mich zu schützen.«

»Er wird mit dir Schluß machen.«

»Vielleicht, vielleicht auch nicht. Das ist nicht so wichtig. Jedenfalls für mich nicht. Ich habe schon seit einiger Zeit den Eindruck, daß unsere Beziehung zu lange gedauert hat.«

»Das sagst du jetzt nur so.«

»Warum sollte ich?«

»Weil du Mitleid mit mir hast. Aber ich kann nicht von dir verlangen, daß du deine Beziehung zu Hellmann meinetwegen aufs Spiel setzt.«

»Du weißt wirklich nicht, was du willst.«

»Ich will dich nicht unglücklich machen.«

»Das könntest du gar nicht. Unglücklich macht man sich immer nur selber.«

»Ich liebe dich so sehr.«

Sacht legte sie ihm ihren Zeigefinger auf die Lippen. »Sag so etwas nicht!«

»Aber es ist wahr.«

»Möglich, daß du im Moment so fühlst. Aber tatsächlich begehrst du mich nur, und Verliebtheit ist Verblendung.«

»Und du? Was empfindest du für mich?«

»Ich begehre dich auch«, erwiderte sie lächelnd.

»Ich wünschte mir, du würdest Gefühle nicht so sachlich beurteilen!«

»Das wäre schlimm für uns beide. Im Gegensatz zu mir bist du ja nicht frei.«

»Eva ist selber schuld! Hätte sie mich begleitet ...«

»Dann säßest du jetzt mit uns beiden hier«, ergänzte Isabell scherzend, »und nichts wäre passiert. Hör endlich auf, alles zu zerreden, und fang an, das Leben zu genießen!«

Die Brosche war gefunden worden; einer der Kabinenstewards brachte sie Eva. Sie fragte nicht nach dem Wo und Wie, sondern bedankte sich nur und gab einen großzügigen Finderlohn.

Damit war der Streit zwischen den ehemaligen Freundinnen aber nicht beigelegt. Sie gingen sich aus dem Weg, soweit das auf dem verhältnismäßig kleinen Schiff möglich war. Eva hatte im Speisesaal nicht nur einen anderen Platz an einem anderen Tisch bekommen, sondern aß zu einer anderen Zeit. Anfangs hatte sie mit Hilde am ersten Dinner um sieben Uhr teilgenommen, jetzt hatte sie sich für das zweite um neun entschieden. Das hatte auch den Vorteil, daß sie sich zu verschiedenen Zeiten umzogen und sich so in der Kabine nicht ins Gehege kamen. Eva richtete es so ein, morgens immer vor Hilde aufzustehen, so daß sie dann das Bad für sich hatte. Das war nicht schwer, denn Hilde kam immer erst in den frühen Morgenstunden und war dann todmüde. Mittags mied Eva den Speisesaal und bediente sich zwanglos am Büffet im Patio. Auf den Inselrundfahrten achtete sie stets darauf, nicht mit Hilde im gleichen Bus zu fahren.

Das war natürlich eine Lösung, aber ideal war sie nicht, und es verhinderte nicht, daß Hildes Vorwürfe und ihr Verhalten Eva innerlich wurmten. Die beiden amerikanischen Ehepaare, an deren Tisch der Saalmanager sie placiert hatte, hatten sie freundlich aufgenommen. Sie waren auf eine gewisse oberflächliche Art kontaktfreudig und bezogen sie in ihre

Gespräche mit ein. Das machte es Eva leichter, und es freute sie, dadurch gezwungen zu sein, ihre Englischkenntnisse aufzufrischen, weit über die paar Brocken hinaus, die sie bisher den Stewards und auch Simon gegenüber angewandt hatte.

Die Ehepaare kamen beide aus New York, und die Harrows, sie mochten Anfang Dreißig sein, standen Eva dem Alter nach näher. Aber sie waren zu sehr mit sich selber beschäftigt, als daß ihnen an einer Reisebekanntschaft etwas gelegen sein konnte. Er war ein intellektueller Typ und machte gern ironische Bemerkungen, die Eva nicht ganz verstand, wenn sie auch mit den anderen darüber lachte. Mister Harrow schien sich seinen Mitmenschen absolut überlegen zu fühlen, und seine Frau teilte seine Meinung. Sie war ständig darauf bedacht, ihm nur ja alles recht zu machen, und himmelte ihn förmlich an. Dennoch waren beide höflich und nett zu Eva, wenn auch auf eine distanzierte Weise.

Die Browns dagegen waren gemütlicher. Sie mochten beide Mitte der Vierzig sein. Sie, Betty Brown, war sehr gepflegt, hatte hellblond gefärbtes Haar und eine komplizierte Frisur, die sie zwang, alle paar Tage den Friseur aufzusuchen. Obwohl sie sehr tapfer um ihre schlanke Linie kämpfte und sich die leckersten Speisen selbst verbot, wirkte sie bei einer Größe von wenig über ein Meter fünfzig doch rundlich. Bill, ihr Mann, war regelrecht dick, aber er machte sich nichts daraus, sondern neckte Betty wegen ihrer Anstrengungen, das Gewicht zu halten. Sein Leibesumfang und seine Glatze ließen ihn vertrauenswürdig und zuverlässig erscheinen, und sein dröhnendes Gelächter steckte an und weckte Sympathie.

Während die Harrows mit sich selber beschäftigt waren, hatten die Browns schon viele Bekanntschaften an Bord gemacht und nahmen Eva wie selbstverständlich in ihren Kreis auf.

Am siebenten Tag der Kreuzfahrt legte die ›Aquarius‹ im Hafen von Cap Haitien an. Hilde wurde gar nicht wach, als die allmorgendliche Begrüßung der Passagiere aus dem Lautsprecher tönte, und Eva stellte das Bordradio ganz schnell ab. Sie war froh, daß Hilde also zumindest nicht an der ersten Ausschiffung zum Landgang teilnehmen würde. So würde sie sich nicht bemühen müssen, die frühere Freundin zu übersehen.

Sie konnte nicht ahnen, daß an diesem Vormittag zwischen Hilde und Bruno Berger ein Gespräch stattfinden würde, das unabsehbare Folgen für sie selber haben sollte.

Es war elf Uhr vorbei, als die beiden sich am Swimmingpool trafen. Sie begrüßten sich herzlich und beglückwünschten sich dazu, weder an dem einen noch an dem anderen der beiden Ausflüge, zur Zitadelle oder nach Sanssouci, teilgenommen zu haben. Ihnen schien es sehr viel angenehmer, ausgeschlafen zu sein.

Da außer ihnen nur einige wenige Passagiere zurückgeblieben waren, hatten sie das Schiff fast ganz für sich. Sie konnten sich die besten Platz am Pool aussuchen und wurden durch nichts gestört.

Bruno Berger holte zwei Gläser ›Bloody Mary‹ an der Bar und streckte sich dann auf einem Liegestuhl neben Hilde aus. Beide tranken, da sie das Frühstück versäumt und noch nichts im Magen hatten, vorsichtig und in ganz kleinen Schlucken von ihrem Drink aus Tomatensaft und Wodka.

»Das ist ein Leben!« sagte Hilde träumerisch. »Sag mir bloß ... warum kann es nicht immer so sein?«

»Weil man ... wenigstens ich für mein Teil ... zwischendurch auch mal ein wenig arbeiten muß.«

»Was tust du eigentlich?«

»Ich habe eine Fabrik in Wuppertal.«

»Oh!« meinte Hilde beeindruckt.

»Das ist nicht so toll, wie es klingt.«

»Nun fang bloß nicht an tiefzustapeln. Was stellst du denn her?«

»Broschüren aller Art. Das Geschäft läuft gut, aber leider nicht von allein.«

»Wo tut es das schon?«

»Der Ärger ist: Ich könnte bedeutend größere Aufträge bekommen, wenn ich die entsprechenden Maschinen hätte.«

»Dann solltest du einen Kredit aufnehmen und sie dir anschaffen.«

»Das habe ich mir schon oft und oft durchgerechnet, aber es haut nicht hin. Die Zinsen würden mich ruinieren.«

»Schade.«

»Hilde, ich bin ganz froh, daß wir einmal vernünftig miteinander reden.«

Sie merkte, daß er auf ein Stichwort wartete, hütete sich aber, ihn zu ermuntern und wartete schweigend ab.

Er griff hinter sich in die Jacke, die er über den Liegestuhl gelegt hatte, holte ein Päckchen Zigaretten aus der Tasche und bot sie Hilde an. Sie zog sich eine heraus, ließ sich Feuer geben. Danach bediente er sich selber und stieß große runde Kringel aus.

»Du bist eine sehr verwöhnte Frau«, begann er aufs neue.

Sie zog es vor, diese Bemerkung weder zu bejahen noch zu verneinen, sondern weiter zu schweigen.

»Könntest du dir vorstellen, in Wuppertal zu leben?«

Sie verschluckte sich, mußte husten, und es dauerte eine Weile, bis sie sprechen konnte. »Soll das etwa ein Heiratsantrag sein?«

»Hilde, wir sind doch zwei erwachsene, vernünftige Menschen, und wir passen zusammen, in jeder Beziehung ...«

»Soweit man das nach einer so kurzen Bekanntschaft sagen kann«, warf sie ein.

»... es wäre doch ein Jammer, wenn wir uns nach dieser Reise aus den Augen verlieren sollten.«

»Müssen wir ja nicht. So weit liegen Düsseldorf und Wuppertal nicht auseinander.«

»Du lehnst eine Heirat also ab?«

Sie lachte. »Du hast mich ja noch gar nicht gefragt.«

»Ich würde dich wirklich sehr gern heiraten, wenn du dir einen Ruck geben könntest.«

»Glaubst du etwa, ich fühle mich zu alt für die Ehe? Ich hätte zu lange allein gelebt?«

»Nein, das nicht. Ich meine, ob du dich entschließen könntest, dein Geld in meine Firma zu stecken. Bitte, versteh mich nicht falsch, ich bin kein Abenteurer. Das mit der Heirat meine ich ganz ernst. Ich werde dir auch entsprechende Anteile meiner Firma überschreiben, das ist ja selbstverständlich.« Er blickte sie beschwörend an.

»Einen schönen Plan hast du dir da zurechtgelegt«, sagte sie langsam, »nur stimmen die Voraussetzungen nicht.«

»Du irrst dich. Du kannst meine Fabrik besichtigen, sobald wir zurück sind.«

»Das würde kaum etwas nutzen. Du hast dich gründlich verrechnet, Bruno. Ich habe kein Geld.«

»Aber du könntest es locker machen, wenn du wolltest!«

»Wie kommst du darauf?«

»Weil du reich bist.«

»Irrtum, mein Lieber. Ich bin es nicht.«

»Aber dein ganzes Auftreten, deine Kleider, deine Koffer ... ihr habt die beste Kabine an Bord!«

»Tut mir leid«, sagte Hilde schneidend, »du hast dich an die Falsche herangemacht. Eva ist es, die das Geld hat.«

»Nein!«

»Warum glaubst du mir nicht? Ich muß es doch schließlich wissen.« Sie drückte ihre Zigarette aus und stand auf.

»Aber sie hat mir doch damals in Nassau, gleich auf dem Flughafen, gesagt, daß sie deine Begleiterin ist!«

»Entweder hast du sie falsch verstanden, oder sie hat sich ungeschickt ausgedrückt, was wahrscheinlicher ist.« Hilde schlüpfte in ihr Strandkleid.

Er packte sie beim Handgelenk. »Du willst doch nicht etwa gehen?«

»Du meinst, ich müßte bleiben, um dir die herbe Enttäuschung zu versüßen?«

»Ich verlange, daß du mir erklärst ...«

»Damit beschäftige ich mich bereits seit fünf Minuten!«

»... Eva ist doch gar nicht der Typ! Sie ist so frisch, so einfach, eher ein bißchen unsicher ...«

»Klingt, als bereitest du dich auf die nächste Liebeserklärung vor.«

Er gab ihren Arm frei. »Jetzt werde nicht auch noch fies!«

»Ich hätte nie gedacht, daß ausgerechnet du außerstande wärst, den Tatsachen ins Gesicht zu sehen.« Sie rieb sich das Handgelenk, als ob es sie schmerzte. »Du hast dich an die falsche Frau herangemacht. Ich bin Evas Begleiterin, und nicht umgekehrt. Sie hat mir die Reise bezahlt, die Koffer und noch ein paar Klamotten.«

Er machte ein Gesicht, als müßte er eine Bemerkung unterdrücken.

»Ja, du hast recht«, sagte sie, »ich habe mich ganz schön aufgespielt. Aber warum sollte ich nicht? Ich wollte ein bißchen Spaß haben.«

»Den hast du ja auch gehabt«, erwiderte er trocken, »es muß irrsinnig lustig für dich gewesen sein, mich an der Nase herumzuführen.«

»Woher hätte ich wissen sollen, daß du auf mein vermeintliches Geld aus warst?«

Jetzt raffte auch er sich aus seinem Liegestuhl auf. »Schon gut, Hilde!« Er legte seine Hände auf ihre Oberarme. »Vielleicht war das mit der Heirat wirklich keine gute Idee. Lassen wir diesen Plan also fallen. Ich habe verstanden. Es war mein Fehler, dir Hoffnungen zu machen. Du hast kein Vertrauen zu mir. Um mir das klarzumachen, hättest du mir aber nicht einen solchen Bären aufbinden müssen.«

Sie kämpfte gegen die Sehnsucht, sich an seine Brust zu werfen. Aber sie wußte, daß es nach dieser Stunde nie mehr so zwischen ihnen werden konnte wie früher. »Warum quälst du mich so?« fragte sie mit zitternden Lippen.

»Vergleich dich mit Eva! Du bist selbstbewußt, sogar ein wenig rücksichtslos ... entschuldige, daß ich das sage ... freizügig und ungehemmt, verstehst etwas von Devisenkursen und Zinsgeschäften ...«

Sie unterbrach ihn. »Das ist nicht schwer zu erklären. Ich verdiene mir meinen Lebensunterhalt als Chefsekretärin in einer Bank, bin Junggesellin und gewohnt, so zu leben, wie es mir gefällt.«

Plötzlich begriff er wirklich und ließ die Hände sinken. »Und woher hat Eva das Geld?«

»Höchst einfach. Wie unbedeutende Menschen eben zu Geld kommen.« Es gelang ihr, die Lippen zu einem spöttischen Lächeln zu kräuseln. »Sie hat im Lotto gewonnen. Fast drei Millionen Mark.«

»Warum hast du mir das nicht gleich gesagt?«

»Sie wollte nicht, daß darüber gesprochen wird.« Hilde hatte ihre Souveränität wiedergewonnen. »Schau nicht so traurig aus der Wäsche, mein Lieber. Noch ist ja nicht alles verloren. Die Hälfte der Kreuzfahrt liegt noch vor dir.«

»Du traust mir zu, daß ich mich jetzt an Eva heranmache, wie du es zu nennen beliebst?«

»Ja.«

Sein braungebranntes, männliches Gesicht lief rot an. »Es besteht kein Grund, mich zu beleidigen.«

»Das wollte ich nicht. Du hast mir eine Frage gestellt, und ich habe sie beantwortet. Das ist alles. Aber wenn ich dir einen Rat geben darf: Bei ihr mußt du auf eine andere Tour reisen. Sie ist verheiratet, sie ist spießig und bildet sich ein, ihren Mann zu lieben. Trotzdem hast du eine Chance. Die beiden wissen noch nicht, wie sie ihr Kapital anlegen sollen.«

»Danke für den Rat. Reizend von dir. Hältst du mich für so dumm, daß ich in diese Falle gehe?«

»Wieso Falle?«

»Gib doch zu, daß du sie vor mir warnen wirst!«

Jetzt konnte Hilde sogar lachen, und sie tat es mit Genuß. »Da kennst du mich aber schlecht! Ich sehe mich nicht in der Gouvernantenrolle. Soll sie doch zusehen, wie sie allein mit ihren Problemen fertig wird.« Hoch erhobenen Hauptes stolzierte sie davon.

Im Patio wurde schon das Büffet aufgebaut, und es duftete nach gegrillten Steaks und Lasagne. Hilde knurrte der Magen, aber sie war entschlossen, sich umzuziehen, sich schönzumachen und im Speisesaal zu essen. Die Enttäuschung, die sie erlebt hatte, tat weh. Sie hatte sich eingebildet, daß Bruno Berger viel an ihr gelegen wäre. Aber sie war nicht die Frau, sich etwas vorzumachen. Er hatte sie hofiert und den Verliebten gespielt, um seine Firma zu sanieren.

Es war ein schwacher Trost, daß es noch schlimmer hätte kommen können. Wenn er nicht so verblendet gewesen wäre und es geschickter angestellt hätte, wäre sie vielleicht bereit gewesen, ihm ihre Ersparnisse anzuvertrauen. So lagen sie immer noch gut angelegt auf der Bank.

›So what‹, sagte sie sich, ›auf keinen Fall werde ich mir die Freude an der Kreuzfahrt verderben lassen.‹

Kurz nach zwölf kam Eva mit einem der ersten Boote von dem Ausflug nach Cap Haitien zurück. Sie wußte, daß dies genau die Zeit war, in der Hilde sich für den Lunch im Speisesaal schönzumachen pflegte.

Eva hatte große Lust, sich einen Badeanzug anzuziehen und einen Sprung in den Swimming-pool zu tun; sie fühlte sich heiß und verschwitzt. Aber sie war nahe daran, darauf zu verzichten, um einer Begegnung mit Hilde auszuweichen. Doch dann schalt sie sich albern und feige. Es war ihre Kabine, und es gab keinen Grund, sich daraus verdrängen zu lassen.

An der Rezeption erfuhr sie, daß der Schlüssel tatsächlich abgeholt worden war. Sie zögerte noch einmal, überwand sich dann und fuhr zum Lyra-Deck. Hilde ließ sie in die Kabine, und sie begrüßten sich sehr förmlich.

Dann aber fragte Hilde doch: »Wie war es an Land?«

»Vor allen Dingen heiß«, sagte Eva und schüttelte die Leinenschuhe von den Füßen.

»Ich habe also nichts versäumt?«

»Nicht viel. Tropische Landschaft und krasse Armut.« Eva zog sich ihr Kleid über den Kopf. »Ich werde jetzt erst mal unter die Dusche gehen.«

»Übrigens, Eva«, sagte Hilde mit Überwindung, »das mit der Brosche tut mir leid. Ich möchte mich dafür entschuldigen.«

Eva zuckte die Achseln. »Sie ist ja wieder da.«

»Ich hätte sie mir nicht ohne deine Erlaubnis nehmen sollen.«

»Es gibt eine Menge, das du ... das wir nicht hätten tun sollen. Aber lassen wir doch die alten Geschichten. Sie führen zu nichts.« Eva ging ins Bad, zog die Tür hinter sich zu, stieg in die Wanne und drehte die Brause auf.

Es war merkwürdig, dachte sie, wie fremd ihr die frühere Freundin in diesen wenigen Tagen geworden war, fast so, als hätte sie sie früher nie wirklich gekannt.

Eva duschte ausgiebig, um Hilde Zeit zu geben, die Kabine zu räumen, und atmete dann auf, als sie tatsächlich fort war.

Sie zog einen ihrer Bikinis an, ein weißes Frotteekleid darüber, tat einen Bikini zum Wechseln in die Badetasche, außerdem Sonnenöl und einen Krimi und ging nach oben. Nachdem sie mit einigen amerikanischen Bekannten belanglose Worte gewechselt hatte, holte sie sich vom Büffet nur eine Grapefruit und sah sich dann nach einem freien Platz um.

Bruno Berger winkte sie von einem der Tische nahe der Aussichtsfenster zu sich heran; stand sogar auf, um sie auf sich aufmerksam zu machen. Sie stutzte, denn sie war auf seine Anwesenheit nicht gefaßt gewesen. Da sie aber durchaus keine Lust hatte, sich mit ihm zu unterhalten, lächelte sie ihm nur zu, nahm einen freien Stuhl und schob ihn an einen mit Amerikanern besetzten Tisch.

Es war für sie nicht schwer, eins und eins zusammenzuzählen. Zwischen Hilde und Bruno Berger mußte es eine Verstimmung gegeben haben, wenn sie sich nicht gar gestritten hatten. Ihr war das gleichgültig. Mochte er durch ihre Ablehnung brüskiert sein. Er sollte ruhig merken, daß sie nach dem, was vorgefallen war, keinerlei Interesse für ihn hatte.

Das konnte aber nicht verhindern, daß sie sich inmitten der Gruppe lebhaft schwatzender Amerikaner sehr verlassen fühlte. Ihre Kenntnisse reichten zwar aus, daß sie der Unterhaltung folgen und hie und da einen Satz einwerfen konnte. Aber sie spürte nur zu deutlich, daß niemand ein persönliches Interesse an ihr hatte.

Einmal mehr sehnte sie sich heftig nach Knut.

Die Rückreise nach Deutschland, die Knut ganz auf sich gestellt durchführen mußte, erwies sich als abenteuerlich. Zwar hatte er am Morgen zwei Djaggas getroffen, die wie er in die Ebene hinunter wollten und denen er sich anschloß. Aber eine Verständigung mit ihnen war fast unmöglich. Viel behender als er, waren sie ihm bald voraus. Auf sein lautes Rufen hin blieb der eine von ihnen, dem Knut sein Gepäck zum Tragen gegeben hatte, dann doch stehen.

Mit einem Achselzucken auf seine Beine weisend und einer jammervollen Miene versuchte Knut ihm deutlich zu machen, daß er nicht schneller vorwärts konnte und nicht allein abzusteigen wagte. Mit einigen Geldscheinen verlieh er seiner Bitte, ihn nicht allein zu lassen, Nachdruck.

Der Djagga grinste, nickte und bemühte sich, langsamer zu gehen. Aber er war immer noch so schnell, daß Knut sich gewaltig anstrengen mußte, um ihm auf den Fersen zu bleiben.

Am Rande der Djaggasiedlung setzte der Afrikaner Knuts Gepäck dann einfach ab und machte sich aus dem Staub. Den Rest der Strecke, vorbei an Hütten, Feldern und Eingeborenen, mußte Knut allein hinter sich bringen. Aber der Weg war eben, und es bestand keine Gefahr mehr zu stürzen. Er kam rasch voran, getrieben von dem Wunsch, noch vor Einbruch der Dunkelheit sein Ziel zu erreichen. Dabei saß ihm die Angst im Nacken, daß er sich verirren könnte.

Doch er schaffte es und kam in Rekordzeit in Marangu an, schweißgebadet und völlig erschöpft. Aber er war auch stolz auf sich und wünschte nur, es hätte einen europäischen Zeugen für seine sportliche Leistung gegeben. Tatsächlich hatte er für den Abstieg nur einen einzigen Tag gebraucht.

In Marangu ging er in das gleiche Hotel, in dem er nach der Ankunft gewohnt hatte. Der Wirt verstand ein wenig englisch, und er konnte ihm sein Problem klarmachen. Soviel Knut verstand, gab es keine offizielle Verbindung zwischen Marangu und Arusha. Aber der Wirt erbot sich nach einigem Hin und Her und nachdem Knut ihm ein Geldbündel unter die Nase gehalten hatte, ihm einen uralten, klapprigen Ford und eben jenen athletischen schwarzen Burschen auszuleihen, der im ›Kibo Hotel‹ anscheinend das Faktotum war.

Nachdem Knut sich geduscht und umgezogen und einige der obligatorischen Maisfladen gegessen hatte - mehr zu sich zu nehmen, war er zu müde -, war er sehr mit sich zufrieden. Auf dem Geländer des Balkons sitzend und den Kilimandscharo beobachtend, trank er in kleinen Schlucken den Rest seines Whiskys aus der Flasche.

Der Kilimandscharo, das wußte er nun, würde ihm immer unerreichbar bleiben. Aber vielleicht hatte Isabell ja recht, und er war aus der Ferne viel schöner, ein Traumbild, das aus der Nähe nur Ernüchterung hervorrufen konnte.

Er hatte versagt, das gab er sich zu, doch seine Niederlage schmerzte ihn nicht mehr. Wenn sein Schwächeanfall nicht gewesen wäre, hätte er niemals das schönste Mädchen besitzen können, das ihm je begegnet war. Sobald er nur an sie dachte, begann sein Herz wild zu klopfen, und Erregung stieg in ihm auf.

Was für eine Nacht war das gewesen! Die Nacht aller Nächte, dachte er. Und er würde sie wiedersehen. Sie hatte ihm versprochen, ihn anzurufen, wenn sie zurück war.

Isabell war nicht nur schön, sie war auch gut und lieb. Er hatte durchaus verstanden, daß sie sich ihm hingegeben hatte, um ihn vor Hellmanns Spott zu schützen. Mochte Hellmann den Kilimandscharo bezwungen haben, mochte er noch so stolz darauf sein und ihn verachten - er, Knut, hatte mit seinem Mädchen geschlafen. Sie würde es ihm sagen, daran zweifelte er nicht. Heimlichtuereien lagen ihr nicht.

Was hätte er darum gegeben, Hellmanns Gesicht bei dieser Eröffnung sehen zu können, diese glatte, sichere, ironische Miene, wie sie sich unter diesem unerwarteten Schlag verzerren würde.

Vielleicht würde er sogar denken, daß er den Schwächeanfall nur markiert hatte, um bei Isabell zurückbleiben zu können. Sollte er doch! Wenn er es jemals wagen würde, auf diese Episode anzuspielen, würde er, Knut, es so hinstellen.

Knut fühlte sich als Sieger.

Nach einem tiefen und traumlosen Schlaf wurde er am nächsten Morgen viel zu früh geweckt - so schien es ihm jedenfalls.

Anders als bei der Herfahrt blieb Knut diesmal auf der beschwerlichen Fahrt über die holprige Piste wach. Der Afrikaner fuhr, wohl weniger mit Rücksicht auf Knut, als auf das ihm anvertraute Auto, langsam und vorsichtig. Auf diese Weise kamen sie erst gegen Mittag, aber doch heil am Flughafen an.

Sofort bemühte Knut sich, umzubuchen und ergatterte noch einen Platz im Nachtflugzeug nach Wien. Von da an war alles ein Kinderspiel. Es galt nur noch die Stunden hinter sich zu bringen und in Wien die Maschine zu wechseln. Da er jetzt nicht mehr in der Gruppe reiste, mußte er einen Aufpreis bezahlen und entschloß sich, da es jetzt schon nicht mehr darauf ankam, den Umweg über Zürich auszulassen und direkt nach Düsseldorf zu fliegen.

Es war noch heller Tag, als er in Hilden ankam. Ihm war, als wäre er Monate fort gewesen. Er fühlte sich wie ein anderer Mensch.

Vor sich hin pfeifend setzte er seine Nylontasche ab und schloß die Wohnungstür auf. Im Wohnzimmer traf es ihn wie ein Schlag: Schubladen waren herausgerissen, die Türen der Schränkchen geöffnet, die Kissen lagen neben dem Sofa.

Knut schloß die Augen, als könnte er dadurch das, was er gesehen hatte, ungeschehen machen. Als er sie öffnete, war es das gleiche Bild. Offensichtlich war die Wohnung durchsucht worden.

Er stürzte ins Schlafzimmer. Hier war die Verwüstung eher noch größer. Die Wäsche war aus dem Kleiderschrank gerissen und achtlos zu Boden geworfen worden. Obwohl er wußte, daß es sinnlos war, begann er wie ein Irrsinniger nach den Geldscheinen zu suchen, die er unter seinen Sommerpullis versteckt hatte. Er drehte jeden einzelnen um und um, schüttelte sie aus. Aber natürlich war das Geld fort.

Völlig erschlagen ließ er sich auf das durchwühlte Bett sinken. Er war nicht imstande, einen klaren Gedanken zu fassen, noch weniger einen Entschluß.

Endlich raffte er sich auf, um festzustellen, wie die Einbrecher in die Wohnung gekommen sein mochten. Das Türschloß hatte nicht geklemmt, soweit er sich erinnern konnte. Dennoch wollte er sich vergewissern.

Er ging hinaus, machte die Flurbeleuchtung an und beugte sich zum Schloß hinunter.

In diesem Augenblick kam der alte Herr Klüser, in Wolljacke und Pantoffeln, den Mülleimer in der Hand aus der Wohnung, »'n Abend, Herr Karsten!« grüßte er freundlich.

Knut fuhr hoch und hatte dabei selber den Eindruck, sich wie ein ertappter Sünder zu benehmen.

»Schon zurück?« fragte der alte Herr.

»Bei uns ist eingebrochen worden!«

»O je! Dann müssen Sie aber gleich zur Polizei!«

»Zur Polizei?« wiederholte Knut verstört.

»Was denn sonst? Aber eines kann ich Ihnen gleich sagen: Meine Frau und ich, wir haben nichts bemerkt. Wenn die uns verhören wollen, verlieren sie nur ihre Zeit.«

»Das glaube ich Ihnen ja.«

»Wie sind die Kerle denn überhaupt hineingekommen?«

»Das versuche ich gerade festzustellen.«

»Wissen Sie, das Beste ist, Sie überlassen das alles der Polizei. Sonst verwischen Sie womöglich noch Spuren.«

»Vielleicht haben Sie recht.«

»Bestimmt sogar. Ich kenne mich aus. Ich habe genügend Krimis in meinem Leben gelesen.« Der alte Herr schlurfte an ihm vorbei und die Treppe hinunter.

Knut ging ins Wohnzimmer zurück. Er nahm den Hörer vom Telefon und wollte schon die Nummer des Notrufs wählen, besann sich dann aber anders. Es bestand ja keine unmittelbare Gefahr, also mußte er sich wohl an das nächste Polizeirevier wenden. Eva hatte die Nummer in das Telefonregister eingetragen.

»Polizeirevier Kirchhofstraße«, meldete sich eine frische, energische junge Stimme.

»Bei mir ist eingebrochen worden.«

»Ihr Name? Ihre Adresse?«

Knut gab Auskunft. »Ich bin eben von einer Reise zurückgekommen«, fügte er hinzu, »und da ...«

»Lassen Sie alles so liegen, wie es ist!« unterbrach ihn der junge Beamte. »Wir schicken jemanden bei Ihnen vorbei.«

»Aber bitte schnell! Die Wohnung sieht aus ...«

»Ja, ja, das werden wir dann schon alles feststellen.«

Das Gespräch war beendet.

Vielleicht war es nicht gut zu trinken, bevor die Beamten kamen, aber Knut brauchte jetzt dringend eine Stärkung. Er hoffte sogar, daß ein Schluck Alkohol seinen Kopf klarer machen würde. Noch fühlte er sich wie betäubt.

Er fand eine Flasche mit einem Rest Calvados, wollte sie sich schon an den Mund setzen, nahm dann aber doch ein Glas und schenkte sich ein. Er zündete sich eine Zigarette an und inhalierte tief.

Als es endlich an der Tür schellte, hatte er den Calvados ausgetrunken und seine dritte Zigarette angezündet. Er öffnete, und zwei Männer in Uniform betraten die Wohnung.

»Inspektor Niederham«, stellte der eine der beiden sich vor; er war ein schlanker Mann mit grauen Schläfen und einer kräftigen Nase.

»Ich habe auf dem Revier angerufen ...«

»Deswegen sind wir hier.« Inspektor Niederham sah sich um. »Na, da können Sie ja noch von Glück reden!«

»Das kann ich nicht so sehen.«

»Wenigstens hat man nicht die Polster aufgeschlitzt und nichts zertrümmert!«

»Mir reicht es auch so.«

Der jüngere der beiden Beamten, blond und dicklich, hatte sich entfernt und gesellte sich jetzt wieder zu ihnen. »Der oder die Täter sind über den Balkon gekommen. Sie haben ein Stück Glas neben dem Griff herausgeschnitten und die Tür geöffnet. Sieht nach Profiarbeit aus.«

»Muß nicht sein. Auf diese Art in eine Wohnung eindringen kann fast jeder. Suchen Sie mal nach Fingerabdrücken. Es wird zwar keinen Sinn haben, aber wir wollen nichts unversucht lassen.« Er wandte sich wieder Knut zu. »Selbst der dümmste Einbrecher arbeitet heutzutage mit Handschuhen. Haben Sie denn schon festgestellt, ob etwas abhanden gekommen ist?«

»Ja«, sagte Knut, »fünfhunderttausend Mark.«

Inspektor Niederham, der diesem Einbruch in einer bescheiden eingerichteten Zweizimmerwohnung wenig Bedeutung zugemessen hatte, war plötzlich beeindruckt. »Ja, sagen Sie mal ... das soll doch wohl hoffentlich kein Witz sein?«

»Leider nein.«

»Aber das verstehe ich einfach nicht. Sie waren auf Reisen, nicht wahr?«

Knut nickte stumm.

»Wie können Sie da fünfhunderttausend Mark einfach in Ihrer Wohnung herumliegen lassen?«

»Ich hatte sie unter meinen Sommerpullis versteckt.«

»Heiliger Himmel! Dann hätten Sie ja besser daran getan, sie offen hinzulegen! Sie hätten sich wenigstens dieses Chaos erspart.«

»Ich hatte nicht mit einem Einbruch gerechnet. Hier in der Umgebung ist noch nie so etwas passiert.«

»Aber hier hat auch noch nie jemand Hunderttausende in bar gehabt! Sagen Sie mal, wie kommen Sie überhaupt an so viel Geld?«

»Ich ... meine Frau und ich ... wir haben im Lotto gewonnen.«

»Gratuliere! Aber dann hätten Sie das Geld doch wenigstens zur Bank bringen sollen!«

Knut begann wütend zu werden. »Sind Sie gekommen, um mir Vorwürfe zu machen oder um mir mein Geld wiederzubeschaffen?«

»Ich untersuche den Fall, und dazu gehört, daß ich auch die Hintergründe aufkläre. Also, wenn ich recht verstanden habe ... Sie hatten das Geld im Lotto gewonnen und keine Gelegenheit mehr gehabt, es vor Ihrer Abreise auf die Bank zu bringen?«

»Ich hatte es auf der Bank. Aber dann brauchte ich es ... das heißt, ich glaubte es zu brauchen. Als sich das zerschlug, habe ich das Geld dann in der Wohnung versteckt.«

»Klingt schon besser. Vielleicht hat man auf der Bank die Nummern der einzelnen Scheine notiert.«

»Weiß ich nicht. Jedenfalls habe ich keine Anweisungen dazu gegeben.«

»Jetzt nennen Sie mir mal Ihre Bank und erzählen Sie mir, mit wem Sie es dort zu tun hatten.«

Knut tat es.

»Gut. Dann werde ich mich gleich morgen mit Direktor Schmitz in Verbindung setzen.« Inspektor Niederham hatte sich während der Unterhaltung eifrig Notizen gemacht. »Wer hat nun gewußt, daß Sic im Lotto gewonnen haben?«

»Nur die Leute von der ›Hildener Sparkasse‹ wußten, daß ich die fünfhunderttausend abgehoben hatte! Direktor Schmitz, der Geldbote, der sie mir gebracht hat und ...«

»In diesem Personenkreis wird der Täter wohl kaum zu suchen sein!« fiel ihm Inspektor Niederham ins Wort. »Außerdem kann ich mir nicht vorstellen, daß irgendein Bankmensch mit einer solchen Idiotie ...« Er unterbrach sich. »Entschuldigen Sie bitte, ich nehme das natürlich zurück ... ich wollte nur sagen, daß niemand von der Bank damit gerechnet haben konnte, daß Sie das Geld in der Wohnung lassen würden.«

Knut war das Blut zu Kopf gestiegen. »Gerade weil ich wußte, daß niemand damit rechnen würde ...« versuchte er sich zu verteidigen.

»Schon gut, schon gut. Kommen wir noch mal auf meine letzte Frage zurück: Wer aus Ihrem Bekanntenkreis wußte, daß Sie im Lotto gewonnen haben?«

»Wir haben es niemandem gesagt.«

»Aber sicher haben Sie sich doch einige Ausgaben erlaubt, die ... sagen wir ... etwas ungewöhnlich waren? Wie haben Sie die erklärt?«

»Ich habe erklärt, ich hätte eine kleine Erbschaft gemacht.«

»Kleine Erbschaft, aha. Und wer hat davon gewußt?«

»Eine ganze Menge. Alle unsere Bekannten und Nachbarn.«

»Dann machen Sie es besser so. Sie schreiben mir eine Liste dieser Leute auf, mit Adressen, und bringen sie mir morgen auf das Revier. Wir müssen ja auch noch ein Protokoll machen.«

»Sie können doch nicht unsere Freunde in diesen Fall hineinziehen?«

»Keine Angst, das habe ich durchaus nicht vor. Es wäre ja auch ziemlich sinnlos, nicht wahr? Aber es könnte ja sein, daß irgendwer irgendwann mal durch größere Geldausgaben auffällig wird. Ich nehme an, Sie haben sich das Geld in Tausendern auszahlen lassen?«

»Ja.«

»Nun, einen Tausender wird man gar nicht so leicht los, weil größere Summen heutzutage ja meist mit Schecks bezahlt werden. Wenn man sich auf der Bank einige der Nummern notiert hat, könnten wir Glück haben, Herr Karsten. Aber ich sage Ihnen ganz ehrlich: Viel Hoffnung kann ich Ihnen nicht machen. Es kommt jetzt ganz darauf an, wie schlau der oder die Täter sind, wie lange sie sich Zeit lassen, das Geld auszugeben oder anzulegen.«

»Ich kann mir nicht vorstellen, daß es jemand aus unserem Kreis getan hat«, behauptete Knut, mußte aber daran denken, wie wütend sie alle auf ihn gewesen waren.

Doch der Inspektor stimmte ihm unumwunden zu. »Ich auch nicht. Das sind bestimmt lauter Ehrenmänner. Aber wenn jemand zu Geld kommt, dann spricht sich das rum und kommt auch solchen Elementen zu Ohren, die es mit mein und dein nicht so genau nehmen. Obwohl Hilden ein kriminologisch ziemlich uninteressanter Ort ist, haben wir auch hier einige einschlägige Vorbestrafte. Auf die werden wir natürlich ein besonders wachsames Auge haben.«

»Gott sei Dank!« sagte Knut. »Ich meine, es wäre doch entsetzlich, wenn es einer meiner Freunde getan hätte.«

»Wer auch immer es war: Auf fünfhunderttausend war er sicher nicht gefaßt. Das muß ihn umgehauen haben.«

»Danke, Herr Inspektor«, erwiderte Knut steif, »sie haben mir meine Dummheit jetzt schon oft genug vorgeworfen.«

»Entschuldigen Sie, aber ich bin immer noch nicht aus dem Staunen heraus.« Inspektor Niederham steckte Notizbuch und Kugelschreiber ein. »Also bis morgen. Wir werden dann auch Ihre Fingerabdrücke nehmen, zum Vergleich, versteht sich.« Er wandte sich seinem Assistenten zu. »Na, haben Sie was gefunden?«

»Nicht am Türgriff und nicht an den Scheiben, aber sonst jede Menge, einige gestochen scharf.«

»Haben Sie viel Besuch, Herr Karsten?«

»Überhaupt nicht.«

»Eine Putzfrau?«

»Nein.«

»Ausgezeichnet. Dann sollte man die Fingerabdrücke des Täters, wenn er denn solche hinterlassen hat, leicht eliminieren können.«

»Vergleiche«, sagte der Assistent leicht verlegen, »habe ich noch keine angestellt.«

»Hatte ich auch nicht erwartet. Wo ist oder war eigentlich Ihre Frau, Herr Karsten?«

»Auf einer Kreuzfahrt in der Karibik.«

»Na, macht nichts. In Fingerabdrücke setze ich, wie ich schon anfangs sagte, ohnehin keine großen Hoffnungen.«

Danach verabschiedeten sich die Herren und ließen Karsten im Chaos seiner durchwühlten Wohnung zurück. Er war wütend auf den Inspektor, wütend aber auch auf sich selber. Er fühlte sich bis auf die Knochen blamiert. Es graute ihm vor der Stunde, da er Eva seinen Fehler würde gestehen müssen.

Je länger die Kreuzfahrt dauerte, desto seltener dachte Eva an Knut. Es war, als würde sie sich immer weiter und weiter von ihm entfernen. Das ruhige Leben, das sie mit ihm geführt hatte, verblaßte mehr und mehr.

Auf der ›Aquarius‹ jagten sich die Veranstaltungen. Es wurde eine ›Karibische Nacht‹ gefeiert, ein ›Damen-Dinner‹, es gab lustige Tanzspiele in der Lounge, einen Griechischen Abend‹, eine ›Hutparade‹, eine ›Talentshow‹, und bei all diesen Ereignissen stand Eva im Mittelpunkt. Sie wußte nicht, wie es geschehen war, aber es war außerordentlich angenehm. Die Herren, besonders Bruno Berger, den sie allerdings nach wie vor nicht an sich herankommen ließ, und die Offiziere hofierten sie. Sie kam sich vor wie Aschenputtel, für die die Fee ein neues Image gezaubert hat. Die See war jetzt ganz ruhig und der Himmel so wolkenlos blau wie in den Prospekten.

Eva hätte restlos glücklich sein können, wenn Hilde nicht gewesen wäre. Das Schiff war ausgebucht, sonst hätte sie um eine andere Kabine gebeten. Es ging ihr auf die Nerven, der früheren Freundin ausweichen zu müssen, wenn sie auch merkte, daß Hilde ihrerseits ihr aus dem Weg ging. Tagsüber sahen sie sich kaum noch. Hilde schien sich in ganz anderen Kreisen zu bewegen.

Auch das Benehmen der amerikanischen Freunde hatte sich geändert. War ihre Freundlichkeit anfangs recht unverbindlich und oberflächlich gewesen, so hatten sie inzwischen ein persönliches Interesse an Eva genommen. Besonders Betty Brown war sehr herzlich ihr gegenüber.

»Wie gut sie wieder aussehen, Honey!« sagte sie einmal und sah Eva aufmerksam durch ihre mit viel Straß geschmückte Brille an. »Sie blühen von Tag zu Tag mehr auf. Die Seeluft tut Ihnen gut.«

Eva lachte. »Anfangs, als sie noch stürmisch war, hat sie mir gräßlich zugesetzt.«

»Vergessen Sie es, Honey!«

»Jetzt könnte ich ewig so weiterfahren.«

»Keine Sehnsucht nach zu Hause?«

Eva dachte nach. »Merkwürdigerweise ... nein!« Über sich selbst erschrocken fügte sie hinzu: »Natürlich wäre es alles noch viel schöner, wenn Knut hier wäre.«

»Knut ist Ihr Mann?«

»Ja, Betty, und ich liebe ihn. Aber er hätte mich nicht allein reisen lassen sollen.«

Dieses Gespräch fand bei einem Apéritif in der Bar statt, und die englische Sprache, in der es bekanntlich kein ›Sie‹ gibt, machte es sehr vertraulich.

»Das hätte er wirklich nicht tun sollen«, stimmte Betty zu, »es ist gefährlich, eine so schöne junge Frau allein in die Welt zu schicken.«

Eva errötete und lachte. »Gefährlich doch wohl nicht. Ich bin von Haus aus treu.«

»Sei nur nicht so sicher! Ich liebe meinen Mann auch und habe ihn trotzdem einmal betrogen. Ich habe es nie bereut, und er hat es nie erfahren.«

Betty erzählte die Geschichte ihres pikanten Seitensprungs, und Eva lauschte mit großen Augen. Es machte sie stolz, daß die Amerikanerin sie ihr anvertraute.

»Ich habe das noch nie einer Menschenseele erzählt«, schloß Betty, »du wirst mich doch nicht verraten?«

»Nie!« schwor Eva.

»Und du? Hast du nicht doch schon einmal ...?«

»Nein, wirklich nicht. Natürlich hatte ich auch keine Gelegenheit. Aber ich glaube auch nicht, daß ich so etwas tun könnte.«

Während Eva und Bill Brown sehr viel Zeit am Swimmingpool verbrachten, fürchtete Betty, die Sonne könnte ihrem Teint schaden. Sie hielt sich deshalb meist im luftigen Patio auf. Von Zeit zu Zeit kam Eva zu ihr herein, um sich an einem Drink zu erfrischen und mit ihr zu plaudern, wenn sie gerade einmal allein war.

Wenige Tage bevor die ›Aquarius‹ wieder in Nassau anlegen sollte, sagte Betty bei einer solchen Gelegenheit: »Zu schade, daß wir uns so bald schon trennen müssen!«

»Ja, ich bedaure das auch.«

»Aber jetzt zieht es dich doch zu deinem Mann?«

»Ich fliege noch gar nicht nach Hause. Ich habe eine Woche Nassau gebucht.« Sie schlürfte Planter's Punch mit einem Strohhalm.

»Du machst kein sehr glückliches Gesicht dabei«, stellte Betty fest.

»Du hast doch sicher bemerkt, daß meine Freundin und ich ...«

»Daß ihr euch zerstritten habt? Das weiß das ganze Schiff. Wir haben übrigens nie verstanden, wie du ausgerechnet mit einer solchen ... einer solchen Person hast verreisen können.«

»Früher war sie ganz nett.«

»Ihr kennt euch schon lange?«

»Seit der Schule.«

»Ja, so etwas kittet. Aber die Menschen verändern sich, wenn sie älter werden.«

»Hilde hat sich verändert.«

»Du solltest ihr keine Träne nachweinen!«

»Das tue ich auch nicht. Es ist nur so ... wir werden uns auch im ›Golf Hotel‹ das Zimmer teilen müssen.«

»Oh!« sagte Betty teilnahmsvoll.

»Und davor graut mir.«

»Armes Kind! Aber das hättest du mir schon viel, viel eher erzählen sollen.«

»Wozu? Ich habe versucht, möglichst nicht daran zu denken.«

»Es ist immer besser, die Dinge beim Namen zu nennen, Honey, glaub mir das!«

»Ich habe nun mal kein Talent mich auszujammern.«

Betty drückte ihr über den Tisch hinweg die Hand. »Das weiß ich doch, Liebes. Aber für was hat man denn Freunde, wenn man sie nicht um Rat und Hilfe bitten will? Du weißt doch, daß Bob und ich deine Freunde sind.«

»Doch, das glaube ich schon.« Unsicher fügte Eva hinzu: »Obwohl wir uns ja erst so kurze Zeit kennen.«

»Das hat nichts zu bedeuten. Du bist uns schon am ersten Tag aufgefallen, beim Cocktailempfang des Captain in der Lounge, erinnerst du dich? Ich habe zu Bob gesagt: ›Sieh doch mal, diese reizende junge Frau da drüben!‹ Und er: ›Ja, sie ist wirklich charming!‹ Wir wunderten uns bloß über deine Begleiterin.«

»Damals habe ich euch gar nicht bemerkt.«

»Sicher nicht. Du hattest die Augen niedergeschlagen und lächeltest nur gezwungen. Du schämtest dich über die herausfordernde Art von Hilde.«

»Das ist wirklich wahr.«

»Na, siehst du! Sympathie ist keine Frage der Zeit. Bob und ich waren dann so froh, daß du an unseren Tisch kamst.«

»Ja, ihr wart von Anfang an lieb zu mir!« mußte Eva zugeben. »Aber hätte ich euch dafür zum Dank mit meinen Sorgen belasten sollen?«

»Unbedingt!« Betty tätschelte noch einmal Evas nackten Arm, bevor sie ihre Hand zurückzog. »Gute Freunde teilen nicht nur den Spaß, sondern auch die Sorgen miteinander, und in diesem Fall hätten wir sie dir sogar abnehmen können.«

»Wie denn? Unmöglich!«

Betty lachte. »Bob und ich haben ein Haus auf Eleuthera Island. Ein hübsches Haus am Strand mit Tennisplatz und Swimmingpool. Wenn wir geahnt hätten, was dich bedrückt, hätten wir dir das längst erzählt. Was sagst du nun?«

»Ich verstehe nicht ...«

»Aber, Honey, das liegt doch auf der Hand. Wir laden dich herzlich zu uns ein. Du kannst bleiben, solange du magst.«

»Nein, nein, das geht doch nicht«, wehrte Eva ab, obwohl sie vor Freude errötete.

»Jetzt sag nur nicht, daß du das nicht annehmen kannst, daß du Angst hast, uns zur Last zu fallen oder sonst einen Unsinn! Wir verbringen jeden Winter dort und haben immer Gäste.«

»Nein, das ist es nicht. Aber ich habe im ›Golf Hotel‹ fest gebucht ... ich habe auch schon im voraus gezahlt.«

»Das läßt sich rückgängig machen. Wenn du Bob den Voucher gibst, wird er das gern für dich erledigen. Dann kriegst du sogar dein Geld zurück, jedenfalls den größten Teil, falls es das ist, was dich stört.«

»Nein, aber es ist so: Wenn mein Mann von seinem Afrika-Treck zurückkommt ... davon habe ich dir doch erzählt ... wird er sich mit mir in Verbindung setzen wollen. Aber wenn ich nicht im ›Golf Hotel‹ bin, kann er mich nicht erreichen und wird sich schreckliche Sorgen machen.«

»Aber Darling, das läßt sich doch alles arrangieren. Du gibst einfach von Nassau aus ein Telegramm auf und teilst ihm deine neue Adresse mit. Wo ist da die Schwierigkeit?«

»Er wird es nicht verstehen.«

»Du kannst ihm einen langen, langen Brief schreiben und ihm alles ausführlich erklären.«

»Betty, es ist furchtbar lieb von dir, aber, bitte, laß mich die ganze Sache noch einmal in Ruhe überlegen.«

»Kommt gar nicht in Frage! Ich will nicht, daß du dir länger über den Rest deiner Ferien Sorgen machst. Bob und ich hätten dich längst eingeladen, wenn wir gewußt hätten, daß du noch auf den Bahamas bleiben wolltest. Du darfst uns nicht so enttäuschen.«

Eva konnte die großzügige Einladung nicht so selbstverständlich annehmen, wie sie ausgesprochen war; sie hatte etwas Ähnliches noch nie erlebt. Aber andererseits konnte sie kein Argument vorbringen, das dagegen gesprochen hätte, und die Aussicht, von Hildes Gegenwart befreit zu werden, überwog ihre Bedenken, die sie nicht zu formulieren vermochte. »Also gut«, sagte sie und stieß unwillkürlich einen kleinen Seufzer aus, »ich bin einverstanden.«

»Fällt dir das so schwer?«

»Nein, es ist nur so überraschend gekommen. Ich bin es nicht gewohnt, schnelle Entscheidungen zu treffen.«

»Und du hast ein bißchen Angst vor deinem Mann, gib es zu! Weißt du was, wir können ihm auch schon vom Schiff aus telegrafieren.«

»Nein, nein, das ist nicht nötig, ich meine: Das hat keinen Zweck. Er kommt erst einige Tage vor mir nach Hause zurück, am achtzehnten, glaube ich.«

»Und wie lange wolltest du fortbleiben?«

»Mein Ticket ist für den zweiundzwanzigsten ausgestellt.«

»Wunderbar! Dann haben wir dich noch eine ganze Woche für uns. Wir werden uns eine herrliche Zeit machen, Darling.«

Nach dieser überraschenden Wende der Dinge hatte sich auch der letzte Schatten über Evas Urlaubsglück in Nichts aufgelöst. Endlich konnte sie die Kreuzfahrt ganz unbeschwert genießen.

Am letzten Abend vor dem Einlaufen in Nassau sollte auf der ›Aquarius‹ das ›Captain's Dinner‹ stattfinden, und schon Tage vorher begann unter den Passagieren das große Rätselraten, wer die Ehre haben würde, an den Tisch des Kapitäns geladen zu werden. Eva rechnete sich zwar keine Chance aus, fand es auch gar nicht so erstrebenswert, machte das Spiel aber zum Spaß mit.

Dennoch war sie freudig überrascht, als Simon ihr am Vormittag auf dem Promenadendeck eine handgeschriebene Einladung überbrachte. »Für mich?« rief sie. »Das ist doch nicht möglich!« – Aber da stand in großen, runden Lettern: ›Frau Eva Karsten‹; ein Irrtum war also ganz ausgeschlossen. »Das haben Sie für mich getan!«

»Nein«, sagte Simon.

»Aber Sie freuen sich doch für mich?«

»Ja.« Simon wollte sich schon zum Gehen wenden.

Sie hielt ihn zurück. »Simon, was ist los mit Ihnen?«

»Nichts.«

»Sie haben sich in letzter Zeit gar nicht um mich gekümmert.«

»Ich dachte, Sie hätten genügend Kavaliere.«

»Ja, das stimmt«, gab Eva zu und schämte sich ein wenig, daß ihr erst jetzt bewußt wurde, daß er sich von ihr zurückgezogen hatte, »aber Sie wissen ...« Sie suchte nach Worten, weil sie nicht aufdringlich wirken wollte.

»Was?«

»Daß ich Sie mag. Anfangs waren Sie so nett zu mir. Ich werde Ihnen das nie vergessen.«

»Ich glaube, das haben Sie längst.«

»Nein, Simon. Bitte, sagen Sie mir, was ich falsch gemacht habe. Habe ich Sie irgendwie gekränkt?«

»Nein.«

»Hat es Sie geärgert, daß ich so viel getanzt und auch ein bißchen geflirtet habe?«

»Nein.«

»Wollen Sie etwa behaupten, daß es ein Zufall war, daß wir nie mehr zusammengekommen sind? Sie waren nie mehr in der Disco, und ich habe Sie auch nicht an Deck gesehen. War Ihnen nicht gut?«

»Nein.«

»Bitte, Simon, lassen Sie sich doch nicht jedes Wort aus dem Mund ziehen! Sie haben mich ganz bewußt geschnitten, und ich muß Ihnen sagen, daß ich das als Beleidigung empfinde. Ja, ich überlege schon, ob ich mich nicht über Sie beschweren soll. Heute abend hätte ich ja eine gute Gelegenheit dazu.«

Simon erschrak sichtlich. »Bitte, tun Sie das nicht!«

»Das war doch nur ein Scherz!« sagte sie rasch. »Trauen Sie mir denn so etwas wirklich zu?«

»Sie haben es gesagt.«

»Nur weil ich eine Erklärung für Ihr sonderbares Verhalten möchte. Anfangs schienen Sie mich doch nett zu finden ...«

»Anfangs«, fiel er ihr, alle Zurückhaltung über Bord werfend, ins Wort, »wußte ich noch nicht, daß Sie Millionärin sind!«

Eva wurde blaß. »Wie ... wie kommen Sie denn darauf?« stotterte sie.

»Wollen Sie es etwa leugnen?«

»Ich wüßte nicht, warum ich Ihnen über meine finanziellen Verhältnisse Rechenschaft geben sollte!« erklärte sie so kühl, wie es ihr möglich war.

»Also doch!«

Sie verlor die Beherrschung, Tränen stiegen ihr in die Augen. »Und selbst wenn es so wäre ... was hat das mit uns zu tun?«

»Ein griechischer Mann hat seinen Stolz.«

»Habe ich etwa versucht Sie zu demütigen?«

»Sie hätten denken können, daß ich hinter Ihrem Geld her bin.«

»Und all die anderen ... denen war das egal?«

»Ich kann nicht für die anderen sprechen, sondern nur für mich.«

»Sie finden es also richtig, eine Frau stehenzulassen, nur weil sie reich ist? Ich will Ihnen mal was sagen, Simon: Sie sind verrückt, einfach verrückt!«

Wortlos, mit einer leichten Verbeugung, verabschiedete er sich und ging, sehr aufrecht, schlank und hübsch in seiner weißen Uniform.

Eva war die Freude an ihrer Einladung an den Tisch des Kapitäns verhagelt. Sie ärgerte sich nicht so sehr über Simon, denn nach einigem Nachdenken fand sie seine Einstellung doch nur komisch, als über Hilde. Hoch und heilig hatte sie ihr in Düsseldorf versprochen, niemandem von dem Gewinn zu erzählen, und jetzt hatte sie es ausgerechnet hier auf dem Schiff ausgeplaudert. Eva empfand das als Verrat.

Es verlangte sie danach, Hilde zur Rede zu stellen, aber sie verbot es sich, weil sie sicher war, daß nichts dabei herauskommen würde. Besser würde es sein, die gewohnte Taktik einzuhalten und ihr aus dem Wege zu gehen.

Auch als die beiden jungen Frauen am Nachmittag in der Kabine zusammentrafen – das war unvermeidlich, der Steward hatte ihre Koffer gebracht, sie mußten packen –, bewahrte Eva Stillschweigen.

Hilde war es, die das Gespräch begann. »Wie ich höre, sitzt du heute abend am Captain's table«, sagte sie spöttisch, »wie schön für dich.«

Eva blieb ganz ruhig.

»Weißt du auch, wem du das zu verdanken hast?« Hilde machte eine Kunstpause, bevor sie herausplatzte: »Mir!«

Jetzt konnte Eva nicht länger den Mund halten. »Das ist ja lächerlich!«

»Findest du? Das beweist, daß du immer noch nichts von der Welt begriffen hast. Machst du dir denn keine Gedanken, warum man dich so umschwärmt? Glaubst du etwa, weil du jung und schön bist? Nein, bloß weil du Millionen hast! Und daß die Leute das wissen, verdankst du mir.«

Eva richtete sich von ihrem Koffer auf. »Du hast die Stirn, dich dessen zu rühmen?«

»Jetzt werde bloß nicht melodramatisch! Es war dir doch angenehm, von allen umtanzt zu werden. Gib es zu! Ohne mich wärst du geblieben was du immer warst: ein Mauerblümchen!«

Plötzlich wurde Eva hellsichtig. »Und wenn Bruno Berger nicht geglaubt hätte, du wärst reich, hätte er sich gar nicht an dich herangemacht.«

Hildes Lachen klang nicht echt. »Donnerwetter! Mir scheint, du wachst auf.«

»Ich habe also recht?«

»Zugegeben.«

»Das tut mir leid.«

»Muß es nicht. Ich hätte das Spiel ja bis zum Ende der Kreuzfahrt mitmachen können. Aber mir war nicht danach.«

»Warum hast du mich nicht gewarnt?«

»Ich wollte, daß du deine Erfahrungen selber machst.«

»Gott, bin ich froh, daß ich ihn habe abblitzen lassen! Ich wußte von nichts, aber ich hatte ein ungutes Gefühl.«

»Sag lieber: Du hattest kein Interesse an meinen abgelegten Hüten. Außerdem hattest du seine Gesellschaft ja auch nicht nötig, beliebt wie du mit einem Mal warst.«

»Erwartest du etwa, daß ich mich bei dir noch dafür bedanke? Du hast dein Versprechen gebrochen. Das war gemein und hinterhältig.«

»Es war blöde von dir, mir dieses Versprechen abzuverlangen, und blöde von mir, es dir zu geben. Das Ganze war ein ausgesprochener Mumpitz. Ich habe von Anfang an nicht verstanden, warum ihr so ein Geheimnis aus der Sache gemacht habt.«

»Knut hielt es für besser.«

»Und du? Hast du denn überhaupt keine eigene Meinung? Warum verschanzt du dich immer hinter Knut?«

»Ich wollte auch lieber, daß niemand etwas davon erfuhr.«

»Aber warum, zum Teufel? Kannst du mir das erklären? Na schön, vielleicht hätte man euch angepumpt ... so what? Bei den Millionen, die euch in den Schoß gefallen sind, hättet ihr ruhig ein paar Hunderttausender springen lassen können.«

Eva sah ein, daß Hilde nicht ganz unrecht hatte, aber sie wollte es nicht zugeben. »Jedenfalls ist es mir schrecklich zu denken, daß man sich nur um mich bemüht hat, weil ich reich bin.«

»Ich verstehe dich nicht. Was ist daran auszusetzen? Geld ist doch unzweifelhaft ein Wert. Nicht das Geld allein, sondern deine Persönlichkeit plus Geld haben deinen Erfolg ausgemacht.«

Eva hängte das Abendkleid heraus, das sie beim Dinner tragen wollte, und stellte die Sandaletten dazu. »Ich glaube, du hast unrecht«, sagte sie.

»Wieso?«

»Niemand hat doch etwas von meinem Geld genommen oder bekommen, im Gegenteil, kaum je habe ich einen Drink selber zahlen müssen.«

»Das ist nun mal so. Den Reichen wird es nachgeschmissen.« Hilde strich über ihre Strandkleider, die sie in den Koffer gelegt hatte. »Trotz allem war es eine schöne Zeit. Schade, daß sie schon vorüber ist.«

»Ich freue mich, daß du dich also auch amüsiert hast.«

»Und ob! Übrigens wollte ich dir schon lange sagen: Mag sein, daß ich mich dir gegenüber schlecht benommen habe. Aber Kranke und Krankheiten sind mir nun einmal zuwider.«

»Ist schon gut, Hilde.«

»Wollen wir nicht versuchen, die letzte Woche wenigstens einigermaßen miteinander auszukommen? Ich glaube, wir haben uns beide jetzt die Hörner abgestoßen. Der Vergleich hinkt zwar erheblich, aber du wirst schon verstehen, was ich meine.«

»Ich bleibe nicht in Nassau.«

»Du willst schon zurück? Aber hoffentlich doch nicht meinetwegen?«

»Die Browns haben ein Haus auf Eleuthera. Sie haben mich zu sich eingeladen.«

»Sieh an, sieh an!«

»Sag jetzt bloß nicht, nur meines Geldes wegen.«

»Sicher nicht nur. Geld plus Persönlichkeit, kapierst du immer noch nicht?«

»Sie waren von Anfang an nett zu mir, und wahrscheinlich wissen sie gar nichts davon.«

»Da wäre ich mir nicht so sicher.«

»Ich werde Betty einfach fragen.«

»Wenn du meinst, daß etwas dabei raus kommt.«

»Sie mag mich wirklich.«

»Wie schön für dich.« Hilde drehte sich in der Kabine, um festzustellen, ob sie etwas vergessen hatte. Dann fragte sie: »Sag mal, was wird dann aus mir?«

»Du kannst dich natürlich im ›Golf Hotel‹ einquartieren. Vielleicht kriegst du ein Einzelzimmer. Bill wird das schon arrangieren.«

»Auf deine Kosten?«

»Natürlich.«

»Weißt du, eigentlich kann ich das gar nicht annehmen.«

»Komm mir jetzt bloß nicht so! Natürlich kannst du, und du wirst. Ich habe dich zu dieser Reise eingeladen ...«

»... obwohl du das oft bereut hast!«

»Das stimmt!« gab Eva unumwunden zu.

»Trotzdem willst du?«

»Ich werde auch noch einen Travellerscheck für deine Nebenkosten einlösen. Meinst du, daß hundert Dollar genügen?«

»Warum tust du das?«

»Du hast mir so viele böse Dinge an den Kopf geworfen, daß ich fast selber an mir irre geworden wäre. Vielleicht war der eine oder andere Vorwurf sogar berechtigt. Ich will nicht, daß du allzu schlecht von mir denkst.«

»Und du auch nicht von mir! Weißt du was, laß uns vor dem Dinner noch einen letzten Drink zusammen nehmen, ja?«

»Einverstanden.«

Eva war erleichtert, daß der Friede jetzt doch einigermaßen wiederhergestellt war. Aber sie wußte - und Hilde wußte es auch -, daß sie wohl nie wieder Freundinnen werden würden.

Knut bekam den Luftpostbrief, den Eva gleich bei ihrer Ankunft in Nassau an ihn aufgegeben hatte, schon wenige Tage später. Ohne es sich zuzugeben, empfand er bei der Lektüre Eifersucht und leisen Neid. Es schien ihm merkwürdig, daß ein amerikanisches Ehepaar, das sie erst auf dem Schiff kennengelernt hatte, sie in ihr Ferienhaus nach Eleuthera - eine Insel, von der er noch nie gehört hatte und die er erst im Atlas nachschlagen mußte - eingeladen hatte. Die Begeisterung, mit der sie schrieb, wirkte auf ihn verletzend.

Der Nachsatz: ›Wie schade, daß Du nicht hier sein kannst! Vermisse Dich sehr!‹ schien zum übrigen Text nicht recht zu passen. Er empfand ihn als eine bloße Pflichtübung von Eva. Es war doch nicht zu übersehen, daß sie sich prächtig amüsierte.

Knut war nahe daran, ihr zu telegrafieren, daß sie sofort nach Hilden zurückkommen solle. Tatsächlich fühlte er sich einsam in der kleinen Wohnung, die er nur halbwegs aufgeräumt hatte. Aber dann machte er sich klar, daß sie ja ohnehin nur noch eine Woche ausbleiben würde. Außerdem wußte er nicht, wie er ihr in einem Telegramm erklärte sollte, daß er den Treck abgebrochen hatte. Er erwog, es ihr zu schreiben, aber er schämte sich doch zu sehr. Dann hätte er ihr ja auch wahrheitsgemäß mitteilen müssen, daß ihm die fünfhunderttausend abhanden gekommen waren. Zwar hatte es sich herausgestellt, daß einige Seriennummern der Stadtsparkasse bekannt waren. Doch sie gehörten zu druckfrischen, gebündelten Noten, die, wie Niederham ihm gesagt hatte, bestimmt ganz zuletzt, wenn überhaupt, ans Licht kommen würden. Fingerabdrücke waren nur zweierlei in der Wohnung gefunden worden, und da die einen zu ihm gehörten, ging man davon aus, daß die anderen von Eva waren. Es bestand wenig Aussicht, das Geld wiederzubekommen. Ihm schien, als wäre dies alles mündlich leichter zu erklären.

Deshalb redete er sich ein, daß es besser wäre, nicht zu schreiben. Mit seinen schlimmen Nachrichten würde er Eva nur den Urlaub verderben. Vielleicht würde sie sich ja sogar von sich aus entschließen, ihn abzubrechen, aus Sorge um ihn.

Aber wenn er ganz ehrlich vor sich selber war, wollte er das gar nicht. Es war nicht Eva, nach der er sich sehnte, sondern Isabell.

Unfähig, Pläne auf lange Sicht zu machen, wartete er auf ihre Rückkehr. Wenn sie sich, wie sie ihm versprochen hatte, gleich bei ihm meldete, konnte er sie treffen, noch bevor Eva wieder da war. Es würde ihnen dann Zeit füreinander bleiben, wenn auch nur für wenige Tage.

Wie es weitergehen sollte, wußte er nicht. Er sah schon den Unterschied, den es ausmachte, seine Frau einmal, gleichsam aus Zufall, in einer ganz besonderen Situation betrogen zu haben, oder aber das Verhältnis kaltblütig fortzusetzen. Sein Gewissen plagte ihn, aber sein Verlangen nach Isabell war stärker.

Nachdem er sich von dem Schreck über den Einbruch erholt hatte, konnte er an nichts anderes mehr denken.

Nicht einmal auf seine berufliche Zukunft konnte er sich konzentrieren. Er studierte zwar die Geschäftsanzeigen, aber er tat es lustlos und eigentlich nur, um die Zeit totzuschlagen. Es wurde ihm nicht bewußt, aber er hatte sein inneres Gleichgewicht verloren.

So verdrängte er den Gedanken an Eva, denn er bereitete ihm Unbehagen.

Schon bei ihrer Ankunft auf dem Rock Sound International Airport war Eva tief beeindruckt, als ein schwarzer Chauffeur in hellgrauer Uniform die Browns und sie am Ausgang erwartete und ihr Gepäck im Kofferraum eines weißen Cadillacs verstaute. Offensichtlich waren ihre Gastgeber viel reicher, als sie vermutet hatte.

Sie fuhren durch eine grüne, hügelige Landschaft. Bill vorn neben dem Chauffeur, Betty neben Eva auf dem geräumigen Rücksitz. Sie erzählte ihr von der Geschichte Eleutheras, die die erste der von den Europäern besiedelte Insel der Bahamas war, von den malerischen Dörfern und den wunderschönen Stranden.

Eva war begeistert.

»Aber was rede ich viel«, schloß Betty ihren Bericht, »das wirst du ja alles selbst entdecken.«

»Ich bin euch so dankbar, daß ich das erleben darf!« Betty tätschelte ihre Hand. »Wir alten Leute sind froh, einen jungen Menschen bei uns zu haben.«

»Ihr seid doch noch nicht alt!«

»Ich könnte deine Mutter sein, Eva, und leider haben wir selber ja keine Kinder.«

Das Haus, vor dem der Cadillac endlich hielt, lag an der Cotton Bay, ein weißer Flachbau, der zur Straße hin nicht besonders imponierend wirkte. Erst als sie eingetreten waren, erkannte Eva, wie prachtvoll es war. Eine überdachte Terrasse mit einem offenen Kamin und einer Bar erstreckte sich bis zu dem riesigen, ovalen Schwimmbecken. Dahinter dehnte sich feiner weißer Strand bis zum Meer. Seitlich des Pools befand sich ein gepflegter Tennisplatz. Es war alles genauso, wie Betty es beschrieben hatte.

Der Wohnraum war luftig und modern eingerichtet, das Eßzimmer ganz im spanischen Stil, mit einem hohen Tisch und hochlehnigen dunklen Stühlen. Außer den Schlaf- und Ankleidezimmern für die Browns gab es sechs Gästeschlafzimmer, von denen das hübscheste, mit Blick auf Strand, Meer und Palmen, für Eva hergerichtet war.

»Das ist doch alles eigentlich viel zu groß für zwei Leute!« rief sie.

»Jetzt verstehst du wohl auch, warum wir so froh sind, daß du mit uns gekommen bist«, sagte Betty.

»Wir haben häufig Gäste«, fügte Bill hinzu, »sonst wäre es uns zu einsam.«

»Und das Personal würde sich ans Faulenzen gewöhnen.«

Tatsächlich hatten die Browns außer dem Chauffeur, der sich auch als Diener betätigte, ein hübsches junges Stubenmädchen, das ebenfalls eine hellgraue Uniform trug, und eine Köchin, die Eva allerdings nie zu Gesicht bekam.

Das Abendessen war köstlich.

»Mir schmeckt's noch besser als auf der ›Aquarius‹!« verkündete Eva.

»Ja, hier ist gut kochen«, bestätigte Betty, »auf Eleuthera gibt es alles, was das Herz begehrt, Obst und Tomaten und Kokosnüsse natürlich.«

»Man züchtet hier auch Rinder und Geflügel«, erklärte Bill, »die kleineren Inseln werden von Eleuthera mit Eiern, Milch und Frischfleisch versorgt.«

»Ein gelobtes Land also! Hier könnte ich immer leben!« behauptete Eva.

»Warum tust du es dann nicht?« fragte Betty.

Eva war überrascht. »Ich werde darüber nachdenken!«

Nach dem Dinner entschuldigte sich Bill. »Ich lasse euch ungern allein, aber durch die Kreuzfahrt ist eine Menge Arbeit liegengeblieben. Ich hoffe, daß ihr das versteht.«

Die beiden Frauen machten es sich in den buntgepolsterten Korbstühlen auf der Terrasse bequem. Der Diener, jetzt im weißen Jackett, servierte eisgekühlten Planter's Punch und zog sich dann zurück. Obwohl die Nacht hereinbrach, war es immer noch wunderbar warm, und die leichte Brise vom Meer her schmeckte nach Salz.

»Was arbeitet Bill eigentlich?« fragte Eva. »Ich will nicht neugierig sein, aber ...«

»Bist du gar nicht. Auf dem Schiff hätte ich nicht gern darüber geredet. Da versucht man doch den Alltag und den Beruf zu vergessen.« Sie schüttelte das hohe Glas mit dem Fruchtdrink ein wenig, so daß die Eiswürfel leise klirrten. »Er ist Finanzmakler.«

»Oh!«

Eva wartete darauf, daß die andere noch etwas sagen würde, aber Betty schwieg.

Eva gab sich einen Ruck. »Weißt du, daß man sich auf der ›Aquarius‹ erzählt hat, ich hätte Millionen gewonnen?«

»Es ist in diesen Wochen so viel geratscht und getratscht worden«, erwiderte Betty gleichmütig.

»Du hast also davon gehört?«

»Ich habe es natürlich nicht ernstgenommen.«

»Wieso ›natürlich nicht‹?«

»Weil es eines dieser üblichen Gerüchte ist, die irgend jemand aufbringt, um sich wichtig zu machen.« Betty lachte. »Es war nicht unsere erste Kreuzfahrt, mein Darling.«

»Es stimmt aber.«

»Was willst du damit sagen?« fragte Betty nicht sonderlich interessiert.

»Mein Mann und ich haben im Lotto gewonnen. Fast drei Millionen DM.«

»Eine Million Dollar«, rechnete Betty, »nicht schlecht. Was habt ihr damit angefangen?«

»Noch gar nichts. Wir haben uns ein paar Sachen gekauft und sind auf Reisen gegangen.«

Betty lachte. »Wie zwei große Kinder!«

Eva hatte das Gefühl, sich verteidigen zu müssen. »Was hätten wir denn sonst tun sollen? Es kam so plötzlich. Wir hätten so was nie zu hoffen gewagt.«

»Gar keine Pläne gemacht?«

»Für hunderttausend ja, aber doch nicht für Millionen.«

»Und wie soll es jetzt weitergehen?«

»Knut und ich sind uns nicht einig«, gestand Eva, »er will sich selbständig machen, und ich möchte das Geld lieber sicher anlegen.«

Inzwischen war unmerklich die Nacht hereingebrochen.

Betty stand auf und zündete ein Windlicht an. »Oder möchtest du lieber ins Haus gehen?« fragte sie.

»Nein, nein, hier ist es doch schön.«

Betty setzte sich wieder und zündete sich eine Zigarette an. »Jetzt jedenfalls bist du im Urlaub und solltest dir keine Gedanken machen.«

»Aber es ist zu wichtig. Ich kann das nicht einfach beiseite schieben.«

»Erlaubst du mir, daß ich mit Bill darüber spreche?«

»Lieber nicht.«

»Und warum nicht?« fragte Betty erstaunt. »Er weiß sicher einen Rat.«

»Ich kann doch nicht allein entscheiden, und Knut ist ja noch in Afrika.«

»Aber es geht doch gar nicht um eine Entscheidung, sondern nur um Überlegungen. So albern es klingt, ich verstehe von Geldgeschäften leider gar nichts. Bill hat versucht, mir wenigstens die Grundbegriffe beizubringen.« Betty lachte. »Aber anscheinend bin ich zu dumm.«

»Hilde wußte über solche Dinge Bescheid. Sie arbeitet in einer Bank.«

»Und was hat sie gesagt?«

»Daß wir das Geld einfach ausgeben, uns eine schöne Zeit damit machen sollten.«

»Sie hat es nie gut mit dir gemeint, diese Hilde. Aber lassen wir das.« Betty drückte ihre Zigarette aus. »Wir wollen nie mehr darüber reden, ja?«

»Warum nicht?«

»Weil ich absolut nichts von Geld verstehe und weil es mich, ehrlich gesagt, auch langweilt.«

»Du warst immer reich, nicht wahr?«

»Deshalb weiß ich, wie wenig es bedeutet.«

»Da irrst du dich. Für Knut und mich macht es einen riesigen Unterschied aus. Es ist, wie ... wie ein ganz neues Leben! Denk doch nur mal: Ohne das Geld wäre ich gar nicht hier.«

»Wir hätten dich auch zu uns eingeladen, wenn du arm wie eine Kirchenmaus wärst.«

Eva lachte. »Schöne Logik! Dann hätte ich mir ja die Kreuzfahrt gar nicht leisten können.«

»Irgendwann hätten wir uns doch kennengelernt. Es gibt so etwas wie eine Vorbestimmung, weißt du, Darling.«

»Das glaube ich auch«, stimmte Eva spontan zu.

»Aber wenn du das selber weißt ...« Betty unterbrach sich. »Aber wir wollten nicht mehr darüber sprechen. Möchtest du noch etwas trinken?«

»Nein, danke.«

»Es macht gar keine Mühe. Ich brauche nur nach George zu klingeln.«

»Lieb von dir. Aber ich vertrage nicht so viel.«

»Ganz wie du willst.«

Eine Weile saßen sie schweigend. Eva war sehr nachdenklich geworden. Plötzlich verstand sie ihren eigenen Widerstand nicht mehr. Ganz gleich, ob es das Schicksal war, das sie mit einem Finanzmakler zusammengebracht hatte, oder nur der Zufall, sie hatte doch eigentlich allen Grund, dankbar dafür zu sein. Sie hatte ja nichts zu verlieren, wenn sie sich einmal anhörte, was er zu sagen hatte.

»Bitte, Betty«, sagte sie, »ich habe es mir überlegt ...«

»Doch noch einen Drink?« fragte Betty rasch und streckte schon die Hand nach dem Klingelknopf aus.

»Nein, das nicht! Aber, bitte, sprich doch mal mit Bill!«

Nach einer kleinen Pause sagte Betty: »Ich glaube, das ist ein sehr kluger Entschluß, Darling!«

Am nächsten Morgen ließen sich die beiden Frauen von George nach Davis Harbour auf die Nordseite der Insel fahren. Die Kleidung, die sie auf der ›Aquarius‹ getragen hatten, die Cocktail- und Abendkleider waren zwar durchaus passend für das Leben auf Eleuthera, aber Betty hatte mit Nachdruck erklärt, daß sie es satt habe, dauernd in denselben Sachen herumzulaufen. Also schickte Bill sie zum Einkaufen.

Eva war erstaunt, daß sich die Landschaft nach den wenigen Kilometern Fahrt völlig veränderte. Im Norden gab es keinen Strand mehr, sondern hohe weiße Klippen, zwischen denen ein gut ausgebauter Hafen lag, in dem große und kleine Yachten ankerten. Andere kreuzten vor der Küste oder lagen weit draußen auf dem Meer. Betty erklärte, daß hier ein Treffpunkt von Sportanglern wäre.

So gab es auch in dem malerischen Ort, der sich vom Hafen bis hoch auf die Klippen erstreckte, fast ausschließlich Geschäfte, die Sportartikel verkauften und Proviant. Eva wunderte sich schon, was die elegante Betty ausgerechnet hierher zog.

Aber Betty ließ alle Läden zielbewußt links liegen, zog Eva in ein Gäßchen hinein, ein paar Stufen hoch, und dann standen sie vor einem Schaufenster, in dem nichts zu sehen war als ein goldfarbener, kunstvoll drapierter Stoff. Auf die Scheibe war in schwungvollen Buchstaben gemalt: ›Haute Couture de Paris‹.

»Hier gibt es Haute Couture?« fragte Eva überrascht.

»Natürlich nicht wirklich, Honey!« Betty lachte. »Sie tun nur so. Hier hätte ja auch kein Mensch Zeit, sich ein Modell auszusuchen und es sich dann schneidern zu lassen. Aber sie haben sehr elegante Sachen, du wirst schon sehen.«

Tatsächlich hätte das, was in dem geräumigen Laden angeboten wurde, durchaus auch auf der Königsallee in Düsseldorf verkauft werden können. Von einer zierlichen schwarzen Verkäuferin bedient, begann Betty sofort in Kleidern, Jacken, Röcken und Hüten zu wühlen und kaufte in großem Stil, ohne auch nur nach dem Preis zu fragen, ein.

Eva beriet sie, so gut sie konnte, aber Betty hatte einen sehr eigenen Geschmack. Eva langweilte sich ein wenig und hatte Mühe, es sich nicht anmerken zu lassen.

»Und du willst wirklich gar nichts?« fragte Betty, als sie endlich zufrieden war.

»Ich brauche nichts!« erklärte Eva. »Sieh mal, von all dem könnte ich zu Hause gar nichts tragen.«

»Du bist ja nicht zu Hause.«

»Für hier habe ich genug.«

»Merk dir eins, Honey: Kleider kann eine Frau nie genug haben.«

»Ich schon.«

»Hast du deinem Knut etwa versprochen, kein Geld auszugeben?«

»Nein, das nicht.«

»Aber du willst dir keine unnötigen Ausgaben machen, ist es das?« Ohne Evas Antwort abzuwarten, fuhr sie fort: »Weißt du was, ich lade dich ein. Such dir aus, was dein Herz begehrt!«

»Nein, das kann ich nicht annehmen.«

»Du mußt verrückt sein, wenn du es ausschlägst. Auch wenn du den ganzen Laden aufkaufst: Mein Bob spürt das so wenig wie ein Elefant einen Nadelstich.«

»Du bist sehr lieb, Betty, aber, nein danke, ich möchte nichts.«

»Dann werde ich dir etwas aussuchen. Keine Widerrede. Ich habe Lust, dir etwas zu schenken, und ich wäre sehr beleidigt, wenn du es ablehnen würdest.« Mit sicherem Griff nahm sie ein erdbeerrotes Abendkleid von einem der Ständer. »Das hat mir gleich so gut für dich gefallen! Probier es an.«

»Betty! Ich habe zwei Abendkleider!«

»Zwei? Was ist das schon? Ohnehin habe ich sie ziemlich spießig gefunden, wie soll ich sagen ... zu brav.«

Noch sträubte sich Eva, aber schließlich mußte sie nachgeben. Das rote Kleid, mit einem Rückenausschnitt bis zur Taille und freien Schultern, saß ihr wie angegossen. Betty und die kleine Verkäuferin stießen Bewunderungsschreie aus.

»Es steht dir blendend zu deiner sonnenbraunen Haut!« rief Betty. »Betrachte dich doch nur mal im Spiegel! Wie fühlst du dich darin?«

»Reichlich nackt.«

»Unsinn! Eine junge Frau wie du sollte ihre Schönheit auch zeigen.«

Die Verkäuferin kam mit einer hauchdünnen weißen Stola und drapierte sie um Evas Schultern.

Aber Betty lehnte diesen Vorschlag ab. »Kommt nicht in Frage. Du trägst das Kleid so, wie es ist.«

»Aber an kühlen Abenden ...«, wagte Eva einzuwenden.

»Es gibt keine kühlen Abende in der Karibik. Wir nehmen das Kleid.«

Eva trennte sich nur ungern von der Stola, aber es hätte zu ungezogen gewirkt, sie nun für eigenes Geld zu kaufen. Also zog sie sich wieder um, stellte dabei erschrocken fest, daß das Kleid über tausend Dollar kostete – fast dreitausend Mark für ein solches Fähnchen! – und bedankte sich sehr herzlich bei Betty.

Betty wehrte ab. »Nichts zu danken! Es wird mir Freude machen, wenn du es trägst! Sei so gut und sag George Bescheid, daß er die Einkäufe zum Auto bringt!«

Zurück fuhren sie nicht geradewegs zur Cotton Bay, sondern über Bannerman Town zum Southeastern Point, der südlichsten Spitze der Insel. Hier war die Straße zu Ende.

Betty erzählte, daß sich diese Panoramastraße über die gesamte, fast 170 Kilometer lange Insel erstreckte. »Das ist eine Tour, die du unbedingt mal mitmachen solltest. Natürlich stellen wir dir gerne George und den Wagen zur Verfügung. Aber in einem Bus, glaube ich, hast du mehr davon.«

Eva stimmte dem Vorschlag begeistert zu. Sie standen bei dem mächtigen Leuchtturm, ließen sich den warmen Wind um die Ohren wehen und genossen die Aussicht auf die weiten Strande, die Schiffe und das Meer.

»Du langweilst dich wohl schon mit uns alten Leuten?« forschte Betty.

»Aber nein! Wirklich nicht. Wie kannst du so etwas denken.«

»Nun, jedenfalls bin ich froh, daß Henry bald dasein wird.«

»Wer ist Henry?«

»Henry Wain. Der Sohn meiner Schwester. Er ist ungefähr so alt wie du.«

»Aber ich brauche wirklich keine Gesellschaft ... außer euch, meine ich.«

»Er kommt nicht deinetwegen, Darling. Wir haben ihn für uns eingeladen. Wir wußten da noch nicht, daß wir dich zu Gast haben würden.«

»Das klingt schon besser.«

»Wieso?«

»Vorhin hatte ich das Gefühl, daß du dachtest, ich wäre darauf aus, mich zu amüsieren.«

»Das ist nur natürlich, wenn man im Urlaub ist. Sobald Henry erst da ist, könnt ihr auch abends mal zum Club fahren. Dort ist, soviel ich weiß, jeden Abend Tanz.«

»Was für ein Club?«

»Der Cotton Bay Club. Er liegt von uns aus in nördlicher Richtung. Man kann ihn von unserem Haus nicht sehen, aber man kann ihn sogar zu Fuß erreichen, wenn man den Strand entlangläuft. Auch so ein Ausflug, den du mal unternehmen kannst.«

Sie blieben nicht lange, da Betty fürchtete, daß Wind und Sonne, obwohl sie einen Schirm aufgespannt hatte, ihrem Teint schaden könnten. Eva fiel auf, daß sie das Gespräch von gestern abend mit keinem Wort mehr erwähnte. Gerne hätte sie gewußt, ob Betty ihren Mann eingeweiht und was er dazu gesagt hatte. Aber sie mochte nicht von sich aus danach fragen. Vielleicht, dachte sie, wäre es besser, wenn das Thema gar nicht mehr zur Sprache käme.

»Wenn wir erst zu Hause sind«, sagte sie, »werde ich gleich ins Wasser springen.«

»Ja, tu das, Honey! George wird dir am Strand einen Schirm und einen Liegestuhl aufstellen. Frottiertücher nimmst du aus dem Bad.«

»Danke, Betty.«

»Übrigens brauchst du kein Badezeug anzuziehen.«

»Das tue ich lieber doch.«

»Unsinn, Darling. Außer dir wird in unserer kleinen Bucht keine Menschenseele sein.«

»Und Bill? Und George?«

»Wenn Bill arbeitet, ist er so konzentriert, daß er keinen Blick zum Fenster hinauswirft, und George wird auch im Haus beschäftigt sein. Außerdem ist das Meer doch so weit entfernt, daß man schon ein Fernglas nehmen müßte, um festzustellen, ob und was du anhast. Das traust du doch wohl niemandem zu.«

»Nein«, stimmte sie zögernd zu, »soviel ist doch an mir auch gar nicht dran.«

»Ich verstehe deine Hemmungen nicht. Wir hören immer, daß die Menschen in Deutschland sogar in den Parks nackt umhergehen.«

Eva lachte. »Aber nicht in Hilden.«

»Hier bist du auch nicht in Hilden, Honey.«

Nach dem Heimkommen lief Eva gleich in ihr Zimmer und zog sich um. Mit einem Blick aus dem Fenster stellte sie fest, daß Betty recht hatte. Der Strand war an die fünfhundert Meter breit. Der kräftige George, der schon dabei war, den Sonnenschirm aufzustellen, war von hieraus nur ein winziges Figürchen. Wenn sie nicht gewußt hätte, wer er war und was er tat, hätte sie es nicht mit Sicherheit erkennen können.

Also zog sie nur ein Frotteekleid über, nahm ein Baderuch und lief zum Meer. Ihre Sandalen hatte sie auf der Terrasse abgestreift.

George beendete seine Tätigkeit, und Eva bedankte sich bei ihm.

»Lunch ist um ein Uhr, Miß«, verkündete er.

Eva hielt es nicht der Mühe wert, ihn darüber aufzuklären, daß sie kein Fräulein mehr, sondern eine verheiratete Frau war. Der Irrtum paßte zu ihrer Ferienlaune. Sie fühlte sich so jung und unbeschwingt, wie sie es noch vor wenigen Wochen gar nicht für möglich gehalten hätte.

So wartete sie denn, bis sie sicher sein konnte, daß George im Haus verschwunden war, streifte dann ihr Kleidchen ab und lief in das Meer hinaus. Mit Erstaunen stellte sie fest, daß das Wasser glasklar war und daß sie, als sie schwamm und den Sand nicht mehr mit ihren Füßen aufwirbelte, bis auf den Grund sehen konnte. Es war das erste Mal, daß sie Gelegenheit hatte, ohne Badeanzug zu schwimmen, und es war herrlich. Sie fühlte sich so frei wie die kleinen bunten Fische, die unter ihr dahinglitten.

Als sie endlich wieder an Land ging, blieb keine Zeit mehr, sich zu sonnen. Sie mußte ins Haus zurück und sich zum Lunch umziehen.

Das Essen - klare Tomatensuppe, Steak, Gemüse und süße Kartoffeln - duftete köstlich, doch Eva schloß sich Betty an, die nur eine Grapefruit zu sich nahm. Das bot Bill Anlaß für gutmütige Spaße, über die die beiden Frauen mit ihm lachten. Er vertilgte mit gutem Appetit noch eine Portion Fruchtpudding mit Sahne.

Den Kaffee nahmen sie auf der Terrasse. Bill rauchte eine seiner dicken Zigarren dazu, Eva, um sich nicht auszuschließen, wie Betty eine Zigarette.

»Nun, Eva«, sagte Bill, ernster werdend, »meine Frau hat mir von deinem kleinen Problem erzählt. Ich habe mich damit befaßt. Eine gute Geldanlage zu finden, ist heutzutage gar nicht so einfach. Der hohen Zinsen wegen drängt allzuviel ausländisches Kapital auf den amerikanischen Markt.«

»Ach, mach dir meinetwegen keine Gedanken!« sagte Eva rasch.

»Müssen wir denn ausgerechnet jetzt darüber sprechen?« protestierte Betty fast gleichzeitig.

Bill schüttelte den kahlen Kopf. »Immer das gleiche mit euch Frauen. Scherze und Komplimente könnt ihr nicht genug bekommen, aber ernsthaft reden läßt sich nicht mit euch.«

»Eva ist doch in Ferien«, verteidigte sich Betty.

»Ich möchte dir einfach nicht noch mehr Arbeit auflasten«, erklärte Eva.

»Also gut. Einverstanden. Reden wir nicht mehr davon. Aber ich verspreche dir, daß ich Augen und Ohren offenhalten werde. Wenn es auch nicht so rasch klappen wird ... wir bleiben doch in Verbindung, wenn du wieder zu Hause bist?«

»Ja, sicher«, versprach Eva.

»Nun denn, wie sagt man in deinem Land so treffend?« Er brachte das Sprichwort zu Evas Überraschung in deutscher Sprache, wenn auch mit einem sehr komischen Akzent: »Gut Ding will Weile haben.«

Eva lachte.

»Du darfst jetzt nicht denken, daß er Deutsch versteht, Er hat nur ein paar Sprüche aufgeschnappt. Mit denen versucht er hin und wieder zu imponieren.«

»Nicht aufgeschnappt, Betty«, berichtigte er seine Frau, »sondern gelernt. Das ist ein großer Unterschied.«

Eva war froh, daß die Stimmung wieder unbeschwert wurde.

Als sie am nächsten Morgen beim Frühstück auf der Terrasse saßen, meldete George einen Telefonanruf für den Hausherrn.

»Legen Sie ihn in mein Arbeitszimmer!« ordnete Bill an und stand auf.

»Aber wieso denn? Das wird sicher Henry sein!« protestierte Betty. »Laß mich mit ihm sprechen!«

Er brachte sie mit einer Handbewegung zum Schweigen und eilte ins Haus.

»Bill denkt immer nur an seine Geschäfte«, beklagte sich Betty, »er ist nicht glücklich, wenn er keine Geschäfte machen kann. Als wenn es nicht noch andere, schönere und wichtigere Dinge auf der Welt gäbe!«

»Nun, immerhin verdankst du es ihm, daß du sorglos und luxuriös leben kannst.«

»Nicht ihm. Ich war eine der besten Partien meines Jahrgangs. Mein Vater hat auch viel verdient, aber er konnte abschalten, wenn er bei seiner Familie war. Bill kann das nicht. In New York kriege ich ihn manchmal tagelang nicht zu Gesicht. Da fällt mir ein: Möchtest du mich nicht einmal in New York besuchen? Vielleicht im Frühling? Da ist es am schönsten.«

»Liebend gern! Aber ich fürchte, ich kann meinen Mann so bald nicht wieder allein lassen.«

»Den bringst du mit, und ich zeige euch die Stadt.«

Der Vorschlag begeisterte Eva, und die beiden Frauen begannen sogleich, Einzelheiten zu erörtern. Es fiel ihnen gar nicht auf, daß Bill unverhältnismäßig lange fortblieb. Sie hatten ihr Frühstück - schwarzer Kaffee, Toast und frisch gepreßter Orangensaft - schon beendet, als er zurückkam.

Bill hatte einen roten Kopf und rieb sich vergnügt die Hände. »Gute Neuigkeiten, meine Damen!«

»Was ist passiert?« fragte Betty sofort.

»›Holiday Inn‹ baut ein Hotel auf Andros! Was sage ich: Hotel? Ein ganzes Vergnügungscenter, und das Beste daran: Sie nehmen Fremdkapital auf.«

Betty rief: »Das ist ja herrlich!«

»Ja, nicht wahr? Eine todsichere Sache, denn natürlich steht der ganze Konzern dahinter.«

Eva versuchte zu verstehen, aber es gelang ihr nicht.

»Das wäre doch was für dich, Eva!« sagte Bill. »Wieviel hast du gleich wieder gewonnen?«

»Zwei Millionen und siebenhunderttausend Mark, aber die haben wir natürlich schon angebrochen.«

»Macht nichts, dann nimmst du einfach einen Kredit auf und rundest auf drei Millionen auf.«

»Aber Bill!« mahnte Betty. »Eva will sich doch bestimmt nicht in Schulden stürzen.«

»Du hast nie rechnen gelernt, Mädchen, das ist der Jammer mit dir. Eva leiht sich das Geld bei ihrer deutschen Bank. Da zahlt sie im Höchstfall sieben Komma fünf Prozent Zinsen. Von ›Holiday Inn‹ kriegt sie aber vierzehn Prozent. Da das Projekt auf den Bahamas durchgezogen wird, braucht sie nicht einmal einen Pfennig Steuer zahlen. Wenn das kein Geschäft ist!«

In Evas Kopf summten die Zahlen. Sie mußte sich zusammennehmen, um klar zu denken und deutlich zu sprechen.

»Das klingt alles sehr verlockend, aber das kann ich unmöglich machen. Ich verstehe zuwenig davon.«

»Soll ich es dir noch einmal erklären?«

»Nein, nein!« Unwillkürlich hielt Eva sich die Ohren zu. »Mir brummt schon jetzt der Schädel.«

»Was genau möchtest du denn wissen?«

»Wozu nimmt ›Holiday Inn‹ denn überhaupt Geld auf, wenn sie so finanzstark sind, wie du sagst?«

»Ist dir ›Holiday Inn‹ etwa kein Begriff?«

»Doch, doch. Eine amerikanische Hotelkette.«

»Über die ganze Welt verbreitet! Kannst du dir tatsächlich vorstellen, daß die in Schwierigkeiten geraten könnte?«

Eva wiederholte ihre Frage stur: »Wozu nimmt der Konzern dann überhaupt Geld auf?«

»Um flüssig zu bleiben. Das Projekt, das er sich da vorgenommen hat, ist gewaltig. Es ist doch nur zu verständlich, daß er da nicht alle seine Rücklagen hineinbuttern will.«

»Ich finde, man sollte nur bauen, wenn man das Geld dazu hat.«

»Macht man das in Deutschland so?«

Eva wurde rot, als sie zugeben mußte, daß das nicht der Fall war.

»Man nimmt eine Hypothek auf«, bestätigte Bill, »und genauso macht es ›Holiday Inn‹, nur daß er die Hypothek nicht von der Bank holt, sondern von Geschäftsleuten, weil das billiger ist.«

»Das mag ja sein«, sagte Eva, »aber ihr müßt doch auch verstehen, daß mir der Gewinn nicht allein gehört. Ich kann nicht einfach darüber verfügen und schon gar nicht Schulden machen.«

»Dann ruf deinen Mann an und besprich es mit ihm.«

»Er ist in Afrika, und ich weiß gar nicht genau, wo er im Augenblick steckt.«

»Aber die Hälfte des Geldes kannst du doch für dich beanspruchen«, sagte Betty, »leg doch wenigstens die bei ›Holiday Inn‹ an!«

»Anderthalb Millionen Mark«, sagte Bill unzufrieden, »das sind ja nur knapp fünfhunderttausend Dollar. Das ist zuwenig.«

»Nicht einmal die könnte ich aufbringen! Knut will sich mit dem Gewinn ja eine Existenz gründen.«

»Aber du möchtest ihn lieber fest anlegen, was ja auch sehr vernünftig ist.«

»Wir müssen uns noch darüber einigen. Ich kann nicht einfach meinen Anteil und sogar noch mehr abziehen ohne sein Einverständnis. Das würde er mir nie verzeihen.«

»Liegt dir so viel an deiner Ehe?« fragte Betty.

»Ja.«

»Du könntest allein von den Zinsen hier glücklich und zufrieden leben.«

»Nein. Ich würde ständig ein schlechtes Gewissen haben.«

»Mein Gott, ihr Frauen!« stöhnte Bill. »Müßt ihr euch denn dauernd mit Gefühlsduseleien die einfachsten Dinge komplizieren?«

Betty tätschelte Evas Hand. »Ich verstehe deine Einstellung, Darling.«

»Fragen wir einmal anders herum ... wieviel könntest du denn, ohne daß du Skrupel haben müßtest, in das Geschäft stecken?«

»Dreihunderttausend Dollar«, sagte Eva zögernd.

»Dann vergiß meinen Vorschlag! Mit dreihunderttausend bist du nicht dabei.« Er lächelte Eva freundlich an. »Mach jetzt kein so trauriges Gesicht, Honey! Irgendwann wird mir schon eine Anlagemöglichkeit einfallen, die deiner Vorstellung entspricht.«

»Aber ›Holiday Inn‹ wäre doch einmalig!« rief Betty.

»Wäre nicht nur, sondern ist. Bloß wollen die keine Kleinaktionäre. Eine Million ist das Mindeste, was man bieten muß, und dazu muß man sich auch noch ganz, ganz schnell entscheiden.«

»Kannst du Eva denn nicht irgendwie helfen?« bat Betty. »Du bist doch so klug. Denk doch noch einmal darüber nach!«

Bill biß krachend in eine Scheibe Toast, die er sich dick mit Schinken belegt hatte, und kaute nachdenklich. Die beiden Frauen sahen ihn erwartungsvoll an.

Plötzlich legte er sein Brot aus der Hand und rief: »Es ist ja ganz einfach! Daß ich nicht gleich darauf gekommen bin!«

»Ja?« fragte Betty.

»Ich investiere drei Millionen in das Projekt, genauer gesagt: zwei Millionen siebenhunderttausend Dollar plus die dreihunderttausend von Eva.«

»Wunderbar!« sagte Betty. »Eines muß man dir lassen: Auf deinem Gebiet bist du genial.«

»Natürlich will ich an dir nichts verdienen, Eva«, versicherte er, »du bist eine Freundin des Hauses. Du kriegst die vierzehn Prozent ohne einen Cent Abstrich.«

»Anders wäre es ja auch noch schöner!« rief Betty. »Als wenn du es nötig hättest, an unseren Freunden zu verdienen.«

Er nahm das angebissene Brot in die Hand und stand auf. »Ich werde rasch mit Nassau telefonieren und meinen Anspruch anmelden! Die haben nämlich nur dreißig Millionen aufgelegt. Und die sind garantiert in ein paar Tagen weg.«

»Aber wie soll ich denn an die Dollars kommen?« fragte Eva.

»Nichts einfacher als das! Du gibst ein Telegramm an deine Bank auf und verlangst, daß sie dir einen Scheck über dreihunderttausend Dollar schicken.«

»Und die werden das so ohne weiteres tun?«

»Worauf du dich verlassen kannst. Natürlich mußt du auch deine Kontonummer angeben. Die hast du doch hoffentlich im Kopf?«

»Ja.«

»Dann kommst du am besten gleich mit.« Er ging, das Brot immer noch in der Hand, in sein Arbeitszimmer.

Eva folgte ihm etwas unsicher. Sie war freudig erregt und stolz auf sich, irgendwie kam sie sich aber auch überrumpelt vor.

Das Arbeitszimmer war ein großer, spärlich möblierter Raum; außer einem Schreibtisch mit Telefon, einem bequemen Sessel und einigen Aktenschränken gab es hier nichts. Sie wunderte sich darüber, daß es im Halbdunkel lag. Die Jalousien waren herabgelassen, so daß kein Sonnenstrahl hereinkommen konnte.

»Ich hasse die Natur, wenn ich arbeiten muß«, erklärte er, »sie behindert meine Konzentration.« Auf einmal hatte er es gar nicht mehr so eilig und aß erst seinen Toast zu Ende.

»Ein Jammer, daß ich hier keinen Fernschreiber haben darf«, beklagte er sich mit vollem Mund, »Betty will es nicht.« Er wischte sich die Finger an einem großen buntkarierten Taschentuch ab. »Du erlaubst, daß ich erst mit Nassau telefoniere? Wenn ›Holiday Inn‹ schon ausverkauft sind, kannst du dir dein Telegramm sparen.« Er wies auf den Sessel und schob ihr einen Block und einen Kugelschreiber zu. »Setz dich und notier dir auf alle Fälle schon einmal den Text.« Er selber schwang sich auf die Schreibtischkante, was einigermaßen komisch aussah, weil seine Beine für solche Kunststücke eigentlich zu kurz waren. Aus dem Kopf wählte er eine lange Nummer, ließ sich mit einem Gerald Porter verbinden und führte dann ein kurzes Gespräch.

Eva konnte nicht alles verstehen; ihre Sprachkenntnisse reichten nicht für die vielen Fachausdrücke, die er benutzte. Aber sie hörte doch heraus, daß es um das Projekt auf der Insel Andros ging und um die drei Millionen Dollar, mit denen er sich daran beteiligen wollte.

Als Bill den Hörer auflegte, schmunzelte er befriedigt. »Da habe ich mich gerade noch rechtzeitig einschalten können.« Er rieb sich die Hände. »Ein solcher Coup glückt mir auch nicht jeden Tag, Eva, das kannst du mir glauben.«

Eva reichte ihm ihren Telegrammentwurf. »Ist es so okay?«

Er überflog es. »Vollkommen in Ordnung. Kurz und bündig. Willst du es selbst aufgeben oder soll ich ...«

»Ich wäre dir dankbar, wenn du mir das abnehmen würdest.«

»Wird gemacht.« Er rutschte von der Schreibtischkante und schien darauf zu warten, daß sie ihm seinen Sessel freigab.

Eva blieb dennoch sitzen. »Und wie wird es weitergehen?«

»Sobald der Scheck da ist, fliegen wir beide nach Nassau. Wir treffen uns mit Gerald Porter vom ›Holiday Inn‹ beim Notar und machen einen Vertrag. Es muß alles seine Ordnung haben.«

Jetzt erst war Eva ganz beruhigt. »Danke«, sagte sie, »vielen Dank, Bill. Für alles.«

»Schon gut, aber jetzt verschwinde. Ich will auch gleich vorsorglich einen Termin beim Notar ausmachen.«

Eva sprang auf und lachte. »Ich bin schon draußen!«

»Wir sehen uns dann später!« rief er ihr nach.

Im Treppenhaus traf Eva auf Betty.

»Wo willst du hin?« fragte die Gastgeberin.

»Ich muß meinem Mann einen Brief schreiben.«

»Eine gute Idee. Aber hör mich, bitte, erst mal an!«

»Ja?« fragte Eva und blieb stehen.

»Ich habe nachgedacht. Wahrscheinlich wirst du doch mit Bill nach Nassau fliegen müssen.«

»Das stimmt. Aber woher weißt du das?«

Betty lächelte. »So ganz weltfremd bin ich nun auch nicht. Wahrscheinlich werdet ihr zwei Tage ... mindestens zwei Tage ... brauchen, bis ihr euer Geschäft abgewickelt habt. Meist klappt so etwas nicht so rasch, wie man sich das vorgestellt hat.«

Eva zuckte die Achseln. »Da kann man nichts machen.«

»Aber dadurch wird dein Aufenthalt hier noch kürzer. Kannst du nicht noch vierzehn Tage dranhängen? Oder wenigstens eine Woche?«

»Knut wäre dann ganz allein zu Hause.«

»Ich bitte dich, Honey, er ist doch ein erwachsener Mann. Er wird sich doch auch einmal allein helfen können.«

»Das schon, aber ...«

»Oder gefällt es dir hier etwa nicht?«

»Doch, Betty, das weißt du doch!«

»Dann schreib ihm doch einfach, daß du noch eine Woche bleiben wirst. Ihr könnt dann in Nassau auch gleich dein Ticket umchecken. Du kannst vom Rocksond Airport ja direkt nach New York und weiter nach Europa fliegen.«

»Klingt sehr verlockend.«

»Schreibst du ihm das?«

»Ja«, versprach Eva, und sie dachte: ›Warum auch nicht?‹ Unter dem strahlenden Himmel von Eleuthera hatte ein winterlich graues Hilden jeden Reiz für sie verloren.

Als Knut den Luftpostbrief von Eva las, wurde er rot vor Ärger und Verstimmung.

Er mußte zugeben, daß die Geldtransaktion so, wie sie sie beschrieb, gut und vernünftig war. ›Holiday Inn‹ war eine todsichere Sache, und vierzehn Prozent Zinsen, noch dazu steuerfrei, waren mehr, als sie anderswo erzielen konnten.

Aber wie kam sie dazu, eine solche Summe anzulegen, ohne seine Einwilligung einzuholen? Nun gut, sie behauptete, daß keine Zeit zu verlieren gewesen wäre. Das entschuldigte aber doch nicht ihren geschäftlichen Alleingang. Wenn diese Geldanlage tatsächlich so großartig war, wie sie behauptete, würde er wie ein Trottel vor ihr dastehen, er, der sich fünfhundert Tausender hatte stehlen lassen!

Es war ihm plötzlich gar nicht mehr so sehr um das Geld zu tun, als um Eva. Er spürte, daß sie sich verändert hatte, und fürchtete, daß sie ihm entglitt. Erschrocken über sich selber wurde ihm bewußt, daß er ihr von Herzen einen Reinfall wünschte. Er traute den Browns, die eine Schiffsbekanntschaft so ohne alle Umstände zu sich eingeladen hatten, nicht über den Weg. So verrückt es war, er hoffte, daß Eva einem Gaunerpaar ins Garn gegangen wäre. Das würde eine teure Lehre für sie sein, aber es würde sie ein für allemal dazu bringen, nie mehr etwas ohne seine Einwilligung zu unternehmen. Dann würde sie noch blamierter dastehen als er selber.

Und wie sie von diesen Browns und dem verdammten Eleuthera schwärmte!

›Du kannst Dir nicht vorstellen, wie schön es hier ist!‹ hatte sie geschrieben. ›Wir sollten uns wirklich überlegen, ob wir nicht für ganz hierher ziehen. Bill würde uns bestimmt helfen, unser Geld hier gut anzulegen. Wir brauchten nie mehr Steuern zahlen und nie mehr arbeiten. Es wäre ein Leben wie im Paradies.

Auf alle Fälle werde ich meinen Urlaub noch um eine Woche verlängern. Das wirst Du doch sicher verstehen. Am besten setzt Du Dich ins nächste Flugzeug und kommst selber. Betty und Bill würden sich freuen, Dich kennenzulernen, und es wird Dir bestimmt gefallen.

Betty hat uns übrigens auch zu sich nach New York eingeladen. Ist das nicht großartig?

Also komm! Ich liebe Dich!‹

Knut war nahe daran, seinen Gefühlen freien Lauf zu lassen und eine Antwort zu Papier zu bringen, die auf Eva wie eine kalte Dusche wirken mußte. Dann besann er sich darauf, daß sie ihn jetzt noch in Afrika vermutete und daß er ihr, wenn er ihr nicht alles erzählen wollte, erst in zwei Tagen schreiben konnte.

Also datierte er seinen Brief vor: ›Gleich bei meiner Ankunft hier fand ich Deinen Luftpostbrief im Kasten ...‹

Aber wie sollte er nun fortfahren? Es kam ja alles darauf an, ob Isabell sich bei ihm melden würde, wie sie es versprochen hatte. Wenn er Eva in dem Ton zurückbeorderte, wie er es eigentlich vorgehabt hatte, würde sie sofort zurückkommen. Aber wollte er das denn wirklich? Wie würde er sich dann für Isabell freimachen können?

Wenn Isabell aber nicht anrief oder wenn sie keine Zeit für ihn hatte - sicher konnte er sich dieses schönen Mädchens nicht sein -, wäre es dann nicht tatsächlich das Beste, nach Eleuthera zu fliegen?

Noch nie war Knut so sehr von den verschiedensten Empfindungen und Überlegungen hin und her gerissen worden. Es war ihm, als schwanke der Boden unter seinen Füßen. Alles, was früher für ihn fest und sicher gewesen war, war ins Wanken geraten. Er wußte nicht mehr, was Eva, und noch nicht, was Isabell für ihn empfand, wußte nicht einmal mehr, was er selber von sich halten sollte.

Endlich zwang er sich dazu, die Situation weniger emotional zu sehen. Wenn er jetzt ganz schnell handelte, so hoffte er, war das Geld vielleicht doch noch zu retten. Mochte Eva dann auch wütend auf ihn sein, weil er ihr eine vermeintlich glänzende Geldanlage unmöglich machte. Sie hatte einfach kein Recht, über eine solche Summe ohne sein Einverständnis zu verfügen.

Er rief bei der Filiale der ›Hildener Stadtsparkasse‹ in der St.-Konrad-Allee an und verlangte Auskunft über den Stand seines Girokontos. »Ist in den letzten Tagen eine größere Summe abgebucht worden?«

Man sagte ihm, daß ein Scheck über dreihunderttausend Dollar am Tag zuvor nach Eleuthera abgeschickt worden war.

Es gelang ihm, seine Betroffenheit zu verbergen. »Sehr gut. Genau das wollte ich wissen. Ich danke Ihnen.«

Als er auflegte, konnte er sich immerhin damit trösten, daß er sein Gesicht gewahrt hatte.

Noch vor dem Scheck aus Deutschland traf Henry Wain in Eleuthera ein. Er war blond, blauäugig und athletisch gebaut. Eva mochte ihn auf Anhieb.

Laut hupend fuhr er am frühen Morgen vor dem schönen Haus der Browns vor, auf einem Moped, das er sich gemietet hatte. Einen vollgestopften Seesack hatte er hinten aufgeschnallt.

Die Begrüßung war herzlich. Henry beugte sich über Betty und küßte sie auf die Wangen und, als wäre es selbstverständlich, machte es mit Eva genauso. Sie war ein wenig überrascht, von einem jungen Mann geküßt zu werden, den sie gerade erst kennengelernt hatte. Aber wahrscheinlich, dachte sie, gehörte das zur amerikanischen Lebensart. Die Männer schüttelten sich die Hände.

»Na, mein Junge, was willst du denn jetzt unternehmen?« fragte Bill.

»Also, Bill, wirklich!« protestierte Betty. »Nun laß ihn doch erst einmal ausruhen. Dein Zimmer kennst du ja aus den vergangenen Jahren. George wird dir dein Zeug hinaufbringen. Hast du denn überhaupt schon gefrühstückt?«

»Yes, Madam!« erklärte er und salutierte scherzhaft.

»Laßt euch von mir nicht stören«, sagte Eva, »ich möchte heute eine Besichtigungstour unternehmen. Das heißt, wenn George mich bis zum Southeastern Point bringen kann.«

»Was heißt hier bis zum Southeastern Point?« rief Bill. »Er fährt dich, wohin du willst ... über die ganze Insel!«

»Betty sagte mir, daß ich in einem Aussichtsbus mehr davon haben würde!«

Henry stimmte zu. »Aber noch schöner ist es auf dem Moped! Warum fährst du nicht mit mir?«

»Du bist doch gerade erst angekommen, und ihr habt euch bestimmt viel zu erzählen.«

»Das ist eine gute Idee, Henry!« erklärte Bill. »Macht eine Rundfahrt, ihr beiden!«

»Ist euch das auch wirklich recht?« vergewisserte sich Eva. »Ich meine ... seid ihr mir nicht böse, wenn ich euch Henry gleich entführe?«

»Dazu haben sie keinen Grund«, behauptete Henry, »ich entführe ja dich!«

Alle lachten, und der Ausflug war beschlossene Sache. George hatte den Seesack schon an sich genommen, und Eva schwang sich hinter Henry auf das Moped.

»Seid ihr zum Lunch wieder da?« erkundigte sich Betty.

»Nun verdirb den jungen Leuten doch nicht das Vergnügen!« sagte Bill. »Wenn sie alles sehen wollen, wie können sie dann zum Essen da sein?« Er drückte Henry einen Geldschein in die Hand. »Macht euch einen schönen Tag und kommt zurück, wenn ihr müde seid!«

»Spätestens bei Einbruch der Dunkelheit!« bat Betty.

Bill legte den Arm um ihre Schultern. »Sei doch nicht so eine Glucke! Wenn du selber Kinder hättest, würdest du sie wohl in Watte packen.«

Es war für Eva ein sonderbares Gefühl, sich an den fremden jungen Mann zu klammern. Aber es blieb ihr nichts anderes übrig. Sie legte ihre Arme um seine Taille, als sie losfuhren. Es gab keine andere Möglichkeit für sie, sich festzuhalten.

»Die Südspitze«, rief sie ihm ins Ohr, »kenne ich schon.«

»Okay, also Richtung Norden«, stimmte er zu.

Eva hatte die Fahrten im geschlossenen Cadillac mit Klimaanlage sehr genossen, aber es war doch ein anderes Gefühl, auf dem Moped über die Straße zu sausen und sich den warmen Wind um die Ohren wehen zu lassen. Das machte wirklich Spaß.

Sie kamen durch Rock Sound, den größten Ort der Insel, den Eva schon von ihrer Ankunft her kannte. Henry fragte sie, ob sie haltmachen und die kleine Stadt besichtigen sollten.

Sie lehnte ab. »Ist mir zu zivilisiert!«

Weiter brausten sie bis Tarpum Bay. Dieses Fischerdorf mit seinen pastellfarben gestrichenen Häusern gefiel Eva sehr. Sie stiegen ab und kauften sich an einem Kiosk ein Softeis. Dann gingen sie spazieren, wobei Henry das Moped schob, sehr gemächlich durch den malerischen Ort, und beobachteten die Fischer, die ihre Netze zum Trocknen spannten.

»Ich nehme nicht an, daß du die Galerie besichtigen willst?« fragte er.

»Was für eine Galerie?«

»Die Mac Milian Hughs Gallery, wenn du es genau wissen willst.«

»Und was gibt es da zu sehen?«

»Aquarelle mit Insellandschaften und Dorfszenen, zum Teil wirklich hübsch.«

»Frische Luft ist mir lieber.«

Sie lachten sich an und hatten das Gefühl, schon lange miteinander vertraut zu sein.

Ihr fiel auf, daß er sehr braungebrannt war, und sie fragte ihn danach.

»Ach, du denkst, daß ich direkt aus New York komme?«

»So habe ich das jedenfalls verstanden.«

»Dann haben sie es dir falsch erzählt, oder du hast nicht richtig hingehört. Ich habe, bevor ich hierherkam, einen Segeltörn zwischen den Inseln gemacht.«

»Du kannst segeln?«

»Aber sicher.«

»Und du hast ein eigenes Boot?«

»Soweit habe ich es noch nicht gebracht. Nein, ich habe mich auf einer Segelyacht anheuern lassen.«

»Ich dachte, du wärst Student.«

»Das bin ich auch. Ich studiere Architektur, wenn du es genau wissen willst. Aber jetzt sind Ferien.«

»Ach so.«

»Sag mal, was haben sie dir sonst noch von mir erzählt?«

Eva dachte nach. »Eigentlich nichts. Nur daß du der Sohn von Bettys Schwester bist. Und was weißt du von mir?«

»Daß du ein entzückendes europäisches Girl bist, das sie auf einer Kreuzfahrt aufgelesen haben.«

»Ich bin verheiratet!«

Das Blau seiner Augen wurde um eine Schattierung dunkler. »Das wußte ich nicht.«

»Deshalb sage ich es dir ja.«

»Und warum fährst du dann allein durch die Welt?«

»Mein Mann ist in Afrika.«

»Geschäftlich?«

»Nein.« Am liebsten hätte sie das Thema gewechselt, aber er schaute sie so forschend an, daß sie es für besser hielt, Auskunft zu geben. »Es ist so: Wir wollten beide eine große Reise machen, aber wir konnten uns nicht einigen, wohin.«

»Wenn du meine Frau wärst«, behauptete er ernsthaft, »würde ich dich nicht allein durch die Welt ziehen lassen.«

»Wenn du erst sieben Jahre mit mir verheiratet wärst, würdest du wahrscheinlich anders darüber denken.«

»Nie.«

Sie hatten ihr Eis aufgegessen. Wortlos nahm er ein Taschentuch und wischte ihr damit über ihr Kinn.

»Habe ich mich bekleckert?«

»Ein bißchen.«

»Danke«, sagte sie und spürte überrascht, daß sie ihm am liebsten einen Kuß gegeben hätte.

›Was ist nur los mit mir?‹ dachte sie. ›Ich muß mich zusammennehmen.‹

Durchaus nicht verlegen steckte er sein Taschentuch wieder ein. »Wollen wir?«

Sie nickte zum Einverständnis.

Er ließ sein Moped wieder an, sie stieg hinten auf, und weiter ging die Fahrt. Die Straße führte jetzt kilometerweit oberhalb des steilen Nordufers entlang, und die Aussicht auf das unwahrscheinlich blaue Meer war berauschend. Noch berauschender wirkte auf Eva jedoch die körperliche Nähe des kräftigen jungen Mannes und das Vibrieren des Mopeds. Sie hatte nur den einen Wunsch, endlos so weiterzufahren.

Aber kurz vor dem nächsten Ort verminderte er das Tempo. »Von hieraus siehst du zu beiden Seiten das Meer!«

»Ja«, sagte sie.

»Wollen wir anhalten?«

»Wozu?«

»Um die Aussicht zu genießen und Savannah Sound zu besichtigen. Wir unternehmen nämlich eine Sightseeing Tour, junge Dame, und Betty wird sehr böse sein, wenn ich dir nicht alles gezeigt habe.«

Widerwillig gab Eva nach.

Aber dann gefiel Savannah Sound ihr doch sehr. Vor den kleinen Fischerhäusern standen riesige Backöfen, in denen die Frauen ihr Brot zu backen pflegten. Netze waren über Büsche und blühende Hecken zum Trocknen aufgespannt.

Henry erzählte ihr, daß es in diesem Dorf noch keine Elektrizität gab. »Du solltest mal erleben, wenn nach Einbruch der Dunkelheit Kerzenlicht in den Fenstern flackert! Das ist sehr romantisch.«

»Bist du für Romantik?«

»Unbedingt. Du nicht?«

»Ich weiß nicht. Bisher habe ich, glaube ich, nicht viel Romantisches erlebt.«

»Ein Grund mehr, sie zu lieben - weil sie selten ist.«

In Grovenors Harbour aßen sie zu Mittag. In dem Ort, der sich kreisförmig um eine prachtvolle Hafenbucht hinzog, gab es einige elegante Hotels, aber sie zogen ein kleines Fischrestaurant vor. Eva nahm, wie sie es sich auf ihrer Reise angewöhnt hatte, nur eine Kleinigkeit zu sich, diesmal einen Salat aus frischen Tomaten. Henry stärkte sich an einem Berg von Pommes frites und gebackenem Fisch. Obwohl sie nur Wasser dazu tranken, fühlte Eva sich wie beschwipst.

»Möchtest du einkaufen gehen?« fragte er mit vollem Mund. »Hier gibt es schöne Geschäfte, auch Antiquitätenläden.«

»Nein, danke«, erwiderte sie, »ich brauche ja nichts.«

»Du bist die erste Frau, von der ich so etwas höre!« sagte er erstaunt.

»Du scheinst ja mächtig viel Erfahrung zu haben«, neckte sie ihn.

»Halb so wild. Die Mädchen, die ich kenne, haben meist kein Geld, aber ich wette, wenn sie es hätten, würden sie es ausgeben. Die Frauen ... meine Mutter zum Beispiel ...«

»... und Betty!« warf Eva ein.

»... lassen sich nie zweimal bitten.«

Nach dem Lunch bummelten sie noch ein wenig durch den Ort und bewunderten die großen, aus einheimischen korallenroten Sandsteinen gebauten Häuser im Kolonialstil. Aber bald trieb es sie weiter. Sie fuhren die ganze Insel ab und machten zwischendurch immer wieder mal Pause. Sie hielten in Gregory Town, das früher ein berüchtigter Piratenstützpunkt gewesen war, in Glass Window, der schmälsten Stelle der Insel, kletterten auf den Hügel, von dem man auf beiden Seiten das Meer sehen konnte. In The Bogues, wo Frauen und Kinder auf den Schwellen ihrer Häuser saßen, spazierten sie zwischen den Ziegen und Hühnern, die auf der Straße umherliefen. Dabei lachten sie viel miteinander.

Endlich gelangten sie nach The Current am nordwestlichen Ende von Eleuthera. Hier standen kleine, pastellfarben gestrichene Holzhäuser inmitten blühender Blumengärten.

»Ist das hübsch!« rief Eva. »Hier könnte ich leben!«

Henry freute sich über ihre Begeisterung.

Sie betraten das ›Current Club Hotel‹. Es war inzwischen schon Spätnachmittag, und sie waren durstig. Eva hätte gern etwas Alkoholisches zu sich genommen. Aber mit Rücksicht auf Henry begnügte sie sich wie er mit einem Glas frisch ausgedrückter Orangen. Das Hotel lag am Meer und hatte einen eigenen Bootsanlegeplatz. Während sie noch ihre Drinks schlürften, kamen braungebrannte Leute vom Angeln und Segeln zurück.

»Die waren den ganzen Tag auf dem Meer«, sagte Henry sehnsüchtig.

»Ja, schade, daß Bill kein Boot hat.«

Er ging sofort auf ihre Anregung ein. »Man könnte eines mieten.«

»Aber ich kann nicht segeln.«

»Du brauchst nur meinen Anordnungen zu folgen, dann wird's schon klappen.«

»Du, das machen wir. Gleich morgen.«

»Wenn Bill einverstanden ist.«

»Bestimmt! Du ahnst nicht, wie die mich verwöhnen.«

Er lächelte. »Mir das vorzustellen ist nicht schwer.«

»Wieso?«

»Weil du bist, wie du bist.«

Sie nahm es als Kompliment und strahlte ihn an. »Sag, kannst du auch surfen?«

»Ja, sicher.«

»Willst du versuchen, es mir beizubringen? Talent dazu habe ich wahrscheinlich nicht.«

»Aber du hast die Figur dazu.«

»Ich würde es furchtbar gern mal versuchen, nur so zum Spaß.«

»Was wird also morgen? Surfen oder segeln?«

»Am liebsten beides.«

»Du bist eine sehr unternehmungslustige junge Dame.«

»Ich habe so viele Jahre gar nichts erlebt.«

»Du mußt dich nicht entschuldigen. Du bist schon in Ordnung. Wenn ich etwas hasse, dann Mädchen, die zimperlich sind, du weißt schon, die Angst um ihre Fingernägel und vor blauen Flecken haben.«

Sie lachte. »Du machst mir ja ordentlich Mut.«

Er hielt ihr seine großen Hände mit den ganz kurz geschnittenen Nägeln hin. »Wenn man mit Tauen und Seilen umgeht, sieht man so aus!« Er zeigte ihr die Innenflächen; sie waren voller Schwielen. »Und um blaue Flecke wirst du auch nicht herumkommen.«

»Das nehme ich in Kauf.«

Es wurde Zeit zum Aufbrechen, wenn sie, wie Betty es gewünscht hatte, noch vor Einbruch der Dunkelheit nach Hause kommen wollten. Auf dem Rückweg fuhren sie ohne anzuhalten durch und schafften es gerade noch.

»Da seid ihr ja endlich!« Betty kam aus dem Haus, kaum daß Henry den Motor abgestellt hatte.

Eva stieg ab, lief zu ihr hin und umarmte sie. »Es war herrlich! Die Insel ist wundervoll und Henry ein fantastischer Fremdenführer.«

»Es hat dir also Spaß gemacht?«

»Und wie!«

»Das ist die Hauptsache. Daß ich mir immer wegen nichts und wieder nichts Sorgen mache, ist wohl meine eigene Schuld.«

Jetzt war auch Bill aus dem Haus gekommen. »Das kannst du laut sagen«, meinte er schmunzelnd.

Eva umarmte auch ihn, was sie noch nie getan hatte.

»Dein Brief ist gekommen.«

»Was für ein Brief?«

»Von der Hildener Stadtsparkasse«, erklärte er in seinem komischen Deutsch.

»Ach so. Wo ist er?«

»Wir haben ihn nicht annehmen können. Am besten holst du ihn gleich morgen früh von der Post.«

»Warum? Der Briefträger kommt doch bestimmt morgen wieder.«

»Zu spät. Wir müssen morgen nach Nassau.«

»Morgen?« rief Eva. »Wir wollten morgen segeln und surfen!«

»Das mußt du dann eben zwei Tage aufschieben.«

»Und ich hatte mich so gefreut«, sagte Eva enttäuscht.

»Ich auch«, stimmte Henry zu.

»Sag, Bill«, drängte Betty, »muß Eva denn unbedingt mitkommen? Geht es nicht irgendwie anders? Ich meine, könntest du sie nicht vertreten?«

Bill zog eine unzufriedene Grimasse. »Aber ich habe schon alles arrangiert.«

»Dann arrangierst du es eben um!«

»Wie stellst du dir das vor?«

»Gar nicht. Du bist der große Macher. Laß dir was einfallen!«

Bill strich sich nachdenklich über das Kinn. »Eine dumme Geschichte.«

»Du merkst doch, das Eva keine Lust hat, nach Nassau zu fliegen, und ich kann es ihr nicht verdenken.«

»Na ja«, sagte Bill, »wir könnten in Rock Sound zum Notar gehen ... falls ich so schnell einen Termin bekomme.«

»Versuch es wenigstens! Jetzt! Sofort!«

»Aber was würde das nutzen?« fragte Eva.

»Wenn du mir eine Vollmacht ausstellst, daß ich deine Rechte vertrete, würde das genügen.«

»Dann brauche ich dich nicht nach Nassau zu begleiten?«

»Genau. Obwohl ich meine, daß so ein Geschäftsabschluß für dich auch ganz interessant sein müßte, eine neue Erfahrung.«

»Du willst dich doch nur mit Eva brüsten«, behauptete Betty, »das habe ich gleich gewußt. Die Leute sollen vermuten, daß du eine junge und schöne Geliebte hast.«

»Betty, ich bitte dich!«

»Aber das nimmt dir sowieso keiner ab!«

Alle lachten.

»Ich habe den Eindruck, man hat mich überstimmt. Werde ich mich also wieder mal ans Telefon hängen. Und ihr? Nehmt ihr inzwischen einen Drink?«

»Ich würde ganz gerne erst einmal in den Pool springen und mich dann umziehen«, erklärte Eva.

»Aber beeil dich, Honey!« bat Betty. »Es gibt bald Dinner.«

»Es dauert nur fünf Minuten«, versprach Eva.

Aber so schnell ging es dann doch nicht, denn Henry gesellte sich zu ihr. Sie planschten und bespritzten sich und versuchten, sich gegenseitig unterzutauchen. Betty, schon sehr elegant für den Abend gekleidet, mußte sich vor ihnen in Sicherheit bringen.

Sie waren noch im Wasser, als Bill aus dem Haus kam. »Es hat geklappt!« verkündete er. »Morgen um zehn sind wir beim Notar. Dann erreiche ich noch meine Maschine nach Nassau.«

»Dem Himmel sei Dank!« Eva atmete tief ein und ließ sich auf den Grund des Beckens sinken.

Dort blieb sie, bis Henry nach ihr tauchte und sie wieder an die Oberfläche holte. Erschrocken waren Betty und Bill zum Pool gestürzt.

»Kein Grund zur Besorgnis!« rief Henry ihnen zu. »Sie ist quietschlebendig!«

Eva zappelte in seinen Armen. »Ich wollte euch nur demonstrieren, wie schwer der Stein war, der mir vom Herzen gefallen ist!«

Er setzte sie auf dem Rand des Beckens ab und schwang sich selber hinauf.

»Nun aber rasch!« sagte Betty. »Es gibt Tortillos!«

Am nächsten Morgen verlief alles wie geplant, und als Eva aus Rock Sound zurückkam, wartete Henry am Strand auf sie. Er hatte den Vormittag genutzt, um Surfbretter und einen Katamaran zu mieten. Am liebsten hätten sie die Sportgeräte sofort ausprobiert, aber sie wollten nicht unhöflich sein, und so leisteten sie zuerst Betty beim Lunch Gesellschaft.

Später segelten sie dann mit dem Katamaran. Es war ein sehr einfach konstruiertes Boot, zwei Schwimmkörper durch ein Gestänge, über das Leinen gezogen war, miteinander verbunden. Gemeinsam schoben sie es vom Ufer weg, bis sie bis zu den Hüften im Wasser standen.

Dann hob er Eva hinauf. »Du kannst sitzen oder liegen, ganz wie du magst. Achte nur darauf, daß der Katamaran im Gleichgewicht bleibt und du nicht hinunterfällst. Segeln werde ich.«

»Ich dachte, du würdest es mir beibringen«, beklagte Eva sich.

»Auf einem Boot dieser Art geht das nicht.«

»Und warum hast du ausgerechnet das genommen?«

»Weil die anderen zuviel Tiefgang haben. Hier ist ja kein Hafen. Aber wenn du willst, fahren wir morgen nach Davis Harbour.«

»O ja!«

Aber obwohl Eva ihre seemännischen Fähigkeiten diesmal noch nicht erproben konnte, wurde es dennoch sehr schön. Wie ein Pfeil glitt das Boot durch das klare Wasser, das Segel knallte im Wind. Manchmal zischte das Wasser hoch und bespritzte Eva. Außer seinen schlanken Beinen sah Eva nichts von Henry, der hinter ihr stand, aber sie mußte an sich halten, um nicht die Hände nach ihnen auszustrecken und ihn zu berühren.

Sie segelten ein weites Stück die Küste entlang, bis Henry es für richtig befand umzukehren. Für die Rückfahrt brauchten sie länger, denn jetzt kreuzten sie gegen den Wind.

Als sie wieder Boden unter den Füßen hatten, fühlte Eva sich schwindelig, und sie ließ sich auf den heißen Sand fallen.

Er zog den Katamaran allein aufs Trockene. »Na, wenigstens bist du nicht seekrank geworden«, sagte er großmütig.

»Hätte das auch passieren können? Daran habe ich gar nicht gedacht.«

»War auch besser so. Seekrankheit ist zum größten Teil Einbildung.«

Dazu hätte sie ihm einiges erzählen können, aber sie tat es nicht, weil sie ihre Rolle in den ersten Nächten auf der ›Aquarius‹ als nicht gerade rühmlich empfand.

Nachdem sie ins Haus gegangen, sich geduscht, abgetrocknet und frisch eingecremt hatten, liefen sie zum Strand zurück, um die Surfbretter auszuprobieren. Henry machte es ihr vor, und Eva bewunderte, mit welch scheinbarer Leichtigkeit er aufrecht stehend über die Wellen tanzte. Als sie es selber versuchte, fiel sie sofort ins Wasser. Er riet ihr, sich der Länge nach auf das Brett zu legen, und da ging es schon etwas besser.

Am Abend redete Betty ihnen zu, noch auszugehen. Eva war zwar erschöpft, aber sie mochte es Henry gegenüber nicht zugeben. Er fand es eine wundervolle Idee.

»George fährt euch zum Cotton Bay Club«, bestimmte Betty, »und holt euch dann später wieder ab.«

Henry widersprach. »Zurück laufen wir einfach den Strand entlang.«

»Auch gut. Ich will nur nicht, daß du alkoholisiert am Steuer sitzt.«

»Täte ich nie.«

»Komm doch mit, Betty!« bat Eva.

»Ich habe keine Lust, euch jungem Volk zuzusehen.«

»Selbstverständlich sollst du auch tanzen«, sagte Henry.

»Lieb von euch. Aber ich denke nicht daran, mich zum Narren zu machen.«

»Betty ist lieb, nicht wahr?« sagte Eva, als sie später neben Henry im Fond des Cadillacs saß.

»Scheint so.«

»Was soll das heißen?«

»Nichts weiter. Ich habe das nur so dahingesagt.«

»Das glaube ich nicht. Erklär mir bitte, was du damit gemeint hast.«

»Ach, weißt du, ich mag keine Frauen, die sich aufopfern. Sie hätte doch genausogut mitkommen können.«

»Mich hätte sie auch nicht gestört«, behauptete Eva, aber im tiefsten Inneren wußte sie, daß sie lieber mit Henry allein war.

Das große, moderne Clubhaus strahlte hellerleuchtet in die Nacht. Schon als sie aus dem Auto stiegen, drangen Fetzen von Musik und Gelächter zu ihnen herüber. Evas Herz hüpfte vor Vorfreude. Es gab mehrere Tanzmöglichkeiten im Club. In einem der großen Säle spielte eine Band die alten Standardtänze, eine andere im Keller Rock 'n' Roll, und auf einer Terrasse wurde geswingt. Zuerst tobten sich Eva und Henry beim Rock 'n' Roll aus, dann aber zog es sie auf die Terrasse zu den weicheren Rhythmen. Sie tanzten so lange, bis Eva das Gefühl hatte, über die eigenen Beine zu stolpern.

»Müde?« fragte er besorgt.

»Leider«, gestand sie, »ich fürchte, du mußt mich nach Hause tragen.«

»Daraus wird nichts. Ich täte es ja gerne, aber du überschätzt meine Kräfte.«

Als sie den Strand erreichten, zogen sie die Schuhe aus und liefen barfuß Hand in Hand über den Sand, der immer noch warm von der Sonne des vergangenen Tages war.

»Auch das noch!« sagte Eva plötzlich und blieb stehen.

»Was ist?«

»Der Mond!«

Er stand fast voll am sternenübersäten Himmel und ließ das nächtliche Meer aufglänzen.

»Ist das nicht romantisch?« Sie blickte zu ihm auf.

»Es ist wundervoll ... genau wie du!«

Ohne daß sie wußten, wie es geschehen war, lag sie in seinen Armen, und ihre Lippen fanden sich zu einem langen, sehnsüchtigen Kuß. Als er sie endlich freigab, waren sie beide atemlos und ein wenig verstört.

»Das hätten wir nicht tun dürfen«, sagte er.

»Ich wollte es nicht«, behauptete sie.

»Es war keine Absicht«, erklärte er.

»Ich weiß.«

»Und was nun?«

Sie standen einander gegenüber, fern von allen Menschen auf der mondbeschienenen Düne, und fühlten sich wie Adam und Eva nach dem Sündenfall.

»Wir müssen uns zusammennehmen«, sagte sie und zog mit dem großen Zeh Kreise in den Sand.

»Ich verspreche dir, es wird nie mehr geschehen.«

Sie zwang sich zu einem Lächeln. »Dann ist ja alles gut.«

»Du bist mir nicht böse?«

»Wie könnte ich? Von Schuld kann doch keine Redc sein!« Aber in ihrem Inneren bezweifelte sie, ob das wirklich so war. Sie fühlte sich so stark zu ihm hingezogen. Etwas Ähnliches hatte sie noch nie empfunden - oder doch: In der ersten Zeit ihrer Liebe zu Knut. Aber seitdem hatte sie längst vergessen, daß es so etwas gab, dieser ständige Wunsch, den anderen zu berühren, ihn zu streicheln, seine glatte Brust mit dem sonnengebleichten krausen Haar mit kleinen Küssen zu bedecken.

Eva war ihrer nicht mehr sicher. Sie wußte nicht, ob sie allein die Kraft besessen hätte, sich aus seiner Umarmung zu lösen. Seine, nicht ihre Anständigkeit hatte gesiegt. Aber gerade das mochte sie so an ihm, seine Sauberkeit, seine Klarheit, seine jungenhafte Aufrichtigkeit.

»Ich habe noch nie eine verheiratete Frau geküßt«, gestand er.

»Vergiß es! Die Drinks waren schuld und der Mondschein. Laufen wir um die Wette?«

»Ich dachte, du wärst so müde.«

»Jetzt bin ich wieder hellwach.« Sie stob davon.

Obwohl er die wesentlich längeren Beine hatte, holte er sie nicht ein, aber das erwartete sie auch gar nicht. Sie wußte, daß sie in Wahrheit nicht vor ihm, sondern vor sich selber davonlief.

Ein paar Tage später kam Knuts Brief. Eva bekam ihn erst abends, als sie mit Henry nach einem langen schönen Tag auf dem Wasser zurückkehrte.

»Er ist von meinem Mann«, erklärte sie. Sie wußte nicht, warum sie das sagte, denn Betty hatte gewiß den Absender gelesen und Henry würde es sich denken können. Aber sie kam sich dabei irgendwie würdevoll vor, ganz pflichtgetreue kleine Ehefrau.

»Willst du ihn auf deinem Zimmer lesen?« fragte Betty.

»Warum?« Eva nahm ein Obstmesser vom Terrassentisch, schlitzte den Umschlag auf und zog den dünnen Bogen heraus.

Betty schälte sich eine Apfelsine und Henry stand da, die Hände in den Taschen seiner kurzen Leinenhose, und blickte auf das Meer hinaus.

Eva las und – brach in Tränen aus.

»Was ist?« rief Betty, ließ die Apfelsine fallen und sprang auf. »Sag schon, was ist passiert?«

Aber Eva brachte kein Wort heraus. Sie konnte nicht erklären, warum sie so weinte. Es war nicht so sehr der Inhalt des Briefes, sondern der lieblose, schulmeisterliche Ton, in dem er geschrieben war. Sie ahnte ja nicht, in welcher Verfassung Knut gewesen war, als er ihn abgefaßt hatte, in welchem Zwiespalt.

Betty legte tröstend den Arm um ihre Schulter. »Nun beruhige dich doch, Darling! So schlimm kann es ja gar nicht sein. Immerhin lebt er ja noch, sonst hätte er dir nicht geschrieben.«

Henry hatte sich ihnen zugewandt; jetzt reichte er Eva eines seiner großen Taschentücher.

Sie wischte sich die Tränen ab und schneuzte sich heftig. »Ich soll nach Hause kommen«, brachte sie mühsam hervor.

»Hast du ihn denn nicht hierher eingeladen?« forschte Betty.

»Doch.«

»Wie äußert er sich denn dazu?«

»Gar nicht. Er schreibt nur ...« Eva hob den Bogen, der ihr aus der Hand geglitten war, wieder auf und suchte die betreffende Stelle: »Keine geschäftlichen Transaktionen mehr. Am besten kommst du sofort nach Hause.«

»Das klingt aber nicht sehr dringlich«, sagte Betty.

»Meinst du?«

»Wenn er Sehnsucht nach dir hätte, würde er schon im Flugzeug nach Eleuthera sitzen.«

Eva blickte fragend zu Henry, der sehr ernst geworden war. »Ich kann dazu nichts sagen«, behauptete er.

»Wißt ihr was«, sagte Betty, »wenn er auf unsere Einladung nicht eingegangen ist, dann hat er sie wahrscheinlich nicht ernstgenommen. Vielleicht glaubt er, du hättest kein Recht, ihn hierher zu uns zu bitten. Die Europäer sind manchmal so umständlich, stimmt das nicht?«

»Doch«, gab Eva zu.

»Dann werde ich ihm jetzt gleich ein Telegramm schicken mit einer ganz offiziellen Einladung. Er versteht doch Amerikanisch?«

»Ja.«

»Verlaß dich nur auf mich, Darling!« Betty nahm den Umschlag. »Darf ich den haben?«

»Natürlich.«

Betty eilte ins Haus.

Eva schenkte Henry ein zittriges Lächeln. »Das war vielleicht ein Schock.«

»So schlimm?«

»Noch schlimmer.«

»Du möchtest also wirklich nicht zurückfliegen?«

»Natürlich will ich das nicht. Aber er könnte vielleicht sehr ärgerlich werden.«

»Das ist mir egal. Warum kommt er nicht einfach her?«

»Glaubst du, daß er sich jetzt entschließen wird?«

»Ich weiß es nicht.«

»Es wäre vielleicht gut. Weißt du, sehr lange kann ich nämlich auch nicht mehr bleiben. Mein Semester beginnt.«

Eva erschrak. »Daran habe ich noch gar nicht gedacht.«

»Vergiß es! Tut mir leid, daß ich es überhaupt erwähnt habe.«

»Du hast recht. Sprechen wir nicht mehr darüber. Laß uns die Zeit genießen, die uns noch bleibt.«

»Für mich ist jeder Tag ein Geschenk.« Er machte eine Bewegung, als wollte er sie in die Arme nehmen, beherrschte sich aber und berührte sie nicht.

Sie wagte nicht, ihn anzusehen.

Knut hatte ausgerechnet, wann Isabell wieder in ihrer Kölner Wohnung zurück sein konnte. Von diesem Zeitpunkt an rührte er sich kaum noch vom Telefon weg. Aber schon waren mehr als vierundzwanzig Stunden vergangen, ohne daß sie sich gemeldet hatte.

Als es dann endlich klingelte, zitterte seine Hand, die den Hörer abnahm. Er mußte sich räuspern und zweimal ansetzen, ehe er seinen Namen verständlich herausbrachte. »Knut Karsten.«

Die weibliche Stimme, die sich meldete, war ihm unbekannt. »Sind Sie Herr Knut Karsten selber?«

»Wer soll ich denn sonst sein?«

»Oh, da gäbe es verschiedene Möglichkeiten!« zwitscherte das Fräulein unbekümmert und von seiner Unfreundlichkeit unbeeindruckt. »Ein Freund, ein Diener, ein Bruder, ein Neffe ...«

»Hören Sie schon auf! Ich bin Knut Karsten.«

»Dann habe ich ein Telegramm für Sie. Es kommt von den Bahamas. Darf ich es Ihnen vorlesen?«

»Deshalb rufen Sie ja doch wohl an!«

»Es ist in englischer Sprache abgefaßt. Also hören Sie: ›Dear Knut we invite you very cordial to come to our nice house at Eleuthera stop we love your beautiful young wife and we are sure we like you too stop take the next plane stop we and Eva are waiting for you stop Betty and Bill Brown‹.« Das Fräulein machte eine kleine Pause. »Soll ich es Ihnen übersetzen?«

»Danke. Ich habe verstanden.«

»Sie bekommen das Telegramm dann mit der Briefpost zugeschickt. Guten Tag.«

Ohne den Gruß zu erwidern, hängte Knut auf. Er war noch unsicherer als vorher. Vielleicht wäre es doch eine ganz gute Idee, auf diese karibische Insel zu fliegen, und sei es nur, um Eva vor weiteren Dummheiten zu bewahren. Außerdem war es sicher - nach allem, was sie geschrieben hatte - schön dort.

Er sah den kalten Nieselregen vor dem Fenster und erschauderte, obwohl es in der Wohnung warm war. Der Gedanke an Sonne, blauen Himmel und weiße Strände war schon verlockend für ihn. Aber er konnte doch nicht einfach abfliegen, ohne mit Isabell gesprochen zu haben.

›Zum Teufel mit Isabell!‹ dachte er plötzlich. ›Sie muß längst zu Hause sein, und sie hat sich nicht gemeldet. Dabei hat sie es mir fest versprochen. Es geschähe ihr gerade recht, wenn sie dann vergeblich versuchen würde, mich zu erreichen. Ich lasse mich doch nicht zum Narren machen.‹ Den letzten Satz wiederholte er laut und mit fester Stimme: »Ich lasse mich nicht zum Narren machen!«

Er sprang auf, lief ins Schlafzimmer und riß seine blaue Nylontasche aus dem Schrank. Aber dann brachte er es doch nicht über sich, sie zu packen. Es half nichts, er mußte versuchen, mit Isabell Kontakt aufzunehmen.

Sie hatte ihm ihre Telefonnummer nicht gesagt, und bis jetzt hatte er sich darauf verlassen, daß sie ihn von sich aus anrufen würde. Er wollte nicht den ersten Schritt tun, aus Furcht, in die schwächere Position zu geraten. Jetzt aber hielt ihn nichts mehr zurück. Er mußte eine Entscheidung treffen.

Bei der Auskunft forschte er nach Isabells Telefonnummer und erhielt sie auch nach einigem Hin und Her. Er hatte die Straße nicht gewußt, sondern nur, daß sie in der Innenstadt wohnte.

Ohne eine Sekunde länger zu zögern - er hatte Angst, daß er den Mut verlieren könnte -, rief er bei ihr an. Er ließ es lange läuten, vermutete schon, daß sie nicht da sein würde, als der Hörer endlich doch abgenommen wurde. Obwohl sie nur sehr kühl ihren Namen nannte, erregte ihre Stimme ihn sofort.

»Isabell«, sagte er, »Liebling, du hattest versprochen, mich anzurufen.«

»Ich weiß, ich weiß, und ich hatte es auch vor.«

»Warum hast du es dann nicht getan?«

»Ich warte noch darauf, daß die Fotos entwickelt werden.«

»Bobs Fotos? Ich pfeife darauf!«

Sie lachte.

»Wann können wir uns treffen?«

»Warte mal, ich muß erst nachsehen.«

»Hast du so viele Verabredungen?«

»Du weißt, daß ich eine berufstätige Frau bin.«

»Also wann?«

»Übermorgen abend.«

»Erst?«

»Ja, hör mal! Du hast doch wohl nicht angenommen, daß ich abrufbereit hier sitze?«

»Natürlich nicht. Entschuldige. Ich hole dich dann ab. Um wieviel Uhr?«

»Treffen wir uns lieber in einem Lokal. Kennst du dich in Köln aus?«

»Nicht besonders.«

»Das ›Hotel am Dom‹ wirst du aber doch hoffentlich finden.«

»Ich bin ja kein Trottel.«

»Also sagen wir ... um acht. Es ist aber möglich, daß ich mich ein bißchen verspäte.«

»Abgemacht. Wie war die Reise?«

»Das werde ich dir dann alles erzählen.«

»Sag mal, bist du nicht allein?«

»Wie kommst du darauf?«

»Es hat so lange gedauert, bis du abgehoben hast, und jetzt bist du so ... so ...« Er suchte nach den passenden Worten.

»Kurz angebunden?« ergänzte sie. »Ich war unter der Dusche und stehe hier mit nassem Haar, nur in ein Handtuch gewickelt.«

»Ich möchte bei dir sein!«

»Bis übermorgen! Tschüs!« sagte sie, und schon hatte sie aufgelegt.

Knut begriff, daß Isabell es ihm nicht leichtmachen würde, an die Liebesnacht im Herzen Afrikas anzuknüpfen. Robert Hellmann hatte ihr also versprochen, ihr Abzüge der Fotos zu schicken. Oder zu bringen? Sie schienen sich demnach nicht getrennt zu haben, jedenfalls nicht im Bösen. Er mußte sich etwas einfallen lassen, um Eindruck auf sie zu machen. Aber was? Es gab nichts, was seinem Leben Glanz verlieh, außer den gewonnenen Millionen, und die waren auch schon unerwartet schnell zusammengeschmolzen. Natürlich hatte er sich ein paar neue Anzüge, Hemden, Schuhe angeschafft, und da war noch der pelzgefütterte Mantel und die teure Armbanduhr. Aber damit würde er Isabell nicht imponieren. Er hatte ja nicht einmal ein Auto.

Unwillkürlich sprang er auf und begann in dem kleinen Zimmer auf- und abzugehen. Das war es! Ein Auto mußte her. Wenn sie herausfand, daß er mit dem Zug nach Köln gefahren war, mußte er auf sie wie ein Penner wirken.

Er warf einen Blick auf seine Uhr. Heute war es zu spät, etwas zu unternehmen. Aber gleich morgen früh würde er lossausen und sich ein Auto beschaffen. Ein Glück, daß er einen Führerschein besaß.

Gleich am nächsten Morgen fuhr er nach Düsseldorf und sah sich im Autohaus ›Birkelbach und Unkrüer‹ am Zoo um. Was er suchte, war ein Gebrauchtwagen, nicht, weil er damit billiger davonkommen würde - auf etwas mehr oder weniger Geld kam es jetzt schon nicht mehr an -, sondern weil er keinen neureichen Eindruck machen wollte.

Noch ehe ein Verkäufer auf ihn zutrat, fand er seinen Traumwagen: einen weißen Lhamborghini, sportlich, schnittig, elegant, mit versenkbaren Scheinwerfern und Ledersitzen. Sein ganzes Herz schlug diesem edlen Gefährt entgegen. Er konnte die Augen nicht mehr davon losreißen.

»Ein schönes Stück, nicht wahr?« sagte der junge, agile Verkäufer, der sich zu ihm gesellte, »hat erst fünfunddreißigtausend Kilometer drauf. Sehr gepflegt. Na ja, wer läßt schon so eine Kiste verkommen?«

»Wer kann sich von so einem Fahrzeug trennen?«

Der Verkäufer grinste. »Einer, der es sich leisten kann, jedes Jahr das neue Modell zu fahren.«

»Ach so, ja, natürlich.« Zärtlich strich Knut über einen der Kotflügel.

»Sie haben einen wirklich guten Geschmack. Mir würde der auch gefallen. Ist natürlich nicht ganz billig.«

»Der Preis«, sagte Knut schlicht, »spielt für mich keine Rolle.«

»Ja, wenn das so ist!« Der Verkäufer, der Knut als Kunden eher skeptisch gegenübergestanden hatte, wurde sehr lebendig und begann Daten über die Leistungskraft und die Vorzüge des Lhamborghini herunterzurasseln.

Knut, der nichts von Motoren verstand, tat so, als würde er aufmerksam zuhören. Tatsächlich war der Kauf für ihn schon beschlossene Sache. Er wartete nur noch, bis der Verkäufer mit seiner Suada zum Ende kam.

»Ich nehme ihn«, erklärte er dann, »allerdings unter einer Bedingung: Er muß bis morgen zugelassen sein.«

Der Verkäufer erklärte, daß das selbstverständlich gemacht werden würde. Im Büro wurden dann die letzten Formalitäten erledigt und der Kaufvertrag unterschrieben. Knut zahlte mit einem Verrechnungsscheck. Der Verkäufer nahm ihn ohne wenn und aber entgegen. Knut war sicher, daß er sofort nach seinem Abgang die ›Hildener Stadtsparkasse‹ anrufen und sich vergewissern würde, ob er gedeckt war. Sollte er nur!

Glücklich und beschwingt trat Knut in den kalten, unfreundlichen Januartag hinaus. Wenigstens nieselte es heute nicht. Da er zu unruhig gewesen war, um zu frühstücken, holte er es jetzt in aller Gemütsruhe im ›Café van Eicken‹ auf der Königsallee nach. Danach wußte er nichts Rechtes mit sich anzufangen.

Es fiel ihm ein, daß er Isabell ein Geschenk mitbringen könnte; vielleicht erwartete sie das sogar, auf jeden Fall würde es ihr Freude machen.

Er erinnerte sich, daß er seinerzeit beim Juwelier Kern ein Armband gesehen hatte, eine goldene Kette, die Eva zu wuchtig gefunden hatte. Isabell würde ein solch schlichtes, schweres Schmuckstück tragen können.

Nachdem ihm das eingefallen war, hatte er es eilig, das Armband zu erstehen. Später fuhr er noch einmal am Autohaus vorbei. Der Lhamborghini stand noch im Fenster, jetzt aber mit einem Schild ›Verkauft‹ auf der Kühlerhaube. Er konnte es kaum noch erwarten, das Auto zu übernehmen. Es mußte ein Genuß sein, es zu fahren.

Aber er brauchte auch einen Platz dafür. Er konnte das gute Stück ja nicht nachts auf der Straße parken. Im Haus in der Kantstraße gab es keine Garagen. Er mußte sich sofort um einen Stellplatz in einer der Hildener Tiefgaragen bemühen.

So verging der Tag zwischen Geschäftigkeit und Langeweile. Ihm folgte eine Nacht mit beunruhigenden Träumen. Er saß am Steuer seines schnittigen Autos, das mit hoher Geschwindigkeit durch eine Allee fuhr. Zuerst gefiel ihm diese rasante Fahrt, bis er entdeckte, daß sich der Lhamborghini weder bremsen noch lenken ließ. Alle Versuche, das Auto zu bändigen und in den Griff zu bekommen, schlugen fehl. Hilflos mußte er es geschehen lassen, daß der Sportwagen anscheinend seinen eigenen Willen entwickelte. Dann tauchte am Ende der Allee eine Frau auf - Isabell oder Eva? -, erst als winzige Figur, dann sehr schnell ganz nahe, ein vor Entsetzen verzerrtes Gesicht, ein schreiender Mund, Hände über den Augen.

Schweißgebadet wachte Knut auf, froh, daß es Tag war, überzeugt, daß sein Traum nichts zu bedeuten hatte.

Als er dann endlich am Steuer seines wirklichen Lhamborghini saß, tat er sich erheblich leichter, als er befürchtet hatte. Zwar hatte er jahrelang kein Auto mehr gefahren, aber das Getriebe schaltete sich leicht, und der Wagen folgte, anders als im Traum, wie ein gut dressiertes Pferd. Knut fuhr bedachtsam, häufig in den Rückspiegel blickend, paßte sich dem Straßenverkehr in der Innenstadt an. Auch später, auf der Autobahn nach Hilden, behielt er ein mäßiges Tempo bei und überholte nur einige Laster. Noch war ihm das Fahrzeug nicht ganz vertraut.

In Hilden stellte er das Auto in der Tiefgarage ein und ging zu Fuß nach Hause. Bis zum Abend blieb ihm noch viel Zeit. Er duschte sich, rasierte sich ein zweites Mal, zog sich um. Obwohl es noch viel zu früh war, nach Köln zu fahren, machte er sich dennoch auf den Weg. Er war zu unruhig, wußte nicht, womit er die Zeit totschlagen sollte, und wollte die Anfahrt hinter sich bringen.

Im ›Hotel am Dom‹, wo er vorsorglich einen Tisch bestellt hatte, übergab er sein Auto und die Schlüssel dem Portier. Er ging ins Kino am Hauptbahnhof. An den Film konnte er sich später zwar nicht erinnern, aber immerhin war er für zwei Stunden untergebracht.

Als er die Hotelhalle betrat, war es kurz vor acht. Isabell war noch nicht da, aber damit hatte er auch nicht gerechnet. Er brachte seinen Mantel zur Garderobe, suchte sich einen bequemen Sessel aus und steckte sich eine Zigarette an. Er hatte sie noch nicht ausgeraucht, als sie hereingewirbelt kam, die Wangen von der Kälte gerötet, das lange Haar leicht zerzaust und die grünen Augen strahlend vor Unternehmungslust. Knut war es, als würden alle Gespräche bei ihrem Eintritt verstummen und alle Augen sich auf sie richten.

Er drückte seine Zigarette aus und sprang auf.

Langbeinig und lässig kam sie auf ihn zu und küßte ihn unbefangen auf die Wangen. »Ich habe mich für dich beeilt!«

Ihm war schwindlig vor Glück. »Das merke ich.«

Sie ließ sich von ihm aus ihrem Wolfspelz helfen. »Ich bemühe mich immer, pünktlich zu sein«, versicherte sie, »ich bin nicht der Ansicht, daß eine Frau an Wert gewinnt, wenn sie ihre Partner warten läßt.«

»Du könntest es dir erlauben!«

Sie trug ein schwarzes Cocktailkleid, in der Taille breit gegürtet, um die Hüften leicht gebauscht, das Oberteil von einem einzigen querlaufenden Träger gehalten, und sah hinreißend aus. »Das ist das Nette an dir, daß ich dir immer gefalle!« Sie strich ihm leicht mit dem Handrücken über die Wange.

»Wem du nicht gefällst, der muß blind sein.«

»Du kennst die Männer nicht. Manche versuchen, einen gerade deshalb niederzuknüppeln. Gehen wir in die Bar?«

»Ich will nur erst deinen Pelz wegbringen ...« Er zögerte. »Oder lieber ... komm bitte mit.«

Sie lachte. »Du hast doch hoffentlich keine Angst, ich könnte dir verlorengehen?«

»Entführt werden ist der richtige Ausdruck.«

»Ich kann sehr gut auf mich aufpassen.«

»Aber nur, wenn du es wirklich willst.«

Das Licht in der Bar war angenehm gedämpft, aber Knut hätte es sich heller gewünscht, damit man ihn und seine schöne Begleiterin hätte besser sehen können. Allein die Eleganz, mit der sie sich auf den hohen Hocker schwang, ohne dabei mehr als nötig, aber doch genug von ihren schlanken Beinen sehen zu lassen, war eindrucksvoll.

Mit einem Lächeln begrüßte sie den Barkeeper. »Guten Abend, Tom!«

Die Augen des Mannes waren aufgeleuchtet. »Schön, Sie wieder mal zu sehen, Fräulein Isabell! Champagner?«

»Bitte!« Sie wandte sich Knut zu. »Wenn ich darf?«

»Natürlich darfst du. Mir auch ein Glas Champagner, bitte.«

Der Keeper hantierte mit einer Flasche Veuve Cliquot.

»Kommst du oft hierher?« wollte Knut wissen.

»Hin und wieder. Eine Hotelbar ist ja der einzige Ort, wo man als Frau allein hingehen kann, ohne angemacht zu werden.«

»Ich glaube nicht, daß du irgendwo hingehen kannst, ohne Aufsehen zu erregen.«

»Stimmt. Daran bin ich gewohnt, und wahrscheinlich würde mir was fehlen, wenn es nicht so wäre, wenigstens vorläufig noch. Aber ich will nicht dumm von der Seite angequatscht werden.«

»Und wie verhinderst du das?«

»Tom macht das.« Der Barkeeper brachte die Gläser. »Ich habe meinem Freund gerade erzählt, daß Sie mir die Männer vom Leib halten, wenn ich allein hier aufkreuze.«

»Das gehört zu meinen Lieblingsaufgaben«, versicherte der Keeper ernsthaft.

Knut hatte es unendlich wohlgetan, daß sie ihn als ›mein Freund‹ bezeichnet hatte. »Möchten Sie ein Glas mit uns trinken?« fragte er.

»Sehr liebenswürdig. Danke. Aber es ist noch zu früh am Abend.«

»Ach, seien Sie doch nicht so, Tom!« bat Isabell. »Machen Sie uns das Vergnügen. Wir haben auch eine Menge zu erzählen.« Nach einer Kunstpause fügte sie hinzu: »Wir waren zusammen in Afrika!«

»Ach, wirklich?« fragte der Keeper interessiert und schenkte sich jetzt doch ein Glas ein.

»Ja, da staunen Sie! Wir haben den Kilimandscharo bezwungen.«

Knut war verblüfft.

Isabell plauderte munter weiter. »Das war eine Sache! Erst der steile Aufstieg in der Tropenhitze und durch den Regenwald, und dann oben auf dem Vulkan in die Eiseskälte. Wir sind in dem roten Lavastaub fast versunken, aber immer weiter ging es, einen Schritt vor und zwei zurück. Und dann das Erlebnis, als wir endlich oben waren ... unbeschreiblich!«

»Daß Sie das durchgehalten haben!«

»Oh, es hat ja auch Spaß gemacht! Nicht wahr, Knut?« Als er nicht gleich zustimmte, stieß sie ihn mit der Fußspitze an.

»Ja, sehr«, bestätigte er.

Isabell erzählte von der Fahrt durch die Serengeti, von den wilden Tieren, die sie ganz aus der Nähe hätten beobachten können. Die beiden Männer lauschten gebannt, wenn auch Knut seine Skepsis nicht ganz unterdrücken konnte. Er fragte sich, wieviel Wahrheit und was Erfindung sein mochte.

Auf dem Weg zum Restaurant sagte sie vorwurfsvoll: »Du hast mich ganz schön im Stich gelassen.«

»Wieso?«

»Na, du hättest mich doch ein bißchen unterstützen können, statt dessen hast du einfach nur dagesessen und zugehört.«

»Ich bin nicht so gewandt im Schwindeln wie du.«

»Du hättest dir ja nichts auszudenken brauchen, nur hin und wieder eine Bemerkung wie: ›Das war wirklich toll‹ oder so ähnlich, das hätte genügt.«

»Warum tust du so was? Den Leuten einen Bären aufbinden?«

»Ich versuche nur, unterhaltsam zu sein.«

»Und das kannst du nicht, wenn du dich an die Wahrheit hältst?«

Sie lachte. »Ich hätte mal erleben mögen, was du für ein Gesicht gemacht hättest, wenn ich das getan hätte!«

Das Hotelrestaurant war sehr elegant, fast üppig eingerichtet, mit schweren Seidenvorhängen an den Fenstern und echten Teppichen auf dem glänzenden Parkett. Ohne Isabell hätte sich Knut hier wahrscheinlich nicht sehr wohl gefühlt, aber mit ihr an seiner Seite war es großartig. Offensichtlich kannte man sie auch hier, denn die Kellner, die sich vor ihnen verneigten, zeigten das freundliche Lächeln des Wiedererkennens.

Der Ober grüßte: »Guten Abend, gnädiges Fräulein!« und in verändertem, unbeteiligtem Ton: »Guten Abend, der Herr!« Er führte sie zu einem Tisch an der Rückwand des Raumes.

Knut hatte den Eindruck, daß der Platz nicht der war, den man ihm reserviert hatte, sondern daß er für Isabell ausgesucht worden war. Es gelang ihm, geschickt die Schmuckschachtel unter der weißen Damastserviette auf ihrem Teller zu verstecken, während der Ober ihren Sessel zurechtrückte. Er konnte es kaum erwarten, bis sie ihr Geschenk entdeckte. Aber vorläufig studierte sie noch die Karte, ließ sich von dem sehr bemühten Ober beraten, fragte auch ihn, bevor sie sich endlich entschied.

Als sie dann die Serviette wegnahm und das in Seidenpapier gehüllte Päckchen sah, machte sie ganz kindlich ›Oh‹ und fragte mit Augen, die noch größer und grüner wirkten als gewöhnlich: »Von dir?«

»Es wäre auch möglich, daß der Ober es auf deinen Teller praktiziert hat, angetan, wie er von dir ist.«

»Dummkopf!« Rasch legte sie die Hand auf seinen Arm. »Nicht böse sein! Ich habe nicht dich gemeint, sondern mich selber. Was für eine blöde Frage.« Sie starrte, die Serviette, immer noch nicht entfaltet, in der Hand, auf das Päckchen. »Was ist drin?«

»Sieh nach!«

»Laß mich raten! Nein, lieber doch nicht.« Sie legte die Serviette beiseite und begann sehr vorsichtig, die Schleife des glitzernden Schnürchens zu lösen.

Fasziniert sah Knut zu, wie sie die Hülle entfernte und die Schachtel öffnete. Wieder brachte sie im ersten Augenblick nichts als ein freudig bestürztes ›Ooh‹ heraus.

Plötzlich fürchtete er, er könnte sie beleidigt haben. »Es ist nur eine Kleinigkeit«, stotterte er, »ich wollte dir damit zeigen ...«

»Du hast vielleicht Begriffe!« Sie nahm das Armband aus der Schachtel und wog es in der offenen Hand. »Das nennst du eine Kleinigkeit?«

»Ist es dir zu schwer?«

»Wenn es kein vergoldetes Blei ist?«

»Wo denkst du hin! Traust du mir das zu?«

»Doch nicht im Ernst. Du bist ein durch und durch goldiger Junge.« Sie gab ihm über den festlich gedeckten Tisch hinweg einen flüchtigen, unbekümmerten Kuß.

»Ich danke dir! Vom Wert einmal ganz abgesehen ... es ist wunderschön. Du hast einen tollen Geschmack.«

»Ich habe mir einfach gedacht, daß es zu dir passen würde.«

»Und wie!« Sie legte das Armband um ihr linkes Handgelenk und hielt es ihm hin, damit er es verschließen konnte.

Er tat es, gab ihre Hand aber nicht sogleich frei, sondern drückte einen Kuß auf die feinen blauen Adern in ihrer auf der Innenseite des Armes milchig-braunen Haut.

Als er ihre Hand freigab, hielt sie sie vor ihre Augen und betrachtete sie kennerisch. »Ich glaube, das ist das schönste Geschenk, das ich je bekommen habe.«

Ihre frohe Stimmung hielt die ganze Mahlzeit über an.

Erst als der Kellner ihm ein drittes Mal nachschenken wollte und Knut abwehrte, runzelte sie die Stirn.

»Was ist los mit dir? Du willst mich doch wohl nicht allein trinken lassen?«

»Ich muß noch Auto fahren.«

»Soll das heißen, du willst nicht bei mir bleiben?«

»Möchtest du das denn?«

»Knut, du bist der erste Mann, der sich von mir bitten lassen will.«

»So ist es ja nicht. Ich möchte nur nicht, daß du dich mir verpflichtet fühlst.«

Sie lachte schon wieder. »Die Angst brauchst du bei mir wirklich nicht zu haben.«

»Und was ist mit Robert Hellmann?«

»Ich hab's Bob erzählt, und er war natürlich stocksauer. Daraufhin habe ich mit ihm Schluß gemacht.«

Knut erglühte vor Stolz. »Meinetwegen?«

Sie wich einer Antwort aus, lächelte nur und streichelte seine Hand. »Jetzt trinkst du noch ein Glas Wein, nicht wahr? Zu mir nach Hause sind es nur zehn Minuten zu Fuß.«

Seine Freude auf die Nacht mit Isabell wurde ein wenig dadurch getrübt, daß es so schien, als könnte er ihr nun seinen eleganten Lhamborghini gar nicht vorführen.

»Was ist?« fragte sie sofort. »War ich wieder einmal egoistisch? Deine Frau erwartet dich, nicht wahr?«

»Nein.«

»Aber sie muß doch inzwischen aus der Karibik zurück sein. Sieht mir ähnlch, daß ich nicht daran gedacht habe.«

»Du hast keinen Grund, dir Vorwürfe zu machen, Liebling! Sie ist noch nicht da.«

»Gefällt es ihr dort so gut?«

»Anscheinend. Sie hat auf der Kreuzfahrt Amerikaner kennengelernt, die sie zu sich eingeladen haben. Auf eine Insel. Sie hat mir ganz begeistert von diesen Leuten geschrieben und von dieser Insel, und daß ich auch kommen soll.«

»Wann?«

»Mit dem nächsten Flugzeug.«

»Ich verstehe.«

»Ich werde natürlich nicht fliegen.«

»Na hör mal! Warum denn nicht?«

»Weil ich keine Lust habe. Die gute Eva ist in letzter Zeit ein bißchen selbstherrlich geworden. Ich lasse mich nicht von ihr herumdirigieren.«

»Du bestrafst dich selber, um sie zu bestrafen?«

»Nein. Ich bin lieber mit dir zusammen.«

»Wir haben nur diese eine Nacht.«

»Wieder nur eine Nacht?«

»Mir tut es so leid wie dir. Aber ich habe morgen Termine.«

»Kannst du die nicht absagen?«

»So etwas tut man nicht. Man ist zu schnell als unzuverlässig verschrien.«

»Aber du könntest doch krank werden.«

»Das ist mir noch nie passiert.«

»Dann um so besser.«

»Knut, nein, wirklich nicht!«

Der Kellner kam wieder mit der Flasche. Diesmal ließ Knut sich nachschenken, mußte aber feststellen, daß sie fast leer war.

»Trinken wir noch etwas?« fragte er.

»Bei mir.«

»Dann vielleicht noch einen Nachtisch?«

»Einen Zitronensorbet mit Wodka.«

»Zwei Zitronensorbets.« Als der Kellner sie allein gelassen hatte, sagte Knut eindringlich: »Wir könnten zusammen verreisen, möchtest du das nicht?«

»Wohin?«

»Wohin du willst.«

»Zum Skifahren? In die Schweiz?«

»Warum nicht?« Er zündete sich eine Zigarette an.

»Bitte, gib mir auch eine! Du bist wirklich ein Mann, der aufregende Vorschläge macht!«

Er gab ihr Feuer. »Also, wie ist es?«

»Ich würde nur zu gern ja sagen, das merkst du mir wohl an. Aber ich fürchte, es ist unmöglich.«

»Das mußt du mir schon näher erklären.«

»Ich bin eine berufstätige Frau, das hast du von Anfang an gewußt.«

»Deshalb kannst du aber doch mal eine Woche Urlaub machen.«

»Du vergißt, daß ich gerade drei Wochen unterwegs war.« Sie sah ihm fest in die Augen. »Ich brauche das Geld.«

»Ja, natürlich.«

»Ich habe ja kein sicheres Einkommen. Wenn ich nicht arbeite, verdiene ich nichts.«

»Ganz klar. Das muß dir überhaupt nicht peinlich sein.«

Die Sorbets wurden serviert. Isabell und Knut drückten ihre Zigaretten aus und löffelten eine Weile schweigend.

Dann sah sie ihn an. »Schmeckt köstlich, wie?«

»Ja.«

»Knut, Liebling, wir wollen uns doch nicht die Laune verderben lassen! Ich hatte mich so auf den Abend mit dir gefreut.«

»Bitte, versteh mich nicht falsch, wenn ich dir jetzt einen Vorschlag mache. Ich wollte es vorhin schon, aber ich hatte Angst, daß du es in die falsche Kehle bekommen könntest.«

»Das hört sich nach was ziemlich Unangenehmem an.«

»Ist es aber gar nicht, wenn du es richtig betrachtest.«

»Also raus mit der Sprache!«

»Versprich mir, daß du nicht böse werden wirst.«

»Ich habe verstanden, daß du mich nicht beleidigen willst.«

»Also gut.« Er wischte sich mit der Serviette über den Mund. »Ich könnte dir deinen Verdienstausfall doch ersetzen.«

Sie riß die Augen auf. »Könntest du?«

»Ja. Wieviel verdienst du?«

»Das ist unterschiedlich.«

»Ungefähr. Im Durchschnitt.«

»Tausend Mark. Pro Tag.«

»Gut. Das bekommst du von mir.«

»Du bist wirklich ein aufregender Mann!«

Er atmete erleichtert auf. »Also wäre auch dieses Problem gelöst.«

»Ich glaube nicht, daß es auf diese Weise geht. Du meinst es gut, das ist mir schon klar ...«

»In erster Linie für mich selber«, fiel er ein.

»... aber ich weiß nicht, ob ich das verkraften könnte. Es käme mir vor, als hättest du mich gekauft.«

»Quatsch. Wir beide wissen, daß das nicht so ist. Als wenn ein Mädchen wie du mit ein paar Tausendern zu kaufen wäre! Da müßte man schon Hunderttausende auf den Tisch blättern ... nein, Millionen!«

Sie machte ein Gesicht, als dächte sie sehr ernsthaft nach, dann erhellte es sich überraschend. »Du hast recht!«

»Na also.«

»Noch heute nacht werde ich mit Gott und der Welt telefonieren und meine Termine für die nächste Woche absagen ... nein, besser noch, du machst das! Du kannst dich als mein Arzt ausgeben. Doktor Karsten klingt doch nicht schlecht?«

»Ich habe kein Talent ...«

Sie ließ ihn nicht aussprechen. »... zum Schwindeln, ja, ich weiß. Gerade deshalb ist es höchste Zeit, daß du es lernst. Es gehört zum Leben.«

»Du bist der einzige Mensch, für den ich so etwas tun würde.«

»Bravo! Und am besten rufst du auch gleich deine Frau an!«

»Es genügt, wenn ich ihr schreibe.«

»Machst du dir eigentlich keine Sorgen um sie?«

»Wozu? Es geht ihr doch blendend. Oder meinst du, es könnte etwas anderes dahinterstecken, daß es sie nicht nach Hause zieht? Ein Mann? Nein, so ist Eva nicht. Da bin ich mir ganz sicher.«

Als Eva den Brief ihres Mannes gelesen hatte, bekam sie weiche Knie; sie ließ sich in einen Sessel sinken.

Bill, der ihr das Schreiben gebracht hatte, war stehengeblieben und starrte sie an. Henry, nur mit einer Badehose bekleidet, trocknete sich ab, und Betty saß, wie so oft, mit einer Handarbeit auf der Terrasse.

»Ich verstehe das nicht«, sagte Eva hilflos.

»Nun«, fragte Betty munter, »kommt er?«

»Nein.«

»Das ist aber schade.«

»Was für einen Grund hat er denn angegeben?« wollte Bill wissen.

»Er ist in die Schweiz gefahren. Zum Wintersport.«

»So etwas Dummes. Ich hätte einiges Geschäftliche mit ihm zu besprechen gehabt.«

»Es tut mir leid.«

»Wenigstens kannst du dann noch etwas bei uns bleiben«, sagte Betty tröstend.

»Ich habe das Gefühl, ich muß sofort zurück.«

»Nach Hilden? In eure leere Wohnung?«

»Zu ihm.«

»Schreibt er denn, wo er zu erreichen ist?«

Eva überflog die wenigen, allzu sachlichen Zeilen noch einmal. »Nein.«

»Sieh mal auf den Poststempel!« riet Henry, der sich bisher an der Unterhaltung mit keinem Wort beteiligt hatte.

Sie nahm den Umschlag zur Hand. »Köln!« sagte sie. »Wie kommt er dazu, mir aus Köln zu schreiben?«

»Vielleicht auf der Durchreise.«

»Aber hätte er mich nicht wenigstens von zu Hause aus verständigen müssen, daß er in den Wintersport will? Hätte er mich nicht anrufen können ... mir mindestens eine Chance geben, ihn zu begleiten?«

»Das sind Fragen, Darling, die du dir schon selber beantworten mußt«, sagte Betty, »wir kennen deinen Mann ja nicht und können uns deshalb kaum in ihn hineindenken.«

»Jedenfalls scheint er ein ziemlich unzuverlässiger Bursche zu sein«, behauptete Bill.

»Knut? Nein.«

»Dann erkläre uns doch mal sein Benehmen!«

»Bill! Das braucht Eva nicht. Sie ist nicht für ihn verantwortlich.«

»Was soll ich denn jetzt nur tun?« fragte Eva.

»Du kannst natürlich nach Hause zurückfliegen und dort auf ihn warten«, erklärte Betty, »aber ich sehe nicht, was das dir oder deinem Mann bringen würde. Oder du kannst dir durch sein seltsames Verhalten den Aufenthalt gründlich vermiesen lassen. Jetzt begreife ich: Das wird wohl die eigentliche Absicht sein, die dahintersteckt.«

»Das wäre möglich«, gab Eva zu, »das sähe ihm ähnlich. Er hat sich geärgert, weil ich nicht postwendend zurückgekommen bin, und jetzt will er sich rächen.«

»Ziemlich kleinkariert«, meinte Betty.

»Du drückst es milde aus!« Eva stieg das Blut zu Kopf, und ihre Augen blitzten. »Eine Gemeinheit ist das! Warum kann er mir meine schöne Zeit hier nicht gönnen? Wo wir ihn doch eingeladen hatten.« Ihr Schreck hatte sich in Zorn gewandelt.

»Nach allem, was ich inzwischen über ihn erfahren habe«, sagte Betty, »bin ich eigentlich recht froh, daß er nicht gekommen ist.«

»Ich glaube auch, daß die geschäftlichen Dinge besser mit dir zu besprechen sind«, fügte Bill hinzu.

Eva sprang auf. »Ich will von Geschäften nichts mehr hören und auch nichts von Knut! Ich habe die Nase voll.« Tränen der Wut stiegen ihr in die Augen. »Entschuldigt bitte, ich bin ganz durcheinander.« Sie lief ins Haus.

»Ich warte auf dich!« rief Henry ihr nach.

Zehn Minuten später hatte sie sich beruhigt, das Gesicht gewaschen und sich für die Fahrt nach James Cistern, die für diesen Morgen geplant war, umgezogen.

Henry, jetzt auch in Leinenhose und T-Shirt, erwartete sie schon im Treppenhaus. Das freudige Aufleuchten seiner Augen, als er sie herunterkommen sah, vertrieb den Rest ihres Ärgers.

»Viel Spaß, ihr beiden!« rief Betty ihnen von der Terrasse her zu.

»Heute sind wir zum Lunch zurück!« versprach Henry.

»Das braucht ihr nicht. Laßt euch Zeit. Mir ist es lieber, wenn ihr nicht so rast.«

Bill war nicht mehr zu sehen.

Wieder kletterte Eva hinter Henry auf das Moped. Sie war ihm gegenüber nie wirklich unbefangen gewesen, dazu hatte er ihr von Anfang an zu gut gefallen. Die Anziehungskraft seiner jungenhaften Männlichkeit war zu stark, als daß sie ein Neutrum in ihm hätte sehen können. Aber inzwischen war es ihr bewußt geworden, wie sehr sie es genoß, die Arme um seine Taille legen zu dürfen und die starken Muskeln seines Rückens zu spüren. Sie war auch sicher, daß er mit Wonne ihren Busen fühlte. Aber noch war alles ein Spiel, wenn auch ein gefährliches. So reizvoll die Landschaft auch war, sie schloß die Augen und gab sich ganz ihren Empfindungen hin. Auch Henry verzichtete diesmal darauf, sie auf die eine oder andere Sehenswürdigkeit aufmerksam zu machen.

James Cistern war ein seltsamer Ort. Es gab hier nicht nur eine Zahl alter, geduckter Fischerhäuser, die vom Wind und dem Salz des Meeres verwittert waren, sondern daneben Häuser aller Altersstufen und überraschend viele unfertige Gebäude. Henry erklärte Eva, daß die Einwohner von James Cistern an ihren alten Bräuchen hingen. Wie eh und je mußte jeder Junge mit fünfzehn damit beginnen, sich ein Haus zu bauen, in das er später seine Braut heimführen würde. Jahrelang mußte er den größten Teil seines Verdienstes dazu aufwenden, bis sein Haus endlich fertiggestellt war.

»Das ist irgendwie rührend«, sagte Eva.

»Wenn sie es freiwillig täten, ja. Aber dieser Zwang!« Henry schüttelte sich. »Ich glaube, ich könnte es nicht aushalten.«

»Was würdest du tun, wenn du von hier wärst?«

»Ich würde das Dorf verlassen und zur See gehen.«

»So leichten Herzens?«

»Ob leichten Herzens oder nicht, ich glaube, ich täte es.« Nachdenklich fügte er hinzu: »Ich könnte ja später wiederkommen, wenn ich mir einen Haufen Zaster erspart hätte.«

»Dann sind die Schönen von James Cistern bestimmt schon längst vergeben!« neckte sie ihn.

Hand in Hand schlenderten sie durch das sonnenüberflutete Dorf.

»Ich muß dir ein Geständnis machen«, sagte er.

»Ja?« fragte sie erwartungsvoll.

»Ich bin sehr froh, daß dein Mann nicht kommt.«

»Ich auch.«

»Aber vorhin ...«

»Ich habe nicht verstanden, was ihm da eingefallen ist, und ich war enttäuscht und wütend. Jetzt weiß ich, daß er es darauf anlegt, mich zu ärgern und zu beunruhigen, und bin nur noch wütend.«

»Nett ist das nicht von ihm.«

»Er war überhaupt in der letzten Zeit nicht nett zu mir. Aber reden wir nicht mehr über ihn, bitte! Wenn ich nur an ihn denke, verdirbt es mir die Laune.«

»Wollen wir ›The Cave‹ besichtigen?«

»Was ist das?«

»Unterirdische Tropfsteinhöhlen. Sehr interessant.«

Eva zögerte. Ihr war mehr danach, den schönen Tag im Sonnenschein zu genießen. Aber als er ihr erklärte, daß es nicht weit sei, ganz in der Nähe von Hatchet Bay, stimmte sie zu. Es wurde ihr bewußt, daß es ihr gleichgültig war, was sie unternahmen, wenn sie nur in seiner Nähe sein konnte.

Am Abend schlug Betty ihnen vor, doch wieder einmal den ›Cotton Bay Club‹ zu besuchen. Eva und Henry winkten ab.

»Was ist nur los mit euch? In meiner Jugend habe ich mir keine Tanzerei entgehen lassen.«

»Wir möchten euch nicht allein lassen«, sagte Eva.

»Wie lieb von euch! Aber dann kommen wir einfach mit. In Bills Gesellschaft wird es mir sicher auch Spaß machen.«

»Ob er Lust dazu hat?«

»Ich werde ihn schon dazu bringen.«

So fuhren sie denn alle zusammen los, aber im Clubhaus verloren sie sich bald aus den Augen. Während Eva und Henry Rock und Swing tanzten, bevorzugten Betty und Bill die Standardtänze.

Die jungen Leute vergaßen die Welt um sich. Es war ihnen, als könnten sie endlos so weiter über den blanken, von unten beleuchteten Glasboden fliegen. Auch als die Band eine Pause einlegte, konnten sie sich nicht voneinander losreißen. Ein schwarzer Page, der ihnen mit anmutiger Würde einen Umschlag reichte, löste ihre Verzauberung.

Henry öffnete das Couvert und fand eine schmale Karte mit ein paar gekritzelten Zeilen: »Wollten Euch nicht stören. Sind schon nach Hause gefahren. Amüsiert Euch gut. Wenn Ihr den Wagen braucht, ruft an! George wird wach bleiben. Herzlichst Eure Betty und Bill.«

Er las Eva vor.

»Wie spät ist es denn?« fragte sie leicht bestürzt.

Er sah auf seine Armbanduhr. »Gleich eins.«

»Da können wir George doch nicht mehr herausklingeln.«

»Nein, gehen wir lieber zu Fuß.«

»Und machen wir, daß wir fortkommen.«

Wieder liefen sie barfuß über den Strand, aber sie hielten sich nicht bei den Händen. In dieser sternenfunkelnden Nacht hatten sie Angst davor, sich zu berühren. Der Mond stand immer noch groß am Himmel, aber schon hatte er, noch fast unmerklich, begonnen abzunehmen.

»Mir ist furchtbar heiß«, sagte Eva, als sie den Privatstrand erreicht hatten.

»Mir auch. Am liebsten würde ich ins Wasser springen.«

»Warum tun wir es dann nicht?«

Sie zögerten nur eine Sekunde, dann zogen sie sich rasch, voneinander abgewandt, aus. Eva lief als erste ins Wasser. Mit kräftigen Stößen schwamm sie weit hinaus. Sie erhoffte sich Abkühlung, aber das Meer war immer noch warm, und sie glühte nicht vor Anstrengung, sondern vor Sehnsucht.

Erst als er ihren Namen schrie, gab sie auf und strampelte auf der Stelle.

Keuchend erreichte er sie und umschlang sie. »Was ist los mit dir?«

Sie klammerte sich an ihn. »Ich kann nicht mehr.«

Er verstand sie falsch. »Ich bringe dich zurück. Du mußt mich loslassen. Was für eine Idee, so weit hinaus zu schwimmen.«

Er packte sie unter den Achseln und schwamm, auf dem Rücken liegend, mit ihr zum Ufer. Dabei lagen seine Hände auf ihren Brüsten. Er war ebenso erregt wie sie.

Wie Strandgut wurden sie ans Ufer gespült, lagen eine Weile still, tief durchatmend, versuchten, ihre Fassung zurückzugewinnen. Aber die Natur war stärker als sie. Sie wandten sich einander zu und umschlangen sich wild und mit überströmender Zärtlichkeit. Der künstliche Staudamm, mit dem sie ihre Leidenschaft zurückgehalten hatten, zerbrach. Ihre Lippen und ihre Leiber fanden zueinander.

Nach dieser Nacht wurde alles anders. Jetzt, da sie die Grenze überschritten hatten, liebten sie sich, wann immer sich eine Gelegenheit ergab, auf dem Segelboot, in einer nach Heu duftenden Scheune, im Geräteschuppen neben dem Tennisplatz und immer wieder am nächtlichen Strand. Nur in der Villa suchten sie sich nie auf ihren Zimmern auf. Ohne daß sie darüber sprachen, wäre es ihnen beiden indezent erschienen, als würden sie damit die Gastfreundschaft der Browns verletzen. Auch war ihre Liebe nicht von der Art, daß sie ein Bett brauchte, glatte Laken, weiche Kissen. Sie war etwas, das außerhalb der Zivilisation geschah, ein Naturereignis, jenseits von Schuld und Moral.

So sah es Eva. Sie schob den Gedanken an Knut und an die Zukunft weit von sich. Das alles hatte keine Bedeutung mehr für sie. Einzig Henry und die Gegenwart zählten.

Dann aber wurde er von Tag zu Tag bedrückter und benahm sich eigenartig. Manchmal war er schon aus dem Haus, wenn sie zum Frühstück hinunterging. Sie wußte nicht, was sie davon halten sollte, redete sich ein, daß sie überempfindlich wäre und sich sein verändertes Verhalten nur einbildete. Seine Zärtlichkeit und sein Begehren waren nicht schwächer geworden, nur von seiner jungenhaften Unbekümmertheit war nur noch selten etwas zu spüren.

Eines Morgens - sie hatten sich an Bord eines Segelbootes geliebt, das mit festgezurrten Leinen weit draußen auf dem Meer trieb - stöhnte er: »Eva, Eva, es ist so schlecht von mir!«

Zärtlich zog sie mit dem Zeigefinger die Konturen seiner Lippen nach. »So etwas darfst du nicht sagen, nicht einmal denken. Nichts ist schlecht. Es hat so kommen müssen.«

»Nein. Es hätte nie geschehen dürfen.«

Mehr als seine Worte erschreckte sie der verzweifelte Ausdruck seiner Augen. »Du bist nicht glücklich?«

»Ich hätte dir das nicht antun dürfen.«

»Aber du hast mir gar nichts angetan.«

»Doch. Ich habe dich belogen. Von Anfang an.«

Sie fuhr hoch, fühlte sich plötzlich nackt und streifte ihr Hemd über.

»Das ist nicht wahr!« rief sie beschwörend.

»Ich bin nicht der, für den du mich hältst.«

»Nicht Henry Wain? Nicht Student?«

»Doch. Aber nicht Bettys Neffe. Ich hätte es dir sagen müssen.«

Sie zog die Beine an und umklammerte ihre Knie. »Ich verstehe das nicht.«

»Ich habe dir erzählt, daß ich zwischen den Inseln getörnt bin. Der Schiffseigner hat mich in Davis Harbour ausgezahlt. Er wollte mehr als einen Monat auf Eleuthera bleiben. Also habe ich mich nach einem neuen Job umgesehen. Natürlich wollte ich wieder auf eine Yacht. Aber da kam Bill und hat mir ein Angebot gemacht.« Düster blickte er über Eva hinweg auf die Weite des Meeres hinaus. »Ich hätte mich nie darauf einlassen sollen.«

»Was für ein Angebot?«

»Er sagte mir, daß er für dich einen jugendlichen Umgang suchte. Aber du wärst sehr empfindlich und würdest sauer reagieren, wenn du die Absicht merken würdest. Deshalb wäre es besser, wenn ich mich als Bettys Neffe ausgeben würde.«

»Er hat dich dafür bezahlt?«

»Ja.« Jetzt zwang er sich, sie anzusehen. »Es schien alles ganz harmlos, Eva. Du mußt mir glauben, ich habe mir nichts Böses dabei gedacht.«

Eva fröstelte unter der brennenden Sonne. »Weiter.«

»Ich konnte ja nicht ahnen, daß du so bezaubernd bist ... daß du mich bezaubern würdest. Aber ich hätte es dir natürlich sagen müssen, spätestens bevor ... aber da hatte ich nicht mehr den Mut, hatte Angst, alles zu verderben.«

»Und warum sagst du es mir jetzt? Es hätte doch weitergehen können, bis ...« Sie stockte, denn trotz allem konnte sie das Wort ›Trennung‹ nicht über die Lippen bringen.

»Sie haben dir Geld abgeknöpft, nicht wahr?«

»Bill hat es für mich angelegt. Bei ›Holiday Inn‹. Ich habe ein Zertifikat darüber.«

»Ich fürchte, er hat dich reingelegt.«

Eva wunderte sich, wie wenig sie diese Eröffnung traf. »Meinst du?« fragte sie nur.

»Ich habe mich über ihn erkundigt. Natürlich viel zu spät. Das Haus gehört nicht ihm und auch nicht der Cadillac. Er hat alles nur gemietet, mitsamt dem Personal.«

»Bist du sicher?«

»Ja.«

»Wahnsinn.«

Henry stand auf und zog sich die kurze, ausgefranste Leinenhose an. »Vorhin in Davis Harbour habe ich einen Anschlag gelesen. Ein junger Mann wird für die ›Eulalia‹ gesucht.« Er machte sich daran, die Taue zu lösen und die Segel in den Wind zu setzen. »Freie Fahrt nach Miami.«

Sie hätte jetzt sagen können: ›Ich liebe dich. Laß uns einen neuen Anfang machen. Ich werde mich scheiden lassen. Ich habe genug Geld für uns beide.‹ All das schoß ihr durch den Kopf, aber sie sprach es nicht aus. Sie wußte, daß diese Liebe nur ein schöner Traum gewesen war. Jetzt war er zerplatzt wie eine Seifenblase. »Du hoffst, daß sie dich nehmen?«

»Ja.«

»Dann laß uns so rasch wie möglich zurück zum Hafen segeln.«

»Will ich versuchen.«

Eva wartete am Kai, während Henry auf die ›Eulalia‹ kletterte, eine schnittige, weiße Yacht, die seit Tagen im Hafen gelegen hatte. Eva hatte sie oft bewundert, aber nie daran gedacht, daß sie ihr Henry entführen sollte.

Als er an Land ging, sah sie ihm an, daß er den Job bekommen hatte; er wirkte nicht froh, aber doch erleichtert.

»Wann stecht ihr in See?«

»Morgen früh. Ich geh‘ aber schon heute abend an Bord.«

»Das kann ich dir nicht verdenken.«

»Es ist nicht so, wie du meinst. Der Eigner wünscht es.«

›Aber du bist erleichtert, hätte sie beinahe gesagt, aber sie unterdrückte es, weil sie noch rechtzeitig erkannte, daß Sticheleien in dieser Situation schäbig und unangebracht gewesen wären. »Du darfst nicht glauben, daß ich dir böse bin«, sagte sie statt dessen.

»Aber enttäuscht.«

Sie zwang sich zu einem Lächeln. »Das ist die Untertreibung des Jahres!«

»Ach, Eva, ich habe dich so lieb!« brach es aus ihm heraus. »Wenn wir uns nur unter anderen Umständen begegnet wären!«

»Es gab für uns nur diese eine Möglichkeit«, sagte sie tapfer, »und deshalb bin ich trotz allem froh, daß wir sie gehabt haben. Denk mal, ich bin nicht einmal über die Browns aufgebracht.«

Er nahm sie in die Arme, und sie küßten sich innig und mit schmerzhaftem Ernst, inmitten des fröhlichen Treibens, das am Hafen herrschte.

»Das war unser Abschied«, sagte sie, als sie sich von ihm löste.

Später, vor der Villa, als er seinen Seesack gepackt hatte, gaben sie sich nur noch die Hand, bevor er sich auf das Moped schwang.

An diesem Abend zog sich Eva früh auf ihr Zimmer zurück. Sie fühlte sich immer noch wie unter einem Schock. Es wäre eine Erleichterung gewesen, Wut zu empfinden. Aber sie war nicht einmal wütend auf sich selber. Sie sah nur ein, daß sie alles falsch gemacht hatte.

Während sie am Fenster stand und auf das vom Mond beschienene Meer hinaussah - zum erstenmal ohne jede Freude -, zählte sie sich ihr Sündenregister auf. Es war falsch gewesen, sich mit Knut wegen des Geldes zu streiten. Sein Wunsch, sich damit eine Existenz zu gründen, war doch verständlich genug. Nur in einem Punkt hätte sie ihm nicht nachgeben dürfen: Aus dem Gewinn ein Geheimnis zu machen, anstatt ihn zusammen mit Freunden und Bekannten zu feiern. Sie hätte die Strapaze auf sich nehmen und ihn nach Afrika begleiten sollen. Aber sie hatte sich überschätzt. Ihre Liebe zu Knut war ihr so selbstverständlich und sicher erschienen. Dabei hatte ihre kurze Trennung genügt, sie auseinanderzureißen. Sie hatte Hilde falsch eingeschätzt und die Browns - falls sie wirklich so hießen - und auch Henry. Niemanden hätte sie für offener und unbefangener gehalten als ihn, der doch in Wahrheit all die Tage und Nächte ein Geheimnis vor ihr bewahrt hatte. Auf der ›Aquarius‹ hatte sie sich hofieren lassen, ohne zu merken, daß all dieses Aufheben nur um ihres Geldes willen gemacht wurde. Nein, nicht nur, räumte sie nach einigem Überlegen ein, vielleicht hatte ihre kindliche Freude, reich zu sein, sich wohl zu fühlen und im Mittelpunkt zu stehen, dazu herausgefordert, sie zu verwöhnen.

Es schien ihr, als wäre sie erst heute, am schwärzesten Tag ihres Lebens, erwachsen geworden. So waren denn all ihre Dummheiten und Erfahrungen der letzten Monate doch nötig gewesen, sagte sie sich, so hatte der Gewinn doch einen Sinn und einen Nutzen gehabt.

Lange, lange dachte sie über all das, was geschehen war, und über sich selber nach. Sie hatte Angst davor, zu Bett zu gehen. Aber entgegen ihrer Erwartung schlief sie tief und traumlos und wachte am nächsten Morgen erfrischt auf.

»Bitte, seid mir nicht böse, aber ich will jetzt so schnell wie möglich nach Hause«, verkündete sie beim Frühstück.

»Das ist verständlich«, sagte Betty, »nur ...« Sie wechselte einen Blick mit ihrem Mann, »... es ist etwas sehr Unangenehmes passiert.«

»Was?«

»Es ist besser, wenn du etwas im Magen hast, bevor du es erfährst.«

»So schlimm?« fragte Eva gleichgültig, denn sie war überzeugt, daß es nichts mehr gab, was sie ernsthaft treffen könnte.

»Iß erst mal!«

Eva tat es. Sie war überrascht, welchen Hunger sie hatte; sie beneidete sogar Bill um seine Eier mit Speck. »Kann ich noch eine Tasse Kaffee haben?«

Betty schenkte ihr ein.

»Ich glaube, jetzt können wir ...«

»Ja.« Bill zog einen großen braunen Umschlag unter seinem bunten Hemd hervor und reichte ihn Eva über den Tisch. »Ganz ruhig bleiben, Honey, wir deichseln das schon.«

Der Umschlag war aufgeschnitten. Eva griff hinein und brachte eine Anzahl Fotografien zutage, schwarzweiß, DIN-A5-Größe und gestochen scharf. Sie zeigten Eva und Henry beim Liebesspiel am Strand.

Eva erstarrte, aber sie bewahrte Fassung. »Hast du die gemacht?« fragte sie Bill.

»Natürlich nicht!« behauptete er gekränkt.

»Wer denn?«

»Wir wissen es nicht«, sagte Betty.

»Ein Erpresser. Sie wurden mit einem Brief zusammen abgegeben. Ich kann ihn dir holen.« Bill machte Anstalten aufzustehen.

»Spar dir die Mühe!« sagte Eva. »Ich glaube dir ... daß du einen solchen Brief vorweisen kannst. Vielleicht ist er sogar aus ausgeschnittenen Buchstaben zusammengesetzt.«

»So ist es.«

»Und wieviel verlangt dieser ... Erpresser?«

»Hunderttausend Dollar.«

»Ein bißchen happig.«

»Bill wird ihn herunterhandeln, er kann so etwas«, sagte Betty, »verlaß dich nur ganz auf Bill.«

»Ich werde ihm die Abzüge und die Negative abkaufen«, versicherte er.

»Ich frage dich nicht, wie du dich mit ihm in Verbindung setzen willst ...«

»Er wartet auf eine Nachricht.«

»In einem ›Toten Briefkasten‹, nehme ich an.«

»Du verhältst dich sehr merkwürdig«, tadelte Betty.

»Was hattet ihr denn erwartet?«

»Anscheinend verkennst du den Ernst der Situation. Dieser Kerl will nämlich die Fotos an deinen Mann schikken.«

»Was hätte er schon davon? Knut würde bestimmt nichts dafür bezahlen.«

»Aber er würde erfahren, daß du ihn betrogen hast.«

»Das lasse ich drauf ankommen.«

»Im Ernst? Wir dachten immer, dir wäre soviel an deiner Ehe gelegen.«

»Nicht um jeden Preis.«

»Fünfzigtausend Dollar sind doch nicht zu hoch angesetzt. Dafür kriegt Bill sie sicher.«

»Das habe ich nicht gemeint. Ich muß mit meinem Mann wieder klarkommen, für unsere Ehe eine neue Basis schaffen. Ich werde ihm die Wahrheit sagen.«

»Es ist etwas anderes, es von dir zu erfahren oder es mit eigenen Augen zu sehen.«

»Da hast du recht. Ein Schock kann aber auch heilsam sein.«

»Du willst das wirklich riskieren?«

»Ja.« Eva nahm die Fotos, eines nach dem anderen, zur Hand und betrachtete sie nachdenklich. »Vielleicht sollte ich auch zur Polizei gehen.«

»Damit würdest du in ein sehr schlechtes Licht geraten! Man ist hier sehr prüde, Darling.«

Eva hob den Blick und sah Bill mit einem leichten Lächeln an. »Würdest du mich begleiten? Du könntest die Situation besser erklären als ich.«

»Schlag dir das aus dem Kopf! Ich habe mein Leben lang nichts mit der Polizei zu tun gehabt.«

»Wirklich nicht?«

Er lief rot an. »Deine Frage ist impertinent!«

»Dann muß ich eben allein gehen. Ihr stellt mir doch das Auto zur Verfügung?«

»Es tut mir leid, Honey!« sagte Betty rasch. »Irgend etwas ist mit dem Motor nicht in Ordnung. Genau kann ich dir nicht sagen, was fehlt. George ist dabei, ihn zu reparieren.«

»Wenn ich zum Flughafen wollte, würde er dann vielleicht ganz rasch damit fertig sein?« Eva blickte Betty fest in die Augen. »Ich denke, das wäre für uns alle die beste Lösung.«

»Und was wird mit den Fotos? Mit dem Erpresser?«

»Nichts.« Eva nahm eines der Fotos nach dem anderen und riß sie in der Mitte durch.

»Das nutzt dir nichts«, behauptete Betty, »der Erpresser hat die Negative.«

»Soll er damit machen, was er will. Von mir aus kann er sie an ein Pornoheft verkaufen. Ich bin nicht bereit, auch nur einen Cent dafür zu zahlen.« Eva stand auf. »Bist du so lieb, Bill, und rufst beim Airport an? Buch bitte für mich um. Ich nehme die nächste Maschine. Ich packe jetzt meine Sachen.«

Niemand versuchte, sie zurückzuhalten.

Eva hatte niemals ernstlich daran gedacht, sich an die Polizei zu wenden und den Schwindel auffliegen zu lassen. Sie wollte Betty und Bill nur zu verstehen geben, daß sie sie durchschaute. Ihr Geld, das wußte sie, würde sie dadurch doch nicht zurückbekommen. Die Browns waren zu gerissen. Tatsächlich hätte sie es gar nicht gewagt, sich mit ihnen anzulegen. Sie war eine Fremde in einem fremden Land, und Betty und Bill kannten sich hier aus. Wie leicht konnten sie den Spieß umdrehen und irgendwelche Verdächtigungen gegen sie äußern, etwa, daß sie hier illegal Arbeit gesucht hätte. Die Fotos sprachen ja gegen sie. Die Browns waren Verbrecher, soviel war sicher. Falls sie ihre Felle wegschwimmen sahen, würden sie womöglich nicht einmal vor einem Mord zurückschrecken. Eva hatte nur den einen Wunsch, von hier fort und nach Hause zu kommen.

Es wunderte sie auch nicht, daß die beiden darauf bestanden, sie nach Rock Sound zu begleiten. Sie mußten jetzt unbedingt verhindern, daß sie Kontakt zur Polizei aufnahm. Theoretisch hätte sie das auch noch in New York tun können. Aber dann, dessen war sie sich sicher, würden die beiden schon die gemietete Villa an der Cotton Bay verlassen haben und irgendwo anders untergetaucht sein, vielleicht sogar unter anderem Namen, obwohl William und Elizabeth Brown in den Vereinigten Staaten ja so unverfänglich wie nur möglich war.

Auf der Fahrt zum Flughafen versuchten sie nicht einmal, Konversation zu machen. Eva war das nur angenehm. Sie war der faustdicken Lügen, mit denen man sie eingewickelt hatte, und Bettys freundinnenhaften Getues gründlich müde. Aber das Schweigen war eisig.

Trotzdem ließen sie sich nicht davon abhalten, bei ihr auszuharren, bis die Boeing zum Start aufgerufen wurde. Eva wußte nicht recht, wie sie sich nach allem, was geschehen war, verabschieden sollte.

Überraschend nahm Betty sie in die Arme und küßte sie auf beide Wangen. »Sei uns nicht böse, Liebling!« bat sie. »Das Leben ist nun mal so. Jeder muß sehen, wo er bleibt.«

Eva erwiderte die Umarmung. »Wahrscheinlich hast du recht. Es ist nicht eure Schuld, daß ich eine dumme Gans war.«

»Wir wünschen dir alles Gute für die Zukunft!«

Eva wechselte noch einen festen Händedruck mit Bill. Dann drängte sie sich mit den anderen Passagieren nach New York auf den Flugsteig.

Nie hatte sie gedacht, daß sie die glückliche Insel so leichten Herzens verlassen würde. Sie war sicher, daß die Browns die verräterischen Fotos nicht nach Hilden schicken würden. Bettys letzte Worte waren so etwas wie ein Versprechen gewesen. Sie würden sie nicht aus purer Bosheit bloßstellen. Es lag also ganz bei ihr, ob sie Knut von ihrem Abenteuer erzählen wollte oder nicht. Sie selber hätte es sich nur zu gern von der Seele gesprochen, war sich aber nicht sicher, ob sie ihn damit nicht zu sehr belasten würde.

Wegen des Geldes machte sie sich keine Sorgen. Neunhunderttausend Mark waren vertan, darüber war sie sich klar. Sie wußte aber auch schon, wie sie Knut für den Verlust entschädigen wollte. Mit dem Rest des Gewinns sollte er schalten und walten, wie es ihm beliebte. Sie war entschlossen, ihren Widerstand gegen seine Pläne aufzugeben. Dann mußte er ihr doch verzeihen.

Knut hatte mit Isabell eine herrliche Zeit in St. Moritz erlebt. Er hatte es sich nicht nehmen lassen, mit ihr im ›Palace Hotel‹

zu wohnen, in einer Suite, die wöchentlich mehr kostete, als er früher im Monat verdient hatte. Dafür wurden sie aber auch wie die Fürsten bedient, und sie genossen es beide.

Der Schnee lag meterhoch, und die Sonne schien schon fast frühlinghaft warm. Tagsüber fuhren sie Ski und kehrten erst, wenn die Sonne sank, in das Hotel zurück. Isabell war eine gute Skifahrerin, aber sie war zu sehr auf ihre Schönheit und ihre heilen Glieder bedacht, als daß sie sportlichen Ehrgeiz entwickelt hätte. So konnte es Knut, der sehr viel weniger geübt war, nicht passieren, von ihr abgehängt zu werden.

Abends bummelten sie dann durch den eleganten Wintersportort und bewunderten die Auslagen der Geschäfte. Wenn Isabell irgend etwas besonders gefiel, sei es ein Pullover, ein Schal oder ein Armband, besorgte es Knut ihr gleich am nächsten Morgen. Sie bedankte sich stets mit fast kindlicher Freude. Manchmal wurde ihm bewußt, wie teuer dieser Ausflug ins Luxusleben für ihn war, aber er rechnete es niemals nach.

Es erregte ihn immer wieder, mit Isabell ins Bett zu gehen, mehr aber noch, an ihrer Seite als ihr ›Besitzer‹ aufzutreten. Wo immer sie auch auftauchten, auf der Piste, auf den Straßen, im Speisesaal oder in einer der Bars, erregten sie Aufmerksamkeit. Sie war das gewohnt und fühlte sich dabei wohl wie ein Fisch im Wasser. Für ihn aber war es ganz neu, so sehr beneidet zu werden. Er war nicht mehr der unbedeutende kaufmännische Angestellte, sondern ein großer Mann, der sich eine wundervolle Geliebte und einen schnittigen Lhamborghini leisten konnte. Für ihn hätte es noch lange so weitergehen können.

Es war Isabell gewesen, die zur Rückreise gedrängt hatte.

Er hatte es nicht verstanden. »Aber warum denn? Es ist doch so schön hier!«

Sie hatte ihm sanft über die Wange gestrichen. »Du vergißt, daß ich eine berufstätige Frau bin.«

»Bist du nicht glücklich mit mir?«

»Das Leben besteht nicht nur aus Glück und Sonnenschein. Wenn ich noch länger fortbleibe, um das high life zu genießen, bin ich raus aus dem Geschäft.«

»Warum läßt du mich nicht für dich aufkommen?«

»Weil ich keine Frau bin, die sich aushalten läßt.«

»Du siehst das falsch.«

»Bitte, Knut, bitte! Versuch doch, mich zu verstehen. Wir wollen uns nicht noch zum Abschied zanken. Das würde alles verderben.«

Er hatte begriffen, daß sie entschlossen war, ihren Aufenthalt in St. Moritz zu beenden, und hatte nachgegeben. Sie wäre imstande gewesen, so gut kannte er sie jetzt schon, sich allein auf die Heimreise zu machen.

Es war ihm noch gelungen, sie zu einer Übernachtung in Zürich zu bewegen. Aber obwohl sie im wunderschönen alten ›Baur au lac‹ abstiegen, war sie nicht mehr so unbeschwert heiter gewesen, wie er es an ihr gewohnt war.

Am nächsten Abend kamen sie in Köln an, und ganz selbstverständlich nahm sie ihn mit in ihre Penthousewohnung.

»Ach, ist das herrlich, wieder zu Hause zu sein!« Wie ein Kind tanzte sie durch die Räume, knipste alle Lichter an und riß, trotz der winterlichen Kälte, die Tür zur Terrasse auf.

Er fröstelte. »Ich versteh' dich gar nicht! Hat es dir in der Schweiz denn nicht gefallen?«

»Doch! Großartig sogar! Ich verreise nun mal für mein Leben gern – und komme genausogern wieder nach Hause zurück. Jetzt packe ich erst mal meine Koffer aus, und dann nehme ich ein heißes Bad. Und was ist mit dir?«

»Was soll schon sein?«

»Ich meine, wie lange kannst du noch bleiben?«

»So lange du willst.«

Isabell lachte. »Von mir aus bis morgen früh. Dann fängt der Ernst des Lebens wieder an.«

Obwohl er es eigentlich nicht anders hätte erwarten können, kam er sich wie abserviert vor. »Ich brauche Zeit, um mich umzugewöhnen«, sagte er unbehaglich.

»Ruf schon mal deine Frau an!«

»Wozu?«

»Blöde Frage. Vielleicht macht sie sich Sorgen.«

»Vielleicht ist sie auch noch gar nicht wieder da.«

»Versuch es wenigstens.«

Aber dazu hatte er keine Lust. Er holte seinen Rasierapparat und sein Zahnputzzeug aus dem Koffer, während sie sich schon heißes Wasser in die große Wanne laufen ließ. Nur zu gern hätte er mit ihr zusammen gebadet, aber er wußte, daß sie das nicht mochte. ›Mein Bad ist mir heilig‹, hatte sie einmal gesagt. So konnte er nur zusehen, wie sie, sehr nackt und sehr schön, allein in das Wasser stieg, das von einem Badeextrakt duftete und aufschäumte. Das lange Haar hatte sie hochgesteckt, das Gesicht völlig abgeschminkt, und er konnte die Augen nicht von ihr wenden.

Sie lag in der Badewanne und dehnte sich wohlig. »Laß mich allein«, bat sie mit einem reizenden Lächeln, »ich brauche ein paar Minuten Entspannung.« Als sie sah, wie sein Gesicht sich verdüsterte, fügte sie begütigend hinzu: »Ich lasse dir nachher frisches Wasser ein und schrubb' dir, wenn du willst, auch den Rükken.«

Aber als er später im Bad saß und nach ihr rief, kam sie nicht.

»Ich habe in der Küche zu tun«, gab sie zur Antwort.

Tatsächlich hatte sie, als er dann ins Wohnzimmer kam, nur flüchtig abgetrocknet und in seinen Bademantel gewickelt, den kleinen Tisch vor der Couch gedeckt. Es sah sogar festlich aus, mit einer brennenden Kerze und funkelnden Weingläsern. Die Terrassentür war wieder geschlossen, und jetzt war es wohlig warm.

»Mach schon mal die Weinflasche auf!« rief sie ihm zu.

Er tat es, schenkte sich einen Schluck ein und probierte.

Viel verstand er immer noch nicht von Weinen, und dieser schien ihm ein wenig zu herb zu sein. Aber er hütete sich, das auszusprechen, weil er wußte, daß Isabell ihn nur auslachen würde. Er goß beide Gläser voll.

Auf einem japanischen Lacktablett trug sie zwei dampfende Schüsseln herein. »Es gibt Nasi Goreng!« verkündete sie. »Hoffentlich magst du das.«

»Ich wußte gar nicht, daß du auch kochen kannst.«

»Und wie!« behauptete sie. »Aber das ist aus der Dose.« Sie legte ihm und sich selber auf und setzte sich in den kleinen Sessel gegenüber der Couch. »Hoffentlich schmeckts dir.«

Er nahm eine Gabel von dem scharf gewürzten orientalischen Gericht und sagte mechanisch: »Sehr gut.« Aber in Wahrheit hätte sie ihm auch Haferschleim vorsetzen können, so wenig interessierte ihn das Essen. »Wann sehen wir uns wieder?« fragte er.

»Was für eine Frage. Wir sind ja noch zusammen.« Sie hob ihr Glas, prostete ihm zu und nahm einen kräftigen Schluck.

Es war ihm, als könnte er den Wein durch ihre zarte Kehle strömen sehen. Sie hatte das schwarze Haar immer noch hochgebunden und trug nichts als einen kurzen weißen Bademantel und hochhackige Pantoffeln, die ihre langen, schlanken Beine bemerkenswert zur Geltung brachten.

»Wenn du nur nicht so sexy wärst«, seufzte er.

»Bin ich?« Sie spürte seinen Blick, stellte die Beine enger aneinander und zupfte an ihrem Bademantel. »Das höre ich gerne.«

»Als wüßtest du das nicht genau.«

»Ich lasse es mir immer wieder mit Vorliebe bestätigen.«

Er fühlte, daß diese kleine Mahlzeit, eine Inszenierung war, um ihm den Abschied leichter zu machen. Aber er wollte sie nicht verlieren. Ihm war, als könnte er ohne sie nicht mehr leben. Isabell war für ihn Licht, Liebe und Lachen. Die Welt ohne sie schien ihm kalt, finster und hoffnungslos. »Isabell«, fragte er spontan, »willst du meine Frau werden?«

Einen Moment lang schien sie betroffen, dann richtete sie den strahlenden Blick ihrer grünen Augen auf ihn. »Was willst du mit zweien?« fragte sie lächelnd.

»Zieh es nicht ins Lächerliche!«

»Es ist aber doch komisch, wenn man von einem Ehemann einen Heiratsantrag bekommt.«

»Ich werde mich natürlich scheiden lassen. Das wird gar nicht weiter schwierig sein, nichts als eine simple finanzielle Einigung.«

»Mehr bedeutet deine Ehe dir also nicht?«

»Du bist mir wichtiger, Isabell.«

»Nach allem, was du mir von deiner Frau erzählt hast, muß sie doch sehr nett sein.«

»Es geht hier nicht um meine Frau, sondern um dich und mich.«

»Schade«, sagte sie und stocherte in ihrem Teller.

»Was soll das heißen?«

»Daß du im Begriff bist, alles zu verderben.«

»Weil ich dich heiraten will?«

»Genau deshalb. Sieh mal, Knut, wir hatten doch eine schöne Zeit miteinander. Es war unbeschwert und lustig. Heute abend sollte es genauso werden. Ich wollte dich glücklich machen. Aber da kommst du mit so etwas.«

»Ich kann in einem Heiratsantrag keine Beleidigung sehen.«

»Ist es auch nicht, im Gegenteil, ein Kompliment. Vielleicht das größte, das man einer Frau machen kann. Nur in unserem Fall ist es eben völlig unangebracht.«

»Warum?«

»Muß ich dir das erklären?«

»Ich verlange es.«

»Kannst du es nicht einfach hinnehmen, daß ich dazu nicht bereit bin?«

»Nein. Ich verstehe es nicht.«

»Du hast doch von Anfang an gewußt, wie sehr ich meine Unabhängigkeit liebe.«

»Aber für jeden Menschen kommt der Zeitpunkt, wo er das Alleinsein satt hat.«

Sie zuckte die Achseln. »Dann bin ich eben noch nicht soweit.«

»Das genügt mir nicht.«

Sie legte die Gabel aus der Hand und leerte ihr Glas, hielt es ihm hin, um es sich nachfüllen zu lassen. »Nun gut, wenn du darauf bestehst, wollen wir reinen Tisch machen. Du bist ein lieber, guter Mensch, und du warst unerhört großzügig zu mir. Ich weiß das zu schätzen. Es gibt sehr viel mehr ekelhafte, egoistische Kerle auf der Welt als nette Männer wie dich.«

»Aber?«

»Begreifst du denn nicht, daß das nicht genug ist?«

»Was verlangst du?«

»Etwas, was du mir nicht geben kannst, weil du es nicht hast. Ich habe dich gern, wirklich, aber lieben könnte ich nur einen Mann, der ... wie soll ich das ausdrücken?« Sie krauste die Stirn und suchte nach Worten. »Einen bedeutenden Mann! Einen Mann, der etwas darstellt. Nein, nicht einen Schauspieler oder so etwas, sondern einen Mann, der sehr viel weiß oder sehr viel kann, einen Archäologen vielleicht, einen Wissenschaftler, einen Erfinder oder auch einen Politiker.«

»Das ist doch einfach kindisch!«

»Kindlich«, sagte sie mit einem entwaffnenden Lächeln, »ja, das vielleicht. Möglich, daß ich diesen Mann nie finden werde. Aber vorläufig bin ich noch nicht bereit, mich mit zweiter Wahl zu begnügen.«

»Bezeichnest du mich als das?«

»Ja, wenn du es genau wissen willst. Du bist doch kein kleines bißchen interessant.«

Er zuckte zusammen und leerte sein Glas mit einem Zug.

Sie beobachtete ihn aufmerksam. »Ist dir das selber wirklich noch nie zu Bewußtsein gekommen? Hat dir deine Frau das nie gesagt?«

»Nein«, brachte er mühsam heraus.

»Ich will dich nicht beleidigen, das mußt du mir glauben.«

»Du tust es aber.«

»Du wolltest doch die Wahrheit wissen.« Versöhnlich strekkte sie über den Tisch weg die Hand nach ihm aus.

Er tat, als bemerke er ihre Geste nicht.

»Du siehst gut aus, bist sympathisch, hast Geld«, tröstete sie ihn, »das ist doch schon sehr viel.«

»Es ist nichts, wenn es dir nicht genügt.«

»Möglich, daß meine Ansprüche zu hoch sind, daß ich mich selber zu hoch einschätze. Aber ich will einen Mann, den ich bewundern, von dem ich lernen, zu dem ich aufsehen kann. Das bist du nun einmal nicht.« Sie sprang auf. »Aber jetzt genug davon. Was soll der Quatsch? Ich merke schon, es schmeckt dir nicht. Ich hole uns Käse und Brot.«

»Nein«, sagte er.

»Du kannst doch nicht von dem bißchen, das du gegessen hast, satt sein?«

»Mir ist der Appetit vergangen.« Er zündete sich eine Zigarette an.

Sie ging zu ihm hin und legte ihm einen Arm um die Schultern. »Nimm's nicht tragisch, Knut! Vielleicht bin ich einfach noch zu unreif oder zu verwöhnt, vielleicht liegt es gar nicht an dir.« Sie wollte sich auf seinen Schoß setzen.

Er wehrte ab. »Laß das!«

»Na hör mal!«

»Ich kann nicht verlangen, daß du dich mit einem Langeweiler wie mir abgibst.« Er erwartete halb und halb, daß sie ihm widersprechen würde.

Aber sie tat es nicht, sondern begann, wortlos den Tisch abzuräumen. Er leerte die Flasche. Der Wein schmeckte ihm zwar immer noch nicht, aber der Alkohol half den Schmerz lindern. Dann ging er ins Bad, sammelte seine Kleidungsstükke auf und zog sich an. Er nahm seinen Rasierapparat und sein Zahnputzzeug vom Bord über dem Waschbecken und tat es in seinen Koffer.

»Du solltest heute nicht mehr fahren«, mahnte Isabell, als er seinen Mantel überzog, »es war ein anstrengender Tag für dich.«

»Ich möchte dich von meiner Gegenwart befreien.«

»Mein Gott, wie dramatisch!« rief Isabell, um ihrer Verärgerung Luft zu machen. »Dann nimm dir wenigstens ein Hotelzimmer. Soll ich für dich telefonieren?«

»Nein, danke. Immerhin bin ich erwachsen.«

»Auch erwachsene Leute lassen sich Zimmer reservieren! Warum soll ich das nicht für dich tun?«

»Nein«, sagte er nur.

»Bitte, Knut, bitte!« flehte sie. »Müssen wir denn so auseinandergehen?«

Er gab keine Antwort, sondern wandte sich zur Tür.

»Wenn du willst, gebe ich dir deine Geschenke zurück!«

»Nein!« sagte er wieder, und mit Überwindung fügte er hinzu: »Aber es ist nett, daß du es mir angeboten hast.« Mit diesen Worten verließ er sie.

Er hatte nicht die geringste Lust, in einem Hotel zu übernachten; diese Absicht hatte er nie gehabt. Also holte er seinen Lhamborghini aus der Tiefgarage und fuhr durch das nächtliche Köln und über die Severin-Brücke aus der Innenstadt. In Köln-Buchheim erreichte er die Autobahn. Er hatte jetzt nur noch den Wunsch, nach Hause und in sein eigenes Bett zu kommen. Aber er fuhr vorsichtig. Die Straßen waren glatt, und es fiel ein heller, kalter Regen, der sich später wahrscheinlich in Schnee verwandeln würde.

Knut kam sich wie ein Trottel vor. Er wußte, daß Isabells Kritik ihn nur deshalb so tief getroffen hatte, weil sie im Grunde der Wahrheit entsprach. Ob Eva ihn auch so sah? Jedenfalls hatte sie es ihn niemals spüren lassen. Es stimmte ja, er hatte weder besondere Kenntnisse noch Fähigkeiten.

War sie deshalb so dagegen gewesen, daß er sich mit dem Gewinn eine eigene Existenz aufbaute? Und warum nur hatte er so unbedingt darauf bestanden? Es wäre doch auch sehr schön gewesen, nie mehr finanzielle Sorgen haben zu müssen. Damit hatte Eva doch unbedingt recht gehabt. Wie sollte er ihr nur beibringen, daß er sich fünfhunderttausend einfach hatte klauen lassen? Ganz zu schweigen von dem Geld, das er für den Lhamborghini und mit Isabell verbraten hatte? Irgendwie mußte er es ihr beibringen, und zwar sofort. Hoffentlich war sie schon zu Hause.

Es wunderte ihn selber, aber plötzlich empfand er heiße Sehnsucht nach ihr. Wie war das möglich, da er doch vorhin noch geglaubt hatte, nicht ohne Isabell leben zu können? Nur weil sie ihn beleidigt hatte? Nein, das war es nicht. Ihm wurde etwas klar, was er von Anfang an gewußt und nie hatte wahrhaben wollen: Eva war in der Liebe um Klassen besser als Isabell, die sich niemals wirklich hingeben, nie ganz vergessen konnte, auf ihr gutes Aussehen zu achten.

Es tat ihm leid, daß ihm das nicht bei seinem bitteren Abschied eingefallen war. Er hätte es ihr gern an den Kopf geworfen.

Was für ein Idiot er gewesen war, sich überhaupt mit ihr einzulassen. Spätestens als sie das Geld von ihm genommen hatte, hätte er erkennen müssen, daß sie eine Hure war. Doch er verbesserte sich selber: Nein, eine Hure war sie nicht. Aber sie war nur auf ihren Vorteil aus und liebte nur sich selber.

Wenn er nicht auf dieser blöden Abenteuerreise bestanden hätte, wäre alles anders gekommen. Er wäre Isabell nie begegnet und der Versuchung nicht erlegen. Er verstand nicht mehr, was ihn davon abgehalten hatte, Eva auf ihrer Kreuzfahrt zu begleiten oder wenigstens sofort zu ihr nach Eleuthera zu fliegen, als sie ihn darum gebeten hatte.

Ein neuer Gedanke setzte ihm zu. Wenn sie nun dort einen anderen Mann kennengelernt hatte? Wenn sie nicht mehr zurückkam? Was sollte dann aus ihm werden?

Kurz vor der Autobahnausfahrt Hildener Kreuz wurde er von einem Porsche überholt, der ungeachtet der schlechten Wetter- und Straßenverhältnisse in hohem Tempo auf der linken Fahrspur dahinbrauste. Knut packte jähe Wut. Das nicht auch noch! Er gab Gas, bemerkte die Ausfahrt zu spät, bremste zu hart. Der Lhamborghini geriet ins Schleudern, prallte gegen die Leitplanke, und für Knut gingen die Lichter aus.

Eva traf am frühen Morgen auf dem Flughafen Düsseldorf-Lohausen ein. Als sie das Gebäude verließ, traf sie die Kälte und der Anblick des trostlos grauen Himmels wie ein Schlag. Es hatte in der Nacht geschneit, die Dächer und die Rampen waren weiß bepudert, aber auf den Straßen lag schmutziger Matsch.

Der Alltag hatte sie wieder. Aber darauf hatte sie sich eingestellt und wußte, daß sie sich damit abfinden mußte. Zum erstenmal seit langer Zeit freute sie sich auf die Geborgenheit ihrer eigenen Wohnung. Keine Abenteuer mehr und kein ewig blauer Himmel. Am liebsten hätte sie sich ein Taxi genommen. Aber sie wußte, daß sie schon zu viel Geld verschwendet hatte, und entschloß sich, mit dem Bus nach Hilden zu fahren. Es würde ihr helfen, sich umzugewöhnen.

Ob Knut sie erwartete? Sie rechnete fest damit, versuchte es sich aber auszureden, um keine Enttäuschung zu erleben.

In der Kantstraße rannte sie die Treppen hoch, so schnell, wie es ihr schwerer Koffer zuließ, klingelte dreimal und schloß fast gleichzeitig auf.

Die Wohnung war leer und roch muffig, weil allzulange nicht mehr gelüftet worden war.

Für Eva war es wie ein Schock. Sie hatte sich auf Wärme, auf Behaglichkeit, auf Knuts Nähe gefreut, und nun schienen selbst die vertrauten Möbel sie feindlich anzustarren.

Ihr fiel ein, im Hausbriefkasten nach Post zu sehen. Bestimmt hatte Knut wenigstens geschrieben. Mit hängenden Schultern trat sie auf den Hausflur.

Frau Klüser kam ihr entgegen, kleiner und grauhaariger, als Eva sie in Erinnerung gehabt hatte. »Also hat mein Mann doch richtig gehört!« sagte sie zur Begrüßung. »Wie gut, daß Sie wieder da sind! Kommen Sie zu uns herein! Ich mache Ihnen einen schönen Kaffee.«

»Ich wollte nach der Post sehen.«

»Nein, kommen Sie nur!« Frau Klüser legte den Arm um Eva und drängte sie zu ihrer Wohnung.

Eva, die solch freundschaftliche Behandlung durch die fast fremde Nachbarin nicht gewohnt war, wurde stutzig. »Ist etwas passiert?«

»Setzen Sie sich erst mal und trinken Sie eine Tasse Kaffee!«

Eva riß sich los. »Also ist etwas?«

»Ja, leider.«

»Mit meinem Mann? Nun reden Sie schon!«

»Er hat einen Unfall gehabt.«

»Wann? Wo?«

»Auf der Autobahn. Gestern nacht.«

»Aber er hat doch gar kein eigenes Auto!«

»Der Polizist sagte: In seinem Auto. Mehr weiß ich nicht. Heute früh waren zwei Herren von der Polizei da. Sie wollten Sie verständigen, aber da sagte ich ihnen ...«

Eva unterbrach den Redefluß der alten Frau. »Ist er ... tot?«

»Nein. Schwer verletzt. Er liegt im Sankt-Josefs-Krankenhaus.«

»Ich muß sofort zu ihm.«

»Wollen Sie nicht doch erst ...«

»Nein.« Eva rannte schon die Treppen hinunter.

Sie lief den ganzen Weg zum Krankenhaus zu Fuß, und sie war dankbar für den eisigen Wind, der ihr ins Gesicht schnitt.

Die ältliche Schwester in der Aufnahme war freundlich, aber abweisend. »Jetzt ist keine Besuchszeit«, erklärte sie,

»und außerdem liegt der Patient noch auf der Intensivstation.«

»Aber ich bin seine Frau! Wir waren so lange getrennt! Ich muß ihn sehen, ich muß zu ihm!«

»Beruhigen Sie sich doch!«

»Wie kann ich mich denn beruhigen, solange ich nicht weiß, wie es um ihn steht?«

Die Schwester sah über ihren Kopf hinweg. »Fragen Sie Doktor Kuslowski!«

Eva drehte sich um und stand einem jungen Mann in weißem Kittel gegenüber. »Bitte«, flehte sie, »sagen Sie mir ... mein Mann ... ich bin Frau Karsten ...«

»Ihr Mann hat da einen ziemlich happigen Unfall gebaut«, sagte Doktor Kuslowski, und nicht ohne Neid fügte er hinzu: »In seinem Lhamborghini. Na, der dürfte so ziemlich hin sein.«

»Das interessiert mich nicht! Was ist mit meinem Mann?«

»Den haben wir so ziemlich zurechtgeflickt.«

»Ich muß zu ihm!«

»Na, dann kommen Sie! Aber nur für ein paar Minuten.«

Eva folgte dem Arzt über Gänge und Treppen, bis sie vor einem verglasten Zimmer ankamen. Er öffnete ihr die Tür, und sie sah Knut. Aber sie erkannte ihn erst, als er die Augen aufschlug, seine schönen blauen, kurzsichtigen Augen. Sein Kopf war bandagiert, ein Arm und ein Bein eingegipst, und in die Nasenlöcher führten dünne Plastikschläuche.

»Ich bin es«, sagte sie, »Eva!« Sie ergriff seine gesunde Hand. »Erkennst du mich?«

Seine blutleeren Lippen zitterten, als er versuchte, Worte zu formulieren. »Das Geld«, sagte er, »ich ...«

»Das Geld!« rief sie. »Denk jetzt nicht an das Geld! Wichtig ist doch nur, daß du wieder ganz gesund wirst!«

Er schloß die Augen, und sie hielt seine Hand ganz fest. Am liebsten hätte sie sie nie wieder losgelassen.